W0029257

Barbara Wood

Haus der Erinnerungen

Barbara Wood

Haus der Erinnerungen

Roman

Aus dem Amerikanischen von
Mechtild Sandberg

Weltbild

Von Barbara Wood sind bei Weltbild
außerdem erschienen:
Seelenfeuer
Rote Sonne, schwarzes Land
Das Haus der Harmonie
Die sieben Dämonen

Besuchen Sie uns im Internet:
www.weltbild.de

Genehmigte Lizenzausgabe
für Verlagsgruppe Weltbild GmbH,
Steinerne Furt, 86167 Augsburg

Dieses Buch erschien 1981 bereits in anderer Übersetzung
unter dem Titel »Rendezvous im Totenreich«
Die amerikanische Originalausgabe erschien
unter dem Titel »Yesterday's Child«
bei Doubleday & Company Inc. New York 1986

Aus dem Amerikanischen von Mechtild Sandberg
Umschlaggestaltung: Jan Michel, München
Umschlagmotiv: K. Tsukuma/Photonica
Gesamtherstellung: Ebner & Spiegel,
Eberhard-Finckh-Straße 61, 89075 Ulm
Printed in Germany
ISBN 3-8289-6798-1

1

In dem Haus in der George Street stimmte etwas nicht. Ich spürte es sofort, als ich es betrat.

Ich blieb an der Haustür stehen und blickte den dämmerigen Flur hinunter, der Frau entgegen, die auf mich zukam. Im Halbdunkel sah ich, daß sie groß war, von kerzengerader Haltung und anmutig in ihren Bewegungen. Sie trug ein altmodisches bodenlanges Kleid, und das volle schwarze Haar war hochgesteckt. Mit ausgestreckten Armen eilte sie mir entgegen, und ich starrte sie einen Moment lang an, ehe ich mich nach meiner Tante umdrehte, die soeben ins Haus gekommen war und jetzt neben mir stand.

»Andrea«, sagte sie, »das ist deine Großmutter.«

Ich wandte mich wieder der Frau im Flur zu und traute meinen Augen nicht – eine ganz andere kam mir da entgegen, eine schmächtige, gebeugte Frau in einem einfachen Hauskleid mit einer Wolljacke darüber.

»Hallo«, sagte ich perplex.

Die alte Frau faßte meine Hand und trat näher, um mir einen Kuß zu geben. Mir wurde plötzlich bewußt, daß ich völlig übermüdet sein mußte. Der Flug von Los Angeles hatte elf Stunden gedauert, dann war ich noch einmal eine Stunde von London nach Manchester geflogen. Die Zeitverschiebung hatte mich wohl gründlich durcheinander gebracht.

Wir umarmten uns, und im schwachen Licht des Flurs musterte eine die andere. Es fällt mir schwer, mich zu erinnern, was für einen Eindruck ich in jenem ersten kurzen Augenblick von meiner Großmutter hatte. Ihr Gesicht schien mir in fließender Bewegung zu sein, bald häßlich, bald strahlend schön. Ihre Gesichtszüge, die zu flackern und zu wabern schienen, waren nicht festzuhalten, und es wäre unmöglich gewesen, ihr Alter zu schätzen. Ich wußte, daß sie dreiundachtzig war, doch ihre Augen strahlten soviel jugendliche Kraft aus, daß ich mich von ihrem Blick nicht lösen konnte. Die Spuren vergangener Schönheit, die die Zeit nicht hatte auslöschen können, ließen mich beim Anblick dieses Gesichts an eine Rose denken, die man in einem Buch gepreßt hat.

Auch als sie mich mit sich zum Wohnzimmer zog, konnte ich diese Verwirrung, die mich befallen hatte, nicht abschütteln. Als ich später am Abend dann im Bett lag, kam mir der Gedanke, daß es das Haus sein mußte, das diese eigenartige Wirkung auf mich ausübte. Es hatte eine ganz eigene Atmosphäre, der ich mich nicht entziehen konnte; beinahe, als gingen Energiewellen von ihm aus, die mich augenblicklich umfingen.

Mit meinem ersten Eintreten in das Haus schien sich eine Veränderung vollzogen zu haben, wie ein plötzliches Umschlagen der Atmosphäre. Ich hatte es von jenem ersten Moment an gespürt, als ich mir die englische Feuchtigkeit von den Schultern geschüttelt und in der Kälte kurz geschaudert hatte. Jetzt begriff ich, daß dieses unheimliche Frösteln nicht von der Kälte draußen kam, sondern von etwas anderem, von etwas ganz anderem.

Ich redete mir ein, daß das Hirngespinste seien, aber das Gefühl, daß das Haus mich in seinen Sog hineinzog, war so übermächtig, daß ich in der Dunkelheit fest die Augen zudrückte, als könnte ich mich auf diese Weise schützen. Um gegen die aufsteigende Panik anzukämpfen, dachte ich an die Gründe, die mich veranlaßten, hierherzukommen. Ich hoffte, daß ich vielleicht ruhiger werden und eine Erklärung für meine Stimmung finden würde.

Ich versuchte mir einzureden, sie wäre auf den plötzlichen Ortswechsel in eine fremde Stadt in einem fremden Land zurückzuführen; auf den langen Flug, die merkwürdigen Umstände meiner Ankunft, die jüngsten Erschütterungen in meinem Privatleben, meine innere Unrast und Unausgeglichenheit.

Aber so sehr ich mich bemühte, ich konnte das Gefühl nicht loswerden, daß dieses Haus auf mich gewartet hatte.

Ich sagte mir, es sei alles Einbildung, dieser seltsame Zustand habe sich in Wirklichkeit schon in Los Angeles eingestellt, als ich beschlossen hatte, überhaupt hierherzureisen.
Drei Tage zuvor hatte meine Mutter in Los Angeles zwei Briefe bekommen. Der erste war von meiner Großmutter, der zweite von meiner Tante. Beide schrieben, ihr Vater, mein Großvater, läge schwer krank im Städtischen Krankenhaus von Warrington, und es sei mit seinem Tod zu rechnen.
Meine Mutter nahm die Nachricht sehr schwer; vor allem deshalb, weil es ihr aus gesundheitlichen Gründen unmöglich war, nach England zu reisen, um ihren Vater noch einmal zu sehen. Sie quälte sich mit heftigen Schuldgefühlen.
Fünfundzwanzig Jahre zuvor waren meine Eltern mit meinem Bruder, der damals sieben Jahre alt war, und mir, die ich gerade zwei war, in die USA ausgewandert, um sich dort ein besseres Leben aufzubauen. Als meine Eltern die amerikanische Staatsbürgerschaft angenommen hatten, waren auch wir Kinder automatisch Amerikaner geworden. Unser Zuhause war Los Angeles, unsere Sprache war die der Amerikaner, unser Herz gehörte Kalifornien. Bis zur Ankunft der beiden Briefe hatte ich kaum über England nachgedacht oder darüber, daß meine Wurzeln in England waren. Keiner von uns hatte je zurückgeblickt.
In den letzten Jahren hatten meine Eltern gelegentlich von einer Reise in die ›alte Heimat‹ gesprochen, einem Wiedersehen mit der Familie, aber es war bei Plänen geblieben, und nun, so schien es, war es zu spät.
Die Briefe kamen zu einem höchst ungünstigen Zeitpunkt. Meine Mutter war gerade erst aus dem Krankenhaus entlassen worden, wo sie am Fuß operiert worden war, und konnte sich nur mühsam mit Hilfe der beiden Krücken fortbewegen, ohne die sie in den nächsten sechs Wochen nicht würde auskommen können. So lange, fürchtete sie, würde ihr Vater nicht mehr leben.
Zunächst war ich erstaunt, als sie mich bat, nach England zu reisen, um der Familie in dieser schweren Zeit beizustehen. Aber

dann erschien es mir beinahe wie eine Fügung des Schicksals, daß meine Mutter die Reise nicht machen konnte und mich an ihrer Stelle schicken wollte; gerade in diesen Tagen hatte ich den starken Wunsch und das Bedürfnis, meinem Alltagsleben eine Weile zu entfliehen.
»Einer von uns sollte rüberfliegen«, sagte sie immer wieder. »Dein Bruder kann nicht. Er ist in Australien. Dein Vater kann seine Arbeit nicht im Stich lassen. Außerdem ist er ja kein Townsend. Ich weiß, es wäre an mir rüberzufahren, aber ich kann mich ja kaum bewegen. Für dich ist es vielleicht gut, deinen Großvater noch einmal zu sehen, Andrea. Du bist in England geboren. Deine ganze Verwandtschaft lebt dort.«
Danach ging alles so schnell, daß ich nur noch vage Erinnerungen habe: Ich sprach mit dem Börsenmakler, bei dem ich arbeitete, und ließ mir freigeben, kramte meinen Reisepaß aus einer Schachtel mit Souvenirs von einer Reise nach Mexiko, buchte einen Flug auf der Polarroute und war bei all diesen Vorbereitungen ständig getrieben von dem heftigen Wunsch, dem Schmerz und der Bitterkeit über das Ende einer Liebe zu entkommen.
Während die Maschine den Nordpol überflog, dachte ich an alles, was ich hinter mir gelassen hatte, und fragte mich gespannt, was vor mir lag. Ich dachte an die quälenden Schuldgefühle meiner Mutter, die sich Vorwürfe machte, daß sie niemals nach England zurückgekehrt war und ihr Vater nun sterben würde, ohne sie noch einmal gesehen zu haben. Und ich dachte auch an Doug und die Schmerzen, die wir uns gegenseitig bei unserer Trennung zugefügt hatten.
Kein Wunder, daß ich das Gefühl hatte, neben mir zu stehen, während ich im Flughafengebäude von Manchester auf meine Verwandten wartete und mich fragte, ob ich das Richtige getan hatte.
Tante Elsie und ihr Mann sollten mich abholen, das wußte ich, und wir hatten auch keine Schwierigkeiten, einander zu finden. Tante Elsie hatte eine so ausgeprägte Ähnlichkeit mit meiner Mutter,

daß ich sie sofort erkannte, und ich vermute, meine eigene Ähnlichkeit mit meiner Mutter machte es Tante Elsie leicht, mich unter den Wartenden gleich zu entdecken.
Alle Townsends unserer Linie haben ein besonderes körperliches Merkmal, das, wie mir erzählt wurde, schon unsere Vorfahren auszeichnete – eine steile kleine Falte zwischen den Augenbrauen direkt über dem Nasenrücken, die unseren Gesichtern einen trotzigen, beinahe zornigen Zug verleiht. Ich hatte sie seit meiner Kindheit, und ich sah sie jetzt im Gesicht der Frau, die durch das Gewühl auf mich zukam.
»Andrea!« rief sie, schloß mich impulsiv in die Arme und trat dann mit Tränen in den Augen zurück. »Mein Gott, hast du eine Ähnlichkeit mit Ruth! Wie deine Mutter. Schau doch, Ed, könnte sie nicht Ruth sein?«
Ed, nicht besonders groß, zurückhaltend und etwas unsicher, stand abseits. Er lächelte, machte eine undeutliche Bemerkung und gab mir dann die Hand. »Willkommen zu Hause«, sagte er.
Als wir aus dem Flughafengebäude gingen, traf mich die Kälte wie ein Schock. In Los Angeles hatten wir knapp 30 Grad warm gehabt, und in Manchester war es jetzt, im November, schon winterlich kalt.
Onkel Edouard, von Geburt Franzose, eilte zum Parkplatz, um den Wagen zu holen, während seine Frau und ich mit meinem Koffer draußen vor dem Gebäude stehenblieben. Hin und wieder tauschten wir einen Blick und gaben beide unserer Hoffnung Ausdruck, daß Edouard bald erscheinen würde.
Ich fühlte mich fremd und befangen. Ich hatte nie erfahren, wie es ist, Verwandtschaft zu haben. Meine ganze Familie hatte bis zu diesem Tag aus meinen Eltern und meinem Bruder bestanden. Sprüche wie Familienbande und Blut ist dicker als Wasser, sagten mir nichts. Für mich hatten immer nur Freunde gezählt, Menschen, denen man sich aus Zuneigung näherte und an denen man festhielt, weil man sie mochte, nicht weil es Verpflichtung war.
Jetzt sollten plötzlich fremde Menschen, mit denen ich noch nie

etwas zu tun gehabt hatte, ein Recht auf meine Zuneigung haben, nur weil ich zufällig in ihre Familie hineingeboren war? Obwohl ich von dieser Frau und diesem Mann nichts wußte und auch die anderen, die mich erwarteten, nicht kannte, sollte ich sie mit Wärme und Herzlichkeit und ganz ohne Frage annehmen. Diese Vorstellung behagte mir gar nicht.

»Wie war der Flug, Kind?« fragte die Frau mit dem Gesicht meiner Mutter. Sie sprach den breiten Dialekt der Leute von Lancashire, eine Mischung aus schottischer und walisischer Mundart, und anfangs hatte ich Schwierigkeiten, sie zu verstehen.

»Völlig problemlos«, antwortete ich, hinten auf dem Rücksitz von Edouards kleinem Renault, die Knie fast bis zur Brust hochgezogen.

»Du bist sicher sehr müde.«

Ich nickte, ohne meiner Tante ins Gesicht zu sehen. Die Ähnlichkeit ihres Gesichts mit dem meiner Mutter störte mich. Eine Fremde mit unserem Gesicht. Ich konzentrierte mich lieber auf den Verkehr, der mich vor allem deshalb faszinierte, weil hier alles links fuhr.

»Es ist schön, daß du gekommen bist, Andrea. Dein Großvater wird sich freuen, dich zu sehen. Es ist fast so, als wäre Ruth selber hier, nicht wahr, Ed?«

Ich schluckte. Meine Person schien gar nicht zu zählen.

Ich lehnte mich zurück und schloß einen Moment die Augen. Ich hatte mich darauf gefaßt gemacht, daß es ein anstrengender Besuch werden würde, aber in welchem Maß, das konnte ich nicht ahnen. Meine Mutter und ich hatten nicht einmal über eine zeitliche Begrenzung gesprochen. Wie lange ich bleiben würde, war mit keinem Wort erwähnt worden. Ich rechnete mit einer Woche, vielleicht zwei. Lang genug, um alte Verbindungen neu zu knüpfen. Und um über Doug hinwegzukommen. Wenn das überhaupt möglich war.

Willkommen zu Hause, hatte Edouard am Flughafen gesagt. Aber mein Zuhause war Los Angeles.

»Andrea!«
Ich öffnete die Augen.
»Schau mal da, Andrea.« Meine Tante wies zum Fenster hinaus. »Weißt du, was das ist?«
Ich starrte zu dem riesigen schwarzen Gebäude hinaus, in dem hier und dort trübe Lichter schimmerten, und hatte keine Ahnung, was es war.
»Das ist das Städtische Krankenhaus«, sagte Elsie. »Da bist du zur Welt gekommen.«
Ich drehte den Kopf und sah es mir noch einmal an, aber bald schon verschwand es in der Dunkelheit, und wir fuhren jetzt zwischen endlos langen Zeilen von Reihenhäusern hindurch. Die Straßen der kleinen englischen Stadt wirkten kalt und verlassen im trüben Licht der viktorianischen Straßenlaternen. Der kleine Wagen rumpelte über das alte Kopfsteinpflaster, und mir war, als führe ich in eine lang vergangene Zeit zurück.
»Du mußt entschuldigen, daß ich nicht sonderlich gesprächig bin, Tante Elsie, aber der Flug von Los Angeles hat elf Stunden gedauert, und dann hatte ich in Heathrow noch einmal zwei Stunden Aufenthalt...«
»Aber natürlich«, sagte sie. »Kein Wunder, daß du müde bist. Und ich spiele hier die Fremdenführerin! Aber mach dir keine Sorgen, heute abend erwartet keiner mehr etwas von dir. Du trinkst jetzt einen schönen warmen Tee und dann schläfst du dich richtig aus. – Ah, da sind wir schon.«
Edouard hielt so ruckartig an, daß wir alle nach vorn fielen. Ich sah neugierig zum Fenster hinaus. Die Straße sah aus wie all die anderen, durch die wir gefahren waren: zwei endlose Zeilen Reihenhäuser aus rotem Klinker in winzigen Vorgärten.
»Wo sind wir hier?«
»Bei deiner Großmutter«, antwortete Elsie und stieg aus dem Wagen. »Wir hielten es für das Beste«, fügte sie hinzu, während ich mit einiger Mühe aus dem ungewohnt kleinen Auto kroch, »daß du bei ihr wohnst. Sie ist ja jetzt ganz allein, und ein bißchen

Gesellschaft wird ihr guttun. William oder ich hätten dich gern bei uns aufgenommen, und für dich wäre es sicher auch komfortabler gewesen, wir haben wenigstens Zentralheizung, aber deine Großmutter wollte nichts davon wissen. Kaum hatte Ruth angerufen und uns gesagt, daß du kommst, da hat Mutter schon das vordere Gästezimmer gerichtet. Es ist ein hübsches Zimmer, du wirst dich bestimmt wohl fühlen.«
Ich richtete mich auf und starrte offenen Mundes das Haus an, ein einstöckiger Kasten aus schmutzigem Klinker mit einem ungepflegten Vorgarten, über dem ein dunkles Erkerfenster hing. Das ganze Haus war finster, wie ausgestorben.
Am liebsten hätte ich auf der Stelle kehrtgemacht und Elsie gebeten, mich mit zu sich und ihrer Zentralheizung zu nehmen. Aber Edouard stapfte schon mit meinem Koffer in der Hand den Gartenweg hinauf und schob den Schlüssel in das Schloß der Haustür.
Elsie stieß mich sachte vorwärts. »Komm, Kind. Eine warme Tasse Tee, und dann ins Bett. Das hast du jetzt dringend nötig. Und morgen fühlst du dich wie neugeboren.«
Ich setzte mich in Bewegung, steif vom langen Sitzen in Flugzeug und Auto, erschöpft von Anspannung und Ungewißheit; mein Kopf schmerzte, und ich war hungrig. So betrat ich das Haus meiner Großmutter in der George Street.

Die Ähnlichkeit meiner Großmutter mit meiner Mutter war unglaublich. Als ich ihr in das alte Gesicht sah, war es beinahe, als blickte ich in die Zukunft und sähe meine Mutter, wie sie in sechsundzwanzig Jahren aussehen würde. Wie meine Mutter hatte sie die hochrückige Nase der Dobsons – eine ›aristokratische‹ Nase, sagten manche –, und sie hatte die gleichen ungewöhnlichen grauen Augen, deren Iris schwarz umrandet waren. Ihre Augenbrauen waren schmal und schön geschwungen. Die Wangen unter den hohen Wangenknochen waren eingefallen, das Kinn trat ein wenig spitz hervor. Unter der schlaffen, von tausend Fältchen durchzogenen Haut waren die Linien und Konturen ihres Gesichts

auch jetzt noch erkennbar, und je nachdem, wie das Licht auf ihnen spielte, gewannen die Züge etwas von der früheren Schönheit wieder.
Sie faszinierte mich augenblicklich, und lange konnte ich den Blick nicht von ihr wenden. Ihre grauen Augen wurden feucht, und sie sagte mit brüchiger Stimme: »Andrea…«
Auf ihren Stock gestützt, umschlang sie mich mit einem Arm. »Gott sei Dank, daß du gekommen bist«, murmelte sie dicht an meiner Wange, und ich dachte, so werde ich in sechsundfünfzig Jahren aussehen. Mich fröstelte plötzlich, und mir war, als hätte ich einen Schritt in die Zukunft getan.
Aber das Ironische ist, daß ich, wie ich heute weiß, in eben dem Moment, als mir dieser Gedanke durch den Kopf schoß, in die umgekehrte Richtung ging. Nicht in die Zukunft schaute ich, sondern in eine Zeit, die lang vergangen war.
Das Haus meiner Großmutter war klein und eng. Als diese Reihenhäuser gebaut worden waren, waren die Möglichkeiten, sich vor der Kälte des englischen Winters zu schützen, begrenzt. Wärme spendeten nur die offenen Kamine in den einzelnen Zimmern, daher waren die Räume klein, und alle Durchgangsräume, wie Flur oder Treppenhaus, beklemmend eng und niedrig. Mich überraschte das. Ich hatte mir die alten viktorianischen Häuser Englands immer großzügig und elegant vorgestellt. Aber solche Häuser hatten sich nur die Reichen leisten können. Die breite Mittelklasse, die sich mit der Industrialisierung herausgebildet hatte, hatte sich mit diesen kleinen, weit praktischeren Häuschen begnügt, und das Townsend Haus in der George Street war nur eines von Hunderttausenden seiner Art, die damals überall in England gebaut worden waren.
»Gefällt dir mein kleines Häuschen?« fragte meine Großmutter, nachdem Elsie und Ed gegangen waren und wir es uns im Wohnzimmer gemütlich gemacht hatten. Sie hatte einen Teller auf ihrem Schoß und war dabei, eine Scheibe Brot mit Butter zu bestreichen.

Ich sah mich im Zimmer um. Alte, klobige Möbel, schmutzige Wände, von denen die Farbe abblätterte, verblichene Fotografien auf einem Buffet, in schwarzes Leder gebundene Bücher mit Goldschrift auf dem Rücken, schwere Samtvorhänge. Ein kleines, überladenes viktorianisches Wohnzimmer. Vor langem schon schien für meine Großmutter die Zeit einfach stehengeblieben zu sein.
»Es hat sicher eine lange und interessante Geschichte«, sagte ich.
»O ja, das kann man sagen. Dein Onkel William will mich dauernd überreden, hier auszuziehen und eine Sozialwohnung zu nehmen. Aber ich möchte nicht auf Staatskosten leben. So wie die meisten anderen. Ich hab mein Häuschen, und ich möchte es behalten. Und eine Zentralheizung brauch ich auch nicht. Wir sind zweiundsechzig Jahre lang mit unseren Kaminen ausgekommen, warum soll das jetzt auf einmal nicht mehr möglich sein?«
»Das Haus ist zweiundsechzig Jahre alt?« Trotz der Wärme der Gasheizung, die in den Kamin eingebaut worden war, spürte ich die Kälte in meinem Rücken.
»Aber nein! So lang habe ich hier gelebt. Als ich deinen Großvater heiratete, brachte er mich hierher.«
»Und wie alt ist das Haus?«
»Es wurde 1880 gebaut. Es ist also über hundert Jahre alt.«
»Ist es irgendwann einmal modernisiert worden?«
»Natürlich, das mußte sein. Wir haben elektrisches Licht, wie du siehst.« Sie tauchte das Messer in das Glas mit Zitronenmarmelade, das neben ihr auf einem kleinen Tisch stand, strich die Marmelade dick auf das Brot und biß kräftig ab. Während sie sich die Hände an ihrer Wolljacke abwischte, sagte sie: »Und oben haben wir eine Toilette. Irgendwann waren wir hier in der Straße die einzigen, die noch ein Plumpsklo hatten. Da haben wir dann Rohre legen lassen. Aber die Toilette ist ziemlich altersschwach, man muß sie zartfühlend behandeln. Eine Badewanne ist auch da.«

Fröstelnd vor Kälte, obwohl mir Gesicht und Schienbeine von der Hitze der Gasheizung fast brannten, stellte ich mir das archaische Badezimmer meiner Großmutter vor und vermißte schon jetzt meine komfortable kleine Wohnung in Los Angeles.
Während ich noch über meine neue, mir so fremde Umgebung nachdachte und höflich den viel zu süßen Tee hinunterwürgte, geschahen plötzlich mehrere seltsame Dinge.
Ein Luftzug fuhr ins Zimmer, so kalt, daß ich zitterte. Meine Großmutter, die ihn nicht zu bemerken schien, drehte sich nach dem alten Kofferradio um, das neben ihr auf dem Tisch stand, und schaltete es ein. Ich glaubte sie sagen zu hören: »Jetzt kommt gleich mein Lieblingsprogramm.« Aber ich verstand ihre Worte nicht richtig, weil sie mir den Rücken zugewandt hatte, und das, was sie sagte, wie Gebabbel klang.
Aus dem kleinen Radio scholl das durchdringende Wimmern schottischer Dudelsäcke, und im selben Moment bekam ich einen so heftigen Schüttelfrost, daß ich beinahe meinen Tee vergossen und meinen Teller fallengelassen hätte.
Großmutter drehte sich erschrocken um. Ich zitterte am ganzen Körper.
»Dir muß ja eiskalt sein!« Mühsam stand sie aus ihrem Sessel auf. »Das ist diese fürchterliche Kälte hier. Und du hast nur die dünnen Sachen an.«
Ich wollte etwas sagen, aber meine Zähne schlugen so unkontrollierbar aufeinander, daß ich kein Wort herausbrachte.
Stumm sah ich zu, wie Großmutter mir Teller und Teetasse abnahm, beides auf den Tisch stellte und zum Sofa ging, um eine gefaltete Wolldecke zu holen. Sie breitete sie um mich aus und hüllte mich fest darin ein, wobei sie in beruhigendem Ton sagte: »Wenn ich mittags ein Schläfchen mache, nehme ich oft die Decke. Sie ist aus Shetlandwolle. Da wird dir gleich wieder warm werden.«
»L-lieber G-gott«, stieß ich zähneklappernd hervor. »Ich v-versteh g-gar nicht –« Und dann begann ich noch heftiger zu zittern.

Es war nicht die äußere Kälte. Ich spürte genau, woher es kam, und hätte Großmutter sagen können, daß ihre schöne Decke nichts helfen würde. Es kam von innen heraus, ein eisiger Hauch, der irgendwo in den Tiefen meines Körpers entsprang und jede seiner Zellen durchströmte. Mein Gesicht wurde heiß, meine Haut warm und trocken, aber immer noch schüttelte mich diese alles durchdringende Kälte.

Dann hörte ich ganz schwach, wie aus weiter Ferne, die Klänge eines Klaviers. Geisterhaft zart hob sich die Melodie, die mir vertraut war und der ich dennoch keinen Namen geben konnte, vom plärrenden Gewimmer der Dudelsäcke ab. Ich starrte erst das Radio an und dann Großmutter, doch die schien nichts wahrzunehmen. Ich drehte den Kopf hierhin und dorthin, um festzustellen, woher die sanft perlenden Töne kamen, aber es gelang mir nicht. Sie schienen aus allen Richtungen zugleich zu kommen.

Dann wußte ich plötzlich, was für eine Melodie das war, ›Für Elise‹ von Beethoven. Sie schien von ungeschickter, ungeübter Hand gespielt zu werden, und gewisse Passagen wurden immer wieder gespielt, wie zur Übung, während der oder die Spieler/in an schwierigen Stellen stockte und stolperte. Es klang fast so, als spielte ein Kind.

»Großmutter«, sagte ich.

Sie strich Marmelade auf ihr Brot und summte dabei das Lied der Dudelsackpfeifer mit.

Plötzlich fiel mir noch etwas auf. Die Uhr über dem Kaminsims tickte nicht mehr. Ich sah zu ihr hinauf. Sie schien stehengeblieben zu sein.

Das Zimmer war vom Wimmern der Dudelsäcke erfüllt, durch das wie traumhaft die Melodie von ›Für Elise‹ hindurchklang.

»Großmutter«, sagte ich lauter. »Deine Uhr ist stehengeblieben.«

Sie sah auf. »Was?«

»Die Uhr. Sie tickt nicht mehr. Hör doch.«

Wir starrten beide auf die Uhr über dem Kamin. Sie tickte wieder.
Meine Zähne schlugen jetzt wieder heftiger aufeinander, und so sehr ich mich bemühte, etwas zu sagen, ich konnte nicht. Doch plötzlich, im nächsten Moment schon, so unerwartet, wie es begonnen hatte, hörte das Zittern und Zähneklappern auf. Mein ganzer Körper war wieder ruhig.
»Nein, nein«, sagte Großmutter. »Die Uhr ist nicht stehengeblieben. Du hast nur das Ticken bei der Musik nicht gehört.«
»Und wegen des Klavierspiels wahrscheinlich.« Ich zog die Decke fester um mich.
»Wegen des Klavierspiels?«
Ich sah meine Großmutter an. Es war so alt, dieses Gesicht, und doch war die frühere Schönheit immer noch deutlich erkennbar.
»Ja, es spielt jemand«, sagte ich laut. »Horch!«
Wir horchten beide. Dann schaltete Großmutter das Radio aus. Nichts als das feine Ticken der Uhr war zu hören.
»Da spielt niemand Klavier.«
»Aber ich hab's doch gehört.«
»Woher kam das Geräusch?«
Ich zuckte die Achseln. »Ich weiß nicht genau.«
»Vielleicht war es Mrs. Clarks Fernseher. Sie sitzt praktisch Wand an Wand mit uns. Abends kann ich sie manchmal hören.«
»Nein, das war kein Fernseher. Es klang, als spielte jemand im nächsten Zimmer. Hat Mrs. Clark ein Klavier?«
»Keine Ahnung. Aber sie ist genauso alt und arthritisch wie ich.«
»Wer wohnt in dem Haus auf der anderen Seite, Großmutter?«
»Das steht leer. Seit Monaten schon. Heutzutage will kein Mensch kaufen. Jeder schaut nur, daß er eine Sozialwohnung kriegt, die nichts kostet. Ich sag dir, das Sozialsystem in England ist eine Schande. Da lassen sie diese ganzen Pakistanis rein –«

»Ich war überzeugt, ich hätte etwas gehört...«, sagte ich ratlos.
»Du bist einfach müde, Kind.« Großmutter beugte sich zu mir herüber und tätschelte mir beschwichtigend das Knie. »Dir fehlt nur der Schlaf. Ich bin froh, daß du gekommen bist, Andrea. Dein Großvater wird sich freuen.«
»Was fehlt ihm eigentlich?«
»Er ist alt, Andrea. Er hat ein erfülltes und manchmal schweres Leben hinter sich. Aber es waren gute Jahre. Wir haben viel gemeinsam durchgestanden, dein Großvater und ich.«
Als sie mich ansah, waren ihre Augen feucht, und ihre Lippen bebten. »Ich habe mit diesem Mann ein gutes Leben gehabt, und dafür werde ich immer dankbar sein. Es gibt nicht viele Frauen, denen es so gut ergangen ist wie mir. Nein, weiß Gott nicht. Und dabei hatte er im Krieg soviel durchgemacht...« Sie schüttelte bekümmert den Kopf.
»Er war auch im Krieg?« Das war ein Teil der Familiengeschichte, mit dem ich vertraut war. Mein Vater hatte oft vom Krieg erzählt, als er bei der Luftwaffe gewesen war und in der Luftschlacht um England mitgekämpft hatte.
Sie sah mich eine Weile schweigend, mit umflorten Augen an, dann blitzte Erheiterung in diesen Augen auf. »Ja, aber nicht im *Zweiten* Weltkrieg, Kind. Ich habe vom Ersten Weltkrieg gesprochen. Er war beim Pioniercorps, dein Großvater. Er hat in Mesopotamien gedient.«
Ich machte große Augen. Davon hatte ich nie etwas gehört.
»Das wußtest du nicht, hm? Ich seh's deinem Gesicht an. Hat deine Mutter dir nie von uns erzählt? Nein? Hm...« Sie sah auf ihre Hände nieder. »Irgendwie kann ich's verstehen. Die Townsends hatten eine schreckliche Geschichte, bevor dein Großvater und ich heirateten.«
»Schrecklich? Wieso?«
Sie fuhr fort, als hätte sie meine Frage nicht gehört. »Deine Mutter hat dir wahrscheinlich nur aus ihrer eigenen Kindheit erzählt.

Von sich und Elsie und William. Ja, das kann ich gut verstehen. Aber du mußt auch etwas von deinen Großeltern wissen, nicht wahr, Kind? Schließlich bist du auch ein Teil von uns. Ach, dein Großvater und ich hatten oft ein aufregendes Leben, glaub mir. Stell dir vor, genau an dem Tag, an dem wir 1915 heirateten, wurde er nach Übersee geschickt. Danach habe ich ihn zwei Jahre lang nicht mehr gesehen, und als er endlich nach Hause kam, war er so verändert, daß er praktisch ein Fremder für mich war. Er war als junger Bursche fortgegangen, und als er nach Hause kam, war er ein Mann.«

Ich starrte auf ihre runzligen alten Lippen, während sie mir in diesem schwer verständlichen Dialekt ihrer Heimat erzählte.

»Ja, er war ein ganz anderer geworden. Und als wir mit zwei Jahren Verspätung unsere Hochzeitsnacht nachholten, da war es für mich, als läge ich bei einem völlig Fremden.«

Ich versuchte, mir diesen Mann vorzustellen, den ich nie gesehen hatte, den Vater meiner Mutter, der jetzt im nahen Krankenhaus im Sterben lag und der zweiundsechzig Jahre in diesem Haus gelebt hatte. Und dann versuchte ich, mir Großmutter als junges Mädchen vorzustellen, einundzwanzig Jahre alt, wie sie schamhaft und scheu das erstemal mit ihrem Mann zu Bett ging.

Ich dachte an Doug, an unsere letzte gemeinsame Nacht, an die verletzenden Worte, die wir einander ins Gesicht geschleudert hatten. Aber als sein vertrautes, lächelndes Gesicht vor mir erschien, vertrieb ich augenblicklich die Erinnerung. Es war vorbei. Doug und ich waren fertig miteinander. Dieser Schmerz würde vergehen, die Erinnerungen verblassen, und ich würde wieder frei sein.

»Wenn man jung ist, denkt man nicht viel über die Vergangenheit nach, nicht?« meinte Großmutter. Sie rieb die Hände aneinander und hielt sie in die Wärme der Gasheizung. »Ich habe es jedenfalls nicht getan. Ich glaubte, ich würde ewig leben. In der Jugend denkt man nie an den Tod. Man hat noch keine Vergangenheit, auf die man zurückschauen kann, und man ist vom Tod so weit entfernt,

daß man glaubt, er wird nie zu einem kommen. Aber wenn man alt wird, Andrea, und der Tod nicht mehr weit ist, dann ist die Vergangenheit das einzige, was einem bleibt.«
Sie blickte einen Moment gedankenverloren vor sich hin, dann stand sie plötzlich aus ihrem Sessel auf, als wäre ihr etwas eingefallen. »Ich möchte dir etwas zeigen.«
Sie ging schwerfällig zum Buffet, stützte sich dabei auf die Rükkenlehne des Sessels und auf ihren Stock. Ihre Beine waren nach außen gekrümmt, und ihre Schultern waren unter dem runden Rücken weit nach vorn gezogen.
Sie kramte in einer Schublade und sagte dann: »Hier hab ich etwas, das du nie gesehen hast.«
Sie reichte mir eine Fotografie. Es war eine sehr alte Aufnahme, die das Gesicht einer strahlend schönen Frau zeigte, das wie unter verblichenem Sepia verschleiert schien. »Wer ist das?« fragte ich.
»Das war die Mutter deines Großvaters«, antwortete sie.
Ich konnte den Blick nicht von diesem schönen Gesicht wenden. »Seine Mutter? Hat Großvater Ähnlichkeit mit ihr? Wie alt ist das Bild?«
»Oh, das weiß ich nicht genau. Laß mich nachdenken. Es wurde aufgenommen, bevor Robert – das ist dein Großvater – geboren war, und sie war, glaub ich, zwanzig, als sie ihn bekam...«
Ich spürte, wie mich diese traurigen braunen Augen in ihren Bann zogen. Das Lächeln der Frau, die das Haar züchtig zum Knoten gesteckt hatte und am hochgeschlossenen Kragen ihres Kleides eine Kamee trug, schien mir süß und schwermütig zugleich, und ich hatte den Eindruck, als hätte sie dem Fotografen nur widerstrebend für dieses Porträt gesessen. Ein Blick der Verlorenheit lag in den jungen Augen, eine Schwermut, die von stiller Zurückgezogenheit sprach. Ich stellte mir vor, wie sie gewesen sein mußte. Eine scheue, traurige, verwirrte junge Frau.
»Vielleicht 1893«, sagte Großmutter. »Ist sie nicht eine Schönheit?«

Ich nickte. Die Mutter meines Großvaters. Meine Urgroßmutter.
»Sie war eine geborene Adams. Sie wohnte in der Marina Avenue. Aber ursprünglich kam ihre Familie aus Wales. Aus Prestatyn, glaube ich.«
»Und Großvaters Vater? Wie sah der aus – ihr Mann? Hast du von ihm auch ein Bild?«
Sie antwortete nicht.
»Großmutter?« Ich sah auf. Ihr Gesicht schien mir hart. Ich wiederholte: »Hast du von meinem Urgroßvater auch ein Bild?«
Großmutter beugte sich zu mir herunter und nahm mir das Foto aus den Händen. Mit einem Kopfschütteln ging sie zum Buffet zurück und legte das Bild wieder in die Schublade.
Als sie zu ihrem Sessel zurückkam und ein wenig näher an den Kamin rückte, gab sie dem Gespräch eine andere Wendung. »Die Jubiläumsfeiern für die Königin in diesem Jahr waren wirklich wunderschön...«

2

Es war noch nicht halb elf an diesem ersten Abend, aber ich konnte kaum noch die Augen offenhalten. Ich spürte eine leichte Berührung an der Schulter und sah, daß Großmutter aufgestanden war. Und mit schlechtem Gewissen sah ich, daß sie Teller und Tassen hinausgetragen hatte.
»Bin ich eingeschlafen? Entschuldige, Großmutter, ich wollte dir doch helfen –«
»Unsinn! Ich werd dich doch nicht arbeiten lassen, wo du hier zu Besuch bist. Es war egoistisch von mir, dich nach der langen Reise so lange wachzuhalten. Du mußt doch todmüde sein. Marsch jetzt, ins Bett mit dir.«
Sie hatte recht. Ich war unglaublich müde, ja, ich fühlte mich, als ob meinem Körper auch das letzte Fünkchen Energie entzogen worden wäre.
Sobald ich in den Flur trat, überkam mich wieder dieses bizarre Gefühl, nur noch stärker diesmal. Es war beinahe, als läge greifbare Feindseligkeit in der Luft. Ich zögerte am Fuß der schmalen Treppe und blickte in die Finsternis über mir.
»Ist was?« fragte Großmutter, die mein Zögern bemerkte.
»Ich – äh, ich weiß gar nicht, wo mein Zimmer ist.«
»Ich hab dir das Vorderzimmer gerichtet. Ed hat deinen Koffer schon raufgebracht, und Elsie hat dir eine Wärmflasche ins Bett gelegt. Es tut mir leid, daß das Zimmer keine Heizung hat. Aber weißt du, es ist viele Jahre nicht mehr benutzt worden. Seit Williams Auszug nicht mehr. Das muß jetzt gut zwanzig Jahre her sein. Also, Kind, rauf mit dir.«
Vorsichtig stieg ich die steile Treppe hinauf und stützte mich dabei mit den Händen an den Seitenwänden ab. Ich verkniff es mir, in die Schwärze des oberen Stockwerks hinaufzusehen, und versuchte so zu tun, als mache mir die Kälte nichts aus.

Aber das gelang mir nicht, und je höher ich stieg, desto kälter wurde mir. Ich fing an zu zittern. Der Atem stieg mir in kleinen Dampfwölkchen aus dem Mund. Hinter mir, ein paar Stufen tiefer, quälte sich Großmutter schwerfällig die Treppe hinauf, und ich fragte mich, ob sie mich überhaupt vor sich sehen konnte.

Oben begann ich wieder zu schnattern. Ich biß die Zähne zusammen und suchte nach einem Lichtschalter. Ich tastete mit einer Hand über die klamme Wand.

Ich berührte etwas und drückte.

»Hast du das Licht gefunden?« fragte Großmutter keuchend hinter mir.

»Ich – nein –«

Sie streckte den Arm aus, und augenblicklich ging die Deckenbeleuchtung an. Ich schaute auf die Wand. Das Ding, das ich berührt hatte, war der Lichtschalter.

»Na also. Jetzt geh nach rechts«, sagte sie außer Atem und lehnte sich an die Wand.

Der Treppe direkt gegenüber war das Badezimmer und daneben Großmutters Zimmer. Um die Ecke jedoch, einen kurzen Gang entlang, war noch eine Tür.

»Wenn du in der Nacht raus mußt, dann weißt du jetzt, wo es ist. Vergiß nicht, immer das Licht auszumachen. Gute Nacht, Kind.«

Ich rieb mir die eiskalten Arme und eilte durch den Flur zum vorderen Zimmer. Die Tür knarrte, als ich sie aufstieß, und Schwärze gähnte mir entgegen. Hastig hob ich die Hand zur Wand und fand den Lichtschalter.

Ich lächelte erleichtert. Wirklich ein hübsches Zimmer. Ein behagliches Doppelbett mit großen, weichen Kissen und einer bunten Steppdecke. Auf dem Boden ein schon fadenscheiniger, aber freundlicher Perserteppich. An einer Wand ein alter Schrank, dessen eine Tür offenstand. Gegenüber ein offener Kamin, der jetzt vernagelt war, und darüber ein großer alter Spiegel in geschwun-

genem Rahmen. Neben dem Bett ein kleines Tischchen mit einem Spitzendeckchen und der Bibel darauf.
Es sah alles sehr gemütlich aus, und meine Beklemmungen auf der Treppe kamen mir plötzlich recht albern vor. Ich drehte mich um, schloß die Tür und schob die ›Wurst‹ vor die Ritze, das längliche Polster, das verhindern sollte, daß die Kälte aus dem Flur ins Zimmer drang. Dann mußte ich schnell machen. Das bißchen Wärme, das ich von unten mitgenommen hatte, war jetzt ausgekühlt, und die eisige Kälte des Zimmers drang auf mich ein. Schon begannen meine Finger steif zu werden, so daß ich Mühe hatte, die Schlösser meines Koffers zu öffnen. Ich fror erbärmlich.
Noch nie hatte ich so etwas erlebt. Wenn es vor einigen Stunden draußen um null Grad gewesen war, wie weit war die Temperatur dann in der Zwischenzeit noch gesunken? Dieses alte, schlecht isolierte Haus kam mir vor wie ein Tiefkühlschrank.
Nachdem ich meine Jeans und das T-Shirt im Schrank aufgehängt hatte, zog ich meinen Bademantel über den Schlafanzug und ging zum Fenster. Ich zog die Vorhänge ein wenig auseinander und blickte durch die bereiften Scheiben in pechschwarze Nacht hinaus. Kein Mond, kein Stern war am Himmel, nur eine ferne Straßenlampe spendete etwas trübes Licht. Die Häuser gegenüber, eines am anderen, alle gleich, aufgereiht wie die Zinnsoldaten, waren dunkel und still. Das abgeschliffene Kopfsteinpflaster der Straße, auf der die wenigen geparkten Autos fremd wirkten, glänzte eisig.
Ich ließ die Vorhänge wieder zufallen. Mittlerweile war ich so durchgefroren, daß ich beschloß, im Bademantel zu schlafen. Erst knipste ich das Licht aus, dann sprang ich im Dunklen mit einem Riesensatz zum Bett, warf mich hinein und zog die Decken bis zum Kinn. Die Wärmflasche, die noch warm war, drückte ich an meinen Bauch und rollte mich auf der Seite zusammen.
Es war so still im Haus, daß ich meinen eigenen Herzschlag hörte. Ich war überzeugt, daß ich in diesen arktischen Verhältnissen niemals einschlafen würde. Immer noch schlugen mir die Zähne auf-

einander, meine Hände und Füße waren starr vor Kälte, ich zitterte am ganzen Körper. Mindestens eine Stunde lang muß ich wachgelegen und in die Finsternis gestarrt haben, und die ganze Zeit dachte ich an Doug und bemühte mich, das Unbehagen abzuschütteln, das mir dieses Haus einflößte.

Ich weiß nicht, wann ich endlich eingeschlafen bin, aber plötzlich war ich wieder hellwach, ohne zu wissen, was mich geweckt hatte. Ich starrte mit offenen Augen ins Dunkle und hielt mit verkrampften Fingern die Decke umklammert. Ich war schon mit Angst erwacht; die Angst hatte mich schon im Schlaf überfallen, sie hatte mich geweckt. Es war eine Angst vor etwas, das ich nicht sehen konnte. Während ich angestrengt versuchte, mit den Augen die Schwärze der Nacht zu durchdringen, wurde mir klar, daß es nicht die Dunkelheit war, die mich so ängstigte, sondern etwas anderes; etwas, das in diesem Zimmer war. Eine unsichtbare Gegenwart...

Ich kämpfte um meinen Verstand. Ich versuchte, mich zu erinnern, wer ich war, wo ich mich befand, was ich hier tat. Aber mein Geist war gefangen in einem Käfig des Vergessens. Ich erinnerte mich an nichts. Mein Gedächtnis war ausgelöscht. In schwarzer Nacht versunken.

Mitten in meinem verzweifelten Kampf, meinem ohnmächtigen Bemühen, meine Erinnerungen zu finden, entdeckte ich das Schreckliche, das mich aus dem Schlaf gerissen hatte.

Ein ungeheurer Druck lastete auf meinem Körper. Eine Kraft, die nicht zu greifen war und keine Substanz besaß, stieß mich tief in die Kissen und drohte, mich zu ersticken. Ich wollte schreien, aber ich konnte nicht. Ich bekam keine Luft.

Aus Angst und Entsetzen wurde kopflose Panik. Wie eine Rasende begann ich, mich gegen den grauenvollen Druck zu wehren. Ich rang krampfhaft um Atem und empfand jeden eisigen Luftzug, der in meine Lunge drang, wie einen Messerstich.

Ich mußte zum Licht.

Meine Gedanken überschlugen sich. War ich vielleicht gelähmt?

Wie konnte eine solche erstickende Kraft mich niederdrücken, ohne daß ich fähig war, sie zu fassen?
Ich konzentrierte mich ganz darauf, einen Arm freizubekommen. Mein Atem flog in kurzen Stößen. Ich mußte sehen.
Ich mußte sehen!
Plötzlich war mein Arm frei. Ich griff hastig nach oben und umklammerte das Kopfende des Betts. Mit einer gewaltigen Kraftanstrengung gelang es mir, mich so weit hochzuziehen, daß ich mich aufsetzen konnte. Aber immer noch lastete der beklemmende Druck auf mir. Er war wie ein gewaltiger Sog. Ich kämpfte dagegen an, schnappte gierig nach Luft, um den Alp abzuwehren. Weit aus dem Bett hängend, fuchtelte ich in der Finsternis herum, traf mit einer Hand die Wand und schlug rein zufällig auf den Lichtschalter.
Im selben Moment, als das Licht anging, wich schlagartig der Druck von mir, und ich fiel zu einem keuchenden, japsenden Bündel zusammen.
Ich hatte so stark geschwitzt, daß mein Pyjama ganz feucht war. Und jetzt begann ich zu frieren, begann vor Erschöpfung und Kälte so heftig zu zittern, daß das Bett wackelte. Lange hockte ich an das Kopfende des Betts gelehnt, rieb mir die Arme und stampfte mit den Füßen, um wieder warm zu werden, und überlegte dabei, was eigentlich geschehen war.
Ich konnte mich nicht erinnern, was mich geweckt hatte; ob es ein Traum gewesen war oder die Kälte oder einfach die ungewohnte Umgebung.
Oder etwas anderes.
Und dieser schreckliche Druck. Hatte ich ihn mir eingebildet? War vielleicht alles nur ein Traum gewesen, der bis zu dem Moment gedauert hatte, als ich im Schlaf den Lichtschalter gefunden hatte?
Ich konnte es nicht glauben. Es war mir nicht vorgekommen wie ein Traum. Es war von einer unheimlichen Realität gewesen.
Als ich die Decken bis zu Schultern und Hals heraufzog, spürte

ich, wie schwer sie waren. Mehrere Wolldecken, eine Steppdecke und ein großes Federbett – kein Wunder, daß ich mich wie erdrückt gefühlt hatte.
Natürlich! Das war es! Ich lachte leise, um mir selbst Mut zu machen. Zu Hause schlief ich immer nur mit einer leichten Decke; unter dem Gewicht dieses Bettzeugs mußte ich geträumt haben, daß eine unheimliche Macht mich ersticken wollte.
Wie seltsam ist diese Dämmerzone zwischen Schlafen und Wachen. Wie beängstigend war es gewesen, zu erwachen und nicht zu wissen, wer ich war und wo ich mich befand. Aber jetzt verständlich im Licht der Deckenlampe. Ich hatte einen Alptraum gehabt; er war mir nur realer erschienen als die meisten. Selbst jetzt noch, während ich im hellen Zimmer im Bett saß, spürte ich Reste der Furcht, die mich beim Erwachen überfallen hatte.
Aber alles Einbildung. Nichts real.
Ich griff zum Schalter, um das Licht auszumachen, und hielt inne. Ohne zu wissen warum, drehte ich den Kopf und blickte über die Schulter.
Der Spiegel über dem Kamin.
Was hatte er Merkwürdiges an sich?
Lange blieb ich so sitzen und blickte stirnrunzelnd zum Spiegel; fragte mich, was mich veranlaßt hatte, zu ihm hinüberzusehen, warum ich den Blick jetzt nicht von ihm wenden konnte. Und während ich ihn unverwandt anstarrte, war mir, als hörte ich eine feine Stimme, die mir zuflüsterte, ich dürfe nicht wegsehen.
Aber warum? Es war doch ein ganz gewöhnlicher Spiegel. Alt, eine Antiquität vielleicht, mit einem glanzlosen vergoldeten Rahmen. Nichts Ungewöhnliches war an ihm. Und er zeigte nichts als ein Bild dieses Zimmers mit der offenen Schranktür im Mittelpunkt.
Und doch hielt er mich fest, und ich schaute ihn so fasziniert an, als wüßte ich, was ich in ihm suchte. Als schwebe die Antwort auf die Frage, was für eine zauberische Macht dieser Spiegel besaß, am

innersten Rand meines Bewußtseins. Beinahe konnte ich sie fassen...
Endlich schüttelte ich abwehrend den Kopf, befreite mich aus dem Bann und glitt wieder unter die Decken, ohne das Licht zu löschen. Der lange Flug und die Zeitverschiebung hatten mir mehr zugesetzt, als ich geglaubt hatte.
Ich zwang mich zu einem Lächeln und versicherte mir, während ich mich im tröstlichen Schein des Lichts ausstreckte, daß morgen alles wieder ganz normal sein würde.

Als ich am Morgen erwachte, roch ich den Duft von gebratenem Speck und frischem Kaffee, und nach einem Blitzbesuch im eiskalten Badezimmer sauste ich in Jeans und Pullover nach unten, wo mich ein angenehm warmes Wohnzimmer und ein gedeckter Tisch erwarteten. Zwar vertrieb das Sonnenlicht, das freundlich durch das Fenster strömte, alle Hirngespinste der vergangenen Nacht, doch es blieb ein Gefühl unerklärlichen Unbehagens. Ich hatte kaum geträumt und konnte mich nur an wenige zusammenhängende Traumfetzen erinnern. Als ich im sonnenhellen Zimmer erwacht war, hatte ich mich erfrischt und ausgeruht gefühlt; um so bestürzender war es zu entdecken, daß das Haus mich noch immer nicht aus seinem unheimlichen Bann entlassen hatte.
»Ist das hier das einzige Zimmer im Haus, das ihr bewohnt, Großmutter?« fragte ich, während ich Butter auf meinen Toast strich.
»Ja, Kind. Dieses Zimmer und unser Schlafzimmer. Den früheren Salon benützen wir schon seit Jahren nicht mehr. Wir brauchen ihn nicht. Er dient uns eigentlich nur noch als Abstellraum.«
Ich nickte. Es war ein gemütliches Zimmer. Wir saßen an dem kleinen Eßtisch vor dem Fenster, das zum Garten hinausblickte. Aber ein Garten war das eigentlich gar nicht. Vom Fenster bis zu der hohen Mauer am anderen Ende konnten es höchstens zehn Schritte sein. Man hätte mit einem einzigen großen Sprung über

den ganzen Garten setzen können. Der Boden war holprig mit Backstein gepflastert. Es gab keinen Rasen und keine Blumenbeete, nur am Fuß der beiden Mauern je einen Streifen Erde, aus der Rosenbüsche wuchsen – oder einmal gewachsen waren; jetzt waren sie nur noch dürre Skelette. In die Mauer am Ende des Gartens war ein Tor eingelassen, das in eine kleine Gasse und zu dem auf der anderen Seite liegenden freien Feld führte.
»Blühen die Rosen im Sommer, Großmutter?«
»Nein, Kind. In diesem Garten will einfach nichts gedeihen. Das war schon immer so. Von Anfang an. Diese Rosenbüsche waren schon hier, als wir hier einzogen.«
»Hast du mal versucht, sie zum Blühen zu bringen?« Ich führte meine Tasse zum Mund und blickte geistesabwesend zu den kahlen Büschen hinaus.
»Ja, sicher, am Anfang schon, aber es war sinnlos. Es ist wahrscheinlich schlechter Boden.« Sie sah mich an. »Weißt du, es ist komisch, jetzt, wo ich darüber nachdenke – nie ist uns in diesem Garten etwas gewachsen. Und uns ist auch kein Haustier geblieben, ob Hund oder Katze. Immer sind sie uns weggelaufen. Das muß am Boden liegen, sagte dein Großvater immer.«
Ihre Worte weckten ein seltsames Gefühl in mir, aber ich schüttelte es ab und sagte: »Wie lange lebt ihr hier schon allein, du und Großvater?«
»Dein Onkel William ist als letzter ausgezogen. Das muß jetzt zwanzig Jahre her sein oder länger. Danach brauchten dein Großvater und ich die anderen Räume nicht mehr. Aber die Möbel sind noch alle da, so wie sie waren, als ich vor zweiundsechzig Jahren hier eingezogen bin.«
»Im Ernst? Das alles hier ist noch von damals?«
»Jedes Stück. Auch das Bett, in dem du heute nacht geschlafen hast. Das kam alles so um 1880 ins Haus.«
»Du hast ein paar wertvolle alte Dinge hier, Großmutter.«
»Ja, ich weiß. Und da liegen mir Elsie und William dauernd in den Ohren, daß ich alles verkaufen und in eine Wohnung ziehen soll.

Das kann ich doch nicht! Das Haus steckt für mich voller Erinnerungen. Niemals könnte ich einfach von hier fortgehen. Das Haus ist ein Teil von mir, Andrea.«
Ich sah wieder zum Fenster hinaus, betrachtete den leuchtend blauen Himmel und versuchte mir vorzustellen, wie es sein mußte, zweiundsechzig Jahre lang im selben Haus zu leben. Die längste Zeit, die ich mit meinen Eltern irgendwo gelebt hatte, waren zehn Jahre gewesen, in einem Haus in Santa Monica, und wir hatten gemeint, es wäre eine Ewigkeit.
»Dieses Haus hat viel erlebt, Andrea, und es hat auch an Unglück nicht gefehlt.«
Ich wandte mich wieder meiner Großmutter zu.
Sie wich meinem Blick aus. »Aber es hat natürlich auch viel Freude gesehen. In jeder Familie gibt es beides, nicht wahr?«
Der Rest des Morgens verging mit Aufräumen, Abwaschen und Großmutters Gesprächen über die Misere der britischen Wirtschaft. Um ein Uhr kamen Elsie und Ed, durchgefroren und mit roten Nasen.
»Es wird wieder kälter«, bemerkte Elsie und eilte zum Kamin. »Hoffentlich frierst du nicht, Andrea.«
»Nein, nein, ich hab mich warm angezogen. Wie lang ist die Besuchszeit?«
»Nachmittags nur eine Stunde. Aber das ist auch genug für deinen Großvater. Wir wollen ihn nicht ermüden. Und abends kann man anderthalb Stunden bleiben.«
»Geht ihr beidemale?«
»Nein, Kind. Abends geht William mit seiner Frau. Wir können nachmittags gehen, weil Ed schon in Rente ist. William und May gehen abends nach dem Essen. Manchmal geht auch Christine nach der Arbeit zu Großvater.«
Über Christine wußte ich ein wenig. Sie war sieben Jahre jünger als ich und arbeitete als Stenotypistin in einer Fabrik in der Nähe. Elsies Kinder, mein Vetter Albert und meine Cousine Ann, lebten nicht mehr in Warrington. Ann war nach Amsterdam gegangen,

und Albert hatte geheiratet und lebte jetzt in Morecambe Bay an der Irischen See.
Geradeso wie meine Mutter ihren Verwandten über besondere Ereignisse in unserer Familie geschrieben hatte, meinen College-Abschluß zum Beispiel und Richards Entschluß, nach Australien zu gehen, hatte unsere englische Verwandtschaft uns über die Jahre von ihrem Leben berichtet. Aber ich kannte Christine, Albert und Ann natürlich nur von Fotos, und abgesehen von einigen Äußerlichkeiten – daß Ann in Amsterdam als Malerin arbeitete, Albert und seine junge Frau eine kleine Tochter hatten und Christine hier in Warrington in ihrer eigenen kleinen Wohnung lebte – wußte ich nichts über sie.
Und ich wollte auch gar nichts wissen. Ich war so lange ohne Verwandtschaft ausgekommen, da hatte ich jetzt keinerlei Bedürfnis, Beziehungen herzustellen. In wenigen Tagen würde ich sowieso nach Los Angeles zurückkehren, und diese Menschen hier würden wieder aus meinem Leben verschwinden.
»Deine Mutter und ich waren zwei schlimme Mädchen«, sagte Elsie, als ich mich zu ihr an den Kamin setzte. »Mir ist schleierhaft, wie der arme William es mit uns ausgehalten hat. Wir waren beide älter, weißt du, und wir haben ihn furchtbar tyrannisiert.« Sie lachte. »Ach, wie schade, daß Ruth nicht mitkommen konnte. Aber so eine Fußgeschichte ist langwierig und schmerzhaft, nicht wahr? Weißt du eigentlich, Andrea, daß ich dich als Baby eine Weile versorgt habe? Deine Mutter wurde kurz nach deiner Geburt krank und mußte noch einmal ins Krankenhaus, und da hab ich mich um dich gekümmert. Das war schön. Es war, als wärst du mein Kind. Ich hatte damals noch keine Kinder. Albert wurde erst ein Jahr später geboren.«
So erzählte sie eine Weile weiter, bis es Zeit war zu gehen. Dankbar für die Wollmütze und die Handschuhe, die Elsie mir mitgebracht hatte, mummelte ich mich richtig ein und wappnete mich gegen die Kälte, die uns draußen erwartete.
»Und wenn du zurückkommst, gibt es einen guten Fisch, Kind«,

sagte Großmutter, die uns zur Tür begleitete. »Ich kann heute nicht mitkommen, Andrea. Es ist zu kalt für meine alten Knochen. Vielleicht am Sonntag, wenn ich mich wohl genug fühle.« Als ich Elsie und Ed hinterhergehen wollte, die schon auf dem Weg zum Wagen waren, hielt sie mich fest. »Er ist ein Fremder für dich, Andrea, aber daran solltest du dich nicht stören. Er ist ein Townsend genau wie du eine Townsend bist. Denk immer daran, daß er der Vater deiner Mutter ist. Er ist dein Großvater, und er braucht dich jetzt. Er braucht uns alle.«
Ich nickte stumm und lief zum Wagen hinaus.

Das Städtische Krankenhaus von Warrington wirkte bei Tag genau so mächtig und bedrohlich wie am Abend zuvor, als Elsie es mir gezeigt hatte. Hier, zwischen diesen dicken roten Backsteinmauern, hatte ich meinen ersten Schrei getan. Und nun, siebenundzwanzig Jahre später, war ich zurückgekehrt, auf einer Art unfreiwilliger Pilgerfahrt zu meinen Wurzeln.
Das erste, was ich wahrnahm, als wir durch die Schwingtür des Krankenhauses traten, war der entsetzliche Geruch. Er war so ekelhaft und durchdringend, daß mir beinahe übel wurde. Ed und Elsie schienen ihn gar nicht zu bemerken. Sie waren ganz damit beschäftigt, Handschuhe, Mützen und Schals abzulegen und ihre Mäntel aufzuknöpfen. Ich machte es ihnen nach und bemühte mich, den Gestank zu ignorieren, während ich ihnen durch den langen Korridor zur Station folgte.
Hier erwartete mich der nächste Schock: Das Krankenzimmer war ein großer düsterer Raum mit nacktem Holzfußboden und kahlen weißen Wänden. Zwanzig Betten standen nebeneinander an jeder der beiden Längswände, am einen Ende des Raums war ein Waschbecken, am anderen ein altmodischer Fernsehapparat. Die Vorhänge an den Fenstern waren trist, in einer Ecke stand ein Stapel Klappstühle.
Dort nahm Ed drei Stühle, klappte sie auf und stellte sie zu beiden Seiten des Betts auf, das der Tür am nächsten stand.

»Komm, Kind«, sagte er zu mir. »Setz dich zu deinem Großvater.«
Ich näherte mich langsam dem Bett, den Blick auf das Gesicht des alten Mannes gerichtet, der darin schlief. Einen Moment lang blieb ich an seiner Seite stehen und betrachtete die eingefallenen Züge, die durchsichtig scheinende Haut, die dünnen Büschel weißen Haars, die von seinem Kopf abstanden. Er lag da wie aufgebahrt, so ruhig, so tief. Mein Großvater schlief in inniger Ruhe, als hätte er schon den letzten Frieden gefunden.
Ich zog mir einen Stuhl heran. So laut wie unsere Stimmen und unsere Schritte tönte das Kratzen der Stuhlbeine auf dem Holzboden durch den ganzen Krankensaal. Elsie und Ed setzten sich auf der anderen Seite des Betts nieder, und Elsie fing sofort an, in ihrer großen Handtasche zu kramen, um allerhand Leckerbissen für ihren Vater zum Vorschein zu bringen. Eine Packung Kekse. Eine Flasche Orangensaft. Eine Rolle Pfefferminztaler. Dabei redete sie auf den Schlafenden ein, als wäre er hellwach, erzählte endlos vom Rugbyspiel zwischen Warrington und Manchester, vom Pferderennen, wo mein Großvater offenbar häufig sein Glück versucht hatte, von den Fernsehsendungen über die königlichen Jubiläumsfeiern und von Alberts kleiner Tochter.
Ed saß lächelnd dabei, verteilte die Geschenke auf dem Nachttisch und unterstützte Elsie mit bestätigenden Kommentaren.
Mich verblüffte das Verhalten der beiden. Wäre nicht die leichte Auf- und Abwärtsbewegung der Brust unter der Decke gewesen, man hätte den alten Mann im Bett für tot halten können. Sein Körper lag so reglos, als wäre er schon ohne Leben.
Ich suchte in dem fremden Gesicht nach vertrauten Zügen. Zu Hause, in meinem Album, hatte ich Fotos von meinem Großvater. Sie zeigten einen kräftigen, robusten Mann mit dichtem schwarzen Haar und einem etwas derben, aber gut geschnittenen Gesicht. Doch es waren Bilder eines Fremden, eines Mannes, der mir nichts bedeutete. Und auch jetzt, da ich ihn vor mir hatte, blieb er mir fremd. Und doch war da, kaum erkennbar in dem im Schlaf

entspannten Gesicht, die steile kleine Falte über der Nase, das besondere Merkmal der Townsends.
Ich schluckte und schob die Hände auf meinem Schoß fest ineinander.
»Du wunderst dich wahrscheinlich, wieso wir mit ihm sprechen«, sagte Elsie plötzlich.
Mit einem Ruck hob ich den Kopf. Ich hatte ihre Anwesenheit vergessen.
»Weißt du, der Arzt hat uns gesagt, daß ein Mensch, auch wenn er schläft, immer noch hört. Stimmt's, Ed? Er hat gesagt, das Gehör versagt als letztes, wenn jemand stirbt, darum können Kranke, auch wenn sie bewußtlos sind, noch hören. Und auch wenn Vater überhaupt nicht reagiert, kann es sein, daß er unsere Stimmen wahrnimmt und daß es ihn tröstet, daß wir da sind. Deshalb rede ich immer mit ihm. Ich meine, das ist doch das mindeste, was man tun kann, nicht?« Sie sah mich erwartungsvoll an, und ich wußte, was sie wollte.
Ich blickte wieder auf das alte wächserne Gesicht hinunter, die schlaffen Lippen, die in den zahnlosen Mund eingezogen waren, und auf die wie verwischt wirkende steile kleine Falte zwischen den weißen Brauen. Ich neigte mich leicht über das Bett und legte vorsichtig eine Hand auf die Decke, unter der ich einen mageren, knochigen Arm fühlte. »Hallo, Großvater. Ich bin's, Andrea.«
Meine Worte hingen in der Luft. Wir beugten uns alle drei über das Bett.
Dann sagte Elsie leise: »Er hat dich gehört, Kind. Er weiß, daß du hier bist.«
Während ich unverwandt in das schon vom Tod gezeichnete Gesicht sah, versuchte ich, mir den schneidigen jungen Pionier vorzustellen, der 1915 nach Mesopotamien gezogen war. Ich versuchte, unter der verfallenen Hülle eine Spur des jungen Mannes zu erkennen, der meine Mutter auf den Knien gehalten hatte.
Aber es gelang mir nicht. Ich wollte es erzwingen. Ich wollte wenigstens ein Fünkchen Zuneigung zu diesem sterbenden alten

Mann heraufbeschwören. Aber ich empfand nichts. Er war und blieb mir fremd, nichts weiter als ein sterbender alter Mann.
Ich hob den Kopf und sah Elsie an und zwang mich zu einem Lächeln. Mit ihr und den anderen Verwandten ging es mir nicht anders. Wie sollte ich die Zuneigung geben, die sie suchten, wenn ich sie nicht empfand?
Endlich, endlich war die Stunde um. Ich hatte geglaubt, sie würde niemals vergehen. Menschen waren gekommen, um die anderen Patienten in diesem schrecklichen Krankenzimmer zu besuchen. Ihre Stimmen hallten zwischen den kahlen Wänden wider, das Dröhnen ihrer Schritte störte die Stille. Schwestern und Pfleger eilten geschäftig hin und her. Jemand schaltete das Fernsehgerät ein. Der alte Mann im nächsten Bett bekam einen heftigen Hustenanfall.
Doch mein Großvater lag ruhig und reglos. Wo immer er auch war, er befand sich anscheinend an einem Ort, der ungleich schöner und friedlicher war als dieser Saal.
Ich bemühte mich, meine Erleichterung nicht zu zeigen, als wir uns verabschiedeten. Ich war froh, daß niemand von mir erwartete, William und seine Frau am Abend nochmals hierher zu begleiten.
»Diese Kälte bekommt dir gar nicht, Kind«, sagte Elsie, als wir zum Wagen gingen. »Du kennst ja auch nur Südkalifornien. Ich kann mir vorstellen, wie unwohl du dich in diesem Wetter fühlst. Aber es war lieb von dir, daß du mitgekommen bist. Vater wird nicht mehr lange leben, und dann ist es vorbei.«
Ich sah die Tränen in ihren Augen und berührte leicht ihren Arm.
»Du tust uns allen gut«, sagte sie mit brüchiger Stimme. »Vater hätte sich sicher gewünscht, in seinen letzten Stunden Ruth noch einmal zu sehen. Aber du bist ja genau wie deine Mutter. Du hast das gleiche Lächeln. Wenn man dich ansieht, meint man, deiner Mutter ins Gesicht zu schauen, wie sie damals war, als sie von hier fortging.«

Ich wandte mich ab und stieg schnell ins Auto.
Elsie setzte sich nach vorn neben Ed, ohne mit dem Sprechen aufzuhören. »Es wäre so schön gewesen, wenn deine Mutter schon früher einmal auf Besuch gekommen wäre. Wahrscheinlich macht sie sich jetzt Vorwürfe.«
»Ja, das tut sie.«
»Ich kann's verstehen. Mir würde es genauso gehen. Aber die Zeit verstreicht, und die Jahre vergehen, und eines Tages erkennt man plötzlich, daß kein Mensch ewig lebt.«
Ed fuhr den Wagen vom Parkplatz.
Ich war nie mit dem Tod in Berührung gekommen, hatte nie einen Sterbenden erlebt, nie eine Leiche gesehen, nie einen nahestehenden Menschen durch Tod verloren. Der Tod war ein abstrakter Begriff für mich, der mit mir nichts zu tun hatte.
Wenn man unter Palmen und ewiger Sonne lebt, wenn man siebenundzwanzig ist und das ganze Leben noch vor sich zu haben glaubt, dann denkt man nicht an die eigene Vergänglichkeit. Man denkt nicht an das Ende der Dinge, an die Vergangenheit, an die vielen Leben, die vor einem gelebt worden sind.
Wir rumpelten über das Kopfsteinpflaster die Straße hinunter. Elsie machte mich auf Orte aufmerksam, die mir als kleines Kind vertraut gewesen waren, und mein Herz blieb kalt. Ich war nichts weiter als eine Fremde unter Fremden, und mein Zuhause war auf der anderen Seite der Erde.

Kaum traten wir durch die Tür, war er wieder da, dieser bedrükkende Schatten, den das Haus auf mich zu werfen schien. Diesmal jedoch führte ich ihn auf die Stimmung zurück, in die der Besuch bei meinem Großvater mich versetzt hatte. Geruch nach Fisch und Bratkartoffeln empfing uns, als wir die Tür zum Wohnzimmer öffneten. Großmutter stand in ihrer kleinen Küche und bereitete für uns das Mittagessen. Es war fast halb drei.
Elsie und Ed blieben zum Essen.
»Wie war er heute?« fragte Großmutter, nachdem wir uns alle

vom panierten Fisch, den Erbsen und den Kartoffeln genommen hatten.
»Ganz gut, Mama. Er hat geschlafen.«
»Er wirkte sehr friedlich«, sagte Ed.
Großmutter nickte beruhigt. »Er bekommt gute Pflege im Krankenhaus. Er hat es immer warm, und das Essen ist ausgezeichnet. Hat er sich gefreut, Andrea zu sehen?«
»Ich glaube schon«, murmelte Elsie.
»Weißt du, Kind«, sagte Großmutter, sich mir zuwendend, »als dein Großvater vor ein paar Wochen krank wurde und nicht mehr gehen konnte und die Sanitäter ihn wegbrachten, da hätte ich mich am liebsten gleich zum Sterben niedergelegt. Es war, als wäre mir ein Teil von mir weggerissen worden. In den ersten Tagen habe ich schrecklich gelitten. Aber als ich sah, wie gut es ihm im Krankenhaus ging, wie liebevoll die Schwestern waren, wußte ich, daß es das Beste für ihn war. Ich habe Gott um Kraft gebeten, und allmählich konnte ich mich mit dem abfinden, was geschehen war.«
Ihre ruhigen grauen Augen hielten mich fest. Dann sagte sie leise: »Er kommt da nie wieder raus, Andrea.«
»Aber Mama!« Elsie sprang auf. »Was redest du da? Er kommt bestimmt wieder nach Hause, du wirst schon sehen.«
»Kein Mensch lebt ewig, Elsie.«
Als Elsie und Ed sich etwas später zum Gehen bereit machten, blieb ich am Tisch vor dem Fenster sitzen, schaute hinaus in den blauen Novemberhimmel und fragte mich, was mich das alles anging.
Ich hörte, wie Großmutter, die die beiden zur Tür gebracht hatte, die Polsterrolle wieder vor die Ritze schob und die schweren Vorhänge zuzog. Dann kehrte sie ins Wohnzimmer zurück.
»Ich weiß, es war schwer für dich, deinen Großvater so zu sehen, Andrea. Aber er hat seinen Frieden, Andrea, daran mußt du denken.«
Ich mied ihren Blick. Ich fürchtete, sie könnte in meinen Augen die Wahrheit sehen, und die Wahrheit war, daß ich für meinen

Großvater so wenig empfand wie für die anderen alten Männer, die krank oder sterbend in diesem Saal lagen. Die Realität des Todes, dem keiner von uns entgehen kann, war es, die mir so auf die Stimmung drückte. Diese Unausweichlichkeit, über die ich vorher nie nachgedacht hatte, und die mich nun plötzlich an Doug denken ließ.

»Ich weiß, was du brauchst«, sagte Großmutter aufmunternd. »Ich mach dir ein paar heiße scones, die werden dir schmecken. Ich habe schon lange keine mehr gebacken, aber ich habe alle Zutaten da. Na, wie wär's? Hättest du Lust darauf?«

Während sie auf ihren Stock gestützt in die Küche humpelte, stand ich vom Stuhl auf und versuchte, die schwarze Stimmung abzuschütteln.

»Kann ich dir was helfen?« rief ich.

»Kommt nicht in Frage. Du brauchst gar nicht erst reinzukommen. Setz dich ans Feuer und mach's dir gemütlich.«

Ich ging ein Weilchen im Zimmer umher und blieb schließlich vor der Glasvitrine in der Ecke stehen. Auf einem der Borde standen mehrere Bücher. Ich las die Titel, entdeckte eines, das mich interessierte, und öffnete die Tür, um es herauszunehmen. Es war eine in schwarzes Leder gebundene Ausgabe von Rider Haggards *She*. Auf der Innenseite war ein Ex Libris eingeklebt. »Naomi Dobson«, stand darauf, »zur Belohnung für fleißigen Schulbesuch und guten Fortschritt. 31. Juli 1909.«

Ich schlug das Buch auf und blätterte darin herum. Ich hatte diese Abenteuergeschichte über eine Gruppe von Forschern, die ins finsterste Afrika gezogen waren und dort eine unsterbliche Königin entdeckten, vor langer Zeit in der Highschool gelesen. An einer Stelle, die mir noch im Gedächtnis war, hielt ich inne und las. »Schwach und bedrückt wird der Sterbliche angesichts des Staubs, der ihn an seinem Ende erwartet.«

Wie wahr, dachte ich. Wie sehr hatte mich der Anblick meines sterbenden Großvaters bedrückt, da er mir bewußt gemacht hatte, daß auch mich eines Tages dieses Ende erwartete.

Als ich das Buch zurückstellte, überkam mich plötzlich ein Gefühl, als sträubten sich mir buchstäblich die Haare im Nacken. Es war ein unheimliches Gefühl, das langsam vom Nacken zum Kopf hinaufkroch. Ich stand ganz still. Ich hatte den Eindruck, daß die Luft um mich herum sich verändert hatte. Und daß es im Zimmer dunkler geworden war.

Ich hob den Kopf und sah mich um. Das Wohnzimmer sah aus wie immer. Und doch – es war merkwürdig, irgend etwas war tatsächlich anders. Ich hätte nicht sagen können, was es war, aber mir fiel auf, daß es unheimlich still geworden war.

Langsam drehte ich den Kopf zum Fenster und fuhr zusammen.

Ein Junge stand draußen, nicht älter als vierzehn oder fünfzehn Jahre. Gesicht und Hände an die Scheiben gedrückt, spähte er zu mir herein. Eine Sekunde lang starrte ich ihn erstaunt an, wobei mir der Gedanke durch den Kopf schoß, daß er etwas Vertrautes an sich hatte, dann rief ich laut: »Großmutter!«

Der Junge blieb am Fenster stehen, den Blick mit einem Ausdruck unverhohlener Neugier auf mich gerichtet. Er hatte schwarzes Haar und dunkle Augen. Seine Miene wirkte trotzig durch die kleine steile Falte zwischen seinen Augenbrauen.

»Großmutter!«

Ich zwang mich, von der Vitrine weg zur Küche zu gehen.

»Was ist denn?« rief Großmutter zurück.

»Da draußen ist ein –« Ich drehte den Kopf zum Fenster. Der Junge war verschwunden.

»Was denn, Kind?«

Sich die mehlweißen Hände an der Schürze wischend, kam sie zur Tür. Aus der Küche konnte ich das Zischen des Fetts in der Pfanne hören.

»Eben hat ein Junge durch das Fenster geschaut.«

»Was? Diese frechen Bengel!« Sie packte ihren Stock, machte unsicher kehrt und humpelte in die Küche zurück. Ich folgte ihr am kleinen Tisch vorbei, wo alles voller Mehl war und der Teig

halb ausgerollt unter dem Nudelholz lag, zur Hintertür. Die ganze Zeit schimpfte Großmutter halblaut vor sich hin.
Sie öffnete die Tür, und die arktische Kälte schlug uns entgegen. Vorsichtig stieg sie auf das holprige Backsteinpflaster hinunter.
»Diese Früchtchen! Machen sich einen Spaß daraus, alte Leute zu ärgern. Drum haben wir nie eine Türglocke einbauen lassen. Da klingeln sie nur und laufen dann davon. Also, wo ist der Bursche?«
Ich sah mich in dem kleinen Hinterhof um und wußte, daß wir vergeblich suchen würden. »Er muß durch das Tor hinausgelaufen sein«, sagte ich kleinlaut.
»Was? Nie im Leben. Das Tor ist schon seit einer Ewigkeit nicht mehr benutzt worden. Schau nur selbst nach, es rührt sich überhaupt nicht.«
Fröstelnd inspizierte ich Schloß und Türangeln. Alles für immer zugerostet. Dann musterte ich die Mauer, die schmalen Erdstreifen mit den dürren Rosenbüschen darunter, um zu sehen, ob er Fußabdrücke hinterlassen hatte. Dann stellte ich mich auf die Zehenspitzen und spähte in Mrs. Clarks kleinen Garten und sah die endlose Kette von Mauern und Gärten und schmutzigen alten Häusern.
»Was ist da hinten, Großmutter?«
»Eine Gasse, die kein Mensch benützt. Und auf der anderen Seite das große Feld. Newfield Heath, das reicht bis zum Kanal runter. Der Bengel ist längst über alle Berge.«
»Ja...« Ich rieb mir die Arme. Die Rosenbüsche waren unberührt. Wenn jemand über die Mauer geklettert wäre, hätte er jedoch unweigerlich in ihnen landen müssen.
Ich fröstelte.
»Komm wieder rein, Kind. Vergiß die Geschichte. Es war nur ein Dummejungenstreich.«
Ich folgte ihr wieder ins Haus und sperrte die Hintertür ab. Immer noch fröstelnd setzte ich mich ins Wohnzimmer. Weder die Wärme der Gasheizung noch der heiße Tee konnten die Erinnerung an das unheimliche Gefühl vertreiben, das mich befallen

hatte, ehe ich den Jungen am Fenster gesehen hatte. Und ebenso wenig den Eindruck, ihn schon einmal gesehen zu haben.

Unser Abendessen bestand aus Butterbroten und heißer Milch. Danach setzten wir uns wieder an den Kamin. Ich kuschelte mich tief in den Sessel und ließ mich von der Wärme des Zimmers einlullen. Ich war unglaublich müde und wäre am liebsten sofort zu Bett gegangen, aber ich spürte, wie sehr Großmutter meine Gesellschaft genoß, wieviel Freude es ihr machte, mich zu umsorgen, und zwang mich deshalb, wach zu bleiben.

Sie schwatzte eine Weile über dieses und jenes, über das Ausländerproblem in England, über lang vergangene glückliche Tage, erzählte mir aus der Kindheit meiner Mutter, von William, Elsie und Ruth, die in diesem Haus aufgewachsen waren, von dem Tag, als meine Mutter der Familie ihren zukünftigen Mann vorgestellt hatte. Ich hörte ihr gern zu, auch wenn ich vieles, was sie erzählte, schon von meiner Mutter gehört hatte. Nach einer Weile jedoch fiel mir auf, daß sie es sehr bewußt vermied, von der ferneren Vergangenheit zu sprechen. Als gäbe es da eine Tür, die sie nicht zu öffnen wagte.

Dann sagte sie: »Ich hab hier irgendwo einen Karton mit Fotografien. Die mußt du dir ansehen.«

Ich blieb mit geschlossenen Augen in meinem tiefen Sessel sitzen, gab mich der Stille und dem Frieden des Raums hin und versuchte, eine Mauer aufzurichten gegen die Erinnerungen, vor denen ich hierher geflohen war. Ich hoffte, es würde nicht mehr lang dauern, bis ich ohne Schmerz an Doug denken konnte.

»Na bitte, da sind sie schon.« Großmutter hatte den Karton mit den Fotos gefunden und setzte sich wieder zu mir. »Das sind alles Bilder von deiner Mutter und Elsie und William, als sie noch klein waren.« Sie kramte in der Schachtel. »Hier ist eine von uns allen, als wir am Meer waren. Das muß so um 1935 gewesen sein. Deine Mutter war damals fünfzehn, Elsie sechzehn, und William war noch ein richtiger kleiner Lauser.«

Ich sah mir die unscharfe Aufnahme an und beugte mich dann neugierig über den Karton. Die Fotografien lagen kunterbunt durcheinander, lauter Schwarzweißaufnahmen, die alle etwa aus der gleichen Zeit zu stammen schienen.

Aber am Rand des Durcheinanders, an die Wand des Kartons gedrückt, so daß eine Ecke in die Höhe ragte, entdeckte ich ein Foto, das größer war als die anderen und, nach dem zu urteilen, was von ihm zu sehen war, beträchtlich älter. Während Großmutter weiter schwatzte, griff ich in den Karton und zog das Bild heraus.

Ich hatte recht gehabt. Sie war wirklich älter als die anderen. Viel älter. Eine sepiabraune, leicht verblaßte Fotografie mit einem Knick in der Mitte, die drei Kinder auf einer Treppe vor einem Haus zeigte.

Wie gebannt starrte ich auf das Foto. Einen Moment stockte mir der Atem.

»Großmutter«, sagte ich dann.

Sie blickte auf das Foto in meiner Hand. »Was ist das für eines?«

»Wer sind die Kinder, Großmutter?«

»Warte, da muß ich erst meine Brille aufsetzen.« Sobald sie ihre Bifokalbrille auf der Nase hatte und die Gesichter der drei Kinder erkennen konnte, verzog sie unwillig den Mund. »Oh«, sagte sie wegwerfend. »Das da! Das sind die Townsends, Andrea. Die Familie deines Großvaters. Das sind Harriet, Victor und John. Komm, gib her, das ist nichts –« Und sie griff nach dem Foto, um es mir wegzunehmen.

Aber ich hielt es fest. Ich sah, daß meine Hand zitterte. »Wer –« Ich mußte meine Lippen befeuchten. »Wer ist wer, Großmutter?«

»Wie?«

»Wer ist welches Kind, Großmutter? Zeig es mir.«

»Hm, warte mal.« Sie beugte sich vor und tippte mit dem Finger der Reihe nach auf die drei Gesichter. »Das ist Harriet. Das ist Victor. Und das ist John.«

Der Junge in der Mitte. Der zwischen dem Mädchen mit den Korkenzieherlocken und dem kleineren Jungen im Matrosenanzug. Der, den Großmutter Victor genannt hatte. Dieser Junge hatte am Nachmittag durch das Fenster hereingesehen.

3

»Aber das ist doch unmöglich«, protestierte sie. »Das hast du dir eingebildet.«
»Nein, bestimmt nicht. Das ist der Junge, den ich am Fenster gesehen habe.«
»Es war vielleicht einer, der ihm ähnlich sah –«
»Nein. Er war genauso angezogen. Es ist mir in dem Moment nicht aufgefallen, aber er hatte altmodische Sachen an, die gleichen Sachen, die er hier auf dem Foto trägt. Ich kann mir das gar nicht eingebildet haben, Großmutter. Da hatte ich das Foto doch noch gar nicht gesehen. Er war so lebendig, wie du jetzt vor mir sitzt.«
Großmutter schüttelte beinahe mitleidig den Kopf. »Andrea, das sind deine Nerven. Du bist überreizt. Das ist ja auch kein Wunder, wo du kurz vorher bei deinem Großvater warst –«
»Was hat das denn damit zu tun?« Ich krampfte die Hände ineinander, um sie am Zittern zu hindern. Ein Gefühl schrecklicher Vorahnung ängstigte mich.
»Als Kind hat dein Großvater Victor sehr ähnlich gesehen. Du bist sehr niedergedrückt aus dem Krankenhaus heimgekommen, das habe ich wohl bemerkt, und du hast dir Gedanken gemacht. Du hattest deinen Großvater vor dir, hattest sein Gesicht noch im Gedächtnis, und in deiner Phantasie hast du ihn als jungen Mann gesehen, vielleicht weil du so traurig warst. Du hast die Jahre einfach ausgelöscht und ihn wieder jung gemacht. Und dann hast du geglaubt, du siehst ihn am Fenster.«
Ich bemühte mich, ruhig zu bleiben. Ich wollte nicht mit Großmutter streiten, die dieses Gespräch sichtlich erregte. Aber ich mußte eine Antwort finden.
»Großmutter«, sagte ich langsam, »wie ist Großvater mit diesem Victor Townsend verwandt?«

Ich sah, daß meine Frage sie quälte, aber sie antwortete.
»Victor Townsend«, sagte sie, »war der Vater deines Großvaters.«
Mein Blick kehrte zu dem Foto zurück.
»Victor Townsend war dein Urgroßvater.«
Ich konnte den Blick nicht von dem Bild wenden, und während ich das junge, schon männlich schöne Gesicht unter dem vollen schwarzen Haar betrachtete, den trotzigen Zug wahrnahm, den ihm die feine Furche zwischen den Brauen gab, fühlte ich mich wie unter einem Bann. Die alte Fotografie übte den gleichen hypnotischen Zwang auf mich aus wie in der Nacht zuvor jene unbekannte Kraft, die mich veranlaßt hatte, zum Spiegel über dem Kamin zu blicken.
Die drei Kinder standen auf einer Treppe vor einem Haus, das ich nicht kannte. Das kleine Mädchen, vielleicht fünf oder sechs Jahre alt, wirkte unscheinbar, obwohl man sich offensichtlich größte Mühe gegeben hatte, sie herauszuputzen. Das gerüschte Kleidchen und die Schleifen im Haar konnten die Schlichtheit ihres Gesichts nicht vertuschen, sondern hoben sie eher noch hervor. Der zweite Junge, jünger als Victor, mit sanfteren Zügen, stand verlegen neben seinem Bruder.
Victor Townsend, der Älteste, dominierte.
»Das ist vor ihrem Haus in London aufgenommen«, bemerkte Großmutter in einem Ton, der deutlich sagte, daß sie lieber nicht davon sprechen würde. »Das muß also etwa 1880 gewesen sein, kurz bevor sie das Haus hier kauften. Victors Vater, dein Ururgroßvater, war bei einer Londoner Firma beschäftigt und wurde nach Warrington geschickt, um eine neue Niederlassung zu eröffnen. Als die Familie hierher kam, war das Haus gerade fertig geworden. Sie waren die ersten, die einzogen.«
»Ich habe nie von ihm gehört. Von Victor, meine ich«, sagte ich. »Meine Mutter hat nie etwas von ihm erzählt, obwohl er doch ihr Großvater war.«
»Und sie wird dir auch nichts von ihm erzählen.« Großmutters Stimme hatte einen ominösen Ton.

»Warum nicht? Hat sie ihn nicht gekannt? Wenn er ihr Großvater war, dann muß sie doch –«
»Victor Townsend ist vor langer, langer Zeit spurlos verschwunden.« Großmutter blickte in die blauen Flammen des Gasfeuers. »Ich habe ihn auch nie gekannt, obwohl er der Vater meines Mannes war. Er verschwand eines Tages noch vor der Geburt deines Großvaters und wurde nie wieder gesehen.«
Ich blickte immer noch fasziniert auf das Gesicht auf der Fotografie. Die noch unausgebildeten Züge des Jungen zeigten schon erste Anzeichen der Willenskraft und der Charakterstärke, die später den Mann auszeichnen würden.
»Und niemand weiß, was aus ihm geworden ist?« fragte ich.
»Ach, da gibt es alle möglichen Geschichten. Die einen behaupten, er wäre zur See gefahren. Andere sagen, er hätte sich in Norfolk mit einer anderen Frau zusammengetan. Und wieder andere...«
Als sie nicht weitersprach, hob ich den Kopf. »Ja? Was sagen die?«
Doch sie schüttelte ärgerlich den Kopf. »Ich hab schon zuviel geschwatzt. Lassen wir das. Ich kann dir nur eines sagen: Victor Townsend war ein schlechter und böser Mensch. Er war der Teufel in Person, und als er verschwand, weinte ihm keiner eine Träne nach.«
Ich sah noch eine Weile schweigend auf das Bild, bis plötzlich ein kalter Luftzug durch das Zimmer fuhr und mich in die Gegenwart zurückholte. Widerstrebend legte ich das Foto wieder in den Karton. »Hast du noch andere Bilder von ihnen, Großmutter? Von den Townsends.«
»Ja, es gibt ein ganzes Album.«
»Kann ich es mir ansehen?«
Sie vergrub das Foto in den Tiefen des Kartons und klappte den Deckel so heftig darüber, als hätte sie Angst, es könnte herausspringen. »Ich hab keine Ahnung, wo das Album rumliegt. Das letztemal hab ich es vor Jahren gesehen. Aber es ist sicher noch irgendwo im Haus.«

»Ist es das Familienalbum der Townsends?«
Sie nickte.
Ich überlegte einen Moment. »Großmutter, das Porträt, das du mir gestern abend gezeigt hast, das von der jungen Frau – du hast gesagt, sie war meine Urgroßmutter.«
»Richtig. Jennifer Townsend, das arme Ding.«
»Wieso arm?«
»Weil Victor Townsend ihr Schreckliches angetan hat. So, und jetzt ist es genug.«

Ich lief in meinem Zimmer hin und her. Ich redete mir ein, ich täte es, um mich warmzuhalten, aber in Wirklichkeit war es reine Nervosität.
Ich hielt mir vor, daß ich übermüdet sei, daß dieser Besuch nicht nur körperlich, sondern auch seelisch anstrengend sei und eine Menge Kraft koste, und es fiel mir nicht schwer, die seltsamen Begebenheiten – den Jungen am Fenster, die Erstickungsangst der vergangenen Nacht – als Ausgeburten der Erschöpfung abzutun.
Aber diese Dinge waren es nicht, die mich jetzt beschäftigten. Es war etwas anderes, eine Ahnung, die sich mit Vernunft und Logik nicht vertreiben ließ. Immer stärker wurde das Gefühl, daß es mit diesem Haus etwas besonderes auf sich hatte. Am vergangenen Abend, nach meiner Ankunft, und den ganzen folgenden Tag lang hatte ich mir vorzumachen versucht, es sei nur meine Einbildung; aber diesmal wußte ich es. In diesem Haus stimmte etwas nicht. Und das war der Grund, weshalb ich jetzt rastlos wie ein Tier im Käfig hin und her lief.
Kurz zuvor hatte ich zu meiner Bestürzung und Enttäuschung erfahren, daß meine Großmutter kein Telefon hatte. Ich hatte plötzlich das Bedürfnis gehabt, meine Mutter anzurufen, ich brauchte sie; ich brauchte den Kontakt mit ihr und meiner wahren Realität, die Tausende von Kilometern entfernt war. Außerdem war dies hier ihre Familie, und dies war ihr Haus.

Was hatte denn ich mit alldem zu tun?
Ohne Telefon fühlte ich mich isoliert, von der Welt abgeschnitten. Ein merkwürdiges Einsamkeitsgefühl, das ich nicht kannte, bemächtigte sich meiner. Ich fühlte mich verwaist, verlassen, allein gelassen mit einer fremden alten Frau in diesem beklemmenden Haus.
Hinzu kam, daß ich ständig an Doug denken mußte. Ich hatte die Reise hierher als Möglichkeit gesehen, Abstand von Doug zu bekommen und ihn zu vergessen. Tatsächlich jedoch beschäftigte ich mich mehr denn je mit ihm. Und das Verrückte war, daß meine Erinnerungen nicht um den letzten bitteren Abend kreisten, sondern um die glücklichen Stunden, die wir miteinander verlebt hatten. Sosehr ich mich bemühte, ich konnte meiner Gedanken nicht Herr werden.
Ich konnte nicht verstehen, woher das kam. Siebenundzwanzig Jahre lang hatte ich mich stets perfekt unter Kontrolle gehabt. Wieso schaffte ich das jetzt plötzlich nicht mehr? Es war, als hätten sich meine Gedanken selbständig gemacht und trieben ihr Spiel mit mir.
Es war fast Mitternacht, als es klopfte. Erschrocken fuhr ich herum.
»Andrea, Kind, kannst du nicht schlafen?« fragte meine Großmutter hinter der Tür.
»Doch, doch – es ist alles in Ordnung, Großmutter.« Ich trat zögernd zur Tür und blieb stehen. Sie hatte wahrscheinlich meine Schritte und das Knarren der Bodendielen gehört. »Es ist alles in Ordnung, Großmutter«, wiederholte ich. »Ich hab nur noch ein bißchen Gymnastik gemacht. Geh ruhig wieder zu Bett.«
»Möchtest du einen Becher warme Milch?« fragte sie.
Gewissensbisse plagten mich. Ich sah sie in ihrem Flanellnachthemd zitternd draußen im eisigen Flur stehen.
»Nein, danke, Großmutter. Ich kriech jetzt gleich ins Bett.«
»Ist es dir auch warm genug, Kind? Möchtest du vielleicht noch eine Wärmflasche?«

»Nein, nein, nicht nötig.«
»Na gut. Vergiß nicht, die Wurst vor die Tür zu schieben, damit du keinen Zug bekommst. Gute Nacht, Kind, schlaf gut.«
Ich hörte sie mühsam durch den Flur zu ihrem Zimmer humpeln und die Tür schließen. Dann war es wieder still im Haus.
Widerstrebend schob ich die Polsterrolle vor die Türritze, knipste das Licht aus und kroch ins Bett.
Innerhalb von Sekunden war ich eingeschlafen. Es begann wie in der vergangenen Nacht. Es riß mir förmlich die Augen auf, und ich war mit einem Schlag hellwach, ohne zu wissen wieso. Dann der Moment totalen Gedächtnisverlusts. Danach der erstickende Druck auf meinen Körper.
»Nein«, stöhnte ich und kämpfte gegen die aufsteigende Panik. Ich blieb ganz still liegen und versuchte, das Gefühl zu analysieren, festzustellen, ob ich wirklich wach war oder nur träumte, ob es vielleicht lediglich die schweren Decken waren, die den Alptraum heraufbeschworen.
Doch je länger ich so lag, desto wacher und aufmerksamer wurde ich, und mit der wachsenden Wachheit wuchs auch die Angst. Das war kein bloßer Traum. Es befand sich wirklich eine unsichtbare Kraft im Raum, die meinen Körper in die Matratze drückte und mir die Brust einengte, so daß jeder Atemzug zur Qual wurde.
Aber ich wollte der Angst nicht nachgeben. Ich versuchte, sie zu beherrschen und mich zur Ruhe zu zwingen. Ich atmete so langsam ich konnte und füllte bei jedem schmerzhaften Atemzug meine Lunge mit der eiskalten Luft und merkte nach einer Weile, daß ich den furchtbaren Druck aushalten konnte, wenn ich ganz still lag.
Plötzlich nahm ich eine Veränderung wahr. Obwohl nicht der geringste Lichtschimmer die schwarze Finsternis durchdrang, die mich einhüllte, wußte ich, daß ich nicht mehr allein im Zimmer war. Ich wollte schreien, aber ich konnte nicht. Wo im Raum das geisterhafte Wesen sich befand, konnte ich nicht feststellen; es schien sich von allen Seiten zu nähern. Es durchdrang die Luft und

sickerte durch die Wände und stieg durch die Bodendielen auf. Es umgab mich, schwebte über mir, erfüllte den ganzen Raum mit Grabeskälte.
Rechts von mir hörte ich ein Geräusch.
Ich hatte Angst hinzusehen und ich hatte Angst, nicht hinzusehen. Unendlich langsam drehte ich den Kopf zur Seite und sah zu meinem Entsetzen die Schlafzimmertür weit offenstehen.
Wieder versuchte ich zu schreien, aber es wurde nur ein jämmerliches, atemloses Wimmern.
Die Tür stand weit offen. Und aus einer unsichtbaren Quelle, vielleicht aus dem Flur, strömte geisterhaftes Licht ins Zimmer. Plötzlich sah ich Victor Townsend an meinem Bett stehen.
Da konnte ich endlich schreien.

»Andrea! Andrea!« Meine Großmutter trommelte mit schwachen Fäusten an die Tür.
Blind griff ich zur Wand und fand wie durch ein Wunder sogleich den Lichtschalter. Ich setzte mich kerzengerade auf.
»Andrea, was ist?« rief meine Großmutter besorgt.
Die Tür war geschlossen, und die Polsterrolle lag fest vor der Ritze.
Ich schlotterte an allen Gliedern.
»Andrea?« Großmutter stieß die Tür auf und streckte den Kopf herein. »Was ist denn los?« Sie starrte mich erschrocken an. »Ach, du lieber Gott!« rief sie.. »Was ist dir denn passiert?«
Mit gekrümmtem Rücken humpelte sie auf ihren Stock gestützt durch das Zimmer. Ihr dünnes Haar stand wirr von ihrem Kopf ab.
»Du bist ja weiß wie die Wand! Was ist denn passiert?«
Die Arme fest um den Oberkörper geschlungen, saß ich da. Meine Zähne schlugen aufeinander. Sagen konnte ich nichts.
»Du bist ja klatschnaß!« Sie drückte mir die Hand auf die Stirn. »Du hast Fieber. Das muß ja ein schrecklicher Alptraum gewesen sein.«

»G-g -«, stammelte ich, aber ich konnte nicht sprechen.
»Und wie du zitterst. Komm, Kind, du gehörst ans Feuer. Hier oben bleibst du mir nicht. Ich mach dir unten das Sofa zurecht –«
»Großmutter!« stieß ich hervor.
»Was denn, Kind?«
»Ich hab ihn gesehen.« Meine Stimme klang wie ein erstickter Schrei.
»Wen? Wovon redest du?«
»Er war es wirklich. Ich hab es nicht geträumt. Meine Zimmertür stand weit offen, und er stand genau da, wo du jetzt stehst.«
Großmutter runzelte die Stirn. Sie zog die Steppdecke vom Bett und wickelte sie fest um meinen Körper. »Komm jetzt. Du hast einen bösen Traum gehabt, weiter nichts. Du brauchst jetzt erst mal einen Schluck warmen Kirschlikör, und dann legst du dich unten hin, wo es warm ist.«
Ich war zu verwirrt, um Widerstand zu leisten. Brav folgte ich ihr in den Flur hinaus und zum Wohnzimmer hinunter. Dort drückte sie mich in den Sessel, packte mich fest in die Decke und murmelte dabei: »Ich würde es mir nie verzeihen, wenn du hier krank wirst. Ich bin schuld. Ich hätte dich nicht in dem eiskalten Zimmer schlafen lassen sollen. Von jetzt an schläfst du hier unten. Da ist es so warm, wie du es gewöhnt bist.«
Sie ging in die Küche, und ich lehnte den Kopf zurück und starrte zur Decke hinauf. Ich war am ganzen Körper schweißnaß, aber mein Mund war wie ausgetrocknet, und ich zitterte heftiger denn je.
Was war das gewesen? Was hatte ich dort oben wahrgenommen, das selbst jetzt noch an mir hing? Es war nicht nur die Erscheinung Victor Townsends gewesen. Nein, es war noch etwas anderes gewesen – ein ganz besonderes Grauen, das den ganzen Raum erfüllt und mich wie eine todbringende Wolke umhüllt hat. Der Geist Victor Townsends war erschreckend gewesen, ja, aber dieses andere...

Etwas Böses... Übelwollendes...
Die Uhr auf dem Kaminsims tickte leise. Die Wärme des Gasfeuers stieg auf und umfing mich. Mein Körper entspannte sich. Meine Gedanken begannen zu treiben.
Woher hatte ich gewußt, daß es Victor Townsend war? Der da an meinem Bett gestanden hatte, war kein fünfzehnjähriger Junge gewesen, sondern ein erwachsener Mann. Dennoch hatte ich ihn instinktiv als Victor erkannt. Konnte es wirklich sein, daß einfach meine Nerven überreizt waren, wie Großmutter am Nachmittag gemeint hatte? Produzierte meine Phantasie einfach unterschiedliche Bilder meines eigenen Großvaters, wie er vielleicht in seiner Jugend gewesen war?
Aber wir war dann zu erklären, daß der Junge am Fenster genauso ausgesehen hatte wie der auf der alten Fotografie, daß selbst die Kleider die gleichen gewesen waren?
Und wieso hatte ich eben in meinem Zimmer sofort gewußt, daß der Mann an meinem Bett Victor war?
Irgendwo in den unbewußten Bereichen meines Geistes lag die Antwort; ich spürte, wie sie sich neckend regte, um entdeckt zu werden, aber ich war zu erschöpft, um ihr nachzuforschen. Ich war zu schwach zum Nachdenken. Es schien etwas mit dem Geist dieses Hauses zu tun zu haben. Mit der beunruhigenden Wirkung, die es auf mich hatte. Und mir schien, daß Victors Erscheinen ein Zeichen gewesen war, eine Botschaft, vielleicht eine Warnung. Aber wovor?
Großmutter stand plötzlich an meiner Seite. Ich fuhr in die Höhe.
»Diese Kälte hier tut dir nicht gut«, sagte sie und reichte mir ein Glas. »Ich weiß noch, im Krieg die Amerikaner, die haben sie auch nicht vertragen. Nicht einmal dein Vater, obwohl der aus Kanada kam, konnte sich daran gewöhnen. Es ist eine andere Art von Kälte, verstehst du, sie geht einem durch und durch. Das halten nur wir Engländer aus. Hier, Kind, trink. Heißer Kirschlikör.«

Ich nahm das Glas und trank unter ihrem mütterlich besorgten Blick. Nachdem sie sich vergewissert hatte, daß ich gehorsam meine Medizin nahm, machte sie sich daran, das Sofa für mich zu richten. Sie nahm die Kissen weg, holte Decken aus der Kommode und legte mir ein Sofakissen als Kopfkissen hin. Während ich ihr zusah, trank ich den warmen Likör und kehrte in Gedanken zu den Geschehnissen der Nacht zurück.

Die Angst war verflogen, aber eine starke Neugier war geblieben. Ich musterte aufmerksam die Wände und die Möbelstücke in diesem überladenen Zimmer und dachte, vielleicht war es schon so, als *er* hier lebte.

Dann dachte ich wieder an das schwermütige junge Gesicht Jennifers, das mich am Abend zuvor so bewegt hatte. Das Gesicht meiner Urgroßmutter. Was hatte sie erlebt? Hatte sie auch Victor keine Träne nachgeweint, als er verschwunden war? War sie vielleicht sogar froh gewesen, seiner ledig zu sein?

Ich beobachtete meine Großmutter, die mit gichtigen Händen die Decken auf dem Sofa zurechtzog, und sagte mir, daß sie weit mehr über die Townsends wissen mußte, als sie mir bisher erzählt hatte. Sie schien es zu scheuen, über die Familie ihres Mannes zu sprechen. Aber warum? Sie hatte ihren Schwiegervater nie gekannt, hatte nur von anderen von seinen Sünden gehört (und was waren das überhaupt für Sünden, fragte ich mich, jetzt beinahe erheitert. Hatte er gespielt? Getrunken? Im Beisein von Damen geflucht? Die spießigen viktorianischen Moralvorstellungen verletzt? So schlimm konnte er doch gar nicht gewesen sein!). Großmutter hatte ihn nicht persönlich gekannt, aber sie mußte eine Menge von meinem Großvater gehört haben. Und ich wollte alles erfahren, was sie wußte.

»So! Ist das nicht gemütlich, Kind? Wir lassen das Gasfeuer an, dann frierst du bestimmt nicht. Nun kriech unter die Decken, damit du schnell wieder warm wirst.«

Jetzt war nicht der geeignete Moment, Großmutter auszufragen. Wir waren beide todmüde. Morgen vielleicht, bei Tageslicht,

würde ich nach der Familie Townsend fragen und nicht lockerlassen, bis ich die ganze Geschichte dieses Hauses kannte.
»Soll ich dir das Licht anlassen?« fragte sie, schon an der Tür. Sie sah in diesem Moment uralt aus und strahlte dennoch eine Schönheit aus, die mich ergriff.
»Ja, bitte«, antwortete ich. »Ich mach es dann später aus.«
Sie zog die Tür hinter sich zu, und gleich darauf hörte ich sie die Treppe hinaufhumpeln. Nach einer langen Weile waren das Schlurfen ihrer Füße und das Klopfen ihres Stocks in der ersten Etage zu hören, ihre Tür wurde geöffnet und geschlossen, dann war es still.
Ich streckte mich auf dem Sofa aus. Die Uhr tickte, das Gasfeuer machte kein Geräusch. Draußen, hinter den dicht verhüllten Fenstern, ging kein Wind. Rund um mich herum war drückende Stille.
Mein Blick wanderte wieder zur Decke hinauf und hielt an jener Stelle inne, an der die zwei Wände sich trafen. Lange starrte ich zu dem Punkt hinauf. Ich sah wieder die weit offene Zimmertür vor mir, durch die das gespenstische Licht strömte. Ja, sie war offen gewesen. Aber als ich das Licht eingeschaltet hatte, war sie geschlossen gewesen, die Polsterrolle fest vor der Ritze. Das konnte nur eines bedeuten. Sie war von innen geschlossen worden.
Immer noch starrte ich zu der Stelle hinauf, an der Wand und Zimmerdecke zusammentrafen. Hier, im Erdgeschoß, trennte mich diese Wand vom unbenutzten früheren Salon. Oben, in der ersten Etage, trennte sie die beiden Schlafzimmer voneinander. Ich starrte zur Decke hinauf, als könnte ich auf die andere Seite sehen, und ich dachte, wer oder was auch immer meine Zimmertür geschlossen hat, befindet sich noch dort oben.

Als ich am nächsten Morgen erwachte, flutete Sonnenlicht durch das Fenster und tauchte das ganze Zimmer in Helligkeit. Von meinem Platz auf dem Sofa aus konnte ich strahlend blauen Himmel zwischen grauen Wolken sehen und ein paar Spatzen, die auf der Backsteinmauer saßen und den schönen Tag genossen. Dann bemerkte ich, daß die Küchentür offen war, und hörte Großmutter, die vor sich hin summte, während sie mit dem Geschirr hantierte.

Ich setzte mich auf und sah auf die Uhr. Es war fast Mittag. Großmutters Likör hatte Wunder gewirkt. Ich hatte herrlich geschlafen, fühlte mich so frisch und ausgeruht wie seit Tagen nicht. Das Sofa war sehr bequem gewesen, ich hatte nicht gefroren, und vor allem hatte ich keinen ›Besuch‹ bekommen.

Jetzt konnte ich über die nächtlichen Begebenheiten lächeln. Wie anders sehen doch die Dinge bei Tag aus! Bei Nacht sind alle Schatten bedrohlich, alle Geräusche unheimlich. Aber bei Tageslicht erkennen wir, daß diese Ängste nur Ausgeburten unserer Phantasie sind. Das Sonnenlicht vertreibt Schatten und Ängste und flößt gleichzeitig Mut ein. Ich konnte den nächtlichen Schrekken jetzt gelassen ins Auge sehen.

Träume jedoch hatte ich gehabt.

Nachdem ich meiner Großmutter guten Morgen gewünscht und ihr versichert hatte, daß ich gesund und munter sei, ging ich nach oben ins Schlafzimmer, wo ich, ganz ohne Angst und ein wenig beschämt ob meiner nächtlichen Hysterie, meine Toilettensachen und die Kleider auspackte, die ich an diesem Tag anziehen wollte.

Ja, ich hatte Träume gehabt. Nichts Greifbares, zusammenhanglose Szenen, Wortfetzen, verschwommene Gesichter, die vor mir auftauchten und sich wieder auflösten. Menschen, die mich umgaben, zu mir herunterblickten und flüsterten. Und im Hintergrund die Melodie von ›Für Elise‹, die jemand auf einem blechern klingenden Klavier spielte.

Aber Träume eben, nichts als Träume.

Als ich nach einem Abstecher ins eiskalte Badezimmer wieder hinunterging, fühlte ich mich wie neugeboren und bereit, dem neuen Tag ins Auge zu sehen. Großmutter hatte mir eine große Kanne

Tee und warme Butterbrötchen auf den Tisch gestellt. Ich setzte mich und begann mit Heißhunger zu essen.
»Als ich heute morgen ins Zimmer kam«, bemerkte Großmutter lächelnd, »hast du so tief geschlafen, daß du, glaub ich, nicht mal aufgewacht wärst, wenn eine Bombe ins Haus eingeschlagen hätte.«
»Ja, weil du mich so gut versorgt hast, Großmutter.«
»Keine Alpträume mehr?«
Ich dachte an die vagen Träume und konnte mich ihrer nicht mehr erinnern. »Nein, keine Alpträume mehr.«
»Hör zu, Kind, heute koche ich nicht, denn du besuchst ja heute abend Onkel William und Tante May. Da gibt es sicher etwas Gutes zu essen. William ist schon so gespannt, dich wiederzusehen, daß er es kaum erwarten kann.«
Ich nickte und goß mir von dem süßen Tee ein. Merkwürdig klang das: Er würde mich wiedersehen, für mich jedoch würde es wie ein erstes Zusammentreffen sein.
»May gefällt dir bestimmt. Sie kommt aus Wales, eine feine Person. Du erinnerst dich wahrscheinlich nicht an sie. Du warst ja erst zwei, als ihr nach Amerika gegangen seid. Sie und deine Mutter haben sich sehr gut verstanden. Die beiden steckten fast immer zusammen. Sie kann dir sicher viel erzählen.«
Das erinnerte mich an etwas. Während ich Zitronenmarmelade auf mein Brötchen strich, betrachtete ich nachdenklich das Gesicht meiner Großmutter. Sie sah jünger aus heute morgen, ausgeruht. Und guter Stimmung. Vielleicht war das der richtige Moment.
»Ja, das kann ich mir vorstellen«, sagte ich, ohne sie anzusehen. »Aber kannst du mir jetzt nicht noch ein bißchen was von den Townsends erzählen?«
»Da gibt's nicht viel zu erzählen. Sie kommen ursprünglich aus London. Eine gute Familie. Soviel ich weiß, lebt ein anderer Zweig der Familie oben in Schottland.«
»Das meinte ich eigentlich nicht. Ich wollte gern mehr über meinen Urgroßvater wissen, Victor Townsend.«

Sie stellte ihre Tasse nieder und sah mich so nachdenklich an, als wäre sie dabei, eine wichtige Entscheidung zu fällen. Schließlich sagte sie bedächtig: »Andrea, es gibt gewisse Dinge, die man am besten vergißt. Du hättest gar nichts davon, wenn ich dir erzählen würde, was in diesem Haus vorgefallen ist. Das waren Dinge, über die kein anständiger Christenmensch sprechen möchte. Ich weiß von ihnen und dein Großvater auch, aber unseren Kindern haben wir nie etwas davon gesagt. William, Elsie und deine Mutter wissen nichts von der Zeit damals. Und für dich ist es das Beste, wenn du auch nichts erfährst.«

»Heißt das, daß es bei den Townsends schwarze Schafe gab?«

Großmutters Blick war sehr ernst. »Wenn es nur das wäre! Ich weiß genau, was du denkst, Andrea – daß ich eine spießige alte Frau bin und mich die heutige Sittenlosigkeit schockiert. Gut, du hast recht, ich *bin* schockiert von der heutigen Lebensart. Aber ich weiß auch, daß sich die Zeiten nun mal ändern und daß es gewisse Dinge gibt, die man einfach akzeptieren muß. Zum Beispiel, daß junge Leute miteinander leben, ohne verheiratet zu sein. Aber es gibt auch Dinge, die zu jeder Zeit schlimm sind, gleich, in welchem Jahrhundert man ist, ja, schreckliche, unaussprechliche Dinge, Andrea. Und solche Dinge sind damals in diesem Haus vorgefallen.«

Der Ton meiner Großmutter erschreckte mich, dennoch sagte ich: »Aber ich möchte es trotzdem wissen, Großmutter.«

»Warum?«

»Weil...« Ich suchte nach einer Erklärung. Warum konnte ich die Sache nicht einfach fallenlassen und vergessen, wie sie das offensichtlich wünschte? Warum dieser Drang zu wissen? »Weil die Townsends auch meine Familie sind, genau wie du und Großvater und Elsie und William. Ich möchte euch kennenlernen, und ich möchte auch meine Vorfahren kennenlernen. Ich bin von so weit hergekommen, ich möchte etwas mit nach Hause nehmen.«

»Und was ist mit den Dobsons? Das ist meine Seite der Familie. Von denen kann ich dir erzählen.«

»Ja, von denen auch, Großmutter. Aber ich möchte alles wissen. Auch über die Townsends.«
»Ich kann nicht –«
»Ich habe keine Wurzeln, Großmutter«, unterbrach ich sie. »Meine Vergangenheit besteht aus fünfundzwanzig Jahren in Kalifornien und damit basta. Da hört sie einfach auf. Wie ein gerissener Film. Aber das kann doch nicht alles sein.«
Sie sah mich bekümmert an.
»Wenn ich eine Vergangenheit habe, dann möchte ich sie kennen – ganz! Ich möchte das Gute genauso wissen wie das Schlechte. Ich habe ein Recht darauf, finde ich.«
Über den kleinen Tisch hinweg starrten wir einander an, und meine Worte dröhnten mir in den Ohren. Was um alles in der Welt redete ich da? Nie zuvor hatte mich die Vergangenheit gekümmert. Nie zuvor hatte es mich interessiert, woher ich gekommen war, was für ein Erbe ich in mir trug. Bis zu diesem Moment waren mir sogar die lebenden Verwandten gleichgültig gewesen. Woher kam dieser plötzliche Drang zu wissen? Wozu sollte er gut sein?
Es ist dieses Haus, dachte ich.
»Natürlich hast du ein Recht, alles zu wissen, Kind, aber ...«
Ich beobachtete aufmerksam ihr Gesicht. Es spiegelte deutlich, was in ihr vorging: den Widerwillen, von der Vergangenheit zu sprechen, den Abscheu über das, was sie wußte, den inneren Zwiespalt, ob sie sprechen oder schweigen sollte.
Schließlich sagte sie seufzend: »Also gut, Kind. Ich sag dir, was du wissen möchtest.«
Wir standen vom Tisch auf und setzten uns an den Kamin. Ich drängte sie nicht. Sie brauchte Zeit und Mut. Ich wartete schweigend.
»Alles, was ich weiß«, sagte sie schließlich, »weiß ich von Robert, deinem Großvater. Als ich ihn vor zweiundsechzig Jahren heiratete, lebte er allein in diesem Haus. Er war der einzige Überlebende der Familie, die seit dem Jahr 1880 in diesem Haus gelebt

hatte. Ich habe seine Familie nie kennengelernt. Nicht einmal dein Großvater kannte sie, denn alle verschwanden oder starben sie, noch ehe er aus den Kinderschuhen heraus war. Robert wurde in diesem Haus von seiner Großmutter großgezogen, und sie starb kurz ehe er zum Pioniercorps ging. Auch sie habe ich nie kennengelernt. Aber sie war es, die ihm die Geschichten über die Townsends erzählt hat. Und er erzählte sie mir.«

Großmutter holte tief Atem, als müsse sie sich wappnen. »Er erzählte mir, daß sein Vater, Victor Townsend, ein nichtswürdiger Mensch war. Manche sagen, er hätte sich der Schwarzen Kunst verschrieben. Andere behaupten, er hätte mit dem Satan selbst in Verbindung gestanden. Wundern würde es mich nicht. Er hat schreckliche Dinge getan. Aber ich werde dir nicht sagen, was es war, Andrea. Nichts in der Welt wird mich dazu bringen, über die unsäglichen Scheußlichkeiten zu sprechen, die dieser Mensch – dieser Teufel begangen hat. Nur eines kann ich dir sagen: Solange Victor Townsend lebte, machte er den Menschen in diesem Haus das Leben zur Hölle.«

4

»Ja, das waren schlimme Zeiten. Also, hör zu – sie waren drei Kinder, Victor, der Älteste, dann John und die Jüngste war Harriet. 1880 übersiedelte der alte Townsend mit seiner Familie von London nach Warrington, und sie zogen in dieses Haus. Er war ein guter Mann, Roberts Großvater. Ein guter Christ und ein strenger Vater. Er war hier in Warrington sehr angesehen. Wie er zu einem Sohn wie Victor kam...«

Großmutter schüttelte den Kopf. Ich wollte sie nicht drängen, bemühte mich um Geduld, aber die Neugier ließ sich nicht zurückdrängen.

»Was hat Victor getan, Nana?«

Sie hob den Kopf. »Getan?«

»Ja. Ich meine, beruflich.«

»Ach so...« Großmutter legte die Hand an die Stirn. »Laß mich überlegen. Ich weiß gar nicht recht. Nein, ich weiß es nicht. Vielleicht weiß es dein Großvater, aber ich glaube, er hat es mir nie erzählt. John, der jüngere Bruder, arbeitete im Stahlwerk. Ich glaube in der Verwaltung.«

»War er auch verheiratet?«

Großmutter warf mir einen erstaunten Blick zu. »Wie meinst du das – *auch*? Natürlich war John verheiratet. Er war mit Jennifer verheiratet. Ich hab dir doch ihr Bild gezeigt.«

»Aber ich dachte, sie wäre Victors Frau gewesen.«

»Nein, nein. Jennifer war mit John verheiratet. Victor war nie verheiratet.«

»Aber du hast gesagt, sie wäre meine Urgroßmutter.«

»Andrea.« Die Stimme meiner Großmutter klang bedrückt. »Jennifer heiratete John Townsend und zog in dieses Haus. Aber eines Nachts –« Sie senkte den Blick. »Eines Nachts kam Victor nach Hause, und er – er überfiel Jennifer und zwang sie.«

Das Ticken der Uhr klang mir plötzlich überlaut. Ich weiß nicht, wie viele Sekunden oder Minuten vergingen, ehe ich den Blick wieder auf Großmutter richtete, aber als ich es tat, spürte ich sogar ein wenig Teilnahme. Großmutter sah so unglücklich aus.
»Verstehst du jetzt, Andrea?« fragte sie leise. »Dein Großvater wurde bei einer Vergewaltigung gezeugt.«
»Großmutter –«
»John – Jennifers Mann und Victors Bruder – ertrug es nicht, als er erfuhr, daß Jennifer schwanger war, und verließ sie. Beide Brüder verschwanden. Jennifer blieb allein zurück. Sie mußte ganz allein ihr Kind zur Welt bringen. Weder von John noch von Victor hörte sie je wieder. Ihre Schwiegermutter, die Mutter von Victor und John, zog das Kind groß, und nach dem, was dein Großvater mir erzählt hat, muß sie nicht ganz richtig gewesen sein, wenn du verstehst, was ich meine.«
»Und was war mit der Schwester, Harriet? Was wurde aus Jennifer selbst?«
»Was aus Harriet wurde, weiß ich nicht. Ich erinnere mich nur, daß an den Umständen ihres Todes etwas sehr Sonderbares oder Geheimnisvolles war. Und Jennifer starb, ehe dein Großvater aus den Windeln war. An gebrochenem Herzen, heißt es.«
»Ich verstehe...«
»Ja, aber noch lange nicht alles. Das Schlimmste ahnst du noch nicht einmal.«
Die Leidenschaft im Ton meiner Großmutter überraschte mich. Ihr Blick war voller Feuer, und sie gestikulierte heftig, als sie weitersprach. »Du hast keine Ahnung, wie dein Großvater sein Leben lang gelitten hat, nachdem er erfahren hatte, was für ein Mensch sein Vater gewesen war. Es machte ihn zu einem ewig gequälten Menschen. Immer hing dieser schreckliche Schatten über ihm, das Wissen, daß sein Vater ein grausamer und sadistischer Mensch gewesen war. Er hatte nicht eine einzige glückliche Erinnerung, war nie von jemandem geliebt worden, bis er mit mir zusammentraf. Ach, Andrea, wie oft hab ich ihn im Schlaf aufschreien hören,

wenn er Alpträume hatte; wie oft hab ich ihn in diesem Sessel sitzen und weinen sehen über das furchtbare Erbe, das er mitbekommen hatte.«

Die Augen meiner Großmutter wurden feucht. Ihre Lippen zitterten. »Du wirst denken, ach was, das alles ist ewig her. Aber soll ich dir sagen, was dein Großvater glaubt? Er glaubt, daß Victor Townsend verrückt war. Und sein Leben lang hat er mit der Furcht gelebt, daß die Krankheit bei einem seiner Kinder wieder auftreten würde. Als ich Elsie erwartete, war dein Großvater wie ein Besessener. Er hatte Todesangst, das Kind könnte Victors Krankheit mitbekommen haben. Dann kam deine Mutter und danach William. Und alle drei entwickelten sich zu normalen gesunden Menschen. Aber dann begann dein Großvater zu fürchten, Victors schreckliches Erbe könnte sich bei einem seiner Enkelkinder zeigen. Er lebte in der ständigen Angst, Victor könnte in einem von euch wieder lebendig werden. Das ist das wahre Unglück, Andrea – was die Vergangenheit aus deinem Großvater gemacht hat! Und ich war bis jetzt der einzige Mensch, der davon wußte. Nun weißt du es auch. Dabei wollte ich, du hättest unbelastet bleiben können.«

Sie fing an zu weinen.

»Es war grauenvoll für deinen Großvater«, fuhr sie fort, »zu wissen, daß er nicht aus Liebe, sondern aus einem Gewaltakt entstanden war. Er sagte oft zu mir, seine Mutter müsse ihn gehaßt haben, da sein Anblick sie ja stets an Victors Grausamkeit hätte erinnern müssen. Er meinte, darum sei sie vielleicht gestorben, als er noch ein Säugling war; weil sie es nicht ertragen konnte, ihn zu sehen.«

»Großmutter –«

»Ja, Victor Townsend war ein böser und gemeiner Mensch. Er quälte die Menschen in diesem Haus. Und das ist der Grund, warum ich am liebsten kein Wort über ihn verlieren würde. Ich schäme mich genauso wie dein Großvater, mit ihm verwandt zu sein. Genauso, wie du dich schämen solltest.«

Ich sprang aus meinem Sessel und ging zum Fenster. Es war düster geworden, am Himmel war kein Fleckchen Blau mehr zu sehen, und die Spatzen waren fortgeflogen. Aus dunklen Wolken strömte Regen herab und schlug prasselnd gegen die Fensterscheiben.

Diese Fremden, die meine Verwandten waren, hatten Herzlichkeit und Zuneigung von mir erwartet, die ich nicht geben konnte. Jetzt erwarteten sie Verachtung und Abscheu gegen einen meiner Vorfahren von mir, nur weil er in ihrer aller Augen nichts anderes verdiente. Aber auch diese Gefühle konnte ich nicht aufbringen. Das einzige, was ich empfand, war Mitleid mit meinen Großeltern.

Ich drehte mich um und starrte die alte Frau an, die zusammengesunken in ihrem Sessel saß. Merkwürdig. Aus irgendeinem Grund konnte ich diesen Mann, von dem sie mir soviel Schlimmes erzählt, der den Menschen in diesem Haus das Leben zur Hölle gemacht hatte, nicht hassen. Warum nicht, fragte ich mich.

Meine Großmutter wischte sich die Augen und stand auf. Sie hatte sich rasch wieder gefaßt. »Weinen hat keinen Sinn«, sagte sie. »Das weiß ich aus allzu langer Erfahrung. Weinen ändert nichts. Aber ich möchte nie wieder über dieses Thema sprechen, Andrea. Ich habe dir genug gesagt, zuviel vielleicht. Aber jetzt kennst du wenigstens die Wahrheit.«

Eigentlich hätte ich das akzeptieren müssen, aber es blieb ein nagender Zweifel. Weiß ich sie wirklich? fragte ich mich.

Diesmal erlebte ich die Fahrt zum Krankenhaus anders. Diesmal wußte ich etwas über den Mann, den ich besuchen wollte. Gestern hatte ich einen Sterbenden besucht, der mir fremd war. Heute würde ich den Sohn Victor Townsends besuchen. Das ließ alles in einem anderen Licht erscheinen.

Elsie, mit einer Schachtel Pralinen auf dem Schoß, die ihrem Vater zugedacht war, plauderte unaufhörlich über das Wetter, und Edouard gab hin und wieder seine bestätigenden Kommentare. Ich

hockte auf dem Rücksitz und hörte nicht zu. Meine Gedanken kreisten einzig um das lange Gespräch mit meiner Großmutter.
Ich betrat das Krankenhaus mit gemischten Gefühlen. Einerseits hätte ich mit meinen Verwandten und ihrer Geschichte am liebsten überhaupt nichts zu tun gehabt und wünschte mich nur nach Hause. Andererseits jedoch fühlte ich mich magisch angezogen von dem Rätsel um die Ereignisse in dem Haus in der George Street und von dem alten Mann, dessen Leben sie bestimmt hatten. Gestern noch hatte er mir nichts bedeutet; heute wußte ich vielleicht mehr über ihn als seine eigenen Kinder.
Aus diesem Grund fühlte ich mich ihm in gewisser Weise verbunden; das Wissen über Victor Townsend war das Band zwischen uns.
Wir saßen wie am Tag zuvor auf den hölzernen Klappstühlen rund um das Bett. Mein Großvater war wach und lag hoch in den Kissen. Aber wenn auch seine Augen geöffnet waren, hatte ich doch den Eindruck, daß er uns gar nicht sah. Sein Blick war stumpf und leer.
»Hallo, Dad«, sagte Elsie, während sie die Pralinenschachtel aus der Cellophanhülle schälte. »Schau, ich hab dir Pralinen mitgebracht.«
Mein Großvater verzog die Lippen, als wollte er lächeln.
»Möchtest du eine?« fragte sie neckend.
Mein Großvater reagierte nicht. Der Mund blieb verzogen, und ich war mir nicht mehr sicher, ob er wirklich lächelte oder ob dies vielleicht eine Grimasse des Schmerzes war.
Elsie schob ihm eine Praline in den eingefallenen Mund, und er begann sofort zu saugen. Letzendlich sind wir wohl alle auf die elementaren Instinkte reduziert, mit denen wir geboren werden.
Es war, als hätte der Kreis sich geschlossen, als wäre mein Großvater wieder zum Säugling geworden.
»Sieh mal, wen wir mitgebracht haben.« Elsies Stimme schallte durch den ganzen Saal. »Andrea! Sie ist extra aus Amerika ge-

kommen. Du hast sie gestern verpaßt, weil du geschlafen hast, als wir hier waren.«
Sein leerer Blick blieb weiter auf Elsie gerichtet, aber dann, als wäre die Neuigkeit plötzlich zu ihm durchgedrungen, wandte er mir sein Gesicht zu. Er lächelte mich an, während er an seiner Praline lutschte, aber dann verfinsterten sich seine Züge schlagartig, und er hörte auf zu suckeln.
Mir lief es eiskalt über den Rücken.
Der Ausdruck auf dem Gesicht meines Großvaters war erschrekkend. Wer hätte es für möglich gehalten, daß ein so freundliches, infantiles Gesicht solchen Zorn zeigen konnte. Oder war es vielleicht Haß?
»Du bist heute anscheinend nicht gut aufgelegt, Dad«, bemerkte Elsie und griff in die Pralinenschachtel, um ihm noch ein Stück in den Mund zu schieben.
Mit einer so schnellen Bewegung jedoch, daß keiner von uns sie kommen sah, schlug mein Großvater Elsies Hand weg.
»Aber Dad!«
Sein Gesicht blieb bitterböse, und die wolkigen Augen, die nichts zu sehen schienen, hielten mich fest.
»Was ist nur in ihn gefahren?« fragte Elsie. »So hab ich ihn noch nie erlebt.«
»Er hält Andrea wahrscheinlich für jemand anderen«, meinte Ed, hob die Praline vom Boden auf, wischte sie ab und schob sie selbst in den Mund.
Ich saß wie erstarrt und versuchte, dem feindseligen Blick meines Großvaters standzuhalten. Erst nach einigen Sekunden gelang es mir, meine Bestürzung abzuschütteln und zu sagen: »Hallo Großvater, du weißt doch, daß ich es bin, nicht wahr? Andrea!«
Einen Moment noch blieb der finstere Ausdruck, dann löste er sich, und das Gesicht meines Großvaters entspannte sich wieder.
»Ruth?« Stieß er mit zitterndem Kinn und gespitzten Lippen mühsam hervor.
»Ach Gott!« rief Elsie. »Er hält dich für deine Mutter.« Dann

beugte sie sich über das Bett und sagte laut: »Nicht Ruth, Dad. Das ist Andrea. Deine Enkelin.«
Das Lächeln kehrte zurück. »Ruth! Du bist also wiedergekommen?«
»Dad –«
»Laß doch, Tante Elsie. Für ihn ist Andrea sicher immer noch zwei Jahre alt. Laß ihn doch in dem Glauben, daß ich seine Tochter bin. Schau, wie er lächelt.«
Ich ließ mir nichts davon merken, wie sehr mir diese Szene ans Herz ging. Ich konnte es selbst nicht fassen, daß dieser Mann so starke Gefühle in mir weckte. Ich blickte in sein altes, verbrauchtes Gesicht und dachte an das schreckliche Stigma, mit dem er hatte leben müssen, das Wissen über die Umstände seiner Zeugung und die Angst, daß das böse Erbe Victor Townsends in einem seiner Kinder oder Enkelkinder wiederkehren würde.
»Alles ist gut, Großvater«, sagte ich beschwichtigend und tätschelte ihm die Hand. »Es ist alles gut.«
Onkel William wohnte in einem Teil von Warrington namens Padgate. Sein hübsches, modernes Haus stand in einem gepflegten Garten und hatte natürlich, das war das beste, Zentralheizung.
Er selbst, ein großer, kräftiger Mann, korpulent und rotgesichtig, empfing mich mit stürmischer Herzlichkeit. Ohne viel Federlesens nahm er mich in die Arme, küßte mich auf beide Wangen und redete beinahe ebenso viel wie Elsie. May, seine Frau, stämmig wie er, war schlicht gekleidet und trug das graue Haar kurz, weil das am praktischsten war, wie sie sagte. Einfache Menschen, bescheiden und ohne große Ansprüche.
»Andrea! Wie schön!« rief May, als ich in die Küche bugsiert wurde, wo sie am Herd stand. »Du bist gewachsen, seit ich dich das letzte Mal gesehen habe.«
Wir lachten alle, schälten uns dann aus unseren warmen Sachen und setzten uns ins Wohnzimmer, das weit moderner eingerichtet war als das meiner Großmutter.

»Wie war Dad heute?« fragte William mit vollem Mund, während wir bei Tee und Kuchen saßen.
»Er hat aufgesessen und richtig mit uns geredet, stimmt's, Ed? Und dazu hat er fast eine ganze Schachtel Pralinen vertilgt.«
»Na also! Ich wette, in ein paar Wochen ist er wieder zu Hause. Er brauchte nur ein bißchen Ruhe und Pflege.« William schob ein Törtchen in den Mund, und ich dachte, was für ein gemütlicher, Wohlbehagen ausstrahlender Mann er sei, der Bruder meiner Mutter.
Eine Weile drehte sich das Gespräch um meinen Großvater, dann kam die Fußoperation meiner Mutter an die Reihe, und schließlich wandte man sich, es war unvermeidlich, der Vergangenheit zu. Während William und Elsie in Erinnerungen an die Zeit mit meiner Mutter schwelgten, griff Edouard zur *Times*, May ging wieder in die Küche, und ich begnügte mich damit, zuzuhören und zu beobachten.
Es war sehr warm in Williams Haus, ganz anders als bei meiner Großmutter. Hier konnte man aus dem Zimmer gehen, ohne im Flur einen Kälteschock zu bekommen. Ich streifte meine Schuhe ab, zog die Beine hoch und machte es mir in meinem Sessel bequem.
Während ich mit halbem Ohr den Gesprächen lauschte, begannen meine Gedanken zu wandern. Ich versuchte nicht, sie zu kontrollieren, sondern ließ sie und die Bilder, die sie mitbrachten, frei durch mich hindurchziehen. Ich sah das Haus in der George Street und dachte flüchtig, wie harmlos es erschien, wenn ich fern von ihm war, wie albern die unheimliche Stimmung, die mich jedes Mal befiel, wenn ich über seine Schwelle trat.
Ich dachte über den schlimmen Traum der vergangenen Nacht nach, wie real Angst und Entsetzen da gewesen waren und wie fern und unwirklich sie jetzt schienen. Ich erinnerte mich an den Jungen, der mich durchs Fenster angestarrt hatte, sah wieder sein unverhohlen neugieriges Gesicht vor mir.
Zuletzt dachte ich an meinen Großvater und durchlebte noch ein-

mal die erschreckenden Sekunden, als er mich mit finsterem Blick angestarrt hatte. Und ich fragte mich, was er gesehen hatte, als er mich angeblickt hatte.
»Andrea!«
»Ja?«
»Sie hat vor sich hin geduselt. Sie ist wohl todmüde.«
»Nein, ich habe nicht –«
»Es ist richtig schön, dich wieder hier zu haben«, sagte William. »Es ist schade, daß deine Mutter nicht auch kommen konnte, aber wenigstens bist du da. Hoffentlich bleibst du noch eine Weile. Läßt sich das mit deiner Arbeit vereinbaren?«
Ich versuchte, mir den Börsenmakler vorzustellen, für den ich arbeitete, aber ich konnte mir sein Gesicht nicht ins Gedächtnis rufen. »Ich hatte noch vier Wochen Urlaub, aber wie lange ich hier bleibe, weiß ich noch nicht.« Ich dachte an Doug, aber auch sein Gesicht blieb merkwürdigerweise im Dunkeln.
Etwas später setzten wir uns alle zum Essen in die Küche. Zum Kalbsbraten mit Gemüse tischte William einen spanischen Rotwein auf und hielt dann eine kurze Rede zu meinem Empfang.
»Und am Wochenende«, rief Elsie, als er zum Schluß gekommen war, »fahren wir alle zu Albert nach Morecambe Bay. Wir müssen doch das Kleine bewundern.«
Sie unterhielten sich ausgiebig über das geplante Familientreffen am kommenden Sonntag, erzählten mir von Albert und Christine, meinem Vetter und meiner Cousine, die ich dort kennenlernen würde, und waren sich einig darin, daß es Großmutter, die kaum je das Haus verließ, guttun würde, wieder einmal hinauszukommen. Und ich dachte dabei, daß es bestimmt auch mir guttun würde, eine Weile der bedrückenden Atmosphäre des Hauses in der George Street zu entkommen.
William wandte sich mir zu und sagte: »Na, Andrea, wie gefällt dir das Leben in Mutters Iglu?«
Alle lachten.
»Kannst du ihr nicht einen elektrischen Heizofen rüberbringen,

William?« fragte May. »Andrea muß sich doch in dem vorderen Schlafzimmer zu Tode frieren.«
»Nein«, sagte ich und war selbst überrascht. »Ich meine, mir fehlt nichts. Wirklich nicht. Mit meiner Wärmflasche und den dicken Decken fühle ich mich ganz wohl. Wirklich!«
Was redete ich da! Das stimmte doch überhaupt nicht. Ich fühlte mich gräßlich in dem Zimmer und fror wie ein Schneider. Ein elektrischer Heizofen wäre ein wahres Gottesgeschenk gewesen. Und doch – ich versuchte mir klarzuwerden, warum ich etwas dagegen hatte... der Heizofen gehörte einfach nicht ins Zimmer, das war alles...
»Schläfst du wenigstens gut, Kind?« erkundigte sich May mit mütterlicher Besorgnis.
»O ja. Ich schlafe ausgezeichnet.«
»Das Zimmer war immer schon ekelhaft kalt«, bemerkte William, während er sich noch eine Ladung Kartoffeln nahm. »Aber der Rest des Hauses ist auch nicht viel besser. Trotzdem hab ich mich nie beschwert. Als ihr ausgezogen wart, du und Ruth«, sagte er zu Elsie, »hab ich das vordere Zimmer bekommen, und ich hab mir fast den Hintern abgefroren, aber beklagt hab ich mich nie. Ihr wart immer schon zwei richtige Zimperliesen.«
Ich lächelte, als William mich ansah.
»Zimperliesen, hm?« sagte er zwinkernd.
Ich lachte nur. »Es ist auszuhalten. Wirklich. Die Kälte, meine ich, Es ist ja schließlich auch ein altes Haus, nicht wahr? Kein Wunder, daß man da nachts merkwürdige Dinge hört. Das ist eigentlich der einzige –«
»Was sagst du da? Merkwürdige Dinge? Wovon redest du?«
»Ach, du weißt schon.« Ich spielte mit meiner Gabel. »Mitten in der Nacht wacht man von irgendwelchen komischen Geräuschen auf. Ist dir das nie passiert?«
Er zog die Brauen hoch. »Ich kann mich nicht erinnern. In dem Haus gibt's keine Geräusche. Dazu ist es zu solide gebaut. Ganz im Gegensatz zu den Bruchbuden, die sie heute hochziehen. Vor

hundert Jahren hat man noch für die Ewigkeit gebaut. Nein, mich haben nachts nie Geräusche geweckt. Hier, in unserem Haus, da knarrt und knackt es immer irgendwo, nicht wahr, May?«

»Aber ich meine«, fuhr ich hastig fort, »hast du dir nie Gedanken über das Haus gemacht? Hast du nie seltsame Geräusche gehört oder vielleicht – vielleicht etwas Merkwürdiges gesehen? Ich meine, irgend etwas Unerklärliches.«

Er starrte mich verständnislos an.

»Was willst du damit sagen, Andrea?« fragte Elsie, während sie sich Wein einschenkte. »Daß es im Haus spukt?«

Wieder lachten sie alle – William, Elsie, May. Ed lächelte nur und aß weiter.

»Nein, das meinte ich nicht«, erwiderte ich, obwohl ich genau das gemeint hatte. »Es hätte mich nur interessiert, ob –«

»Hast *du* denn etwas gesehen, Andrea?« fragte May.

»Nein, nein, natürlich nicht. Aber in Los Angeles, wißt ihr, wenn da ein Haus hundert Jahre alt ist, dann – na ja, dann gibt es immer irgendwelche Geschichten über es. Schauermärchen manchmal.«

»Nein, hier ist das nicht so«, sagte William, nahm sich das letzte Stück Braten, leerte die Soße aus der Schale auf seinen Teller und stellte die Schale krachend wieder weg. »Dazu gibt's hier viel zu viele alte Häuser. Wenn da jedes sein eigenes Gespenst hätte – du lieber Schreck! Wenn du Spukgeschichten nach Amerika mitnehmen willst, mußt du nach Penketh fahren. Hier in der Gegend können wir mit so was nicht dienen. Wir haben keine Zeit für Gespenster.«

Elsie neigte den Kopf leicht zur Seite und sah mich über den Tisch hinweg an. »Enttäuscht, Andrea?«

»Ach wo! Keine Spur. Ich war nur neugierig.«

»Die Amerikaner haben komische Vorstellungen von England, hm?« meinte William. »Als lebten wir alle in Gruselhäusern. Tut mir leid, Kind, keine Geister weit und breit. Denen ist es hier viel zu kalt.« Er lachte dröhnend, und ich wünschte, ich hätte das Thema nicht aufs Tapet gebracht.

»An unserem alten Haus ist nichts Geheimnisvolles, nicht wahr, Elsie?« sagte er, wieder ernst werdend. »Ich bin 1922 in dem Haus geboren und habe fast bis zu meinem dreißigsten Lebensjahr dort gelebt. Nicht ein einziges Mal habe ich was Ungewöhnliches gesehen oder gehört. Es war immer ein angenehm ruhiges Haus. Gut gebaut. Solide. Nicht wie diese windigen Dinger von heute. Christine spart schon eifrig, um sich irgendwann mal eines von diesen alten Häusern draußen in...«

Ich zog mich aus dem Gespräch zurück. Schweigend stocherte ich in meinem Essen. Ich war irritiert und enttäuscht. Ich hatte gehofft, meine unheimlichen Erlebnisse in dem alten Haus wären nichts Neues, und meine Verwandten könnten von ähnlichen Begebenheiten erzählen.

Aber sie hatten nichts zu erzählen. Gar nichts.

Nach dem Essen, bevor William und May zum gewohnten Besuch im Krankenhaus aufbrachen, beschloß ich, meine Mutter anzurufen. Meine Verwandten waren sofort begeistert von der Idee und drängten sich begierig um mich, sobald das angemeldete Gespräch durchkam. Es war mir unmöglich, ein privates Wort mit meiner Mutter zu sprechen.

Jeder wollte einmal an den Apparat, um ihr guten Tag zu sagen, und als wir schließlich den Hörer auflegten, hatte ich nichts Wesentliches mit meiner Mutter gesprochen. Ich fühlte mich betrogen. So vieles hatte ich ihr sagen, so vieles hatte ich sie fragen wollen, aber ich war nur eben dazu gekommen, mich nach ihrem Befinden zu erkundigen, ein wenig von meinem Großvater und dem Alltag bei meiner Großmutter zu berichten und ihr dann zu sagen, daß hier vier Leute Schlange stehen, um mit ihr zu sprechen.

William und May setzten mich auf der Fahrt zum Krankenhaus in der George Street ab. Sie kamen noch einen Moment mit ins Haus, um sich zu vergewissern, daß Großmutter sich wohl fühlte,

und ihr zu erzählen, wie nett das Familienessen gewesen war, wie schade, daß sie nicht dabei gewesen war. Und während sie schwatzten, machte ich mir Vorwürfe, daß ich mich, kaum waren wir durch die Tür getreten, wieder von der Atmosphäre des Hauses hatte einfangen lassen. Ich sollte mehr um das Befinden meines Großvaters besorgt sein, hielt ich mir vor, anstatt mich auf diese morbide Weise von dem Haus besetzen zu lassen.
Um neun, als wir beide wieder vor dem Kamin saßen, in dem das Gasfeuer brannte, schaltete Großmutter das Radio ein, um sich die von ihr so geliebte ›Stunde schottischer Musik‹ anzuhören. Ungefähr fünf Minuten, nachdem die Dudelsäcke zu wimmern angefangen hatten, ging es wieder los.
Wir lehnten beide bequem in unseren Sesseln und hörten schweigend der Musik zu, als mir auffiel, daß die Uhr zu ticken aufgehört hatte.
Ich starrte sie an wie hypnotisiert.
Wie aus weiter Ferne vernahm ich dann die Klänge eines schlecht gestimmten Klaviers – wieder war es die Melodie von ›Für Elise«, diesmal jedoch wurde sie von geübterer Hand gespielt als zwei Abende zuvor.
Ich drehte den Kopf und sah meine Großmutter an. Sie lehnte mit geschlossenen Augen in ihrem Sessel und summte leise das Lied der Dudelsäcke mit. Der Moment schien eine Ewigkeit anzudauern, als wäre die Zeit zum Stillstand gekommen und wir in einem Raum zwischen zwei Wirklichkeiten gefangen. Ich starrte meine Großmutter ungläubig an. Wie war es möglich, daß sie das Klavierspiel nicht hörte!
Mir wurde heiß im Gesicht. Das Zimmer schien immer enger zu werden. Ich bekam Angst, als mir klar wurde, was geschah.
»Großmutter!«
Sie öffnete die Augen nicht.
Das Klavierspiel wurde lauter. Es war jetzt sehr nah und umgab mich von allen Seiten. Das Pfeifen der Dudelsäcke rückte immer weiter in den Hintergrund.

»Großmutter...«
Endlich blickte sie auf. »Was ist denn, Kind?«
In dem Moment, als sie die Augen öffnete, brach das Klavierspiel ab. Ich sah zur Uhr hinauf. Sie tickte wieder.
»Ich bin wahnsinnig müde, Großmutter.« Ich rieb mir mit beiden Händen das Gesicht. »Macht es dir was aus, wenn ich zu Bett gehe?«
»Aber gar nicht. Wie gedankenlos von mir, dich wachzuhalten.« Sie griff nach ihrem Stock und wollte aufstehen.
»Bleib sitzen, Großmutter. Du brauchst nicht aufzustehen.«
»Na hör mal? Ich werd doch nicht hier unten sitzen bleiben, wenn du schlafen willst.«
»Wieso –«
»Dein Nachthemd und dein Morgenrock liegen schon unter dem Kissen. Ich wollte nicht, daß du erst wieder durchs kalte Treppenhaus nach oben mußt.«
Verwirrt blickte ich zum Sofa hinüber und sah, daß Kissen und Decken schon bereit lagen. Jetzt verstand ich, was sie meinte.
»Ich soll heute nacht hier unten schlafen?«
»Aber sicher. Du hast es hier so schön warm gehabt und so gut geschlafen, warum sollst du da wieder in das kalte Zimmer hinauf?«
»Ach, aber –« Ich wollte nicht hier unten schlafen, ich verstand es selbst nicht. Ich wollte wieder hinauf ins Vorderzimmer. Ich hätte mich fragen sollen, was hinter diesem widersinnigen Wunsch, oben zu schlafen, steckte, aber ich tat es nicht, sondern versuchte nur stockend, meiner Großmutter eine Erklärung zu geben.
»Das war gestern nacht was anderes«, sagte ich. »Da hatte ich einen Alptraum. Das passiert heute nacht bestimmt nicht wieder. Wirklich, Großmutter, ich fühl mich wohl da oben –«
»Gib dir keine Mühe, Kind. Ich weiß, es ist meine Schuld. Ich hab dir ständig vorgejammert, wie teuer das Gas ist und wie sparsam wir mit Gas und Strom umgehen müssen, und jetzt kannst du es nicht einmal genießen, hier unten in der Wärme zu schlafen. Aber

ich sage dir, kümmre dich nicht um mein Genörgel. Wir lassen die Gasheizung an, solange du hier bist, und basta. Gute Nacht, Kind.«
Damit tappte sie auf ihren Stock gestützt aus dem Zimmer und schloß die Tür hinter sich.
Ich ließ mich aufs Sofa fallen. Was war das nun wieder gewesen? Warum hatte ich ihrem gutgemeinten Vorschlag widersprochen, obwohl ich ihr bei klarer Überlegung beipflichten mußte, daß hier unten der behaglichste Schlafplatz für mich war? Irgend etwas, eine Kraft, die etwas Verborgenes in mir ansprach, zog mich nach oben. Es war beinahe so gewesen, als wollte diese Kraft mich zwingen, gegen meinen Willen zu handeln.
Ich hob den Kopf und sah mich im Zimmer um. Ein ganz gewöhnliches Zimmer, vertraut schon und gemütlich. Warum konnte ich mich dann nicht entspannen? Zwei Tage war ich jetzt hier, da mußte ich die Zeitverschiebung doch verarbeitet, mich an meine neue Umgebung gewöhnt haben. Aber das unheimliche Gefühl, das mich beim ersten Betreten des Hauses überfallen hatte, war nicht, wie ich erwartet hätte, abgeflaut; im Gegenteil, es war stärker geworden.
Und das Klavierspiel. Es war klar, daß meine Großmutter es nicht gehört hatte. Wieso nicht? Woher war es gekommen? Konnte nur ich es hören? Aber wieso? Wie kam es, daß keiner meiner Verwandten je etwas Ungewöhnliches in diesem Haus erlebt hatte? Warum nur ich allein? Hatte ich diese seltsamen Geschehnisse vielleicht durch mein Kommen ausgelöst? Hatte ich etwas an mir, das die Geister dieses Hauses um ihre Ruhe brachte?
Mit einem Ruck hob ich den Kopf zur Zimmerdecke. Was war das für ein Geräusch? Ohne den Blick von der Decke zu wenden, stand ich langsam auf und lauschte angestrengt in die Stille.
Es klang, als weinte eine Frau.
»Großmutter?« flüsterte ich.
Ich vergaß mein eigenes Dilemma und rannte, tief besorgt um meine Großmutter, aus dem Zimmer in den finsteren Flur.

5

Die Finsternis im Treppenhaus machte mir angst. Das Herz klopfte mir so heftig, daß ich das gedämpfte Schluchzen kaum noch hören konnte. Dennoch hastete ich so schnell ich konnte die Treppe hinauf. Das Weinen meiner Großmutter erschreckte und besorgte mich.

Nachdem ich oben Licht gemacht hatte, näherte ich mich vorsichtig ihrer Zimmertür und drückte lauschend das Ohr an das Holz. In Großmutters Zimmer war alles still. Verwirrt trat ich einen Schritt zurück und blickte den Flur hinunter. Im trüben Schein der Deckenbeleuchtung konnte ich umrißhaft die Tür zum Vorderzimmer erkennen. Sie war geschlossen. Das Weinen schien von der anderen Seite zu kommen.

Auf Zehenspitzen huschte ich den Gang entlang. Je näher ich der Tür kam, desto lauter wurde das Weinen. Vor der Tür blieb ich stehen und lauschte. Die Luft um mich herum war eiskalt. Abgesehen von dem Weinen war alles still. So kalt und still wie in einem Grab, schoß es mir durch den Kopf. Mich schauderte. Am liebsten wäre ich stehenden Fußes umgekehrt und die Treppe hinunter geflohen, aber ich war nicht fähig, mich von der Stelle zu rühren. Eine Macht, die stärker war als ich, befand sich mit mir im dämmrigen Flur und zwang mich, die Hand zu heben und auf den Türknauf zu legen.

Er war hart und kalt. Lautlos öffnete ich die Tür und starrte in die undurchdringliche Schwärze des Zimmers. Ein kalter Hauch streifte mein Gesicht. Vorwärts gezogen von einer Macht, gegen die ich mich nicht wehren konnte, trat ich mit weit geöffneten suchenden Augen ins Zimmer und sah, daß die Mitte des Raums von einem bleichen Licht erleuchtet war, dessen Quelle ich nicht ergründen konnte. Die Außenzonen des Zimmers lagen in Dunkelheit, das geisterhafte Licht selbst, das auf das Bett gerichtet war,

hatte einen hellen Mittelpunkt und verlor sich zu den Rändern hin in milchigem Dunst.
Ich blickte auf die Gestalt, die im Schein des Lichts auf dem Bett lag. Ein kleiner, weißgekleideter Körper, der von Schluchzen geschüttelt wurde.
Ich sah ein junges Mädchen, höchstens zwölf oder dreizehn Jahre alt, das bäuchlings quer über dem Bett lag. Sie trug ein knöchellanges Kleid aus weißer Baumwolle, das mit Schleifen und Rüschen verziert war. Um die schmale Taille lag eine breite Schärpe, die auf dem Rücken zu einer großen Schleife gebunden war. Unter dem weißen Rock konnte ich die gefältelten Unterröcke und die weißen Strümpfe sehen.
Den Kopf in die Arme gedrückt, weinte das Mädchen herzzerreißend.
Ich weiß nicht, wie lange ich reglos dastand und sie anstarrte. Ich hatte keine Angst, aber ich war völlig fasziniert. So gefangen war ich von dem Bild, das wie Realität schien und doch nur Täuschung sein konnte, daß ich erst erschrak, als das Mädchen den Kopf hob.
Was würde geschehen, wenn sie mich entdeckte?
Aber dann geschah etwas Seltsames. Das Mädchen richtete in der Tat ihren Blick auf mich, und ich erkannte fast im selben Moment, obwohl ich erschrocken zusammenfuhr, daß sie mich nicht sah. Nein, sie blickte einfach durch mich hindurch.
Mit hämmerndem Herzen starrte ich wie gebannt in das reizlose Gesicht des Mädchens und erkannte, daß es dasselbe Mädchen war, das ich auf dem Foto der drei Townsend-Kinder gesehen hatte. Nur älter war sie jetzt. Harriet Townsend, Schwester von Victor und John.
Langsam setzte sie sich auf. Die langen Locken fielen ihr über die Schultern. Ihr Gesicht war verschwollen vom Weinen, doch jetzt schien sie sich gefaßt zu haben und hielt den Blick auf etwas oder jemand gerichtet, der sich hinter mir befand.
Als sie zu sprechen begann, zuckte ich zusammen. So real die Szene erschien, das hatte ich nicht erwartet.

»Es ist mir gleich, was Vater sagt«, erklärte sie trotzig mit schmollend vorgeschobenen Lippen. »Ich bleibe hier oben und esse nichts mehr, bis ich verhungert bin. Ich bin ihm ja sowieso gleichgültig.«

Immer noch blickte sie durch mich hindurch, als lausche sie den Worten des unsichtbaren Gegenübers. Dann warf sie zornig den Kopf in den Nacken und sagte: »Warum mußte Victor fortgehen? Er mußte doch gar nicht. Vater wollte, daß er hier bleibt und im Werk arbeitet. Aber nein, Victor mußte seinen Kopf durchsetzen. Ich wünsche ihm nur, daß er in London schrecklich unglücklich wird. Und ich hoffe, er schneidet sich und stirbt an einem Gift.«

Bei der Antwort ihres Gegenübers verzog sie ärgerlich das kleine Gesicht. Ich hatte keine Ahnung, wer mit ihr sprach, aber es war nicht schwer, die Lücken des Dialogs zu füllen.

»Das ist mir egal! Du kannst Vater ausrichten, daß ich mich im Schrank einsperre und nie wieder einen Bissen zu mir nehme. Victor hat versprochen, daß er nie fortgehen würde. Er hat es mir versprochen!«

Harriet Townsend durchdrang mich mit herausfordernd blitzendem Blick. Doch schon im nächsten Moment wandelte sich ihr Trotz in Erschrecken und dann in Furcht. Ihre Augen weiteten sich, der Mund öffnete sich zum Schrei. »Schlag mich nicht!« flehte sie und kroch hastig zur anderen Seite des Betts. »Es tut mir leid. Ich hab's nicht so gemeint. Bitte, bitte, schlag mich nicht.«

Sie hob abwehrend die Arme, während sie immer wieder schrie: »Nicht! Bitte, nicht!«

Ich stürzte zum Bett und rief: »Harriet –«

Das Licht an der Decke flammte auf. Ich drehte mich verwirrt um.

»Was tust du hier oben?«

Ich zwinkerte geblendet, dann sah ich meine Großmutter, die an der offenen Tür stand. Auf ihrem Gesicht lag ein merkwürdiger Ausdruck.

»Ich – ich –«
»Du solltest schlafen«, sagte sie.
Ich sah mit offenem Mund zum Bett hinüber. Dort lag mein aufgeklappter Koffer, sein Inhalt über der Steppdecke verstreut. Das gespenstische Licht war ebenso verschwunden wie Harriet, selbst die beißende Kälte im Zimmer schien etwas gemildert. Ungläubig sah ich wieder meine Großmutter an. Hatte sie denn nichts gesehen? Hatte sie nichts gehört?
»Meine – meine Hausschuhe«, erklärte ich verlegen. »Ich wollte meine Hausschuhe holen.«
»Ich hörte dich sprechen.«
»Ja.« Ich fuhr mir mit den Fingern durch das Haar. »Ich hab mir im Dunklen das Schienbein angestoßen. – Ach, da sind sie ja.« Ich bückte mich und hob meine Hausschuhe auf.
Wir gingen hinaus und knipsten das Licht aus. Ich fragte mich, wie lange meine Großmutter hinter mir gestanden, wieviel sie gesehen und gehört hatte. Als ich mich vor der Tür zu ihrem Zimmer von ihr trennte, gab sie mir einen Kuß auf die Wange.
»Gute Nacht, Kind. Schlaf gut. Und bleib unten, wo es warm ist, sonst holst du dir noch eine Erkältung.«
Bevor sie in ihrem Zimmer verschwand, schaltete sie das Flurlicht aus, und mit einem Schlag war das ganze Haus wieder in schwarze Finsternis getaucht. Ich stand an der Treppe, ohne die Stufen erkennen zu können, und fühlte mich noch ganz im Bann der rätselhaften Begegnung mit Harriet Townsend. Langsam, wie im Traum, stieg ich die Treppe hinunter und hatte dabei die ganze Zeit ihre klägliche kleine Stimme im Ohr.
Was hatte ich da gesehen? War es Einbildung gewesen? Die Ausgeburt einer überreizten Phantasie? Oder hatte ich diese Szene wirklich miterlebt?
Unten angekommen, tastete ich mich an der Wand entlang zum Wohnzimmer vor. Von weither vernahm ich ganz schwach die Klänge eines Klaviers. Mich fröstelte. Während ich in dem pechschwarzen, kalten Flur stand, hatte ich den Eindruck, in einer rie-

sigen, klammen Höhle gefangen zu sein, aus der ich niemals hinausfinden würde. Und die zarte Melodie von Beethovens ›Für Elise‹ wehte aus dunklen Höhen zu mir herunter und lockte mich.

»Nein«, flüsterte ich unwillkürlich. Was immer dort oben wartete, ich hatte nicht den Mut, ihm ins Auge zu sehen.

In blinder Hast stolperte ich zum Wohnzimmer und atmete tief auf vor Erleichterung, als sie sich unter dem Anprall meines Körpers öffnete.

Aber ich war nicht allein.

Ein junger Mann stand an den Kaminsims gelehnt und lächelte mir entgegen. In der Hand hielt er ein Glas mit einer dunklen Flüssigkeit.

»Ein scheußlicher Abend«, sagte er und winkte mich zum Feuer.

Ich stand wie eine Idiotin an der Tür und starrte in den offenen Kamin, in dem ein prasselndes Feuer brannte. Es war ein richtiges Feuer, die Flammen leckten an den sorgsam aufgeschichteten Scheiten, und die Funken stoben.

Ich sah wieder den jungen Mann an, der mich mit gutmütiger Belustigung fixierte. »Du bist ja naß bis auf die Haut«, bemerkte er mit leichtem Spott. »Das geschieht dir recht.«

Verdutzt blickte ich an mir hinunter, musterte mein T-Shirt und meine Jeans, die völlig trocken waren. Erst dann drehte ich mich um und blickte über die Schulter nach rückwärts. Draußen im Flur war ein zweiter junger Mann, der eben einen klatschnassen Umhang am Garderobenständer aufgehängt hatte und die Nässe von seinem Zylinder schüttelte.

Automatisch wich ich zum Buffet zurück. Ich war plötzlich am ganzen Körper wie gelähmt; meine Glieder waren bleischwer und gehorchten mir nicht mehr. Mein Puls raste und dröhnte mir so laut in den Ohren, daß ich meinte, er müßte im ganzen Haus zu hören sein.

Ich weiß nicht mehr, ob Angst und Schrecken oder einfach maßlose Verwunderung mich in diesem Moment lähmten; jedenfalls war ich so gebannt, daß nicht einmal ein Frösteln mich befiel, als der kalte Luftzug mich streifte, den Victor Townsend bei seinem Eintritt ins Zimmer mitbrachte.

»Das reinigt die Luft, John«, sagte er mit volltönender Stimme, während er sich die Hände über dem Feuer rieb.

John Townsend ging zur Glasvitrine, holte ein Glas heraus und füllte es aus einer Karaffe mit der dunklen Flüssigkeit, die auch er trank. Dann prosteten die beiden Männer einander zu, tranken und lachten.

Verblüfft erkannte ich, daß sie meine Anwesenheit überhaupt nicht bemerkten.

Die beiden Brüder wirkten sehr gegensätzlich. John, der Jüngere, vielleicht zwanzig Jahre alt, war kleiner und nicht so gutaussehend wie sein Bruder. Dafür waren seine Gesichtszüge weicher, und er strahlte eine sanfte Freundlichkeit aus, die sofort für ihn einnahm.

Victor – mein Urgroßvater (welch seltsame Vorstellung) – hatte dichtes rabenschwarzes Haar und Koteletten, die fast bis zum Unterkiefer reichten. Die großen dunklen Augen lagen tief in den Höhlen, und zwischen den kräftigen Brauen trat die steile Falte über der Nasenwurzel stark hervor. Er war fast einen Kopf größer als sein jüngerer Bruder, kräftiger gebaut, mit breiteren Schultern, und wirkte dadurch imposanter.

Die Kleider, die sie trugen, dunkle Gehröcke und Nadelstreifenhosen, entsprachen ganz der Mode des ausgehenden neunzehnten Jahrhunderts. Sie sahen beide sehr elegant aus, wie sie da standen, und galten unter ihren Zeitgenossen zweifellos als Männer von Geschmack.

»Aha, daran hat dir London offensichtlich nicht den Geschmack verdorben«, bemerkte John, als er sah, daß Victor sich noch einmal aus der Karaffe einschenkte.

»Ich bin doch erst ein Jahr weg, John. Du redest, als hättest du großartige Veränderungen erwartet.«

»Ich habe jedenfalls erwartet, daß du gescheiter heimkommst, als du fortgegangen bist. Das King's College hat einen großen Ruf. Was bringen sie euch denn an der medizinischen Fakultät alles bei?«

»Bettgeflüster«, antwortete Victor scherzhaft.

John warf den Kopf zurück und lachte. »Das, lieber Bruder, könntest doch du eher den Londonern beibringen. Aber jetzt mal im Ernst« – er neigte sich mit einem verschwörerischen Lächeln zu Victor hinüber – »macht es dir wirklich Spaß, Leichen zu sezieren?«

»Du bist schrecklich, John, und das gleich an meinem ersten Abend zu Hause.«

»Na schön, dann sprechen wir von angenehmeren Dingen. Durftest du schon mal junge Damen untersuchen?«

Victor schüttelte lächelnd den Kopf. »Du bist wirklich unverbesserlich, John. Man wird doch nicht aus Lust an Leichen und nackten jungen Frauen Arzt.«

»Aber nein, natürlich nicht!« John wedelte theatralisch mit einem Arm. »Dich treibt die Menschenliebe, das Mitgefühl mit allen, die leiden, der brennende Wunsch, allem Schmerz und Elend ein Ende zu machen.«

»So etwa«, murmelte Victor.

Einen Moment lang versiegte das Gespräch, und die beiden jungen Männer blickten schweigend in die Flammen im Kamin. Jetzt erst fiel mir auf, wie sich das Zimmer verändert hatte. Eine Tapete mit Blumenmuster bedeckte die Wände, und auf dem Boden lag ein dicker Perserteppich in satten Blau- und Rottönen. Die Glasvitrine stand neu und blitzblank in der Ecke, und dem Roßhaarsofa fehlte Großmutters Schonbezug. Auf dem Kaminsims stand eine Tischuhr auf geschwungenen Beinen, die von zwei Staffordshire-Hunden flankiert war. Gaslampen an den Wänden beleuchteten das Zimmer und mehrere oval gerahmte Porträts mir unbekannter Personen.

Ich war so fasziniert von der Szene, daß ich sie auf keinen Fall

zerstören wollte. Aus diesem Grund machte ich auch nicht die kleinste Bewegung und wagte kaum zu atmen.
Ich hörte, wie hinter mir die Tür geöffnet wurde und eine dritte Person ins Zimmer trat. Ich spürte den kalten Luftzug, der hereinwehte, und sah, wie Victor sich umdrehte und mit strahlendem Lächeln beide Arme ausbreitete, als Harriet auf ihn zuging.
»Victor, ich freu mich so, daß du gekommen bist.«
Bruder und Schwester umarmten und küßten einander. Dann hielt er sie auf Armeslänge von sich ab und betrachtete sie von oben bis unten. »Du bist in dem einen Jahr ganz hübsch gewachsen«, sagte er.
Richtig, das war nicht mehr das eigensinnige kleine Mädchen, das noch vor wenigen Minuten oben im Schlafzimmer geweint und geklagt hatte. Harriet war eine junge Dame geworden. Sie trug ein langes Seidenkleid mit hohem Kragen und engem Mieder. Die langen Locken trug sie hochgekämmt und mit Nadeln festgesteckt.
Sie sah sehr elegant aus und wirkte im Feuerschein, der ihre Wangen rosig färbte, beinahe hübsch.
»Ich bin ja auch schon vierzehn«, erklärte sie stolz. »In dem einen Jahr habe ich mich sehr verändert.«
»Aber sie flennt immer noch soviel wie früher.«
»John!«
Victor unterdrückte ein Lächeln. »Ist das wahr, Harriet, weinst du viel?«
»Du hättest sie an dem Abend erleben sollen, als du abgereist bist, Victor! Das war wirklich ein Drama. Sie wollte sich in den Kleiderschrank einsperren und nie wieder etwas essen.«
Jetzt ließ Victor das Lächeln heraus. »Meinetwegen wolltest du das tun?«
Ich sah, wie Harriet errötete. »Es hat mich so gekränkt, daß du fortgegangen bist, Victor. Aber jetzt macht es mir nichts mehr aus. Jetzt bin ich stolz darauf, daß du Arzt wirst.«

»Wenn nur auch Vater stolz darauf wäre«, murmelte John unterdrückt.
»Und ich bin froh, daß du das Stipendium bekommen hast. Weil du ja wirklich der klügste Mann von ganz Warrington bist, und ich –«
»Warrington ist ein kleines Städtchen«, warf John ein und griff zur Karaffe. »Noch ein Glas, Victor?«
Victor schüttelte den Kopf.
»Kann ich was haben?« fragte Harriet herausfordernd.
»Damit du dir deinen hübschen Teint verdirbst? Du weißt, was Vater tun würde, wenn er dich dabei ertappte, daß du Brandy trinkst.«
»Brandy!« sagte Victor. »Du bist ja wirklich erwachsen geworden, hm, Harriet?«
»Mehr als du ahnst. Ich war auf den Tennisplätzen.«
»Harriet!« John warf ihr einen mißbilligenden Blick zu. »Das hat Vater dir doch verboten.«
»Ich spiele ja nicht. Ich sehe nur zu. Das hat er mir nicht verboten.«
»Aber er wird sicher böse werden, wenn er davon hört.«
»Und wer soll es ihm erzählen?«
»Tennis?« fragte Victor mit hochgezogenen Brauen. »Hier in Warrington?«
»Ja, stell dir vor. Meine Freundin Megan O'Hanrahan spielt sogar. Und sie raucht Zigaretten.«
»Diese Megan ist ein ganz lockeres Ding«, bemerkte John finster. »Du solltest dich von ihr lieber fernhalten.«
Doch Victor sagte: »In London findet man nichts dabei, wenn eine junge Dame Tennis spielt.«
»Aber wir sind hier nicht in London.«
»Ach, John, du bist so spießig.« Harriet umfaßte Victors Arm und begann schnell auf ihn einzureden. »Tennis interessiert mich gar nicht so besonders«, sagte sie. »Aber weißt du, was ich liebend gern hätte?«

Victor betrachtete seine kleine Schwester amüsiert. »Was denn?«
»Ein Fahrrad.«
John wirbelte herum. »Also, das ist doch wirklich –«
»Einen Augenblick, John, laß deine Schwester ausreden. Also, Harriet, warum möchtest du ausgerechnet ein Fahrrad haben?«
»Megan O'Hanrahan hat auch eines und –«
»Und jeder kann ihre Unterröcke sehen, wenn sie die Straße hinunterfährt!«
»John!« rief Harriet schockiert.
»Es ist unanständig. Vater wird niemals erlauben, daß seine Tochter sich so unschicklich zur Schau stellt. Und ich werde ebensowenig zulassen, daß meine Schwester –«
»Victor! Hilf mir doch!«
»Tja, ich...« Er kratzte sich am Kopf.
»Du bekommst kein Fahrrad, und damit Schluß. Auf der Straße herumfahren und sich unter die Röcke gucken lassen. Das schickt sich nicht für eine anständige junge Dame.«
»John Townsend, wie kannst du so gewöhnlich sein. Ich ziehe doch lange Pumphosen an –«
»Niemals würde Vater diese Dinger in seinem Haus dulden. Sollen die Amerikanerinnen sie anziehen, wenn sie wollen. Die haben sie ja erfunden. Aber du wirst dich nicht auf diese Weise zur Schau stellen.«
Harriet sah John einen Moment lang mit zornig blitzenden Augen an, dann wandte sie sich Victor zu. »Und was findest du?«
»Ich muß John da leider zustimmen, Harriet. Tennisspielen mag noch angehen, aber Radfahren ist etwas ganz anderes. Ich glaube, du schlägst dir das am besten aus dem Kopf.«
»Das sind nur diese Iren«, sagte John, während er wieder zur Karaffe griff und sein Glas füllte. »Vater hat ihr den Verkehr mit diesen O'Hanrahans verboten. Das sind üble Leute.«
»Gar nicht wahr! Es sind sehr anständige Leute.«
»Katholiken!«

»Sie sind genauso gottesfürchtig wie du und Vater –«
»Keine Widerworte, Harriet!« schrie John sie an.
Einen Moment stand Harriet wie vom Donner gerührt und blickte ungläubig von einem Bruder zum anderen, dann schlug sie die Hände vor das Gesicht, drehte sich um und lief weinend aus dem Zimmer.
Als sie an mir vorüberstürmte, drehte ich mich um und öffnete den Mund, um zu sprechen. Aber sie war zu schnell an mir vorbei, und schon fiel krachend die Tür hinter ihr zu.
Zornig, Worte des Vorwurfs auf den Lippen, wandte ich mich wieder den Brüdern zu, aber als ich zum Kamin blickte, waren sie nicht mehr da.

Verwirrt fragte ich mich, wohin sie so schnell hatten verschwinden können, dann fand ich in die Realität zurück und lachte nervös. Gespenster! Und ich hatte tatsächlich mit ihnen sprechen wollen!
Zögernd und furchtsam ging ich zur Mitte des Zimmers. Alles war wieder so, wie ich es von Anfang an gekannt hatte: die Möbel alt und glanzlos, die Wände schlicht weiß, im Kamin das Gasfeuer. Und die Uhr auf dem Sims tickte ruhig und gleichmäßig.
Mir zitterten plötzlich die Knie, und ich ließ mich in den nächsten Sessel fallen. Was hatte das alles zu bedeuten? Wie war es möglich, daß meine Phantasie mir eine solche Szene vorgaukelte? So lebensecht, so richtig bis ins kleinste Detail, so scheinbar real.
Ich war wie im Schock. Ich fühlte mich so schwach, als wäre meinem Körper alle Kraft entzogen worden. Mein Geist war stumpf, wie betäubt.
Was war das nun eben gewesen? Hirngespinste, die meinem erschöpften Geist entsprungen waren? Phantasien, die Großmutters Erzählungen in Verbindung mit der unheimlichen Atmosphäre des Hauses bei mir ausgelöst hatten? Oder...
Ich hätte den Gedanken gern lächerlich gefunden, aber es gelang mir nicht.

Oder hatte ich hier wirklich etwas gesehen und miterlebt? War ich von Gespenstern heimgesucht worden, oder war mir ein Blick in die Vergangenheit gewährt worden?
Ich sah zur Uhr hinauf. War es das gewesen? Ein kurzer Blick den Zeitschacht hinunter?
Nein, sagte ich mir, den Blick weiter auf die Uhr gerichtet, ein Spuk im üblichen Sinn war das nicht gewesen; vielleicht schien es so zu sein, daß ich Zeugin gewisser Ereignisse aus der Vergangenheit geworden war. Es war, als hätte ich durch Zufall ein Zeitfenster entdeckt, durch das ich die Geschehnisse beobachten konnte.
Eine Besonderheit fiel mir auf, während ich nachdachte, und das war die Abfolge der Ereignisse. Ich erinnerte mich des Abends meiner Ankunft in diesem Haus, als ich zum erstenmal die Klänge von ›Für Elise‹ gehört hatte. Sie hatten sich angehört, wie von Kinderhand geklimpert. Später jedoch hatte die Melodie flüssiger geklungen, wie von geübterer Hand gespielt. Und Victor war, als ich ihn das erste Mal am Fenster erblickt hatte, ein Junge von etwa fünfzehn Jahren gewesen. In der Nacht, als ich ihn an meinem Bett hatte stehen sehen, war er schon älter gewesen, aber noch nicht so alt wie in dieser letzten Szene, die ich soeben miterlebt hatte. Das gleiche galt für Harriet – oben im Schlafzimmer das weinende Kind und wenige Minuten später schon ein ganzes Jahr älter, eine junge Dame.
War die Uhr vielleicht zurückgedreht worden bis zu den ersten Tagen dieses Hauses im Jahr 1880, als die Familie Townsend hier eingezogen war? Und war sie dann wieder in Bewegung gesetzt worden, um die Ereignisse ihren Verlauf nehmen zu lassen? Wenn das so war, warum? Oder war vielleicht in Wirklichkeit alles nur meine Einbildung?
Ich hatte irgendwann einmal von einer Theorie gelesen, die besagte, daß Zeit in Wirklichkeit Gleichzeitigkeit sei, daß Vergangenheit, Gegenwart und Zukunft eins seien und daß wir nur aufgrund gewisser pysikalischer Bedingungen des Universums an-

dere Zeitalter nicht wahrnehmen könnten. Man glaubte, daß hochsensible Menschen, wie Medien oder Hellseher, die Fähigkeit besäßen, die Barrieren zu überwinden und die Zukunft oder die Vergangenheit zu sehen; daß dies möglicherweise das Phänomen des *déjà vu* und der Vorahnung erklärte; daß wir möglicherweise gerade dann, wenn wir am unbewußtesten sind und die Abwehrmechanismen am schwächsten, versehentlich die Barriere durchstoßen und einen Blick in die Zukunft tun könnten. Oder in die Vergangenheit...

Uhren und Kalender sind Erfindungen des Menschen, doch die Zeit ist ewig. Wäre es möglich, daß sie ein Kreislauf ist – und immer wieder zum Ausgangspunkt zurückkehrt? Oder ist sie vielleicht ein Strom, in dem alle Zeitalter gemeinschaftlich in einem treiben? Wenn alle Geschichte heute existiert und ebenso die Zukunft, könnte es dann nicht möglich sein, daß man irgendwo durch Zufall auf eine Öffnung stößt, ein Fenster gewissermaßen, durch das man einen Blick auf die mitfließenden Ströme erhascht?

Als ich erwachte, war es noch dunkel. Ich lag völlig angekleidet im Sessel, und die Hitze des Gasfeuers brannte auf meinen Beinen. Abrupt setzte ich mich auf. Einen Moment lang wußte ich nicht, wo ich war. Ich rieb mir die Augen und sah auf die Uhr. Es war vier.

Mein ganzer Körper war steif, und meine Glieder schmerzten, als ich vorsichtig aufstand, um mich im Zimmer umzusehen. Alles war wie immer. Ich war ganz einfach mit meinen Gedanken über den Besuch in der Vergangenheit eingeschlafen. Wenn es denn tatsächlich ein Besuch gewesen war. Vielleicht war es ja auch nur ein Traum gewesen. Es war möglich, daß ich schon vor Stunden am Gasfeuer eingeschlafen war und alles nur geträumt hatte. Aber nein, da standen meine Hausschuhe. Jene erste Periode zumindest, als ich dem Schluchzen folgend nach oben gegangen war und dort die weinende Harriet angetroffen hatte, war real gewesen. Und die zweite Szene, die mit Victor, John und Harriet?

Ich konnte nicht glauben, daß ich sie phantasiert hatte. Zu lebensecht war die Episode gewesen. Die drei hatten gesprochen und agiert wie Menschen aus Fleisch und Blut.
Aber eine Erklärung für diese Vorfälle wußte ich nicht.
Da ich nicht wieder einschlafen wollte, wanderte ich noch eine Weile im Zimmer umher und schlug mich dabei mit den Fragen herum, die mich bedrängten. Wenn ich sie sehen kann, wieso können dann sie mich nicht sehen? Ist dieses ›Zeitfenster‹ eine Art Einwegspiegel? Und wenn ich sie sehen und hören und den kalten Luftzug bei ihrem Eintritt ins Zimmer fühlen kann, kann ich sie dann vielleicht auch berühren? Was würde ich dabei zu fühlen bekommen? Würden *sie* die Berührung wahrnehmen? Und weiter – aus welchem Grund liefen die Ereignisse in ihrem Leben in chronologischer Folge ab? Hatte das einen bestimmten Sinn?
Völlig erschöpft ließ ich mich in den Sessel fallen. Ja, was hatte das alles für einen Sinn? Wozu wurden mir bestimmte Ereignisse gezeigt, ganz willkürlich, wie mir schien? Ich konnte nicht selbst bestimmen, was ich sehen wollte und was nicht, das lag auf der Hand. Ich hätte Harriet und ihre Brüder nicht herbeiholen können, wenn ich es jetzt versucht hätte. Aber wenn sie sich mir zeigten, würde ich der Begegnung höchstwahrscheinlich nicht ausweichen können. Das Geschehen lag ganz außerhalb meiner Kontrolle.
Andrerseits schienen sie meiner überhaupt nicht gewahr zu sein. In allen Spukgeschichten jedoch, die ich je gehört oder gelesen hatte, hatte immer der ›Geist‹ das Geschehen beherrscht und bestimmt, wem er sich zeigen wollte. Dies hier schien mir ein Spuk von ganz anderer Art zu sein. Zusammenhanglose Szenen aus der Vergangenheit, alle so real, als lebte ich in jenen Momenten wahrhaftig im England des neunzehnten Jahrhunderts.
Warum gerade ich? fragte ich mich immer wieder. Wenn dies alles keinen Sinn hat, keinem bestimmten Zweck dient, warum dann gerade ich? Warum nicht Christine oder Ann oder Albert? Warum nicht William oder Elsie oder Großmutter?

Ich hockte mit hochgezogenen Beinen im Sessel, den Kopf auf den Knien, als mir ein neuer, erschreckender Gedanke kam. Mit einem Ruck richtete ich mich auf und starrte mit zusammengekniffenen Augen auf die ruhig tickende Uhr. Alles läuft in der gleichen zeitlichen Reihenfolge ab wie vor hundert Jahren, dachte ich. Und das kann nur heißen –

Nein! Ich sprang auf. Großmutters Worte fielen mir wieder ein. »Victor Townsend war ein nichtswürdiger Mensch. Manche sagen, er hätte sich der Schwarzen Kunst verschrieben. Andere behaupten, er hätte mit dem Satan selbst in Verbindung gestanden. Nichts in der Welt wird mich dazu bringen, über die unsäglichen Scheußlichkeiten zu sprechen, die dieser Teufel begangen hat. Solange Victor Townsend lebte, machte er den Menschen in diesem Haus das Leben zur Hölle.«

»Nein...«, stöhnte ich.

»Andrea!«

Ich bewegte stumm meinen schmerzenden Kopf hin und her.

»Andrea, Kind!«

Langsam öffnete ich die Augen und sah meiner Großmutter ins Gesicht.

»Andrea, fühlst du dich nicht wohl?«

»Doch, doch – es geht mir gut.«

»Es ist fast zehn«, sagte sie, während ich noch immer in das alte Gesicht blickte, das einmal frisch und schön gewesen war. »Möchtest du aufstehen oder lieber noch eine Weile schlafen?«

Stirnrunzelnd blickte ich an mir hinunter, sah das Nachthemd, das ich anhatte, die Decken, die auf mir lagen. Ich drehte den Kopf zur Seite. Meine Sachen lagen sauber gefaltet auf einem Stuhl.

Wann hatte ich sie ausgezogen?

»Ach, Großmutter...«, sagte ich seufzend und rieb mir die Augen. »Ich habe solche Kopfschmerzen.«

»Armes Kind. Warte, ich hol dir eine Tablette. Bleib ruhig liegen.«

Auf ihren Stock gestützt schlurfte sie zum Buffet und zog die oberste Schublade auf. Ich dachte an die vergangene Nacht zurück. Ich erinnerte mich an die weinende Harriet, die oben auf dem Bett gelegen hatte, und an ihr Gespräch mit ihren beiden Brüdern. Und ich erinnerte mich, daß ich im Zimmer umhergegangen war und versucht hatte, mir klarzuwerden, was diese Visionen oder Besuche in die Vergangenheit, oder was es sonst war, zu bedeuten hatten. Aber was danach geschehen war, wußte ich nicht mehr. Ich hatte keinerlei Erinnerung daran, mich ausgekleidet und ins Bett gelegt zu haben.
»Hier, Kind.« Mit ihrer schmalen, von der Gicht verkrüppelten Hand reichte sie mir zwei weiße Tabletten und mit der anderen ein Glas Wasser. »Die helfen dir bestimmt.«
»Was ist das?«
»Ein Mittel gegen Kopfschmerzen. Nimm sie.«
»Danke.«
Ich setzte mich auf und schluckte die Tabletten. Es irritierte mich, daß ich mich nicht erinnern konnte, wie ich ins Bett gekommen war, und ich verstand nicht, weshalb ich so starke Kopfschmerzen hatte. Während meine Großmutter in die Küche hinüberging, stand ich müde auf, nahm meine Sachen und ging in den Flur hinaus. Die Kälte traf mich wie ein Schlag ins Gesicht. Fröstelnd stieg ich die Treppe hinauf.
Auf halbem Weg hielt ich inne.
Eine flüchtige Erinnerung blitzte in meinem Gedächtnis auf. Es war das Fragment eines Traums, den ich gehabt hatte. Nur ein Schatten war von ihm geblieben, und sosehr ich mich anstrengte, ihn zu erhellen, es gelang mir nicht. Ich konnte mich nicht an den Traum erinnern. Bis auf jenes eine dürftige Fragment. Es hatte mit dem Kleiderschrank in meinem Schlafzimmer zu tun.
Fröstelnd unter meinem dünnen Nachthemd, stand ich auf der Treppe und kämpfte einen fruchtlosen Kampf mit meinem widerspenstigen Gedächtnis. Irgendwann im Lauf der Nacht hatte

ich etwas sehr Seltsames geträumt. Und es war in dem Traum um den Kleiderschrank gegangen.
Ich schüttelte verstimmt den Kopf. Der Traum war verloren und ließ sich nicht zurückholen. Ich stieg die letzten Stufen hinauf und ging ins Badezimmer.
Einige Zeit später trat ich etwas frischer und dank Großmutters Tabletten fast frei von Kopfschmerzen aus dem kalten Badezimmer und ging ins vordere Schlafzimmer. Mein Koffer lag aufgeklappt auf dem Bett, umgeben von Toilettenartikeln, Unterwäsche und frischen T-Shirts. Alles war genauso, wie ich es am Vortag zurückgelassen hatte. Das Zimmer war frühmorgendlich kalt, doch im gedämpften Tageslicht, das durch die Vorhänge fiel, hatte es nichts Unheimliches mehr. Es war nicht mehr als ein altes Schlafzimmer. Das Bettgestell aus Messing war angelaufen und hatte dringend eine Politur nötig. Eine feine Staubschicht bedeckte den Sims über dem Kamin. Die Wände waren feucht, an einigen Stellen blätterte der Anstrich. Der Kleiderschrank war alt und abgenützt.
Der Kleiderschrank.
Ich starrte das schwere Möbelstück aus dunklem Eichenholz so intensiv an, als könnte ich in ihm den verlorenen Traum wiederfinden. Aber nichts geschah. Mir fiel lediglich auf, daß eine der Türen einen Spalt offenstand.
Ich dachte an Harriet, die schluchzend auf dem Bett gelegen und gedroht hatte, sich in den Schrank einzusperren und Hungers zu sterben. Und ich erinnerte mich meiner ersten Nacht hier oben, als ich, nach jenem schrecklich beklemmenden Alptraum, zum Spiegel über den Kamin gesehen und aus irgendeinem Grund von dem Bild, das er wiedergab, gefesselt gewesen war: dem Schrank mit der offenen Tür.
Im kühlen Morgenlicht, das den Schatten keinen Raum ließ, faßte ich Mut und näherte mich dem Kleiderschrank mit einer Mischung aus Neugier und Scheu. Ich griff zur Tür und zog sie langsam auf. Drinnen hingen, wie ich sie aufgehängt hatte, die Blue

Jeans und das T-Shirt, die ich auf der Reise getragen hatte. Sonst war nichts zu sehen. Als ich die zweite Tür öffnete, entdeckte ich nur gähnende Leere und ein paar alte Kleiderbügel.
Ein leerer alter Kleiderschrank, sonst nichts.
Ich räumte meine Sachen vom Bett und ging wieder zu meiner Großmutter hinunter.

»So, so«, sagte meine Großmutter, als wir fertig gefrühstückt hatten, »du möchtest einen Spaziergang machen?«
»Ja. Ich möchte ein bißchen raus an die frische Luft.«
Sie blickte zum Fenster hinaus in den klaren blauen Himmel. »Es scheint ein schöner Tag zu sein, aber hier weiß man nie. Der November hat's in sich, Kind. Es kann jederzeit umschlagen und sich zuziehen.«
»Ich zieh mich warm an, Großmutter. Aber ich brauch ein bißchen frische Luft. Und Onkel Ed und Tante Elsie kommen ja noch nicht so bald.«
Mein Vorhaben schien ihr nicht recht zu passen, aber sie sagte nichts mehr. Ich zog zwei von ihren Wolljacken über mein T-Shirt, zog mir eine Wollmütze über die Ohren und schlang mir einen dicken Schal um den Hals.
»Wohin willst du denn?« fragte sie.
Ich sah durch das Wohnzimmerfenster zu dem großen Feld hinaus, das sich jenseits der Hintergasse leicht gewellt in die Ferne dehnte. »Wohin kommt man da?«
»Das ist Newfeld Heath. Führt an einem Kanal entlang. Da kannst du nicht verlorengehen, wenn du da lang gehst. Geh einfach bis zum Ende der Straße und bieg dann an der Kent Avenue rechts ab. Dann bist du in fünf Minuten draußen auf dem Feld. Aber bleib nicht zu lang aus.«
Sie begleitete mich hinaus, erinnerte mich noch einmal an die Zeit und schloß dann die Tür hinter mir.
Während ich noch auf der kurzen Treppe vor dem Haus stand und die Enden des Schals unter den Kragen meiner Jacke schob, über-

kam mich ein merkwürdiges Gefühl. Die Sonne lockte, und der kühle Wind in meinem Gesicht war erfrischend, und dennoch zog es mich ins Haus zurück. Ich stieg die erste Stufe hinunter und blieb stehen. Ein Widerstreben erfaßte mich, ein plötzlicher Widerwille, das Haus zu verlassen.
Ich verstand mich selbst nicht mehr. Wieso dieses Zaudern? Vor fünf Minuten noch hatte ich nicht schnell genug aus dem Haus kommen können, und jetzt wäre ich am liebsten umgekehrt. Ich fühlte mich wie von sanfter Gewalt ins Haus zurückgedrängt. Es war beinahe so...
Ich schüttelte den Kopf und stieg entschlossen die Stufen hinunter.
...beinahe so, als wolle das Haus mich nicht gehen lassen.
Hirngespinste, sagte ich mir ärgerlich und marschierte zielstrebig den Gartenweg hinunter zum Tor, öffnete es und trat auf die Straße hinaus. Absurd! Das Haus mich festhalten wollen! Ich lachte etwas künstlich, um mir selbst zu zeigen, wie lächerlich ich mich benahm. Die Nase in den beißenden Wind gerichtet und ohne einen Blick zurückzuwerfen, machte ich mich auf den Weg.
Nach einigen Minuten verlor sich das Gefühl, und ich konnte mich, während ich gemächlich die George Street hinunterging, des frischen Tags und meiner Freiheit freuen. An der Kent Avenue bog ich ab, und ein paar Minuten später hatte ich die Stelle erreicht, wo das Kopfsteinpflaster der Straße in den Wildwuchs des Feldes überging.
Newfeld Heath ist ein brachliegendes Stück Land, das sich über mehr als anderthalb Kilometer an einem Seitenarm des Flusses Mersey entlangzieht. Flecken grünen Grases wechselten mit bemoosten Felsplatten und nackter brauner Erde ab, und überall wucherte üppig stachliger Ginster.
Die Hände tief in den Taschen meiner Jeans, schlug ich den Weg zum Kanal ein, hielt mein Gesicht in die Sonne und atmete tief die glasklare Luft. Es erstaunte mich, wie rasch meine Stimmung sich

hob, nachdem ich dem Haus meiner Großmutter entronnen war. Es tat mir unglaublich gut, das bedrückende Unbehagen abschütteln zu können, das es in mir hervorrief, und ich genoß es, eine Weile mit mir und meinen Gedanken allein sein zu können.

Ich hatte gerade zwei Tage und drei Nächte im Haus meiner Großmutter zugebracht, aber es erschien mir wie eine Ewigkeit. Ich konnte nicht verstehen, weshalb ich mich so erschöpft fühlte und irgendwie völlig außer Kontrolle. Ich war nicht mehr Herrin meiner selbst; meine Gefühle, Gedanken, meine Phantasie und selbst mein Körper schienen mir entglitten zu sein.

Ich stapfte durch das Feld und achtete, ganz in mich selbst vertieft, kaum auf meine Umgebung.

Vergeblich suchte ich nach einer einleuchtenden Antwort auf die Frage, was in diesen zwei Tagen hier mit mir geschehen war. Ich mochte es drehen und wenden, wie ich wollte, immer wieder kam ich zu dem Haus zurück. Ganz gleich, in welche Richtung ich meine Gedanken lenkte, ich landete unweigerlich bei dem Schluß, daß das Haus meiner Großmutter eine seltsame und unerklärliche Macht über mich besaß.

Nicht weit vom Kanal blieb ich stehen. Am Ufer vertäut lag ein Hausboot, das sachte auf dem Wasser schaukelte. Die Wäsche, die an Deck aufgehängt war, flatterte im Wind. Zwei Jungen kauerten im Wasser und schlugen mit einem Stock nach irgend etwas.

Ich drehte mich um und blickte zurück zu der langen Reihe völlig gleich aussehender Häuser, die das Feld begrenzte. Die Gartentüren waren rostig, die Backsteinmauern an vielen Stellen abgebröckelt. Welches der Häuser war das meiner Großmutter? Und was war der Grund für diese besondere, geheimnisumwitterte Atmosphäre, die es ausstrahlte? Es war beinahe so, als atmete es, als lebte etwas in ihm – etwas Unsichtbares...

Ich nahm meinen Weg wieder auf, und während ich automatisch einen Fuß vor den anderen setzte, dachte ich an meine Großmutter. Ich sah ihr Gesicht vor mir, das verwirrende Wechselspiel ihrer Züge, die sich bald jung und schön zeigten und im nächsten

Moment schon wieder alt und alltäglich; bald frisch und strahlend und gleich wieder verbraucht. Ich bewunderte ihre Kraft, ihre Fähigkeit, ganz allein mit dem Leben fertigzuwerden, ihren Mut, den Kampf aufzunehmen, obwohl ihr das gerade jetzt besonders schwerfallen mußte, da der Mensch, mit dem sie zweiundsechzig Jahre ihres Lebens verbracht hatte, sie allein gelassen hatte.

Ich stemmte mich mit vorgezogenen Schultern gegen den kalten Wind. Er war erfrischend und belebend. Und Großmutters Tabletten hatten die Kopfschmerzen vertrieben.

Wie mochte es sein, zweiundsechzig Jahre lang mit demselben Mann zusammenzuleben? Ich dachte an Doug, an unsere erste gemeinsame Nacht und unsere letzte. Meine Großeltern hatten zweiundsechzig Jahre zusammengelebt, bis der Krankenwagen meinen Großvater fortgebracht hatte. Doug und ich hatten sechs Monate zusammengelebt, bis ich Schluß gemacht hatte.

»Du bekommst Angst, Andi«, hatte Doug an unserem letzten Abend zu mir gesagt. »Du spürst, daß eine Beziehung zu tief geht, daß sie zu ernst wird, und du kriegst Angst. Und darum steigst du aus. Du machst der Beziehung ein Ende, ehe sie so dicht wird, daß sie dir Schmerz bereiten kann. Du willst den Schmerz vermeiden.«

»Will das nicht jeder?« hatte ich entgegnet.

»Sicher. Aber woher weißt du, daß Schmerz auf dich wartet? Ich liebe dich und ich glaube, daß du mich auch liebst, auch wenn du es nie gesagt hast. Wovor hast du solche Angst?«

Als ich vor vier Tagen in die Maschine nach London gestiegen war, hatte ich es mit der Überzeugung getan, daß meine Entscheidung, mich von Doug zu trennen, richtig gewesen war. Er hatte die richtige Diagnose gestellt: Ich wollte nicht die tiefe Verbundenheit, die er suchte. Ich wollte weder Heirat noch Familie. Ich wollte frei und ungebunden sein.

Genau diese Worte hatte ich gebraucht, als ich ihm meinen Entschluß mitgeteilt hatte. »Frei und ungebunden.«

»Und wo bleibt die Liebe?« hatte Doug gefragt.

»Die Liebe hat damit nichts zu tun«, entgegnete ich. »Ich spreche von Freiheit. Ich will mich nicht festlegen. Ich will mich nicht binden.«

Und er sagte: »Wovor hast du Angst?«

Das Gespräch hatte unbefriedigend und mit Bitterkeit geendet. Ich hatte eine kühle, sachliche Trennung gewollt. Ich hatte versucht, ihm mein Bedürfnis nach Freiheit begreiflich zu machen, er jedoch hatte nur von Liebe und Angst gesprochen. Als hätten diese beiden Dinge etwas mit dem zu tun, was ich ihm hatte klarmachen wollen.

Nach sechs aufregenden, glücklichen Monaten hatten wir uns zum erstenmal gestritten. Es wurde keine Trennung, wie ich sie gewünscht hatte. Unglücklich, bitter und in innerem Aufruhr waren wir auseinandergegangen. Die Reise nach England, hatte ich gehofft, würde mir Gelegenheit geben, Abstand zu gewinnen, mit mir ins reine zu kommen und meine Gefühle unter Kontrolle zu bringen.

Aber das war, wie es schien, eine Illusion gewesen.

Wieder blieb ich stehen und sah blinzelnd zum blendend blauen Himmel auf, an dem weiße Federwölkchen dahintrieben. Wie merkwürdig, hier zu stehen, so weit von zu Hause, und zu denken, daß ich hier zur Welt gekommen war; daß hier meine Anfänge waren.

»Du hast keine Wurzeln«, hatte Doug an unserem letzten Abend gesagt, und das vertraute Lächeln war einem Ausdruck gewichen, den ich vorher nie an ihm gesehen hatte. »Du hast keine Wurzeln, und du hast Angst davor, Wurzeln zu fassen. Keine Vergangenheit, keine Zukunft, Andi. Du bist so künstlich und hohl wie die Stadt, in der du lebst.«

Und so hatte es geendet. Wo war die Autonomie, auf die ich immer so stolz gewesen war? Wo waren die Willensstärke und der eigene Sinn, auf die ich mich immer hatte verlassen können? Ich hatte schon früher Beziehungen beendet und war über sie hinweggekommen. Warum konnte ich mich aus dieser nicht befreien?

Meine Wangen brannten im rauhen Wind, während ich wieder zu den Rückfronten der Häuser hinüberblickte, die das Feld säumten. Eines von ihnen das meiner Großmutter. Bei der Erinnerung an Doug und seine Frage, wovor ich Angst hätte, fiel mir etwas ein, das Großmutter zu mir gesagt hatte. »Dein Großvater lebte in der ständigen Angst, Victor Townsends schreckliches Erbe könnte in einem seiner Enkelkinder wieder lebendig werden.«
Ich fröstelte ein wenig, zog die Wolljacke fester um mich und machte mich auf den Rückweg zur Kent Avenue. Jetzt, da ich dem Haus eine Weile fern und mit mir selbst allein gewesen war, erkannte ich, daß all das Unheimliche, das mich in den letzten Tagen bedrückt hatte, nur Einbildung gewesen war, ein Produkt meiner überreizten Nerven. Blicke in die Vergangenheit – absurd! Das waren Träume gewesen. Ich war eingeschlafen, ohne es zu merken. Ich mußte mich nur an das Haus gewöhnen, dann würde ich mich in ihm so wohl fühlen wie meine Verwandten, und die Halluzinationen würden aufhören.
Aber kaum betrat ich das Haus, senkte sich wieder das Gefühl der Beklemmung über mich, hüllte mich ein wie ein dunkler Schleier, schnürte mich ein, daß mir der Atem stockte.
»Großmutter«, wollte ich rufen, aber meine Stimme gehorchte mir nicht. Ich lehnte mich an den Pfosten der Haustür und starrte in den düsteren Flur, unfähig, mich zu bewegen.
Nach einer langen Zeit, wie mir schien, wurde die Wohnzimmertür geöffnet, und freundliches Licht fiel auf den abgetretenen Teppich.
»Wieder da, Kind?« hörte ich meine Großmutter rufen. »Ich dachte mir doch, daß ich die Tür gehört habe. Komm herein. Elsie und Ed werden bald kommen, um dich abzuholen.«
Niedergeschlagen, daß es mir doch nicht gelungen war, mich gegen die unheimliche Atmosphäre dieses Hauses zu feien, folgte ich meiner Großmutter ins Wohnzimmer, legte die dicken Kleider ab und ging zum Kamin.
»Muß kalt sein draußen«, sagte meine Großmutter auf dem Weg

in die Küche. »Du bist ganz rotgefroren. Du solltest noch etwas Warmes zu dir nehmen, ehe du wieder hinausgehst. Ich hol dir ein Glas von meinem Kirschlikör.«

»Wenn ich ehrlich sein soll, wär mir ein Brandy lieber, Großmutter«, rief ich ihr nach.

»Tut mir leid«, gab sie zurück, »aber Brandy hab ich nicht im Haus.«

»Aber natürlich!« widersprach ich kopfschüttelnd über die Vergeßlichkeit des Alters und ging zur Vitrine.

Ich sah das alte Teeservice und die in Leder gebundenen Bücher, und da fiel es mir ein. Den Brandy hatte es *damals* gegeben.

Ich drehte mich hastig um und sah meine Großmutter in der Küche verschwinden. Mir wurde ganz heiß im Gesicht. Begann ich schon, Illusion mit Wirklichkeit zu verwechseln? Eine erschrekkende Vorstellung.

Als Großmutter wieder ins Zimmer kam, stand ich immer noch bei der Vitrine. Sicherlich verriet mein Gesicht meinen Schrecken, aber sie bemerkte es nicht. Sie reichte mir das Glas mit dem gewärmten Likör und wandte sich von mir ab.

Ich war erleichtert, als Elsie und Ed kamen. Sie waren die Gegenwart und die Vernunft. Ich mußte fort aus diesem Haus und dem Bannkreis seines unheimlichen Einflusses auf mich.

Als wir im Flur in unsere Mäntel schlüpften, sagte Elsie: »Pack dich nur richtig ein, Andrea. Wir bekommen schlechtes Wetter. Im Westen sieht's nach Regen aus. Hoffentlich gibt es keinen Sturm.«

Mein Großvater saß aufrecht im Bett, als wir kamen. Seine Augen waren weit geöffnet, und er wirkte etwas wacher als die letzten Male.

»Hallo, Dad«, sagte Elsie und nahm ihren gewohnten Platz ein. »Ich hab heute eine Überraschung für dich. Schau mal!« Sie nahm eine grün-goldene Dose aus ihrer großen Handtasche. »Sirup. Für den Nachmittagstee.«

Mein Großvater lächelte beglückt.
Ed, immer sanft und zurückhaltend, fragte gedämpft: »Fühlst du dich heute ein bißchen besser?«
Mein Großvater nickte, als hätte er verstanden. Dann wandte er sich ganz überraschend mir zu. Mir wurde unbehaglich unter seinem Blick. Seine Augen waren so umflort, ihr Ausdruck so unergründlich, daß unmöglich zu erkennen war, was in ihm vorging. Vielleicht hatte er sich in meine Richtung gewendet, weil er das Scharren meines Stuhls gehört hatte. Vielleicht war es einfach seine Gewohnheit, erst nach dieser, dann nach jener Seite zu sehen. Ganz gleich, als er mich ansprach, war ich überrascht.
»Ruth? Du bist also wieder da, hm?«
»Ja, Großvater, ich bin hier.« Vorsichtig griff ich nach seiner mageren, von Altersflecken übersäten Hand und tätschelte sie leicht.
»Ruth? Du bist also wieder da, hm?«
Elsie beugte sich über das Bett und sagte laut: »Das ist Andrea, Dad. Ruth ist in Los Angeles.«
Er nickte und lächelte selig wie ein Kind. »Ja, ich weiß. Das ist unsere Ruth, ja, ja.«
Elsie wollte erneut widersprechen, doch ehe sie etwas sagen konnte, kam eine der Schwestern, blieb am Fußende des Bettes stehen und betrachtete meinen Großvater mit gespielter Mißbilligung. »Er will einfach nicht auf die Beine«, sagte sie zu Elsie und Ed. »Er will einfach nicht aufstehen und gehen. Stimmt's, Mr. Townsend?«
Mein Großvater nickte, ohne den Blick von mir zu wenden.
»Die Schwester redet mit dir, Dad, nicht mit Andrea«, sagte Elsie.
Er drehte den Kopf und sah seine Tochter an. Das Lächeln blieb unverändert, die Augen schienen blicklos.
»Die Schwester hat gesagt, daß du nicht gehen willst. Der Doktor möchte, daß du aufstehst und versuchst zu gehen. Wie willst du denn nach Hause zu Mama, wenn du nicht gehen kannst?«

Mein Großvater nickte ihr lächelnd zu, und Elsie wandte sich achselzuckend zur Schwester. »Er kann uns heute überhaupt nicht folgen, nicht?«
»Ach Gott«, meinte die Schwester, »es ist mal so, mal so mit ihm. Spät abends ist er immer sehr wach. Da spricht er so viel, daß wir ihn gar nicht zum Schweigen bringen können.«
Elsies Gesicht zeigte Besorgnis. »Spricht er wirr?«
»Das weiß ich nicht so recht. Ich verstehe meistens nicht, was er meint, aber Sie würden vielleicht wissen, wovon er spricht. Er unterhält sich mit Leuten, die nicht hier sind.«
Ich spitzte die Ohren, als ich das hörte, und richtete meine Aufmerksamkeit auf die Schwester. Sie war schon älter und trug einen dunkelblauen Kittel.
»Mit wem unterhält er sich denn?« fragte ich.
Elsie sagte: »Das ist meine Nichte aus Amerika. Die Tochter meiner Schwester. Als sie hörte, daß ihr Großvater krank ist, kam sie extra hergeflogen.«
»Können Sie mir sagen, mit wem er spricht, Schwester?«
»Nein, ich hab keine Ahnung. Was er sagt, ergibt keinen Sinn.«
»Hat er Namen genannt?«
»Andrea, was soll das?« fragte Elsie.
Ungeduldig über die Unterbrechung antwortete ich: »Ach, nichts, Tante Elsie. Ich dachte nur – er hätte vielleicht Mutters Namen erwähnt. Oder mit ihr gesprochen, weil er glaubte, sie sei hier. Dann hätte ich ihr vielleicht etwas von ihm ausrichten können, wenn ich wieder zu Hause bin.«
»Nein, mit Frauen spricht er nie«, warf die Schwester ein. »Einen Frauennamen hab ich nie von ihm gehört. Er spricht immer nur mit einem Mann.«
»Und hat er nie einen Namen genannt?« fragte ich wieder.
»Da muß ich erst mal überlegen. Er führt richtige Gespräche, wissen Sie. Meistens dreht sich's um Pferderennen. Er bildet sich ein, daß er eine Wette placiert, verstehen Sie. Oder er bestellt ein

Glas Bier. Aber Namen – warten Sie mal.« Sie rieb sich nachdenklich die Wange.

Ich rutschte gespannt bis zur äußersten Stuhlkante.

Endlich schnalzte sie mit dem Finger und sagte: »Ja, an einen erinnere ich mich. Erst neulich abend hat er ihn genannt. Und gestern abend auch wieder. Er redete mit einem Victor. Ja, genau. Victor.«

Ich rutschte auf meinem Stuhl wieder nach hinten.

»Victor!« wiederholte Elsie. »Großvater hat nie einen Victor gekannt. Das muß er sich ausgedacht haben.«

»Sicher«, meinte die Schwester und machte Anstalten zu gehen. »Das tun sie hier fast alle. Erfinden sich unsichtbare Besucher.«

Während sie zum nächsten Bett trat und sich über den dort liegenden Patienten beugte, starrte ich auf ihren kräftigen Rücken und dachte, er hat Victor auch gesehen.

6

Der Abend war endlos. Ich wurde von einer Ungeduld gequält, die ich mir nicht erklären konnte. Es war, als hätte sich alles Erleben des Tages in mir gestaut und drängte zu einer Explosion, die ich fürchtete. Den ganzen Tag hatte mich die schattenhafte Erinnerung an den Traum von dem alten Kleiderschrank verfolgt; der Zwischenfall mit dem Brandy, den ich gern als trivial und bedeutungslos abgetan hätte, war mir immer wieder durch den Kopf gegangen, nagende Erinnerung, daß ich einen Moment lang zwischen die Zeiten geraten war. Und dann hatte ich auch noch hören müssen, daß mein Großvater Abend für Abend mit seinem Vater sprach. Diese Neuigkeit hatte vielleicht den beunruhigendsten Eindruck hinterlassen.

Während ich jetzt am Kamin saß und dem Klappern der Stricknadeln in den Händen meiner Großmutter zuhörte, rief ich mir das Gespräch im Wagen auf der Heimfahrt ins Gedächtnis.

»Da scheint Dad sich tatsächlich eine Person ausgedacht zu haben, die ihn regelmäßig abends besucht«, hatte Elsie zu Ed und mir gesagt. »Wie die Kinder, die sich einen unsichtbaren Spielgefährten erfinden.«

»Ich glaube nicht, daß die Person erfunden ist, Tante Elsie«, hatte ich widersprochen.

»Wieso? Wie meinst du das?«

»Ich glaube, Großvater hat vielleicht die Vorstellung, daß sein Vater ihn besucht.«

»Sein Vater?« Elsie riß die Augen auf. »Du lieber Gott! Ich glaube, du hast recht, Andrea. Hieß Dads Vater nicht Victor? Victor Townsend, natürlich, ich erinnere mich.« Sie drehte sich nach mir um. »Aber Dad hat seinen Vater nie gekannt, Andrea. Soviel ich weiß, ließ er seine Frau sitzen und verschwand, ehe Dad geboren wurde.«

Ich zuckte nur die Achseln. Der kleine Wagen rumpelte über das Kopfsteinpflaster, und ich starrte zum Fenster hinaus, ohne etwas wahrzunehmen. »Vielleicht hat er ihm einen Körper und ein Gesicht gegeben, um mit ihm sprechen zu können«, sagte ich.

Meine Vermutung überzeugte Elsie, doch mich überzeugte sie nicht. Eingedenk meiner seltsamen Erlebnisse in den vergangenen drei Tagen konnte ich den Gedanken, daß mein Großvater seinen Vater vielleicht wirklich gesehen hatte, nicht von der Hand weisen.

Das war das Beunruhigende. So einfach war es heute morgen auf dem Newfeld Heath gewesen, über meine ›Träume‹ zu lachen, das Melodram der vergangenen Nacht als Hirngespinst abzutun, Ausgeburt einer durch Zeitverschiebung und Kulturschock überreizten Phantasie, daß der Gedanke, meine ersten Ahnungen könnten vielleicht doch richtig gewesen sein, ich könnte tatsächlich einen Blick in die Vergangenheit getan haben, nun um so alarmierender war.

Nach dem Abendessen hatte Großmutter ihr Strickzeug herausgeholt, und ich hatte mich mit Block und Kugelschreiber ans Gasfeuer gesetzt, um nach Hause zu schreiben. Aber ich hatte mich nicht konzentrieren können; unaufhörlich kreisten meine Gedanken um das Geheimnis dieses alten Hauses und um die Frage, ob in dieser Nacht wieder etwas geschehen würde. Gegen neun war ich so rastlos, daß ich kaum noch ruhig sitzen konnte.

»Weißt du nicht ein paar lustige Geschichten, Andrea?« fragte Großmutter unerwartet.

Ich sah von meinem leeren Block auf. »Wie meinst du das?«

»Na, du weißt schon, etwas zum Lachen. Witze.« Sie hob den Kopf und sah mich über die Ränder ihrer Brillengläser an, ohne zu stricken aufzuhören. »Weißt du nicht ein paar gute Witze?«

»Ach so – hm...« Ich überlegte. »So auf Anhieb fällt mir nichts ein...«

»So geht's mir auch immer. Ich kann mir wirklich keinen Witz merken. Kaum höre ich ihn, schon hab ich ihn vergessen.« Sie

senkte den Blick wieder auf ihr Strickzeug. »Dein Onkel William, der konnte immer herrlich Witze erzählen, schon als kleiner Junge. Er muß das von meiner Familie haben. Ich glaub, bei den Townsends war's mit dem Humor nicht so weit her. Wie soll man auch lachen, wenn man ständig unglücklich ist?«
Meine Gedanken wären gern ihre eigenen Wege gegangen, und es kostete mich Anstrengung, Großmutter und der Gegenwart meine Aufmerksamkeit zu geben. Sie sprach langsam, im Takt mit dem gleichmäßigen Klappern ihrer Nadeln. Ihre Hände bewegten sich flink, hielten nur gelegentlich inne, wenn sie etwas mehr Wolle vom Knäuel zog.
»Deine Mutter schrieb mir oft, dein Bruder hätte den Humor der Dobsons mitbekommen. So Familienähnlichkeiten sind schon was Eigenartiges, nicht? Du brauchst dich nur selber anzuschauen, Andrea. Du bist deinem Großvater fast wie aus dem Gesicht geschnitten. Natürlich kannst du das jetzt nicht mehr erkennen, weil er so alt ist. Aber als er ein junger Mann war... Also, ich hab gleich gesehen, daß du ihm nachgerätst. Dem Aussehen nach bist du eine richtige Townsend.«
Während sie sprach, sah ich zur Uhr auf dem Kaminsims. Sie tickte nicht mehr. Ich saß wie erstarrt, die Finger so fest in die Armlehnen des Sessels gedrückt, daß sie mir wehtaten.
»Ein Glück, daß du nur das Aussehen von den Townsends geerbt hast«, fuhr Großmutter fort.
Ihre Stimme klang plötzlich gedämpft, wie durch Watte. Obwohl ich mich an die Sessellehnen klammerte, spürte ich, wie das Zimmer schwankte und sich um mich zu drehen begann. Großmutter verschwamm vor meinem Blick. Ihre Stimme wurde immer schwächer, und bald konnte ich nur noch die Bewegungen ihrer Lippen sehen, ohne zu hören, was sie sprach. Ein kalter Lufthauch wehte ins Zimmer, Schatten tanzten an den Wänden. Ich starrte ungläubig meine Großmutter an, die ruhig in ihrem Sessel saß und schwatzte und strickte, während das ganze Zimmer in wilder Bewegung war und immer kälter wurde.

Der kalte Wind blies heftiger. Ich sah jetzt unbestimmte Gestalten aus den Wänden hervortreten. Sie umkreisten mich, kamen und gingen wie die Figuren eines Karussells. Sie wurden groß und schrumpften wieder, sie drängten zu mir und zogen sich wieder zurück, und die ganze Zeit drehte sich das Wohnzimmer schwankend um mich wie in einem verrückten Tanz.
Ich sah mich im Sog eines gewaltigen Strudels, der mich immer tiefer in sich hineinzog. Der Schweiß brach mir aus allen Poren, Schwindel und Übelkeit überwältigten mich. Wie eine Ertrinkende klammerte ich mich an den Sessel, und dennoch fiel ich taumelnd immer tiefer, hinunter in den Abgrund.
Die dunklen Gestalten drängten sich dichter um mich, umringten wie wartend meinen Sessel, während die Gefühle von Schwindel und Übelkeit immer stärker wurden. Ich wollte sprechen, nach meiner Großmutter rufen, aber sie war jetzt weit weg von mir – eine winzige Frauengestalt, die am anderen Ende dieses ungeheuer großen Raums in einem winzigen Sessel saß und strickte. Ich wußte, daß sie mich nicht hören würde.
Als die Schatten schließlich so nahe waren, daß ich glaubte, sie würden mich berührten, verschmolzen sie alle zu undurchdringlicher Schwärze, die sich wie ein erstickendes Tuch über mich legte.

Als ich die Augen öffnete, sah ich als erstes, daß das Zimmer ruhig geworden war. Der wilde Tanz hatte aufgehört. Blinzelnd sah ich mich um. Alles war so wie immer, nichts hatte sich verändert. Mir gegenüber saß meine Großmutter, strickend und schwatzend. Neben uns war das Gasfeuer im offenen Kamin. Und auf dem Sims tickte die Uhr. Es war gerade fünf Minuten nach neun.
»Habt ihr auch etwas davon mitbekommen?« fragte meine Großmutter, ohne aufzublicken.
»Ich – wovon?« Ich wischte mir mit der Hand den Schweiß von der Stirn. Mein T-Shirt war feucht.
»Von den Jubiläumsfeierlichkeiten für die Königin. Haben sie die

bei euch im Fernsehen gezeigt?« Großmutter sah auf. »Es würde mich interessieren, was du – Andrea, was ist denn? Geht's dir nicht gut?«
»Doch, doch... Ich hab – ich war nur eingeschlafen. Darum habe ich dich nicht gehört.«
»Das macht doch nichts, Kind. Wir haben morgen noch Zeit genug zum Schwatzen. Es ist sowieso Zeit, schlafen zu gehen.«
Verzweifelt sah ich zu, wie sie schwerfällig aufstand. Ich wollte ihr sagen, was mir geschehen war, wollte mich samt meinen Ängsten ihr anvertrauen. Aber meine Zunge gehorchte mir nicht. Ich konnte nur dasitzen und sie stumm anstarren. Sie packte ihr Strickzeug weg, hängte den Beutel über die Sessellehne und kam zu mir, um mir einen Kuß auf die Wange zu geben.
»Es ist schön, daß du da bist«, sagte sie leise. »Gott segne dich dafür, daß du gekommen bist.«
»Gute Nacht, Großmutter«, sagte ich schwach.
»Gute Nacht, Kind. Du weißt, wie du das Gas höher drehen kannst, falls du frieren solltest?«
»Ja.« Ich stand auf und ging mit ihr bis zur Tür. Als sie draußen war, schloß ich die Tür fest hinter ihr und lehnte mich erschöpft dagegen, das Gesicht an das kalte Holz gedrückt.
Ich konnte nicht begreifen, was mir da eben geschehen war; was diesen beängstigenden Aufruhr verursacht hatte. Es war, als wäre ich in einen Zusammenprall der Zeiten geraten, als hätten *sie* zurückkommen wollen und wären, vielleicht durch die Anwesenheit meiner Großmutter, daran gehindert worden, so daß, wie bei einem rasch strömenden Fluß, dem sich plötzlich ein Damm entgegenstellt, ein Rückstau mit tausend Wirbeln und Strudeln entstanden war, in die ich hineingerissen worden war.
Mir war immer noch übel von den rasenden Kreisbewegungen, und meine Beine waren so schwach, daß ich fürchtete, ich würde nicht einmal den Weg zum Sessel zurück schaffen. Jetzt, da die Kälte aus dem Zimmer gewichen war, war mir noch heißer als zuvor, und mein Gesicht brannte wie im Fieber. Als ich mich von

der Tür abwandte, um zum Kamin zu gehen und das Gas herunterzudrehen, fand ich mich unversehens John Townsend gegenüber.

Mit einem unterdrückten Aufschrei wich ich zur Tür zurück. Er rührte sich nicht. Mit einem Glas Brandy in der Hand stand er in der Mitte des Zimmers und sah immer wieder auf die Uhr. Er schien ungeduldig zu sein, als erwarte er jemanden.

Und welches Jahr haben wir jetzt? fragte ich mich, das Gesicht glühend heiß vom prasselnden Feuer, das im Kamin brannte. Die Scheite waren hoch aufgeschichtet und leuchteten weiß und rot im Spiel der Flammen, die bis in den Abzug hinauf loderten. Im Widerschein des flackernden Feuers wirkten Johns eigentlich weiche und sanfte Gesichtszüge schroffer als sonst. Sein Haar, das nicht so dunkel war wie Victors, hatte den Glanz polierter Kastanien, und in den warmen braunen Augen schimmerte es golden.

Ich war erstaunt, daß ich überhaupt keine Furcht verspürte, nur Neugier, was ich diesmal erleben würde. Das Zimmer sah aus wie am Abend zuvor; nichts hatte sich, soweit ich sehen konnte, inzwischen verändert. In der Vitrine standen dieselben Nippessachen, die Möbel wirkten neu, die Tapete war noch sauber und hell.

Als John plötzlich den Kopf hob und mich direkt ansah, stockte mir der Atem.

»Wo bist du gewesen?« fragte er ärgerlich.

Ich drehte den Kopf zur Seite und sah zu meiner Verblüffung Harriet neben mir stehen. Wie sie hereingekommen war, war mir schleierhaft, da ich doch immer noch an der Tür lehnte. Und dennoch stand sie neben mir, ein junges Mädchen aus Fleisch und Blut, das hätte ich schwören können. Sie war ein wenig älter als das letzte Mal, als ich sie gesehen hatte – fünfzehn, vielleicht sogar sechzehn, und der Schnitt ihres Kleides mit den Puffärmeln verriet mir, daß sich die Mode inzwischen geändert hatte.

»Eben war der Postbote hier«, sagte sie, und ihre Stimme klang

so klar und deutlich, als hätte sie in der Tat direkt an meiner Seite gestanden. »Victor hat geschrieben.«
Ihr Gesicht und die Bewegungen ihrer Hände verrieten eine eigentümliche Erregung, aber ich hatte den Eindruck, daß John sie nicht bemerkte. Harriet hielt sich sehr steif und gerade, ihre Gesten wirkten abgehackt, und sie sprach, als hätte sie Mühe, ihre Stimme zu beherrschen.
»Victor? Gib mir den Brief.«
»Er ist an Vater adressiert.«
»Ich lese ihn vorher. Komm, Harriet, gib her.«
Sie ging zu ihm und reichte ihm den Brief. Mir fiel auf, daß sie gleichzeitig mit der anderen Hand eine Bewegung machte, sie verstohlen hinter ihren gebauschten Rock schob und dabei den Körper ein klein wenig drehte, als wolle sie etwas vor ihrem Bruder verbergen.
Dann sah ich es. In der anderen Hand hielt sie einen zweiten Brief, den sie jetzt, als John den Blick auf Victors Schreiben richtete, hastig in eine Tasche ihres Rocks schob.
»Was schreibt er?« fragte sie ein wenig zu laut.
John las schweigend weiter, dann reichte er Harriet den Brief. »Hier, lies selbst. Schreibst du ihm, Harriet?«
»Natürlich. Wenn es schon von euch keiner tut.« Sie nahm den Brief und las begierig. »Ach, John!« rief sie dann bestürzt. »Er will nach Edinburgh gehen.«
»Nur wegen dieses Lister«, sagte ihr Bruder und wandte sich zum Feuer. »Wegen dieses Emporkömmlings.«
»Mr. Lister ist ein großartiger Arzt, John. Er hat die Königin betreut, als sie sich der Armoperation unterziehen mußte. Er ist kein Emporkömmling.«
»Vor zehn Jahren war man in London noch bereit, ihn fallenzulassen, falls du dich erinnerst, wegen seiner Befürwortung der Vivisektion und der Unverschämtheit, die er sich der medizinischen Fakultät gegenüber erlaubte. Er hat das King's College praktisch als mittelalterlich bezeichnet.«

»Dazu kann ich nichts sagen, John, aber diesem Brief nach zu urteilen hat Mr. Lister Victor davon überzeugt, daß es für ihn das beste sein wird, nach Schottland zu gehen.«
»Und außerdem ist er Atheist.«
Harriet schüttelte den Kopf, während sie weiterlas. »Mr. Lister ist Quäker, John. Nur weil man nicht der englischen Staatskirche angehört, ist man noch lange kein Atheist. Oh, aber hier schreibt Victor von Experimenten. Von Forschung!« Entsetzt sah sie John an. »Ich dachte, er wollte Arzt werden, nicht Wissenschaftler.«
»Heutzutage gibt es da kaum noch einen Unterschied. Glaub mir, Harriet, Victor weiß nicht, was er will. Wenn du mich fragst, diese ganze Karbolsäure hat ihm das Hirn vergiftet.«
»Aber John!« Sie sah wieder auf den Brief. »Er schreibt, daß er schon eine Anstellung hat und ein gutes Gehalt bekommen wird.«
John verschränkte mit geringschätziger Miene die Arme und lehnte sich an den Kaminsims. »Wird auch langsam Zeit. Er lebt jetzt immerhin seit drei Jahren von der Krone. Während ich in dem verflixten Stahlwerk schufte, hol's der Teufel. Victor hatte immer schon einen Größenwahn. Ich glaube, er sieht sich bereits als zweiter Louis Pasteur.«
»Aber wäre es nicht wunderbar, wenn er ein Heilmittel gegen eine Krankheit finden würde, gegen die es bisher nichts gibt, John? Die Cholera zum Beispiel.«
»Jetzt verteidigst du ihn plötzlich. Entschließ dich endlich – willst du, daß er nach Schottland geht, oder willst du, daß er heimkommt?«
Sie ließ die Hand mit dem Brief sinken und seufzte. »Ich weiß es ja selbst nicht. Ich hatte gehofft, er würde nach Warrington zurückkommen und sich hier niederlassen. Aber wenn er in Schottland glücklicher ist –«
»Wer kann in dem gottverlassenen Land glücklich sein?«
Harriet drehte sich plötzlich um, als hätte sie ein Geräusch gehört. »Ich glaube, der Fotograf ist hier. Ich sag Mutter Bescheid.«

Sie lief aus dem Wohnzimmer in die Küche, aus der sie gleich darauf mit einer älteren Frau zurückkehrte. Mrs. Townsend, Victors Mutter, war eine stattliche Frau mit wogendem Busen. Ich dachte bei ihrem Anblick und ihren Bewegungen unwillkürlich an eine Dampfwalze. Sie trug ein schwarzes Kleid mit hohem Kragen und einer voluminösen Turnüre. Das Gesicht der Frau wirkte hart. Ihm fehlte jeder Reiz, und sie tat offensichtlich nichts, um es zu verschönern. Auf dem zum Knoten gedrehten vollen Haar saß ein kleines weißes Häubchen, das ihr das Aussehen einer Königin Victoria in Übergröße verlieh.
Ich hörte stolpernde Schritte und lautes Poltern an meiner Seite, und als ich den Kopf drehte, sah ich den Fotografen eintreten, einen maulwurfsähnlichen Mann mit buschigem Schnurrbart und ölgeglättetem Haar. Ächzend und stöhnend schleppte er mehrere unhandliche Kästen ins Wohnzimmer.
»Sie sind sehr pünktlich, Mr. Cameron«, sagte Mrs. Townsend lobend. »Mein Mann wird sofort herunterkommen.«
»Wir werden gleich alles vorbereitet haben, Madam. Heimporträts sind mein Geschäft, da habe ich Übung im schnellen Aufstellen der Geräte.«
Gemeinsam sahen wir zu, wie Mr. Cameron flink wie ein Wiesel seine Geräte in der Mitte des Zimmers aufstellte. Erst kam das dreibeinige Stativ, dann folgte die ziehharmonikaähnliche Kamera mit dem weit herabfallenden schwarzen Tuch. Nachdem er den Apparat auf dem Stativ befestigt hatte, klappte er einen zweiten Kasten auf, der Holzkassetten, Metallplatten und viele sauber etikettierte Flaschen enthielt. Mit Johns Hilfe rückte er dann das Sofa von der Wand weg und stellte seinen Fotoapparat ein.
»Wenn die Herrschaften sich jetzt bitte hinter dem Sofa aufstellen würden? Das Plakat gibt einen schönen Hintergrund ab. Es stammt wohl von der großen Ausstellung?«
»Ich höre meinen Mann kommen«, sagte Mrs. Townsend, während sie sich mit ihren voluminösen Röcken etwas mühsam in den kleinen Raum hinter dem Sofa zwängte.

Ich drehte mich gerade rechtzeitig um, um Victors Vater eintreten zu sehen, einen großen, schweren Mann, der noch dabei war, seinen steifen Kragen zu knöpfen. Er wirkte streng und furchterregend in seiner schwarzen Kleidung. Selbst das Halstuch unter dem weißen Kragen war schwarz. Das Auffallendste an seinem Gesicht waren der breit ausladende, steif gezwirbelte Schnauzbart, der wie aus Holz geschnitzt aussah, und die tiefe Furche zwischen den dunklen Augenbrauen. Es konnte keinen Zweifel daran geben, daß dies Victors Vater war, ein gutaussehender und imposanter Mann. »Dann mal los«, sagte er mit dröhnender Stimme in kaum verständlichem Londoner Cockney.

Die Familie stellte sich in Positur – Harriet und John vorn, die Eltern hinter ihnen, jedoch so postiert, daß keiner den anderen verdeckte. Hinter der Gruppe prangte farbenfroh das Reklameplakat von ›Wylde's Großem Globus‹, der angeblich ein ›Wunder moderner Zeiten‹ war, fast zwanzig Meter im Durchmesser maß und zahlreiche Ausstellungsräume vorweisen konnte, so daß eine Besichtigung mehrere Stunden in Anspruch nahm. Das Plakat trug kein Datum, doch ich vermutete, daß es eine Erinnerung an glückliche Stunden war.

Mr. Cameron arbeitete schnell und geschickt, tauchte unter das schwarze Tuch, sprang wieder darunter hervor, bis er endlich mit der Schärfeneinstellung des Apparats zufrieden war. Dann schob er zwei Platten in den Apparat, tauchte ein letztes Mal unter das schwarze Tuch und sagte: »Ich lösche jetzt die Lichter. Bitte rühren Sie sich nicht. Bleiben Sie genauso, wie Sie sind. Keine – Bewegung jetzt...«

Nachdem Mr. Cameron eine genau bemessene Menge Magnesium in den Metallbehälter gestreut hatte, den er in einer Hand hielt, drehte er die Gaslampen herunter, bis der Raum fast im Dunkeln lag. Im schwachen Lichtschein, der sich zwischen den Vorhängen hindurchstahl, konnte ich sehen, wie er den Deckel vom Objektiv nahm, die Holzkassette aus der Kamera schob, ein Schwefelholz anriß und das Magnesiumpulver entzündete. Es gab einen hellen Blitz, dann erfüllte dichter, beißender Rauch das Zimmer. Die Townsends hüstelten ein wenig. Mr. Cameron drückte rasch den Deckel wieder auf das Objektiv, schob die Holzkassette wieder über die Kupferplatte und machte Licht.

Die vier hinter dem Sofa wischten sich Aschestäubchen mit Ärmeln und Taschentüchern von den Gesichtern, während Mr. Cameron die Kassette herumdrehte und noch einmal Pulver in den Metallbehälter gab.

»Noch eine Aufnahme, wenn die Herrschaften gestatten, damit wir sicher sein können, daß es gelingt. Ich glaube, bei der ersten haben sie alle die Augen zugekniffen. Bitte versuchen Sie, die Augen offenzuhalten, wenn der Blitz kommt.«

Er wiederholte die Prozedur, und als er fertig war, bemerkte Harriet zu ihrem Kummer, daß eine ihrer Haarlocken herabgefallen war und an ihrem Ohr herabhing.

»Soll ich noch eine Aufnahme machen, Mr. Townsend?« fragte der nervöse kleine Fotograf.

»Danke, Mr. Cameron. Diese eine kommt uns teuer genug zu stehen.«

»Aber Vater –«, protestierte Harriet.

»Gehorch deinem Vater«, sagte Mrs. Townsend. »Wenn die erste Aufnahme nichts wird, muß es eben die zweite tun – ob mit oder ohne Locke. Wir sind keine reichen Leute, Harriet.«

Während die Familiengruppe sich auflöste und Mr. Cameron seine Geräte einpackte, fragte ich mich, warum man das Porträt jetzt hatte anfertigen lassen, anstatt bis zu Victors nächstem Besuch zu warten. Es wirkte geradeso, als wollten sie alle Victor gar nicht dabeihaben...

Sie verließen mich jetzt, Gestalten und Kulisse verblaßten langsam, bis ich schließlich wieder allein im Wohnzimmer meiner Großmutter vor dem Gasfeuer stand. Ich fühlte mich so ausgelaugt wie nach einer schweren inneren Anstrengung und ließ mich schlaff in meinen Sessel fallen. Die Uhr auf dem Kaminsims zeigte zehn nach neun.

Ich setzte mich mit einem Ruck auf. Das war doch nicht möglich. Ich hatte mindestens eine halbe Stunde mit den Townsends verbracht, wenn nicht länger. Und doch war dieser Uhr zufolge Großmutter gerade erst hinausgegangen.

Ich drückte beide Hände auf die Augen und stöhnte laut. Was war nur mit mir los? War ich vielleicht einfach hier im Sessel eingeschlafen, hatte einen Traum gehabt und war dann mit dem Gefühl erwacht, er wäre real gewesen? Traumforscher, so erinnerte ich mich, behaupteten, der Durchschnittstraum dauere nur zwanzig Sekunden, auch wenn es dem Träumer danach schien, als hätte er viel länger gedauert. War es also ein Traum gewesen? Hatte sich meine Phantasie von Großmutters Erzählungen und ihren alten Fotografien anregen lassen? Waren all diese Geschehnisse, die mir so real erschienen, nichts als Träume?

Ich ließ die Hände in den Schoß sinken. Es mußte doch eine Möglichkeit geben, Gewißheit zu erlangen! Ich mußte wissen, ob ich an Halluzinationen litt oder ob das alles Wirklichkeit war. Aber wie sollte ich das zuwege bringen?

Ich starrte auf meine Hände und ging noch einmal alles durch, was ich soeben miterlebt hatte. Ich sah den wieselflinken Mr. Cameron vor mir, die stattliche Mutter, den imposanten Vater. Ich hatte noch den beißenden Geruch des verbrannten Magnesiumpulvers in der Nase. Während ich mir jedes Detail noch einmal ins Gedächtnis rief, kam mir plötzlich die Erleuchtung: Die Familie hatte sich fotografieren lassen!

Natürlich! Da lag die Antwort. Ich konnte sie im Familienalbum der Townsends finden, von dem Großmutter gesprochen hatte. War es möglich, daß das Gruppenbild, dessen Aufnahme ich soeben beobachtet hatte, sich in dem Album befand? Und wenn das der Fall war...

Plötzlich mußte ich unbedingt dieses Album finden. Auf der Stelle. Ich mußte es sehen. Die verblichenen braunen Aufnahmen lang verstorbener Menschen würden mir die Antworten geben, die ich suchte.

Wenn dieses Gruppenbild der vier Townsends im Album zu finden war, würde mir das die Gewißheit geben, daß ich in der Tat ein Fenster in die Vergangenheit entdeckt hatte.
Obwohl es mir widerstrebte, in den Sachen meiner Großmutter herumzukramen, stand ich schließlich auf und ging zum Buffet. Und nachdem ich einmal die erste Schublade aufgezogen hatte, begann ich zu suchen wie eine Besessene.
Eine Viertelstunde lang wühlte ich zwischen Nähkästchen, Handschuhen, altem Silber und Unmengen von Souvenirs, die meine Großmutter im Laufe ihres Lebens gesammelt hatte. Dann hockte ich mich verzweifelt und mutlos auf den Boden neben dem Buffet. Das Album war nirgends.
Aber damit wollte ich mich nicht zufrieden geben, und nachdem ich ein paar Minuten lang still vor mich hin gewütet hatte, begann ich von neuem zu überlegen und hatte bald einen Einfall. Aber willkommen war er mir nicht; eher machte er mir angst. Ich hob den Blick zu der Wand hinter dem Sofa und starrte sie so intensiv an, als könnte ich durch sie hindurch in das Zimmer auf der anderen Seite sehen. Gleichzeitig gingen mir Großmutters Worte vom ersten Abend durch den Kopf. »Den früheren Salon benutzen wir schon seit vielen Jahren nicht mehr. Mindestens zwanzig oder fünfundzwanzig Jahre. Seit William geheiratet hat und ausgezogen ist. Wir brauchen ihn nicht mehr. Wir können ihn nicht heizen, darum benutzen wir ihn als Abstellraum.«
Langsam stand ich auf. Erst am vergangenen Abend, als ich nach der Begegnung mit der weinenden Harriet im oberen Schlafzimmer wieder heruntergekommen war, hatte ich jemanden auf dem Klavier ›Für Elise‹ spielen hören. Die Klänge waren aus dem Salon gekommen. Kamen sie immer aus diesem Raum, wenn ich sie hörte? Und wenn ja, wer spielte auf dem Klavier?
Ich holte einmal tief Luft und wischte mir die feuchten Hände an den Jeans ab. So groß meine Furcht war, mein Verlangen, das Album zu finden, war stärker. Zögernd noch ging ich zur Tür und zog sie leise auf.

Vor mir lag wieder der finstere Flur wie eine unermeßlich große schwarze Höhle. Mit weit geöffneten Augen trat ich hinaus und hatte das unheimliche Gefühl, in einen Tunnel hineinzugehen, der kein Ende hatte. Hinter mir befanden sich die Wärme, das Licht und die Geborgenheit des Wohnzimmers; vor mir warteten bedrohliche Finsternis und Eiseskälte. Und dennoch war die Anziehungskraft des Nebenzimmers stärker als alle meine Bangnis. Im Familienalbum der Townsends würde ich endlich die Antworten finden, die ich suchte. Ich mußte es haben.
Es war merkwürdig, daß mir so bang war, das fiel mir selbst auf, während ich mich blind die klamme Wand entlangschob, denn bisher hatte ja nichts, was geschehen war, mir in irgendeiner Weise geschadet. Die beiden Familienszenen im Wohnzimmer waren nur freundlich gewesen, und ich hatte mich keine Sekunde bedroht gefühlt. Weshalb also war mir jetzt, als ich mich der Tür zum Salon näherte, eiskalt vor Angst? Weshalb hatte ich tief im Inneren das Gefühl, daß ich lieber die Hände von diesen Nachforschungen lassen sollte? Es war, als wäre die Luft um mich herum von drohendem Unheil geschwängert, als wäre ich im Begriff, in einen Bezirk einzudringen, der weit entfernt war von John und Harriet und dem warmen, hellen Feuer im Wohnzimmer. Eine Ahnung befiel mich, daß alles Unglück, das sich in diesem Haus zugetragen hatte, in diesem Raum enthalten war und daß es töricht und vorwitzig von mir war, dort einzudringen.
Das Gefühl drohenden Unheils war mir vertraut. Ich hatte es zwei Nächte zuvor empfunden, als ich plötzlich Victor an meinem Bett gesehen hatte. Auch da hatte es in der Luft gelegen, einer beängstigenden Aura gleich, die aus der Finsternis ausstrahlte, als lauerten in ihrer Schwärze die schlimmsten Dinge. Genau dieses Gefühl begleitete mich jetzt, als ich die Geborgenheit des Wohnzimmers hinter mir ließ und mich in die finstere Höhle des Flurs hinauswagte.
Es war beinahe so, als warte etwas auf mich.

7

Ich ertastete die Tür zum Salon und blieb stehen. Als ich über die Schulter zurückblickte, sah ich, daß die Wohnzimmertür nur noch einen Spalt offenstand – hatte ich sie nicht ganz offen gelassen? – und wie durch eine optische Täuschung weit entfernt schien. Eine ungewöhnliche Trockenheit lag mir in Mund und Kehle, und mein Rücken war schweißnaß.
Ich legte die Hand auf den eiskalten Türknauf. Das Herz schlug mir bis zum Hals, und die Angst lähmte mich fast, aber ich konnte nicht zurück. Ich mußte das Album finden.

Ich kann mich nicht erinnern, den Knopf gedreht, die Tür aufgestoßen zu haben, doch im nächsten Moment stand sie offen. Vor mir sah ich nichts als undurchdringliches Dunkel. Es roch nach Staub und Verfall. Die Luft war muffig wie in einem feuchten Keller oder in einer Gruft, in der es nur Tod und ewiges Vergessen gab.
Ehe ich eintrat, warf ich noch einmal einen Blick zurück zum Wohnzimmer. Die Tür war jetzt ganz geschlossen. Kein Lichtschimmer drang nach außen. Das hätte mich eigentlich erschrekken müssen, denn ich hatte die Tür ja weit offen gelassen, aber ich hatte jetzt für nichts anderes mehr Sinn als das Album. Und mein Körper schien allen eigenen Willens beraubt. Dieselbe unsichtbare Macht, die mich trieb, das Album zu suchen, zog mich jetzt in den alten Salon.
Als ich plötzlich das Klappern meiner aufeinanderschlagenden Zähne hörte, erschrak ich. Aber dann erkannte ich den Ursprung des Geräuschs und tappte vorwärts, anstatt zurückzuweichen. Der Raum, in dem ich mich befand, hatte keine Ecken, keine Wände, keine Grenze. Er dehnte sich ins Unendliche, in die ewigen Regionen von Nacht und Nichts und Hoffnungslosigkeit.
Was auch immer hier hauste, es war unglücklich.

Ohne zu überlegen, hob ich den Arm und streifte den Lichtschalter. Es kam mir vor wie ein Wunder, daß die Glühbirne an der Decke aufflammte. Ihr Licht zeigte mir einen seit vielen Jahren unbewohnten und vernachlässigten Raum. Weiße Laken lagen staubbedeckt über schweren Möbelstücken, von denen nur die Füße zu sehen waren. Der kahle Holzfußboden war zerkratzt, der Kamin mit Brettern vernagelt, die Vorhänge am Fenster waren brüchig. Zu meiner Linken stand unter dicken Staubschichten ein altmodisches Rollpult.

Ich näherte mich ihm vorsichtig, voller Sorge, daß meine Anwesenheit das Gleichgewicht des Raums stören könnte. Ich hatte das unheimliche Gefühl, beobachtet zu werden, obwohl das Fenster verhüllt war und keine Bilder an den Wänden hingen. Hirngespinste, sagte ich mir wieder einmal, umfaßte entschlossen die Kante des Rolldeckels und versuchte, ihn hochzuschieben. Es gelang mir nur mit großer Anstrengung und selbst dann nur teilweise. Der verborgene Mechanismus des Rolldeckels klapperte und ratterte laut, seine staubverklebten Leisten knarrten und quietschten unter meinen Händen. Auf halbem Weg klemmte er und war keinen Zentimeter weiter zu bewegen.

Ich neigte mich hinunter, um unter den herabhängenden Deckel zu spähen, und sah einen Schreibtisch voll alter Papiere, Hefte, Kästchen und anderem Kram. Die kleinen Fächer waren fast alle leer, nur in einigen steckten gelbe Briefumschläge. Ein Fotoalbum sah ich nicht.

Aber es waren ja auch noch Schubladen da. Eine, die die ganze Breite des Pults einnahm, und drei schmalere auf der einen Seite des Möbels. Die erste reagierte überhaupt nicht, als ich zog. Die zweite öffnete sich problemlos, aber sie war leer. Die dritte war voll alten Geschenkpapiers und bunter Bänder. Doch in der letzten Schublade lag endlich das Album.

Als ich aus dem Salon trat, sah ich die Wohnzimmertür wieder weit offen, aber ich war zu aufgeregt über meinen Fund, um dieser erstaunlichen Tatsache mehr als einen flüchtigen Gedanken zu schenken. Wieder einmal hatte mir die Phantasie einen Streich gespielt, und zweifellos war auch das Bedrohliche, das ich im Salon zu spüren geglaubt hatte, nichts weiter als Einbildung gewesen. Ich schaltete das Licht im Salon aus und eilte ins Wohnzimmer.

Erst als ich die Tür fest hinter mir geschlossen hatte, wurde mir bewußt, wie besessen ich von dem Verlangen gewesen war, dieses Album zu finden, das ich jetzt an die Brust gedrückt hielt. Ich fühlte mich plötzlich völlig erschöpft. In diesem Buch war die Geschichte der Townsends niedergelegt. In diesem Buch würde ich meine Antwort finden.

Nachdem ich es mir im Sessel am Feuer bequem gemacht und meine Beine auf dem Sitzpolster ausgestreckt hatte, schlug ich langsam, als handle es sich um ein feierliches Ritual, das Buch auf. Moder und Feuchtigkeit hatten die ersten Seiten untrennbar miteinander verklebt und Papier und Fotografien in eine säuerlich riechende Masse verwandelt. Die Seiten zerbröckelten mir unter der Hand. Ich war enttäuscht und bestürzt. Wie viele der Bilder mochten zerstört sein, wieviel von der Geschichte der Townsends unwiederbringlich verloren sein? Sehr vorsichtig blätterte ich weiter und stellte zu meiner Freude fest, daß das Album ansonsten recht gut erhalten war. Verblichene, von Knicken durchzogene ovale Porträts zeigten mir die Gesichter noch älterer Townsends: Frauen in Krinolinen und mit Biedermeierfrisuren; Männer in steifen Stehkragen, das Haar nach romantischer Art schwungvoll in die Stirn gebürstet. Ich war jetzt noch tiefer in der Vergangenheit, blickte hier vielleicht in die Gesichter von Victors Großeltern, Fremden, in deren Zügen nichts Vertrautes zu erkennen war. Ich starrte in diese ausdruckslosen Gesichter, in diese hohlen Augen und versuchte, hinter die Fassade zu blicken, um vielleicht etwas von der Persönlichkeit dieser Menschen zu spüren, die ja auch zu meinen Vorfahren zählten.

Und dann sah ich es.

So vertieft war ich in die Betrachtung der Bilder meiner fernen

Vorfahren gewesen, daß ich einen Moment lang mein Ziel ganz aus den Augen verloren hatte. Als ich auf das Bild stieß, versetzte mir das einen solchen Schock, daß ich einen Moment lang zu atmen vergaß.
Da waren sie. Mr. und Mrs. Townsend hinten mit dem Plakat von ›Wylde's Großem Globus‹ über den Köpfen, John und Harriet vorn. Da war das voluminöse Kleid der Mutter, der elegante Schnauzbart des Vaters; Johns sanftes Gesicht mit der Andeutung eines Lächelns; Harriet mit einer widerspenstig herabhängenden Locke über dem Ohr.
Unter dem Foto stand in klaren Schriftzügen, die wie gestochen wirkten, ›Juli 1890‹.

Wie war das möglich?
Achtlos ließ ich das Album von meinem Schoß auf den Boden gleiten. Hinter meinen Augen begann es zu pochen, und das Pochen wurde zu einem dumpf klopfenden Schmerz ähnlich dem, mit dem ich am Morgen erwacht war. Doch schlimmer als die Kopfschmerzen war für mich die Vergeblichkeit meiner Fragen.
Wie war das möglich?
Ich hatte keine Erklärung, ich wußte nur, daß es in der Tat möglich war. Die Fotografie in diesem Album war genau die, welche ich Mr. Cameron vor nur einer Stunde hatte aufnehmen sehen. Da war Harriet mit ihrer widerspenstigen Locke und dem dunklen, weiten Rock, in dessen linker Tasche ein geheimer Brief versteckt war.
Das Foto war Zeugnis eines kurzen Augenblicks im Leben dieser längst verstorbenen Menschen; Abbildung einer Szene, die tief in der Vergangenheit lag. Und doch hatte ich diesen Moment miterlebt, diese flüchtige Szene so beobachtet, wie sie wirklich gewesen war – real, lebendig, bestimmt von Menschen aus Fleisch und Blut.
Ich hatte den beißenden Geruch des verbrannten Magnesiums wahrgenommen!

Dafür mußte es doch einen Grund geben. Die Townsends folgten dem Lauf der Zeit auf dem Weg zu ihrem unausweichlichen Schicksal, wie uns das allen aufgegeben ist, und aus irgendeinem Grund mußte ich ihnen dabei zusehen. Würden sich denn die Szenen, die sich vor meinen Augen entfalteten, letztendlich zu einer Geschichte gestalten?

Wenn dem so war, würde ich dann gezwungen sein, die schrecklichen Geschehnisse mitzuerleben, die sich bald in diesem Haus ereignen sollten – diese unsäglichen Scheußlichkeiten, die den Townsends ihr Haus in der George Street zur Hölle gemacht hatten?

Mit jeder unlösbaren Frage wurden meine Kopfschmerzen stärker. Ich massierte mir die Schläfen, aber ich konnte nicht zur Ruhe kommen.

Was für eine Lösung gab es für mich? Wenn es keine Antworten gab, keine Gründe dafür, warum oder wozu mir das widerfuhr, wäre es dann nicht die einfachste Lösung, das Haus meiner Großmutter zu verlassen und nicht wieder zurückzukommen?

Tief im Innersten wußte ich die Antwort. Erst an diesem Nachmittag, als ich aus dem Haus gegangen war, um einen Spaziergang zu machen, hatte ich sein Widerstreben gespürt, mich gehen zu lassen. Ich hatte es als Einbildung von mir abgetan. Aber jetzt wußte ich die Wahrheit. Ich konnte das Haus in der George Street nicht verlassen.

Es würde mich nicht gehen lassen.

Ich spürte Großmutters Hand auf meiner Schulter und starrte sie verwirrt an. Ich hatte keine Ahnung, wann sie ins Zimmer gekommen war, verstand nicht, wieso ich sie nicht gehört hatte.

»Es ist bald Mittag«, sagte sie mit Besorgnis in der Stimme. »Ich war den ganzen Morgen sehr leise, um dich nicht zu wecken, aber du hast plötzlich angefangen zu stöhnen. Du siehst gar nicht gut aus, Kind. Andrea, kannst du mich hören?«

Ich drehte den Kopf hin und her, verzog das Gesicht vor Schmer-

zen und nahm wie durch Dunstschleier wahr, daß ich im Nachthemd war und unter den Decken auf dem Sofa lag. Es war unerträglich heiß im Zimmer.
»Ja, Großmutter, ich höre dich. Es ist nichts. Ich habe nur wieder solche Kopfschmerzen.« Ich griff mir mit der Hand an die Stirn. Ich fühlte mich wie betäubt.
»Armes Kind. Das ist bestimmt die Feuchtigkeit. Ich hol dir noch mal eine Tablette. Und ins Krankenhaus fährst du mir heute nicht!«
»Ach, aber Großmutter...« Ich stützte mich auf die Ellbogen und richtete mich auf. »Ich möchte aber fahren.«
»Kommt nicht in Frage.« Großmutter wandte sich ab und humpelte durch das Zimmer zum Fenster hinter dem kleinen Eßtisch. Mit einem Ruck zog sie die Vorhänge auf. »Da! Sieh dir das an.«
Verdutzt starrte ich auf das Fenster. Es sah aus wie mit weißer Farbe zugeschmiert.
»Was ist das?«
»Nebel. Mit freundlichen Grüßen aus Glasgow. Dort hatten sie ihn gestern – ich hab's im Radio gehört. Und jetzt ist er zu uns runtergezogen. Wir sitzen mitten in der dicksten Suppe, Kind. Da bleibt man am besten zu Hause.«
»Nebel...«
»Der kommt jedes Jahr, so sicher wie das Amen in der Kirche. Erst kriegen sie ihn in Glasgow, dann zieht er zu uns runter. So, ich mach dir jetzt einen schönen heißen Tee, den kannst du gebrauchen, und was Gutes zu essen. Du bist diese Feuchtigkeit hier einfach nicht gewöhnt. Und oben im Norden braut sich ein Sturm zusammen. Drum ist die Luft so drückend.«
Nachdem ich drei von Großmutters Tabletten geschluckt hatte, nahm ich meine Sachen und ging hinauf ins kalte Badezimmer. Ich ließ mir ein heißes Bad einlaufen und stürzte mich, völlig durchgefroren, mit Wonne hinein, sobald die Wanne zur Hälfte gefüllt war. Während ich mich im dampfenden Wasser aalte,

dachte ich weiter über die Geschehnisse der vergangenen Nacht nach.
Ein neuer Gedanke kam mir, und ich bedachte ihn sehr gründlich. Obwohl ich das Gefühl hatte – eine Art nebelhafter Ahnung –, daß das Haus mich nicht fortlassen wollte, fragte ich mich, was geschehen würde, wenn ich es versuchen sollte.
Die Besuche bei meinem Großvater gestattete es mir; sie schienen irgendwie in den größeren Plan hineinzugehören. Aber ich erinnerte mich einer inneren Rastlosigkeit, als ich in Williams Haus gewesen war – einer nagenden Ungeduld, hierher zurückzukehren –, und der Sog, den es auf mich ausgeübt hatte, als ich zu meinem Spaziergang auf dem Newfeld Heath aufgebrochen war, war unverkennbar gewesen.
Was aber würde geschehen, überlegte ich, während ich das heiße Bad genoß, wenn ich all meine Kraft und Entschlossenheit zusammennahm und versuchte, mich zu lösen? Würde es mich ziehen lassen?
Aber wie wollte es mich denn überhaupt aufhalten?
Unsinnige Spintisierereien, schalt ich mich, während ich mich in der Kälte des Badezimmers trockenfrottierte. Wie albern, mich als Gefangene dieses Hauses zu sehen. Selbstverständlich konnte ich gehen. Jederzeit. Wann immer ich wollte. Es wäre nur lieblos gewesen, Großmutter nach so kurzer Zeit und ausgerechnet jetzt wieder allein zu lassen. Und ich konnte nicht nach gerade vier Tagen schon wieder nach Los Angeles zurückkehren. Es gehörte sich einfach, daß ich noch eine Weile blieb, Großmutter Gesellschaft leistete, meinen Großvater besuchte und die alten Verwandtschaftsbande neu knüpfte.
Ich würde gehen, wenn ich dazu bereit war.

Das Essen war gut, aber ich hatte keinen Appetit. Dennoch zwang ich mich, Großmutter zuliebe wenigstens ein wenig zu essen. Sie musterte mich immer wieder mit besorgtem Blick.
»Ist dein Haar schon trocken, Kind?«

Ich schob einen Finger unter das Frottiertuch, das ich mir um den Kopf gewickelt hatte. »Scheint so, ja.«
»Setz dich doch ans Gas, bis es richtig trocken ist. Nicht daß du mir eine Erkältung bekommst. Elsie und Ed kommen heute sicher nicht. Bei solchem Nebel gehen sie nie aus dem Haus.«
Ich sah wieder zum Fenster. Alles war Grau in Grau. Der kleine Garten, die Backsteinmauer, die rostige Pforte und die dürren Rosenbüsche waren verschwunden. Noch nie hatte ich so dicken Nebel erlebt. Es war, als wäre das Haus von einem Wattemeer umhüllt.
»Wann geht er denn wieder weg?«
»Heute abend wahrscheinlich. Komm jetzt, setz dich ans Feuer.«
Mit trägen Bewegungen bürstete ich mir am Gasfeuer das Haar. Lieber hätte ich mich weiter weg gesetzt, es war mir sowieso schon zu warm im Zimmer. Aber Großmutter war um mein Wohlbefinden besorgt, und da ich gerade aus der Wanne gestiegen war, mußte ich ihr recht geben. Ich starrte in die bläulichen Gasflammen, während ich bürstete, und hing meinen Gedanken nach, die sich um die vier Menschen drehten, die ich am vergangenen Abend hier beobachtet hatte.
Als ich Großmutter in der Küche das Geschirr spülen hörte – sie wollte nichts davon wissen, daß ich ihr half –, nahm ich das Familienalbum und schlug es auf. Unglaublich, daß ich die Entstehung dieses Familienfotos miterlebt haben sollte! Ein verrückter Gedanke, daß dieses Bild, vergilbt und brüchig jetzt, seit Jahrzehnten in diesem Album steckte und ich doch erst vor wenigen Stunden seine Entstehung beobachtet hatte.
Was war die Zeit für ein seltsames Ding. Die Wirbel und Strudel des gewaltigen Flusses Zeit waren mir ein Rätsel. Ich erinnerte mich, irgendwo gelesen zu haben: »Die Zeit vergeht, meinst du? Aber nein! Die Zeit bleibt, und wir vergehen.« War das die Erklärung? Daß nicht die Zeit in Bewegung ist, sondern vielmehr wir durch sie hindurchfliegen, während sie stillsteht?

Und wenn einem von uns es gelingen sollte, nur einen Moment stillzustehen, konnte er dann zurückblicken...
»Wo hast du das denn aufgestöbert?«
Ich fuhr in die Höhe. »Was?«
Großmutter ließ sich schwerfällig in den Sessel sinken und stützte sich dabei bis zur letzten Sekunde auf ihren Stock. Existierte sie jetzt, in diesem Moment, vielleicht als junge Frau in einem anderen Zeitabschnitt? Oder konnten wir nur zu den Toten zurückblicken? War es möglich, das Fenster zu unserer eigenen Vergangenheit zu finden und uns zu betrachten, wie wir gewesen waren, als wir jung waren?
»Ich habe es im Salon gefunden.«
»Im Salon?«
Und wenn ich zusehen konnte, wie sich die Leben von Harriet, John und Victor entwickelten, würde ich dann auch die Geburt meines eigenen Großvaters miterleben?
»Du glaubst hoffentlich nicht, daß ich in deinem Haus herumschnüffeln wollte, Großmutter, aber du hast neulich Abend von dem Album gesprochen, und ich war so neugierig. Ich habe mir gedacht, daß es vielleicht im Salon liegt –«
»Es ist das Familienalbum der Townsends. Ich habe es mir seit Ewigkeiten nicht mehr angesehen. Seit der Geburt meiner Kinder nicht mehr. Zeig mal.«
Ich reichte ihr das Buch, und meine Gedanken wanderten weiter. Würde ich wahrhaftig meinen Großvater als kleines Kind sehen, oder gestatteten diese Blicke in die Vergangenheit nur die zu sehen, die schon tot waren?
Ich beobachtete Großmutters alte Hände, die Seite um Seite umblätterten. Brüchige Ränder und Ecken bröckelten unter ihren Fingern ab. Bei der Gruppenaufnahme im Wohnzimmer hielt sie einen Moment inne, betrachtete sie aufmerksam durch die Brillengläser und dann über ihre Ränder hinweg. Sie blätterte weiter, besah sich die anderen Fotografien, auf denen sie, wie sie sagte, kaum jemanden kannte.

»Von deinen Urgroßeltern ist kein Foto dabei«, bemerkte sie, als sie mir das Album zurückreichte. »Keines von Victor und keines von Jennifer.«
»Ja, ich weiß.« Ich legte das Album auf meinen Schoß. »Es wundert mich.«
»Das wundert dich? Aber hör mal, nach dem, was er ihr angetan hat und wie unglücklich es sie gemacht hat! Aber Schluß damit. Ich mag nicht über die Townsends reden. Ich will nicht Erinnerungen aufwühlen, die deinen Großvater sein Leben lang gequält haben.«
Ich sagte nichts. Was, dachte ich, würde Großmutter tun, wenn sie wüßte, daß jene Ereignisse, die zu den quälenden Erinnerungen ihres Mannes gehörten, sich eben in diesen Tagen noch einmal in ihrer ganzen Lebendigkeit und bitteren Realität in diesem Haus abspielten?

Gromutter nickte über ihrem Strickzeug ein. Ich hielt ein Buch in den Händen, das sie mir in der Hoffnung gegeben hatte, daß ich lesen würde, doch ich hatte es nicht einmal aufgeschlagen. Auch ich nämlich begann, die einschläfernde Wirkung des Nachmittags zu spüren. Der dichte Nebel vor dem Fenster, die drückende Wärme im Zimmer, das schwere Essen, das wir genossen hatten, und die Aufregung der vergangenen Nacht – das alles wirkte jetzt zusammen. Ich merkte, wie ich müde wurde, ließ den Kopf nach rückwärts an das Polster sinken und schloß die Augen.
Das sanfte, gleichmäßig Ticken der Uhr lullte mich ein. Als es aufhörte, erschrak ich nicht. Ich hob nur den Kopf und öffnete die Augen.
Victor Townsend war gekommen.
Ich sah zu meiner Großmutter hinüber. Das Kinn war ihr auf die Brust gesunken, ihre Lippen blähten sich und erschlafften im Rhythmus ihrer Atemzüge. Mein Blick kehrte zu Victor zurück, und wieder war ich beeindruckt von seiner imposanten Gestalt und seiner männlichen Schönheit. Wie war es möglich, daß er mir

so lebendig und real erschien? Wie konnte diese Erscheinung aus der Vergangenheit soviel Substanz und Körperhaftigkeit besitzen, als wäre sie ein lebendiger, atmender Mensch? Ich registrierte jedes Detail: die dichten dunklen Wimpern seiner schwerlidrigen Augen; die breiten, geraden Schultern; den straffen Rücken und das volle, ungebärdige dunkle Haar. Lange sah ich in das markante Gesicht, das mir von Traurigkeit und Niedergeschlagenheit zu sprechen schien.

Victor lehnte am Kaminsims und blickte grüblerisch ins Feuer. Er schien bedrückt von seinen Gedanken, beunruhigt von dem, was er in den Flammen sah. Am liebsten hätte ich ihn angesprochen und gefragt, was ihn bekümmere.

Und angenommen, ich spreche ihn tatsächlich an? fragte ich mich plötzlich. Würde er mir antworten?

Ich bekam keine Gelegenheit, die Probe darauf zu machen. Im selben Moment nämlich hob Victor den Kopf und blickte zu einem Punkt im Zimmer, der sich hinter mir befand. Ich spürte einen kalten Luftzug, hörte das Klappen der Tür, die hinter mir geschlossen wurde. Es war jemand hereingekommen.

Ich blieb starr und steif in meinem Sessel vor Angst, daß eine Bewegung von mir die Szene stören, mich dieses Augenblicks mit Victor Townsend berauben könnte. Als sein Vater in Erscheinung trat und dicht neben mir stehenblieb, hielt ich den Atem an.

Ernst und schweigend sahen die beiden Männer einander an. Jeder schien genau abzuwägen, was er sagen wollte, und beide Gesichter zeigten Traurigkeit.

Victor sprach schließlich als erster. »Ich bin gekommen, um Abschied zu nehmen, Vater, und dich um deinen Segen zu bitten.«

Der ältere Townsend stand gespannt, die Hände an seinen Seiten zu Fäusten geballt, wie um sich heftiger Gemütsbewegung zu erwehren. Ich blickte zu ihm auf, verwundert, daß er so dicht neben mir stand und mich doch nicht wahrnahm. Sein Gesicht war starr, die Lippen blutleer.

Ich sah wieder den Sohn an. Sein Blick hing an den Lippen seines

Vaters, seine ganze Haltung drückte hoffnungsvolle Erwartung aus. Was ging hinter diesen dunklen Augen vor? Trug er einen ebenso erbitterten Kampf mit sich aus wie sein Vater? Mir erschienen sie beide wie verbissene Streiter, die in einen Machtkampf verstrickt waren, der nie hätte sein müssen. Wenn nur einer von ihnen seinen Stolz besiegt hätte, wenn nur einer von ihnen –

»Du wagst es, mich um meinen Segen zu bitten, obwohl du gegen meine Wünsche gehandelt hast?« Die Stimme des Vaters war heiser und gepreßt.

Doch Victor blieb hart. Während er seinen Vater ruhig und unverwandt ansah, fühlte ich mich plötzlich von einer Flut heftiger und starker Gefühle überschwemmt. Diese Leidenschaft, die sowohl von Victor als auch von seinem Vater ausging, erfüllte den ganzen Raum und senkte sich wie eine schwere Wolke über mich. Wellen von Liebe und Verehrung, von Enttäuschung und Zurückweisung überfluteten mich. Diese beiden stolzen Männer, die beide an den Qualen ihrer Liebe zum anderen litten, füllten mich mit ihrem schmerzlichen Konflikt. Am liebsten wäre ich aufgesprungen und hätte ihnen gesagt, daß ihr Eigensinn kindisch war, daß ihre gegenseitige Zuneigung das einzige war, was zählte, daß sie diesen Schmerz nicht ertragen müßten, wenn nur einer von ihnen einen Moment lang seinen Stolz vergessen könnte.

Aber ich konnte mich nicht einmischen, denn das, was hier geschah, war schon geschehen. Ich war Zeugin eines Ereignisses, das nahezu hundert Jahre zuvor stattgefunden hatte. Ich konnte es nicht ändern. Ich durfte beobachten, aber ich durfte nicht eingreifen.

»Es tut mir leid, daß du mich nicht verstehst, Vater«, sagte Victor, und seine Stimme verriet, daß er nicht mehr auf Verständnis hoffte. »Ich möchte ans Königliche Krankenhaus, um dort zu unterrichten und zu forschen, wie Mr. Lister das tat, denn ich bin der Überzeugung, daß ich an dieser Stelle gebraucht werde und daß das meine Berufung ist.«

»Gebraucht wirst du hier!« rief der ältere Townsend. »Hier, bei deiner Familie, in deinem Zuhause. Aber du willst nach Schottland und fremde Leben retten, wenn deine eigenen Leute dich brauchen.«

»Es gibt Ärzte genug in Warrington, Vater, und wenn ich mein Diplom bekomme, werde ich direkt –«

»Meinetwegen kannst du direkt zum Teufel gehen! Jemand, der sich keinen Deut um das Wohl seiner eigenen Familie schert, kann nicht mein Sohn sein! John ist geblieben und ist uns ein Segen des Herrn. Er allein gehorchte den Wünschen seines Vaters.«

»Ich muß mein eigenes Leben leben, Vater«, erwiderte Victor mit großer Selbstbeherrschung.

»Ja, und um das zu tun, mußt du deiner Familie den Rücken kehren. Ich war von Anfang an dagegen, daß du so ein Quacksalber wirst. Aber nun, wo du es doch durchgesetzt hast, solltest du wenigstens nach Hause kommen und bei denen bleiben, die dich lieben. Aber ich werde dich nicht bitten. O nein! Ich werde dich nicht bitten, und ich werde mich auch nicht weiter mit dir herumstreiten. Du wirst dich eines Tages dafür verantworten müssen, was du getan hast – Leichen aufschneiden und deine Nase in Dinge stecken –«

»Dann leb wohl, Vater.« Victor bot seinem Vater die Hand. Sein Gesicht war bleich und wirkte im flackernden Feuerschein sehr hart.

Der ältere Townsend schien einen Moment unschlüssig, hin und her gerissen zwischen Liebe und Stolz, dann machte er ohne ein weiteres Wort auf dem Absatz kehrt und stürmte aus dem Zimmer.

Victor stand da wie versteinert, den Arm noch ausgestreckt, um dem Vater die Hand zu reichen, das Gesicht sehr bleich.

Als er schließlich verschwand, und das lodernde Feuer wieder dem Gasgerät gewichen war, schlug ich überwältigt die Hände vor das Gesicht.

»Ja?« sagte Großmutter plötzlich und fuhr aus dem Schlaf. »Ja, was ist?«

Ich wandte mich von ihr ab und wischte mir die Augen.
»Oh, ich muß eingeschlafen sein. Lieber Gott, wie spät es schon ist! Ich kann doch nicht hier rumsitzen und dösen, da krieg ich ja die ganze Nacht kein Auge zu. Ach du lieber Schreck, ich hab mein Strickzeug fallenlassen, und die ganze Wolle hat sich verheddert.«
Ich drängte die Tränen zurück und tröstete mich mit dem Gedanken, daß Victors Leiden an der Zurückweisung des Vaters, den er so geliebt hatte, längst vorbei war. Mit einem etwas mühsamen Lächeln wandte ich mich meiner Großmutter zu.
»Wie ist das Buch?« fragte sie.
»Gut.« Meine Stimme war unsicher. »Ich glaube, ich bin auch eingenickt.«
Ich sah auf die Uhr. Nur eine Minute war vergangen über der Konfrontation Victors mit seinem Vater. Ich lauschte dem vertrauten Ticken, und die Uhr schien mir zu flüstern »vergangen, vergangen, vergangen«. Ich erkannte, daß während meiner Begegnungen mit der Vergangenheit die Zeit der Gegenwart keine Gültigkeit hatte. Da ich jetzt wußte, daß das Aussetzen der Uhr zugleich das Signal zum Eintritt in die Vergangenheit war, wurde mir klar, daß dies gewissermaßen die Brücke zwischen den beiden Zeitaltern war. Die Uhr war eine Art Schaltwerk, das den Wechsel zwischen Gegenwart und Vergangenheit vollzog.
Aber die Zeit der Gegenwart schien stillzustehen. Sie bewegte sich träge fort, während die Vergangenheit vor meinen Augen ihren normalen Gang nahm. Oder war ich es, die stillstand und im Stillstehen den Verlauf der Ereignisse von gestern wahrnahm?
Es spielte keine Rolle. Es war ein Rätsel, das nicht zu lösen war. Was auch immer in diesem Haus vorging, was auch immer das für ein Plan war, in den ich eingebunden worden war, er mußte seinen Lauf nehmen, ohne Rücksicht auf das Warum, das Wie und das Wozu.

8

William und May trotzten dem Nebel und kamen auf eine Stippvisite bei uns vorbei. Großmutter, die im Lauf des Spätnachmittags etwas traurig gewesen war, weil keiner Großvater besuchen würde, wurde sogleich wieder heiterer. William und May wollten sich vom schlechten Wetter nicht von ihrem gewohnten Abendbesuch im Krankenhaus abhalten lassen.
»Möchtest du mitkommen, Andrea?«
Ich nickte nachdrücklich. Ich mußte eine Weile hinaus aus diesem Haus. Ich brauchte frische Luft und Tapetenwechsel und die Gesellschaft anderer Menschen. Zum erstenmal war ich froh um meine Verwandten.
»Ich weiß nicht, Andrea«, sagte Großmutter zweifelnd, während sie mir die Hand auf die Stirn legte. »Ich glaube, du brütest eine Erkältung aus.«
»Ach wo! Mir geht's gut.«
»Sie hat den ganzen Tag Kopfschmerzen gehabt, und gestern auch schon. Ich glaube, das ist die Feuchtigkeit.«
Nun fühlte sich auch May genötigt, mir die Hand auf die Stirn zu legen. »Fieber scheint sie keines zu haben. Möchtest du mitkommen, Andrea?«
»Ja, sehr gern.«
»Also gut«, meinte Großmutter seufzend. »Aber zieh dich richtig an. Im Radio haben sie gesagt, daß ein Sturm aufzieht.«
»Ich geh schon voraus und wärm den Wagen ein bißchen vor«, sagte William, während er wieder in seine dicke Jacke schlüpfte und den Wollschal umlegte. »Komm erst raus, wenn du fertig angezogen bist. Ich mach dir dann gleich die Tür auf. Da bekommst du von der Kälte gar nichts mit.«
Aber ich hatte mich inzwischen so sehr an die Kälte gewöhnt, daß ich all die warmen Verpackungen gar nicht brauchte, die Groß-

mutter mir aufdrängte. Im Gegenteil, das Wohnzimmer war mir schon den ganzen Nachmittag muffig und überheizt erschienen, und mehrmals wäre ich am liebsten aufgesprungen und hätte die Tür aufgerissen. Dennoch packte ich mich unter der mütterlichen Fürsorge Großmutters so warm ein, wie sie es wünschte und als ich schließlich in Jacke, Mantel, Wollmütze und Fäustlingen dastand, hatte ich nur noch den Wunsch, so schnell wie möglich hinauszukommen.

Aber an der Haustür wurde ich aufgehalten.

In dem Moment, als ich den Fuß über die Schwelle setzen wollte, überfiel mich ein so starkes Schwindelgefühl, daß ich mich am Türpfosten festhalten mußte, um nicht zu stürzen.

»Was ist denn, Kind?« hörte ich Mays Stimme von weither.

Die nebelwallende Straße schwankte vor meinen Augen, bewegte sich in wilden Wellenbewegungen auf mich zu und wich wieder zurück. In weiter Ferne stand ein winziger William neben einem winzigen Auto. Es war, als sähe ich ihn durch eine konkave Linse. May war an meiner Seite, ich sah, wie ihre Lippen sich bewegten, aber ich hörte nichts. Der Boden unter meinen Füßen bewegte sich wie bei einem Erdbeben. Ich umklammerte die Tür, um Halt zu finden, während der Boden unter mir absackte und mir der Magen bis zum Hals hinaufsprang wie auf einer Achterbahn.

Als ich mit dem Kopf auf den harten Holzboden aufschlug, hörte der Schwindel schlagartig auf, und ich starrte benommen zur Decke hinauf.

»Mein Gott, mein Gott!« hörte ich Großmutter voller Entsetzen rufen. »Sie ist ohnmächtig geworden.«

Drei erschrockene Gesichter neigten sich über mich, dann wurde ich vom Boden aufgehoben. William nahm mich in seine kräftigen Arme und zog mich hoch. Ich hing wie eine Lumpenpuppe an ihm. Großmutter und May gingen händeringend und o Gott, o Gott rufend neben uns her, während William mich durch den Flur ins Wohnzimmer schleppte.

Dort setzte er mich in einen Sessel und schälte mich schnell und etwas grob aus den dicken Kleidern.
Als ich wieder ganz bei Besinnung war, sah ich, daß ich vor dem Gasofen saß, der voll aufgedreht war. Um meine Beine lag eine dicke Decke und Großmutter hielt mir eine Tasse Tee hin.
»Es ist schon wieder gut«, sagte ich schwach. »Es war die Hetze. Weil alles so schnell gehen mußte und –«
»Unsinn!« Großmutter schlug mir auf den Arm. »Du hast die Grippe, das seh ich doch. Trink jetzt deinen Tee, komm.«
»Geht es dir wirklich wieder gut, Andrea?« fragte May besorgt. »Wir können den Arzt holen –«
»Nein, nein. Es ist nichts – wirklich nicht. Es war nur die Aufregung. Gott, ist das heiß hier.« Ich wollte die Decken wegziehen, aber Großmutter ließ es nicht zu.
»Du hast Fieber«, fuhr sie mich an.
May legte mir ihre Hand auf Stirn und Wangen und entgegnete: »Nein, Mutter, das stimmt nicht. Ganz im Gegenteil, sie ist sehr kalt. Weißt du, was das zu bedeuten hatte, William?«
William zuckte die Achseln. »Nach einer Ohnmacht ist das oft so, glaube ich. Also die Grippe hat sie sicher nicht. Es muß was anderes sein.«
»Doch, sie hat die Grippe. Sie hat sich erkältet«, behauptete Großmutter unerschütterlich. »Und sie geht mir heute nicht aus dem Haus.«
Ich kuschelte mich tiefer in den Sessel und starrte trübe in meine leere Teetasse. Großmutter hatte keine Ahnung, wie wahr ihre Worte waren. Ich würde nicht aus dem Haus gehen, weil dieses Haus es mir nicht gestattete. Ich war seine Gefangene. Die Macht, die hier wohnte, brauchte mich noch. Drei Besuche bei meinem Großvater waren mir erlaubt worden, doch heute abend durfte ich nicht gehen. Vielleicht morgen...
Diesen letzten Gedanken hatte ich offenbar laut ausgesprochen, denn jetzt sagte William: »Wir werden sehen, Kind. Es kommt ganz darauf an, ob es dir besser geht. Im Moment muß ich jeden-

falls Mama recht geben. Du gehörst ins Bett. May, ich glaube, wir fahren jetzt lieber, sonst ist die Besuchszeit vorbei.«

»Aber wenn es etwas Ernstes ist, Will! Sie haben hier kein Telefon.«

»Dann kommen wir eben nach dem Besuch bei Vater noch einmal vorbei. Wenn Andrea einen Arzt braucht, wird sie es uns ja sagen, nicht wahr, Kind?«

Ich nickte schwach.

Nachdem sie gegangen waren, zog Großmutter die Decke vom Sofa und legte sie mir um die Schultern. Mir war so heiß, daß ich hätte schreien können, und wenn mich auch Großmutters Besorgnis um mich rührte, so wäre es mir doch am liebsten gewesen, sie hätte mich endlich allein gelassen, damit ich in die Vergangenheit hätte zurückkehren können. Wenn es für mich nur ein Mittel gegeben hätte, das Erscheinen dieser Menschen, die mich so faszinierten, heraufzubeschwören. Aber diese Möglichkeit gab es nicht.

Der Abend zog sich fast unerträglich in die Länge. Großmutter strickte zufrieden, warf mir ab und zu einen Blick zu, stand mehrmals auf, um meine Stirn zu fühlen. Als endlich William und May zurückkehrten, nutzte ich die Gelegenheit, um mich von den Dekken zu befreien.

Großmutter schenkte Tee ein, während sie von ihrem Besuch bei Großvater berichteten.

»Er war richtig lebhaft heute abend. Wir haben uns gut unterhalten mit ihm, auch wenn wir kaum was verstanden haben...«

Ich stand auf und sammelte die Wäschestücke ein, die ich am Morgen gewaschen und auf Großmutters Rat hin in der Nähe des Gasfeuers aufgehängt hatte. Sie waren mittlerweile alle trocken, und ich wollte sie nach oben bringen.

»Warte, warte!« rief Großmutter. »Wo willst du denn hin?«

»Meine Sachen sind trocken. Ich will sie nur hinaufbringen –«

»Kommt nicht in Frage. William kann sie dir rauftragen. Du bleibst hier unten, wo's warm ist.«

»Aber Großmutter –«
»Andrea«, sagte May behutsam, »vergiß nicht, daß du vorhin ohnmächtig geworden bist.«
»Aber es geht mir doch wieder gut.« Ich drückte Jeans und T-Shirts schützend an mich.
»Laßt sie doch selbst hinaufgehen, wenn sie sich wieder wohl fühlt«, meinte William. »So schlimm ist das doch nicht.«
»Na ja...« meinte Großmutter widerstrebend.
Ehe sie es sich anders überlegen konnte, eilte ich zur Tür. Bevor ich sie öffnete, hörte ich Großmutter zu William sagen: »Also – hat der Arzt etwas gesagt, wann Vater nach Hause kommen kann?«
William beugte sich vor, um ihr zu antworten. Er öffnete den Mund, aber ich hörte keinen Laut.
Ich sah zur Uhr. Sie tickte nicht mehr.
Gespannt blieb ich an der Tür stehen und wartete auf das Erscheinen der anderen. Ich wartete darauf, daß Großmutters billiger Schonbezug vom Sofa verschwinden und im Kamin ein Holzfeuer aufflammen würde. Aber nichts veränderte sich.
Wo waren sie?
Großmutter, William und May saßen am Tisch bei ihrem Tee, ohne zu sprechen, ohne sich zu bewegen.
Wieder sah ich zur Uhr. Sie tickte noch nicht wieder.
Aber es geschah nichts.
»Wo seid ihr?« flüsterte ich.
Schließlich riß ich die Tür auf und rannte in den Flur hinaus. An der ersten Treppenstufe stolperte ich und ließ meine Wäsche fallen. »Wartet«, flüsterte ich. »Wartet auf mich.« Hastig sammelte ich die Sachen auf und lief die Treppe hinauf.
Oben lehnte ich mich erst einmal schwer atmend an die Wand. Obwohl mein Atem in kleinen Wölkchen vor mir aufstieg, spürte ich die Kälte nicht. Als ich wieder etwas zu Atem gekommen war, suchte ich im Dunkeln nach dem Schalter und machte Licht. In der trüben Beleuchtung konnte ich erkennen, daß die Tür des vorde-

ren Schlafzimmers einen Spalt offenstand. Ich starrte sie mit Furcht und Entschlossenheit an.
»Ja«, flüsterte ich und ging langsam auf sie zu.
An der Türschwelle blieb ich stehen und spähte ins Zimmer. Es war dunkel und leer. Nichts Böses erwartete mich. Keine unsichtbaren Mächte. Keine verborgenen Schrecknisse. Es war bloß ein dunkles Zimmer.
Ich knipste das Licht an.
Alles war so, wie ich es am Morgen nach dem Bad zurückgelassen hatte. Das Bett, die Vorhänge, meine Toilettensachen auf dem Sessel, meine Kleider im Schrank.
Ich hielt inne.
Der Schrank.
Mit dem Schrank stimmte etwas nicht.
Langsam ging ich auf ihn zu, ohne den Blick von ihm zu wenden, von der Maserung des dunklen Eichenholzes und den kleinen Messingbeschlägen. Und als ich vor ihm stehenblieb, hatte ich das unheimliche Gefühl, genau das schon einmal getan zu haben.
Dann kam das Entsetzen. Ich spürte, wie die Atmosphäre umschlug. Ich brauchte nichts zu sehen, um zu wissen, daß sich etwas veränderte. Es drang etwas ins Zimmer ein, etwas, das eben noch nicht hiergewesen war. Es war das gleiche böse Fluidum wie am Abend zuvor. Wie ein ekelhafter Gestank kroch es aus den Ritzen des Kleiderschranks, stieg an mir hoch und umhüllte mich, tauchte mich in ein Entsetzen, dem ich nicht entrinnen konnte.
Jetzt wollte ich fliehen.
Wie festgenagelt stand ich vor dem Schrank und hatte nur den einen Gedanken, mich loszureißen und vor der satanischen Macht davonzulaufen, die dieses Haus umklammerte.
Mit weit aufgerissenen Augen starrte ich wie gebannt auf den Schrank. Ich lauschte. Jeder Muskel meines Körpers war angespannt. Ich zitterte unkontrollierbar. Aber ich konnte nicht davonlaufen.
Aus dem Schrank drang ein Geräusch zu mir.

»O Gott«, wimmerte ich. »Bitte...«
Im Schrank regte sich etwas.
Wie von selbst hob sich mein Arm.
»Nein!« flüsterte ich entsetzt.
Wie von selbst griff meine Hand nach dem Messingknauf und umschloß ihn. Und da wußte ich es. Was immer sich auch in dem Schrank verbarg, ich würde es herauslassen.
Wie von selbst begann meine Hand, den Knauf zu drehen.
»Andrea!«
Als hätte sie einen Schlag bekommen, fiel meine Hand herunter, und als wären die Bande, die mich an diesen Ort gefesselt hatten, plötzlich durchtrennt worden, taumelte ich nach rückwärts und fiel über das Bett. Ich sah die Schweißtropfen, die von meiner Stirn auf meine Arme herabfielen.
»Andrea!« rief William wieder von unten herauf. »Ist alles in Ordnung?«
»Ja!« rief ich heiser zurück und räusperte mich. »Ja, alles in Ordnung, Onkel William. Ich komm gleich runter.«
»Wir gehen jetzt.«
»In Ordnung. Ich komme.«
Irgendwie fand ich die Kraft, vom Bett aufzustehen. Meine Beine konnten mich kaum tragen. Das, was vorübergehend von meinem Körper Besitz ergriffen hatte, hatte ihn aller Kraft beraubt. Ich sah an meinem T-Shirt herunter. Es klebte feucht auf meiner Haut. Hastig zog ich das nasse Hemd aus und schlüpfte in ein frisches. Die Wäsche, die ich mit heraufgebracht hatte, ließ ich liegen, wo sie war, rannte zur Tür, knipste das Licht aus und lief in den Flur hinaus, die Treppe hinunter in den Korridor, wo William und May standen und gerade ihre dicken Jacken zuknöpften.
»Wenn der Nebel morgen weg ist, besuchen wir euch vielleicht. Vorausgesetzt natürlich, daß der schwere Sturm, der aus Norden gemeldet wird, nicht hier aufkreuzt«, sagte May, während sie sich ihren Schal umlegte. »Hör mal, Andrea, wenn du Lust hast, zu uns herüberzukommen, zum Fernsehen oder um zu telefonieren

oder was sonst, bist du jederzeit willkommen, das weißt du hoffentlich. Ich versteh sowieso nicht, wie du es in diesem zugigen kalten Haus aushältst.«
»Ach, so schlimm ist es gar nicht...« Ich dachte an das Telefon und an meine Mutter. Plötzlich hatte ich überhaupt kein Verlangen, mit ihr zu sprechen.
Nachdem William und May gegangen waren, sperrte ich die Haustür ab und schob die Polsterrolle vor die Ritze. Dann folgte ich Großmutter ins Wohnzimmer. Die erstickende Hitze nahm mir fast den Atem. Ich sah zum Gasfeuer hinunter. Großmutter hatte es auf die niedrigste Stufe gestellt. Nur ein blasses blaues Flackern war auf den Spiralen zu sehen. Und doch betrug die Außentemperatur, wie William gesagt hatte, zwei Grad unter Null.
»Wird langsam kalt hier drinnen«, sagte Großmutter und ging sich die Hände reibend zum Kamin.
»Nein«, widersprach ich hastig. »Es ist gerade angenehm.«
»Was? Es ist ausgesprochen kalt, und ich habe drei Pullover übereinander an. Schau dich doch mal an in deinem dünnen Hemdchen mit den kurzen Ärmeln. Wie hast du das nur so lange oben ausgehalten?«
Oben. Der Schrank. Die grauenvolle Angst...
»Großmutter –«
»Ja, Kind?«
»Ich –«
Sie sah mich an. Ihre Augen waren trübe. Buschig hingen die weißen Brauen über ihnen. Ihr Gesicht schien um vieles runzliger geworden zu sein, seit ich sie das letztemal richtig angesehen hatte. Sie schien unglaublich gealtert.
»Wie geht es Großvater?« fragte ich schließlich.
»Ach, nicht besonders, Kind. Ich weiß nicht genau, was ihm fehlt. Der Arzt sagt, es sind seine Gefäße. Die Arterien und Venen sind alle kaputt. Darum kann er nicht mehr gehen und ist meistens verwirrt. Sie können noch nicht sagen, ob sich das wieder bessern wird. Vielleicht kommt er nie wieder nach Hause.«

»Ach, Großmutter, das tut mir so leid.« Und es tat mir wirklich leid. Die Einsamkeit und die Sorge um ihren Mann belasteten Großmutter sehr, das war ihr deutlich anzusehen.
»Ja, weißt du, Kind, dein Großvater und ich sind in den zweiundsechzig Jahren unserer Ehe nie getrennt gewesen. Nicht einmal einen einzigen Tag. Und jetzt dauert die Trennung schon Wochen. Ich komme mir so verloren vor ohne ihn.«
Sie zog ein Taschentuch heraus und schneuzte sich. »Es ist spät, Kind, und ich bin müde. Ich denke, wir sollten zu Bett gehen.«
»Aber ja, Großmutter.«
Nachdem sie mir einen Gute-Nacht-Kuß gegeben hatte, schloß ich die Tür hinter ihr und schaltete das Gasfeuer aus. Dann setzte ich mich in meinen Sessel und überließ mich meinen Gedanken.
Einen Moment lang war ich nahe daran gewesen, meiner Großmutter alles zu sagen, ihr mein Herz auszuschütten, von meinen seltsamen Erlebnissen, meinen Ängsten und bösen Ahnungen zu erzählen. Aber im nächsten Augenblick schon hatte ich die Traurigkeit in ihren Augen gesehen, die tiefe Müdigkeit in ihrem Gesicht und hatte es nicht über mich gebracht, ihr das Herz noch schwerer zu machen.
Aber es gab auch noch einen anderen Grund, der mich in letzter Sekunde bewogen hatte, Großmutter doch nichts zu sagen: Trotz aller Angst und allen Grauens, die ich soeben oben in meinem Schlafzimmer ausgestanden hatte, wurde mein Wunsch nach weiteren Begegnungen mit meinen toten Verwandten immer stärker. Die Begierde, ihre Geschichte zu erfahren, wuchs ebenso wie meine Neugier, das Ende zu sehen. Die Angst, den ›Zauber‹ zu brechen, wenn ich Großmutter oder sonst jemandem von meinen Erlebnissen etwas sagte, hatte mich veranlaßt zu schweigen. Ich hatte das Gefühl, in eine geheime Gesellschaft aufgenommen worden zu sein, Mitwisserin von Geheimnissen zu sein, von denen zu erfahren kein Außenseiter ein Recht hatte. Ich hatte Angst, den Lauf der Ereignisse zu stören und John, Harriet und Victor vielleicht nie wiederzusehen.

Aber ich mußte sie wiedersehen.
Jetzt lachte ich bei diesem Gedanken. Es ging nicht mehr nur um das Sehen, es ging um viel mehr. Sie hatten mich in ihre Gefühle und Leidenschaften hineingezogen, mich gezwungen, ihr Glück und ihren Schmerz mitzuerleben, wie den Konflikt zwischen Victor und seinem Vater. Die toten Townsends übertrugen ihre Empfindungen und Gefühle auf mich, so daß ich fühlte, was sie fühlten. Ich begann, mich mit ihnen wahrhaft verwandt zu fühlen, eine Verbindung spann sich an, wie ich sie mit keinem anderen je haben konnte. Etwas ganz besonderes. Etwas jenseits dieser Welt und dieses Lebens. Und es war mir schon teuer geworden. So wie mir die Townsends teuer geworden waren, ganz ohne Rücksicht darauf, was sie vielleicht in den kommenden Tagen tun würden.
Und werde ich Victor immer noch mögen, dachte ich traurig, wenn ich erst seine schrecklichen Verbrechen mitangesehen habe?
Ich wollte nicht daran denken. Nicht jetzt, da sein Bild noch so frisch vor meinen Augen war, als stünde er leibhaftig vor mir.
Mein Herz setzte einen Schlag aus.
Victor Townsend stand tatsächlich vor mir.
Die Hände auf dem Rücken, stand er breitbeinig am Kamin und wippte leicht hin und her, während er mit der Person sprach, die in dem Sessel neben mir saß.
»Ich mußte es riskieren, John«, sagte er. »Ich mußte noch einmal nach Hause kommen, ehe ich nach Edinburgh gehe. In fünf Monaten bekomme ich mein Diplom, dann reise ich von London direkt nach Schottland. Wer weiß, wann wir uns das nächstemal sehen werden.«
»Es kann dir passieren, daß Vater hereinkommt und dich hinauswirft.«
»Ich weiß. Aber er kommt ja selten vor acht aus dem Pub nach Hause. Da bleibt mir wenigstens ein kleines bißchen Zeit mit euch anderen.«
»Mutter will dich auch nicht sehen.«

»Ja, das ist mir klar.« Victor starrte mit düsterer Miene zu Boden. »Sie möchte mich schon sehen, aber sie hat Angst vor Vater.«
»Wir haben alle Angst vor ihm, Victor, nur du nicht. Glaubst du vielleicht, ich wäre nicht lieber auch nach London gegangen und ein feiner Herr geworden wie du? Du sprichst jetzt sogar wie ein echter Akademiker. Kein Mensch würde merken, daß du aus Lancashire kommst. Ach, Victor, du warst der einzige, der den Mut hatte, sich gegen ihn zu stellen. Und dafür bewundere ich dich.«
Ich beobachtete Johns Profil. Ein Schatten von Traurigkeit trübte seine Augen, während er seinen Bruder wehmütig ansah. »Ja, ich bewundere dich. Mein Posten im Werk macht mir keine Freude. Aber ich habe keine andere Wahl. Vater würde mich vor die Tür setzen, wenn ich mich ihm widersetzen würde, und ich wüßte nicht, was ich sonst tun sollte. Du hingegen, du Glückspilz, du hast dieses Stipendium bekommen.«
Victor hob den Kopf und lachte. Seine Augen blitzten, und es machte mich glücklich, sein schönes Lächeln zu sehen.
»Aber John, du bist doch glücklich und zufrieden mit deinen acht Pfund in der Woche! Außerdem wirst du Vater beerben und ich nicht. Ich gehöre nicht mehr zur Familie.«
»Aber das kannst du doch anfechten! In England –«
Victor schüttelte den Kopf. »Das würde ich niemals tun, und das weißt du auch. Das Haus wird eines Tages dir gehören, John. Ich will es gar nicht. Das einzige, was ich brauche, ist mein Mikroskop und eine Schar engagierter Studenten. Beides werde ich in Schottland finden.«
Die Tür flog auf, und ein kalter Luftzug wehte Harriet herein. Dicht hinter ihr folgte Jennifer.
Gespannt setzte ich mich auf.
Die beiden Mädchen eilten herein, schlossen die Tür hinter sich, und dann lief Harriet zu Victor und schlang ihm die Arme um den Hals. »John hat gesagt, daß du kommst!« rief sie außer Atem. »Ach, danke, daß du gekommen bist, Victor. Danke, daß du so mutig warst.«

Er nahm sie lachend in die Arme, ließ sich von ihr küssen und hörte amüsiert zu, während sie ihn mit Lob überschüttete. Seine Augen blitzten erheitert, kleine Lachfältchen bildeten sich an ihren Außenwinkeln, die Furche zwischen den Brauen glättete sich und war fast verschwunden.
Dann sah er Jennifer. Er hob den Kopf und blickte zur Freundin seiner Schwester hinüber, und sein Gesicht erstarrte. Das erheiterte Blitzen in seinen Augen erlosch, ein anderes, weit intensiveres Licht glomm in ihnen auf. Er starrte Jennifer an wie gebannt, ohne auf Harriets Schwatzen und die gelegentlichen Erwiderungen Johns zu achten. Und Jennifer, die gerade dabei war, das Band ihres Huts aufzuknüpfen, hielt mitten in der Bewegung inne, als sie Victor sah. Schweigend blickten sie einander in die Augen.
Nur ich bemerkte es. Harriet und John waren so vertieft in ihr Gespräch über das neue Automobil der O'Hanrahans, das erste in ganz Warrington, daß sie überhaupt nicht darauf achteten, was vorging. Ich als einzige erlebte den wunderbaren Augenblick im Jahr 1890, als Victor und Jennifer sich ineinander verliebten und einem Schicksal in die Hände fielen, aus dem sie sich nicht befreien konnten.
War es Liebe auf den ersten Blick? So jedenfalls empfand ich es, während ich beobachtete, wie die beiden einander unverwandt anblickten. Ich fühlte den plötzlichen Aufruhr der Gefühle in Victors Innerem, und das unerwartete Verlangen, das ihn erfaßte, erfaßte auch mich. Alles, was Victor bei dieser ersten Begegnung mit Jennifer fühlte, teilte sich mir mit.
Und Jennifer? Als ich ihr in das fassungslose Gesicht sah, entdeckte ich auch in ihr eine plötzliche intensive Leidenschaft, eine Aufwallung von Gefühlen, die eben noch nicht spürbar gewesen waren. Aber ich nahm auch Verwirrung und Bestürzung wahr, denn diese Leidenschaft war ihr neu und erschreckte sie.
Endlich begann Victor zu sprechen. »Meine kleine Schwester hat ihre guten Manieren vergessen«, sagte er gedämpft. »Mir

scheint, ich muß mich selbst vorstellen. Victor Townsend.«
Harriet wirbelte herum. »Demnächst Dr. Townsend! Oh, Victor, verzeih mir. Vor lauter Aufregung, dich zu sehen, habe ich Jennifer ganz vergessen. Victor, das ist Jennifer Adams. Sie wohnt in der Marina Avenue gleich beim Anger.«
Er trat zu ihr und reichte ihr die Hand. Ich spürte die knisternde Spannung. Sie ging von beiden aus.
John stand jetzt aus seinem Sessel auf, um ihn Jennifer anzubieten. Sehr steif und förmlich stand er vor ihr, ganz der wohlerzogene Kavalier. Aus ihrem Verhalten schloß ich, daß sie einander schon kannten. Harriet nahm Jennifers Umhang und trug ihn zusammen mit ihrem eigenen hinaus. Victor starrte sie immer noch an, doch sein Gesicht war jetzt umwölkt und nachdenklich. Jennifer strich sich mit den Händen glättend über ihren Rock, der schlichter war als Harriets, und ließ sich anmutig in den Sessel am Feuer sinken. Unter ihren gesenkten Lidern spürte ich Verwirrung. Sie rührte mich sehr, da ich wußte, was sie empfand.
»Auf jeden Fall«, rief Harriet, als sie wieder ins Zimmer kam, »ist es ein aufregendes Vehikel, nicht wahr, Jenny? Es macht zwar einen Höllenlärm und stößt riesige Dampfwolken aus, aber es fährt ganz von allein.«
Victor riß sich mit einer Anstrengung aus seinen Gedanken, schüttelte den Kopf und sah stirnrunzelnd seine Schwester an. »Was redest du da eigentlich?«
»Von dem Automobil, das sich die O'Hanrahans gekauft haben. Jenny und ich haben es uns heute angesehen. Es fährt ganz von allein, Victor.«
»Der Verbrennungsmotor«, sagte Victor ruhig und sah zu der jungen Frau hinüber, die in dem Sessel neben mir Platz genommen hatte. Ich hatte den Eindruck, er wollte sich vergewissern, daß sie wirklich da war und nicht nur ein Bild seiner Phantasie. »Das mußte ja früher oder später kommen. Die Entwicklung geht heute auf allen Gebieten so rasch vorwärts, daß beinahe täglich etwas Neues kommt.«

»Ja, die O'Hanrahans haben sogar schon ein Telefon! Und elektrisches Licht. Wieso können wir kein elektrisches Licht haben?«
John zuckte die Achseln. »Dieses Automobil ist sicher keine Sache von Dauer, da wette ich. Zu teuer, zu laut, viel zu umständlich instandzuhalten, und außerdem verpestet es die Luft. Es ist nichts weiter als ein neues Spielzeug, das Pferd wird es niemals ersetzen. Die O'Hanrahans wissen offenbar nicht wohin mit ihrem Geld. Im übrigen weißt du genau, daß du mit diesen Leuten –«
»Ach John!«
»Harriet«, rief Victor impulsiv. »Beinahe hätte ich vergessen, daß ich dir etwas mitgebracht habe.« Er nahm ein kleines Päckchen vom Kaminsims und reichte es ihr.
»Victor! Vielen Dank, wie lieb von dir.« Vorsichtig packte Harriet das Geschenk aus und hob den Deckel des Kästchens, das unter dem Papier verborgen war. Mit großen Augen sah sie auf. »Was ist das?«
»Das ist eine Uhr, die man am Handgelenk trägt.«
John trat näher, um sich die Sache anzusehen. »Was, zum Teufel – das ist doch nichts anderes als eine Taschenuhr.«
»Aber sie wird am Arm getragen. Sie ist extra für Damen entworfen, verstehst du, da sie kein Uhrtäschchen an ihren Kleidern haben. Komm, Harriet, gib mir deine Hand.«
Victor legte seiner Schwester die Uhr um und gab ihr einen leichten Klaps auf die Hand. »Na bitte! Genau wie die eleganten Frauen in London.«
Harriet strahlte wie ein Kind. Sie hielt die Uhr ans Ohr, horchte einen Moment und warf Victor dann mit einem Freudenschrei die Arme um den Hals.
»Also, soviel Aufmerksamkeit bekomme ich nie«, bemerkte John neckend, aber ich glaubte einen Unterton von Groll in seiner Stimme zu hören.
Ich sah zu Jennifer hinüber, die still am Feuer saß, die Hände im Schoß gefaltet. Der Schein der Flammen warf goldene und kupferrote Glanzlichter auf ihr tiefbraunes lockiges Haar. In ihren Au-

gen war eine Schwermut, ein Ausdruck tiefer Sehnsucht und Verwirrung, der mich ergriff. Das zarte Profil mit der fein geschwungenen Nase und dem schwellenden Mund war sehr schön. Es machte mich stolz zu wissen, daß diese Frau meine Urgroßmutter war.

Der Gedanke hatte etwas Bestürzendes, denn sie war in diesem Moment so nahe und so lebendig, daß ich meinte, ich brauchte nur den Arm auszustrecken, um sie berühren zu können.

Und was würde geschehen, wenn ich es tat? Diese Menschen aus der Vergangenheit waren meiner Anwesenheit nicht gewahr, und dennoch erschienen sie mir so real.

»Die muß ich Mutter zeigen«, rief Harriet und lief schon zur Tür. »Sie hat bestimmt noch nie von einer Armbanduhr gehört.«

Ein kalter Wind blies ins Zimmer, dann fiel die Tür hinter ihr ins Schloß. In der Stille war nur das Prasseln des Feuers zu hören.

Ich sah Victor an. Der Sturm, der in seiner Seele tobte, spiegelte sich in seinen dunklen Augen, und ich vernahm die Frage, die er sich stellte: Warum mußte das geschehen?

Es berührte mich so tief, daß ich am liebsten aufgesprungen wäre und ihn umarmt hätte, wie Harriet das tun durfte. Doch mir war das nicht erlaubt. Ich mußte mich mit der Rolle der stummen Beobachterin zufriedengeben.

Aber ich nahm teil an seiner Qual. Ich fühlte sie. Ich konnte mich vor den Leidenschaften dieser Menschen nicht schützen. Ich hatte keine Abwehr gegen sie. Von allen Seiten stürmten die Gefühle auf mich ein: Jennifers ängstliche Verwunderung über die seltsame Wirkung, die Victor auf sie ausübte; Johns Eifersucht auf den Bruder, der im Mittelpunkt stand; Victors Liebe zu einer Frau, die er erst wenige Minuten kannte, und seine Verzweiflung darüber.

»Es ist schon dunkel draußen«, sagte John plötzlich. »Vater wird oben Feuer wollen. Bitte entschuldigt mich...«

Er sah lächelnd zu Jennifer hinunter, aber sie blickte ihn an, als nähme sie ihn gar nicht wahr. Er lief an mir vorbei zur Tür hinaus, und ich blieb allein mit den beiden Menschen, die meine Urgroßeltern waren.

Die Stille war voller Scheu und Unbehagen. Jennifer spielte mit ihren Fingern und starrte ins Feuer, und Victor, der vor ihr stand, sah grüblerisch ins Leere. Ich wünchte, sie würden sprechen, ihren Gefühlen Ausdruck geben, offenbaren, was in ihnen vorging, ehe die anderen zurückkehrten.

Wie in Antwort auf mein stummes Flehen hob Jennifer den Kopf und sagte: »Harriet hat mir erzählt, daß Sie in einigen Monaten nach Edinburgh gehen, Mr. Townsend.«

Er sah Jennifer an, und der grüblerische Blick in seinen Augen wich einem Ausdruck ungläubiger Verwunderung. Zugleich schoß ihm flüchtig ein Gedanke durch den Kopf: All die Frauen in London – wie viele? Flüchtige Begegnungen, die nur einen Tag oder eine Woche wichtig waren; Abwechslung und Ablenkung. Aber das hier, das ist etwas Neues...

»Ja, das ist richtig. Sobald ich mein Diplom in der Tasche habe, gehe ich dort ans Königliche Krankenhaus.«

»Und werden Sie lange dort bleiben?« fragte sie scheu und so leise, daß es kaum zu hören war.

»Das ist ganz unbestimmt, Miss Adams. Es kann sein, daß ich überhaupt nicht zurückkomme.«

Ihre Augen weiteten sich. »Oh, wie traurig! – Für Ihre Familie, meine ich.«

»Es zieht mich nicht nach Warrington. Ich möchte Forschungsarbeit leisten, neue Heilmittel entdecken. Auf diesem Gebiet wird gerade jetzt in Schottland viel getan, und mit einem Empfehlungsschreiben von Mr. Lister werde ich die richtigen Männer kennenlernen.«

»Ich finde das sehr bewundernswert.« Sie senkte den Kopf und blickte wieder ins Feuer.

Wieder spürte ich Victors tiefes Verlangen, während er sie mit

brennendem Blick betrachtete. »Wie lange leben Sie schon in Warrington, Miss Adams?«
Sie sprach, ohne aufzublicken. »Seit einem Jahr. Wir kommen aus Prestatyn in Wales –«
»Ah ja, ich dachte mir schon –«
»Mein Vater bekam einen guten Posten im Stahlwerk angeboten. Er ist Abteilungsleiter, wissen Sie...« Jennifer hob den Kopf und sah Victor an. Kaum verhohlene Faszination lag auf ihrem Gesicht. Ich spürte, wie die Liebe in ihr anschwoll, und hörte ihre stumme Frage: Wie ist das möglich?
Ihre Lippen waren leicht geöffnet, und die großen, fragenden Augen waren wie die eines Rehs.
»Ich freue mich, Ihre Bekanntschaft gemacht zu haben, Miss Adams«, sagte Victor. »Es ist schade, daß wir uns erst so spät kennengelernt haben.«
Sie sagte nichts.
»Wenn wir uns vor einem Jahr begegnet wären«, fuhr er ruhig fort, »dann...«
»Ja, Mr. Townsend?« sagte sie leise.
»Dann wären wir vielleicht Freunde geworden.«
»Aber sind wir das jetzt nicht? Ich kenne Harriet seit einem Jahr. Wir sind viel zusammen. Und sie hat mir viel von Ihnen erzählt. Ich habe das Gefühl, Sie schon zu kennen, Mr. Townsend.«
Er lächelte. »Sie müssen einmal nach Edingburgh kommen.«
Jennifer senkte wieder die Lider, und ihre Schultern wurden schlaff. »Ach, Schottland ist so weit weg. Ich fürchte, da werde ich nie –«
»Jennifer! Wenn ich Sie so nennen darf. Vielleicht kann ich eines Tages zu Besuch nach Warrington kommen. Werden Sie dann hier sein?«
Sein drängender Ton erschreckte sie ein wenig. »Mein Vater hat nicht die Absicht noch einmal umzuziehen. Ich bin sicher, daß wir in Warrington bleiben werden. Aber werden Sie denn zurückkommen? Können Sie zurückkommen?«

Mit einer heftigen Bewegung drehte sich Victor von ihr weg und sagte, beide Hände auf den Kaminsims gestützt, mit erstickter Stimme: »Ich kann niemals zurückkommen. Solange dies das Haus meines Vaters ist, kann ich nicht zurückkommen. Ich bin nicht mehr sein Sohn. Wenn Sie in der Tat Harriets Freundin sind, und sie mit Ihnen spricht, dann müssen Sie von dem Zwist zwischen mir und meinem Vater wissen ...«

»Ja, sie –«

»Dann müssen Sie wissen, daß ich selbst jetzt eigentlich nicht hier sein dürfte, denn es würde ihn von neuem erzürnen, und er würde mich hinauswerfen, sollte er mich hier vorfinden. Selbst jetzt ...« Die Stimme versagte ihm. »Er wird jeden Moment heimkehren, und ich muß gehen. Es tut mir leid, daß ich Sie so abrupt und unhöflich verlassen muß. Es ist wahrhaftig nicht mein Wunsch. Aber ich habe keine andere Wahl.«

Zorn und Hoffnungslosigkeit spiegelten sich in seinen Augen, als er sich umdrehte. Warum gerade jetzt? schrie es in ihm. Warum mußte ich dieser Frau gerade jetzt begegnen? Jetzt, da ich für immer fort muß. Die Qual ist unerträglich.

»Victor«, sagte ich plötzlich, und mein Herz schlug im Takt mit dem seinen.

»Wir können niemals Freunde werden, Jennifer«, fuhr er fort, »weil wir einander nie wiedersehen werden. Ich kann niemals in dieses Haus zurückkehren.«

Ich sprang auf und streckte den Arm nach ihm aus. »Victor! Hör mir zu!«

Aber meine Hand griff ins Leere, und ich war wieder in Großmutters schäbigem alten Wohnzimmer.

9

Ich stand am Fenster und blickte in einen grauen regnerischen Morgen hinaus, als sie ins Zimmer kam. Ich war seit Tagesanbruch auf. Ich hatte nur wenige Stunden geschlafen, und selbst da hatten mich merkwürdige, beunruhigende Träume heimgesucht. Sie erschrak wahrscheinlich, als sie mich da im dunklen, kalten Zimmer stehen sah.

»Andrea!« rief sie. »Ich habe nicht erwartet, daß du schon auf bist.« Sie knipste das Licht an. »Wieso ist es hier so kalt?«

Ich hörte, wie sie durch das Zimmer humpelte. Laut schlug ihr Stock auf den Boden. Dann rief sie entsetzt: »Das Gas ist ja aus! Kind, hast du nicht gemerkt, daß das Gas ausgegangen ist?«

»Doch, Großmutter«, antwortete ich ruhig. »Ich habe es selbst ausgedreht.«

»Was? Aber was ist denn nur in dich gefahren? Es ist ja eiskalt hier drinnen. Warum hast du das Gas abgestellt?«

Ich antwortete nicht, sondern blieb schweigend am Fenster stehen und sah hinauf auf die moosbedeckten Mauern und die dürren Rosenbüsche. Meine Großmutter humpelte zum Buffet, zog eine Schublade auf, nahm etwas heraus, kehrte zum Kamin zurück und zündete das Gas wieder an. Man konnte es leise zischen hören, aber es war nicht das Knistern und Prasseln des Holzfeuers, das einmal in diesem Kamin gebrannt hatte.

»Fühlst du dich nicht wohl, Kind? Stehst da in deinem dünnen Hemdchen wie versteinert. Komm, machen wir uns eine Tasse Tee.«

Schwerfällig bewegte sie sich durch das Zimmer, in dem zu viele Möbel standen, und humpelte in die Küche. Ich blieb am Fenster stehen. Der graue Morgen spiegelte meine Stimmung.

»Der Nebel ist weg!« rief Großmutter aus der Küche. »Siehst du schon einen Sonnenstrahl?«

Ich schüttelte den Kopf.
»Ja?« Sie erschien an der Tür. »Kommt die Sonne raus, Kind?«
»Nein, Großmutter. Der Himmel ist voller Wolken.«
»Natürlich. Hätte ich mir ja denken können. Bestimmt ist der Sturm schon im Anzug. Wir haben immer eine Menge Regen um diese Jahreszeit, weißt du...« Sie klapperte mit Töpfen und Tellern, während sie weiter schwatzte. »Aber dieses Jahr hatten wir einen herrlichen Sommer. Es war richtig heiß. Wir hatten eine Hitzewelle. Zwei Wochen lang jeden Tag um die zweiundzwanzig Grad. Aber jetzt bezahlen wir dafür. Bestimmt bekommen wir zu Weihnachten schon Schnee. Meistens kommt er erst später. Aber dieses Jahr, ich fühl's in meinen alten Knochen...«
Ich hörte ihr nicht mehr zu. Eine zynische Stimme in meinem Kopf flüsterte, wenn wir das Wetter nicht hätten, kämen neunzig Prozent aller Gespräche nie in Gang.
Nach einer Weile gab ich meinen Platz am Fenster auf und ging ziellos im Zimmer umher. Vielleicht hatte ich Weltschmerz, ich konnte es nicht sagen, da ich mich nie zuvor so gefühlt hatte wie an diesem Tag. Es war ein eigenartiger Zustand, eine Mischung aus Traurigkeit, Ängstlichkeit und Rastlosigkeit. Und daneben empfand ich eine schreckliche Leere.
Vor dem Kaminsims blieb ich stehen und starrte die Uhr an. Das war es. Es war ein Mangel, unter dem ich litt. Es war, als wären alle Emotionen und Gefühle aus mir herausgesogen worden und hätten nichts als graue Trostlosigkeit hinterlassen. Ach, wäre ich nur deprimiert gewesen! Das wäre wenigstens ein Gefühl gewesen. Ich aber war nur leer.
Wohin waren meine Gefühle verschwunden?
»Andrea!« schrie meine Großmutter schrill und packte mich am Arm. Ihre Finger gruben sich in mein Fleisch, und im nächsten Moment flog ich nach rückwärts und schlug krachend gegen das Buffet. Verwirrt starrte ich meine Großmutter an.
»Andrea, du hättest dich beinahe in Brand gesteckt«, rief sie keuchend.

Ich sah verblüfft an meinen Jeans hinunter. Die Hosenbeine waren angesengt. Großmutter humpelte zu mir, bückte sich mühsam und zog ein Hosenbein hoch.
Die Haut meines Beins war brandrot.
»Du hast dich verbrannt«, stieß sie atemlos hervor. »Wenn ich nicht zufällig gekommen wäre, wäre deine Hose in Flammen aufgegangen. Andrea, was ist denn nur los mit dir?« Sie legte mir die zitternde Hand auf die Wange. »Hast du wieder Kopfschmerzen?«
»Großmutter...« Ich wandte mich ab. Jetzt spürte ich den brennenden Schmerz an meinen Beinen, und es erschreckte mich.
»Es ist meine Schuld. Ich habe das Gas zu hoch aufgedreht, und du hast es nicht gewußt. Die ganze Zeit stand es auf klein, und ich hab dir nicht gesagt, daß ich es aufgedreht hatte. Ach Gott...«
Ich sah ihr ins Gesicht und beim Anblick ihrer vom Alter verwüsteten Züge hätte ich am liebsten geweint.
Warum konnten wir nicht so bleiben, wie wir in der Jugend waren, so wie John und Victor und Harriet und Jennifer, die immer noch jung und schön waren? Warum mußten wir diese Unwürdigkeit des Alterns erleiden?
»Armes Kind«, tröstete meine Großmutter und wischte mir die Tränen ab. »Es geht dir gar nicht gut. Komm, reiben wir die Beine mit Butter ein.«
Sie wollte mich zum Heizofen ziehen, aber ich ging nicht mit ihr.
»Keine Angst, Kind. Ich hab ihn schon runtergedreht.«
»Nein – mir ist warm genug. Ich setz mich hier aufs Sofa.«
Ich setzte mich in die äußerste Ecke, so weit wie möglich vom Gas entfernt, und sah geistesabwesend zu, wie meine Großmutter meine verbrannten Beine mit ihrem alten Hausmittel behandelte.
Mir war nach Weinen zumute. Nach jenem törichten Moment, als ich versucht hatte, Victor zu berühren, mit ihm zu sprechen, hatte ich die ganze Nacht auf ihre Rückkehr gewartet.
Aber sie waren nicht gekommen.

»Bist du sicher, daß es dir nicht zuviel wird?« fragte Elsie und musterte mein Gesicht mit Besorgnis. »Mama hat schon recht, du siehst gar nicht gut aus. Du bist sehr blaß, Andrea.«
»Ach, es geht schon.« Meine Beine schmerzten mörderisch. Die Hitze im Zimmer setzte mir zu. Der Schlafmangel der vergangenen Nacht begann sich bemerkbar zu machen. Was hätte ich Elsie da anderes sagen sollen, als »ach, es geht schon«.
»Du kannst morgen ins Krankenhaus fahren. Heute nicht«, entschied Großmutter.
Ich ließ mir das einen Moment durch den Kopf gehen. Das heißt, ich dachte nicht eigentlich darüber nach, ich versuchte vielmehr zu erspüren, was das Haus von mir wollte. Doch da es mir nichts mitteilte, beschloß ich, den Versuch zu machen. Wenn es mich am Besuch im Krankenhaus hindern wollte, würde es das tun.
»Ich möchte aber gern heute hinfahren, Großmutter. Großvater wird denken, ich wäre wieder abgereist, ohne mich von ihm zu verabschieden.«
»Laß sie doch, Mama«, sagte Elsie. »Eine kurze Autofahrt und dann eine Stunde im Krankenhaus. Das kann ihr nicht schaden. Aber hetz dich heute nicht so ab, bevor wir gehen, Andrea.«
Brav ließ ich mich wieder einpacken wie zu einer Reise an den Nordpol, dann gingen wir los. An der Haustür zögerte ich flüchtig. Dann setzte ich den Fuß über die Schwelle und wußte, daß ich heute meinen Großvater sehen würde.
Ich war nicht zum Reden aufgelegt, aber Elsie redete dafür um so mehr, während sie mir auf der Fahrt sämtliche Sehenswürdigkeiten Warringtons zeigte: Das Stahlwerk und das Rathaus, das neue Mark's and Spencer's und den alten Woolworth, wo »deine Mutter und ich während des Krieges gearbeitet haben«.
Ich nickte höflich lächelnd, obwohl mir ihr unablässiges Geschwätz auf die Nerven ging. Für meine lebenden Verwandten konnte ich nicht viel mehr aufbringen, als bemühte Toleranz; ich wollte mit den toten zusammensein.

Mein Großvater lag wieder regungslos im Bett und war nicht ansprechbar. Das hielt Elsie und Edouard nicht davon ab, die gewohnten einseitigen Gespräche mit ihm zu führen. Ich begnügte mich damit, an seinem Bett zu sitzen und die magere alte Hand zu halten. Es brachte mir sonderbarerweise einen gewissen Frieden.

Zu Hause empfing uns Großmutter mit einem liebevoll zubereiteten Mittagessen, aber ich hatte kaum Appetit. Während ich der Form halber ein paar Bissen zu mir nahm, informierte Elsie ihre Mutter über die letzten Neuigkeiten von Warrington: wer heiraten wollte, wer schwanger war, wer in Scheidung lag. Warrington war wie jede andere Kleinstadt – Geheimnisse gab es nicht.
Aber ich, dachte ich mit einem heimlichen Lächeln, ich habe ein Geheimnis.
Während ich meine redselige Tante beobachtete, erwog ich flüchtig, ihr von meinen Erlebnissen in diesem Haus zu erzählen. Aber ich schlug mir den Gedanken gleich wieder aus dem Kopf, da ich erkannte, daß das zu nichts führen würde. Elsie würde meine Erzählungen abtun und auf ihre robuste, pragmatische Art darauf bestehen, daß ich mir das alles nur eingebildet hatte. Außerdem hatte ich immer noch Angst, daß es die fragile Verbindung zur Vergangenheit zerstören würde, wenn ich einem anderen Menschen von meinen Erfahrungen berichtete.
»Ich hab übrigens gute Nachrichten«, sagte Elsie plötzlich. »Ich hab ganz vergessen, es dir zu sagen, Mama. Ann hat heute morgen aus Amsterdam angerufen. Sie kommt am Sonntag auch nach Morecambe Bay zu Albert.«
»Ach, wie schön!« Großmutter strahlte mich an. »Für dich wird es bestimmt nett, deine jüngeren Verwandten kennenzulernen, Andrea.«
»Ja, ich glaube, es wird dir guttun, zur Abwechslung mal mit Leuten in deinem Alter zusammenzusein«, pflichtete Elsie ihr bei.
Ich senkte hastig die Lider. Wie alt war Victor gestern abend gewe-

sen? Fünfundzwanzig, sechsundzwanzig? Und John ein wenig jünger.

»Es wird dir gefallen bei Albert. Er hat ein sehr hübsches Häuschen, und das Kleine...«

Während sie erzählte, dachte ich, es wäre sicher nett hinzufahren, aber was, wenn das Haus mich nicht ließ?

Elsie und William brachen bald nach dem Essen wieder auf. Großmutter brachte sie hinaus. Ich blieb am Tisch sitzen. Beide Schienbeine taten mir so höllisch weh, als hätte ich mir den schlimmsten Sonnenbrand geholt. Ich hörte die drei draußen miteinander sprechen, dann wurde die Tür zugeschlagen, Großmutter sperrte ab und kam wieder ins Zimmer.

»Du denkst wohl an deinen Großvater, hm?« fragte sie, als sie mich noch immer am Tisch sitzen und zum Fenster hinausstarren sah.

Ich drehte ein wenig den Kopf. »Ja«, sagte ich, aber in Wirklichkeit hatte ich an ›die anderen‹ gedacht.

Der endlose Nachmittag ging in einen endlosen Abend über. Meine Beine brannten jetzt so unerträglich, daß sie keinerlei Berührung vertragen konnten. Ich hatte die Hosenbeine meiner Jeans bis zu den Knien hinaufgerollt und mich soweit wie möglich vom Feuer weggesetzt. Großmutter strickte zufrieden vor sich hin.

Als ich Harriet in meinem Sessel sitzen sah, weit vorgebeugt und eifrig mit irgend etwas beschäftigt, das auf ihrem Schoß lag, warf ich einen Blick zu meiner Großmutter und stellte fest, daß sie eingeschlafen war. Friedlich schlummerte sie in ihrem Sessel. Vor ihr brannte ein helles Feuer, an den Wänden mit der bunten Tapete brannten die Gaslampen, auf zierlichen Tischchen stand Nippes, und sie war ihrer Umgebung überhaupt nicht gewahr. Aber wenn sie nun plötzlich erwachte, würde das alles dann verschwinden?

Ich neigte mich vor, um sehen zu können, was Harriet tat. Sie hatte ein Buch auf dem Schoß liegen, mehrere Bögen Papier und

einen Briefumschlag. In der Hand hielt sie eine Feder. Offenbar war sie dabei, einen Brief zu schreiben.
Ich beugte mich noch weiter vor, um genauer sehen zu können, aber aufzustehen wagte ich nicht. Ja, sie schrieb einen Brief. An Victor vielleicht? dachte ich, aber dann fiel mir der Brief ein, den sie an dem Abend, als Mr. Cameron die Familienaufnahme gemacht hatte, heimlich in ihrer Rocktasche hatte verschwinden lassen. Hatte Harriet vielleicht einen heimlichen Freund, mit dem sie korrespondierte?
Ihr Verhalten gab mir die Antwort. Immer wieder sah sie auf die Uhr, viel zu oft blickte sie argwöhnisch über die Schulter, und sie schrieb mit einer Hast, die verriet, daß sie etwas Verbotenes tat und fürchtete, dabei ertappt zu werden. Ein heimlicher Liebhaber vielleicht, dachte ich...
Köstliche Düfte wehten mir plötzlich in die Nase. Würziger Bratengeruch einer Ente, die am Spieß bruzzelte; das milchige Aroma von Reisbrei, der auf dem Ofen köchelte; Gerüche nach Fleischsoße, buttrigem Gemüse und frischem Brot. Ich blickte zur Küchentür hinüber. Großmutter und ich hatten nichts auf dem Herd stehen, wir waren längst fertig mit dem Essen. Es mußte also das Abendessen der Familie Townsend sein, das das Haus mit diesen appetitlichen Düften erfüllte. Es mußte Mrs. Townsend sein, die da nebenan in der Küche stand und das Abendessen bereitete.
Und ich konnte die Gerüche wahrnehmen!
Auch das ein Geheimnis. Wie war es möglich? Aber ebenso gut konnte ich fragen, wie war es möglich, daß ich sie sehen und hören konnte. Alle meine Sinne bis auf einen waren miteinbezogen in diese Begegnungen mit der Vergangenheit, und ich fragte mich, ob irgendwann der Moment kommen würde, da ich auch berühren und fühlen konnte...
Aber jetzt wollte ich es nicht versuchen. Ich wollte Harriet nicht durch eine unbedachte Handlung vertreiben. Nein, ich würde ganz still auf meinem Platz sitzen bleiben, während sie ihren Brief schrieb.

Ein neuer Gedanke kam mir. Mit Victor hatte ich in der vergangenen Nacht gesprochen. Ich hatte ihn zweimal angesprochen, und beim ersten Mal – beim ersten Mal war er nicht verschwunden. Er hatte einfach mit Jennifer weitergesprochen. Erst beim zweiten Mal, als ich aufgesprungen war und ihn berühren wollte, erst da hatte sich die Szene aufgelöst.
Sollte es dann vielleicht möglich sein, mit ihnen Verbindung aufzunehmen? War es vielleicht einfach so, daß er mich nicht gehört hatte, weil er so stark auf Jennifer konzentriert gewesen war, als er sprach? Ich konnte es noch einmal versuchen. Ich würde mich nicht von der Stelle rühren. Ich würde nur sprechen. Ich würde ganz ruhig, beiläufig, unaufdringlich etwas zu Harriet sagen.
Sie schrieb sehr eifrig. In der Stille des Zimmers waren nur das Knistern des Feuers und das Ticken der Uhr auf dem Kaminsims zu hören. Der Uhr von gestern. Vielleicht, vielleicht würde sie mich hören, wenn ich sie ansprach. Ich wünschte mir, daß sie mich hören würde.
Ich war ein wenig enttäuscht, daß Victor nicht hier war, obwohl ich seine Anwesenheit gar nicht erwarten konnte, da er ja gesagt hatte, er werde nach Schottland gehen und niemals in dieses Haus zurückkehren. Hieß das, daß ich ihn nie wiedersehen würde? Ich bezweifelte es. Schon bald würde das Schicksal ihn wieder in dieses Haus zurückführen. Ich wußte, daß er zurückkommen würde, ich wußte nur nicht, wann.
Sollte ich sie jetzt ansprechen? Sollte ich es wagen?
Ich leckte mir die Lippen. Mein Mund war trocken.
So sanft wie möglich sagte ich: »Harriet.« Sie sah nicht auf. Ich versuchte es ein wenig lauter. »Harriet.«
Noch immer keine Reaktion.
»Harriet, kannst du mich hören?«
Als sie endlich den Kopf hob, stockte mir der Atem, aber dann erkannte ich, daß es nur eine Bewegung der Nachdenklichkeit war. Sie überlegte sich bloß die nächsten Worte für ihren Brief.

Meine Bemühungen waren vergeblich gewesen. Harriet würde mich niemals hören können. Verrückt, sich so etwas einzubilden.
Dennoch versuchte ich es ein letztes Mal. »Harriet, bitte hör doch!«
Rein zufällig blickte ich zu meiner Großmutter hinüber. Sie starrte mich mit aufgerissenen Augen an.
Ich stieß einen Schrei aus und griff mir an den Hals. »Großmutter! Hast du mich erschreckt!«
»Mit wem hast du geredet?« fragte sie und sah mich dabei ganz merkwürdig an.
Mein Blick schweifte zum anderen Sessel. Er war leer. Die Gasheizung stand wieder im Kamin. »Mit niemand, Großmutter. Ich dachte, du schläfst.«
»Ich habe dich mit jemandem reden hören. Ich hab's gesehen. Du hast Harriet gesagt.«
»Nein, Großmutter, ich hab nur...« Ich wußte nicht weiter und breitete hilflos die Hände aus. »Wahrscheinlich hab ich einfach laut gedacht.«
Großmutter drehte den Kopf und betrachtete lange den leeren Sessel vor dem Kamin. Ihr Gesicht war eine Maske der Unergründlichkeit, still und ausdruckslos. Lange blickte sie den Sessel an, dann sagte sie langsam und betont: »Hast du hier im Haus irgendwas gesehen, Andrea?«
Ihre Worte erschreckten mich. Unsere Blicke trafen sich und hielten einander fest, und ich fragte mich, was weiß sie?
Schließlich wandte ich mich ab und sagte: »Ich habe nur laut gedacht, Großmutter. Meine beste Freundin in Los Angeles heißt Harriet. Immer wenn ich Probleme habe, spreche ich mit ihr.« Ich lachte nervös. »Lieber Gott, Großmutter, ist es dir noch nie passiert, daß du Selbstgespräche geführt hast?«
Die Härte in ihrem Gesicht wich Besorgnis. »Armes Kind, dir geht's gar nicht gut hier, nicht? Die Umstellung von Amerika nach hier ist wahrscheinlich viel zu schnell gegangen. Ich hab mal

im *Manchester Guardian* einen Bericht über etwas gelesen, das die Wissenschaftler Biorhythmus nennen. Das ist es, was dir zu schaffen macht. Du bist ganz aus dem Rhythmus. Und es ist dir bestimmt auf den Magen geschlagen, hm?«
»Ich –«
»Aber keine Angst, dafür hab ich genau das Richtige. Du wirst sehen, wie es wirkt.«
Sie stemmte sich ächzend aus dem Sessel und humpelte auf ihren Stock gestützt zum Buffet – diese unerschöpfliche Schatzgrube –, griff hinein und brachte eine unbeschriftete Flasche mit einer weißen Flüssigkeit zum Vorschein.
»Bei mir hilft das jedes Mal«, erklärte sie, während sie in die Küche hinüberging. Als sie zurückkam, hielt sie einen großen Löffel in der Hand, in den sie einen guten Schuß der dicklichen weißen Flüssigkeit goß.
»Hier, Kind.« Sie stieß mir den Löffel förmlich unter die Nase.
»Was ist das denn?«
»Medizin. Der Arzt hat sie mir verschrieben. Ich hatte fürchterliche Verstopfung. Aber das Zeug hat gewirkt wie der Teufel. Und seitdem hab ich überhaupt keine Schwierigkeiten mehr.«
»Aber, Großmutter, ich hab ja gar keine –«
»Komm schon, Kind, nimm die Medizin.« Lächelnd stieß sie mir wieder den Löffel unter die Nase. Der Geruch war widerlich. Ich schloß die Augen, öffnete den Mund wie ein folgsames Kind und schluckte die ganze Ladung in einem. Beinahe hätte ich alles wieder erbrochen.
»Oh, Großmutter –« Ich drückte die Hand auf den Mund. »Das schmeckt ja scheußlich.«
»Aber es wirkt, paß nur auf.«
Ich schnitt eine Grimasse. Der Nachgeschmack war abscheulich, kalkig und bitter mit einer Spur von irgend etwas Undefinierbarem.
»Ich finde, du gehörst mit deinen Brandwunden an den Beinen und deiner Verstopfung eher ins Krankenhaus als dein Groß-

vater«, bemerkte Großmutter, während sie die Medizinflasche zuschraubte und wieder ins Buffet stellte. »So«, sagte sie, unverkennbar zufrieden mit dem Erreichten, »jetzt gehen wir am besten zu Bett, sonst nicken wir wieder hier in unseren Sesseln ein. Möchtest du heute oben schlafen, Kind, für den Fall, daß du nachts schnell raus mußt? Ich kann dir zwei Wärmflaschen ins Bett legen.«

Aber ich wollte nicht nach oben. Die Szene mit dem alten Kleiderschrank war mir noch in allzu lebhafter Erinnerung.

»Ich schlafe lieber hier, Großmutter. Bis zum Bad hinauf schaffe ich es schon, wenn ich wirklich raus muß.«

»Na schön, Kind, wie du willst. Dann gute Nacht.« Sie küßte mich auf beide Wangen und drückte mich überraschend kräftig an sich. Dann ging sie und schloß die Tür hinter sich. Als ich sie die Treppe hinaufhumpeln hörte, stand ich auf und stellte das Gas ab.

Ich war überrascht, als ich erwachte. Überrascht und ein wenig beunruhigt. Ich konnte mich nicht erinnern, mich entkleidet und mein Nachthemd angezogen zu haben, und ich konnte mich nicht erinnern, unter die Decken auf dem Sofa geschlüpft zu sein. Als ich plötzlich aus dem Schlaf fuhr und mit weit offenen Augen in die Dunkelheit starrte, wußte ich im ersten Moment nicht, wo ich war. Ich warf die Decken ab, die schmerzhaft auf meine Beine drückten, und setzte mich auf. Wie aus weiter Ferne hörte ich die Klänge von ›Für Elise‹, und da wußte ich, was mich aus dem Schlaf gerissen hatte.

Es war stockfinster im Zimmer. Ich stand auf und tastete mich von Möbelstück zu Möbelstück zum Fenster vor, um die Vorhänge aufzuziehen. Aber die Nacht draußen war so schwarz und undurchdringlich wie die Nacht drinnen. Kein Mond, kein Stern war am wolkenverhangenen Himmel zu sehen. Vorsichtig tappte ich durch das Zimmer zurück zur Tür. Ich wollte wissen, wer da Klavier spielte. Ich fand den Lichtschalter und knipste ihn an.

Ich fuhr schreckhaft zusammen, als ich Harriet und Jennifer am

Kamin stehen sah. Aber gleich wurde ich ruhig und wurde mir mit Verwunderung bewußt, daß diese ungebetenen Besuche aus der Vergangenheit mir keine Angst mehr machten.
Nicht allzuviel Zeit schien in ihrer Epoche vergangen zu sein. Die beiden hatten sich kaum verändert. Ich schätzte sie auf ungefähr siebzehn Jahre, zwei offenkundig modebewußte junge Frauen. Sie trugen beide zu ihren schmalen langen Röcken hochgeschlossene weiße Blusen und kurze Jäckchen, deren Ärmel an den Schultern gekraust waren. Beide blickten sie gespannt zur Tür, an der ich immer noch stand.
Das Klavierspiel, fiel mir plötzlich auf, hatte aufgehört.
Die beiden jungen Mädchen wirkten unruhig, über irgend etwas besorgt. Harriet sah immer wieder auf ihre Armbanduhr, während sie sich wiederholt aufgeregt die farblosen Lippen leckte. Sie war sehr zierlich, doch ihr Gesicht hatte mit dem Erwachsenwerden nicht an Reiz gewonnen. Die Augenbrauen waren ein wenig zu buschig, die untere Gesichtshälfte eine Spur zu breit, die Nase unverhältnismäßig klein. Und auch sie hatte die Townsend-Furche, die ihrem Gesicht weniger einen Zug der Eigenwilligkeit als der Schärfe verlieh. Neben Jennifer, deren Schönheit sich wie die einer Rose von Tag zu Tag mehr zu entfalten schien, wirkte Harriet Townsend wie eine graue Maus. Fast konnte sie einem leidtun.
Ich konnte den Blick nicht von Jennifer wenden. Wie an jenem ersten Abend, als Großmutter mir ihr Foto gezeigt hatte, war ich fasziniert von diesem jungen Mädchen und betrachtete sie unverwandt mit einer Mischung aus Bewunderung und Neid. Ich konnte sie nicht als geisterhafte Erscheinung aus der Vergangenheit begreifen, denn meine Sinne sagten mir, daß ich hier einem lebendigen Menschen gegenüberstand, einer Frau von ungemein intensiver Ausstrahlung. Ihre braunen Augen zeigten Erregung; ruhelos wie ein Schmetterling flog ihr Blick durch das Zimmer. Und ihre Hände waren keine Sekunde still.
Endlich, nach qualvoller Wartezeit, wandte sich Harriet ihrer Freundin zu und flüsterte: »Ich höre sie kommen.«

Die furchtsame Erregung der beiden jungen Frauen teilte sich mir mit. Mit klopfendem Herzen trat ich von der Tür weg und drückte mich an die Wand, als die beiden Männer eintraten.
Draußen schien es zu regnen. John war naß und klopfte sich die Regentropfen von den Hosenbeinen, nachdem er eingetreten war. Er lief zum Feuer, hielt die Hände darüber und machte mit halblauter Stimme eine Bemerkung, die ich nicht verstand. Meine Aufmerksamkeit galt aber auch weniger John als seinem Begleiter, Victor, der so nahe bei mir stand, daß ich die Feuchtigkeit seiner Kleider riechen und die Nässe seines Haars sehen konnte.
Ich sah auf den ersten Blick, daß er völlig verändert war. Er schien um Jahre gealtert. Mit seinen fünf- oder sechsundzwanzig Jahren sah er aus wie ein Mann, der zuviel vom Leben gesehen hat, um noch für jugendliche Unbekümmertheit Raum zu haben. Fast alle Weichheit war aus seinen Zügen gewichen. Das glattrasierte Gesicht war kantig und angespannt, als berge es in sich ein grausames Geheimnis. Die Augen lagen tiefer in den Höhlen als früher, so als wollte er lieber nach innen sehen als nach außen, und sie schienen mir wie umschattet von der Erinnerung an das Elend und das Gift eines Londoner Krankenhauses. Das lockige schwarze Haar war länger, reichte ihm fast bis auf die Schultern, notdürftig gebürstet nur, als interessiere ihn äußere Wirkung nicht mehr. Er wirkte sehr streng und distanziert, wie er da stand, so reglos, daß er kaum zu atmen schien. Und ich fragte mich, was diese tiefgreifende Veränderung bewirkt hatte.
Er und Jennifer sahen einander an, und ich gewahrt in ihrem Blick die Bestürzung über seine Verwandlung.
Was hatte Victor in den Londoner Krankenhäusern gesehen? Wie oft hatte ihn der eisige Hauch des Todes gestreift, hatte er schrecklichen Verlust erlebt, die bittere Enttäuschung ertragen müssen, daß er, dessen Aufgabe es war, Leben zu retten, am Ende nur ohnmächtig geschehen lassen mußte? Victors Gesicht war gezeichnet. Sein Wissen und seine Reife, so ungewöhnlich für einen so jungen Menschen, zeigten sich im ernsten Schwung seiner Lippen, die das

Lächeln verlernt zu haben schienen. Sein Gesicht hatte etwas Schwermütiges, unter dem sich Bitterkeit verbarg. Victor Townsend hatte einen Patienten zuviel verloren.

Harriet, die auf ihren Bruder hatte zugehen wollen, war stehengeblieben, als sie den Blick bemerkte, der zwischen ihm und Jennifer getauscht wurde. Ihre Arme waren halb ausgestreckt, ihr Mund geöffnet. Sie stand wie zur Salzsäule erstarrt. Als hätte sie eben einen Blick auf das Haupt der Gorgone geworfen.

Während John sich am Feuer die kalten Hände rieb und sich die Nässe von den Stiefeln stampfte, ohne der Szene hinter ihm gewahr zu sein, hielt Victor noch immer Jennifers Blick fest. Im Feuerschein wirkte sein Gesicht wie gemeißelt, wie eine Studie in Chiaroscuro.

In diesen Sekunden, während ich ihn so intensiv betrachtete und die Mauer zu durchdringen suchte, die er um sich hochgezogen hatte, spürte ich, wie etwas in mir sich zu regen begann...

»Mr. Townsend«, sagte Jennifer endlich leise. »Willkommen zu Hause.« Sie blieb am Kamin stehen, als hätte sie Angst, sich zu bewegen.

»Danke«, antwortete er. Seine Stimme war tiefer, als ich sie in Erinnerung hatte.

Auch er rührte sich nicht von der Stelle, als fürchtete er, durch eine Bewegung das Traumhafte dieses Augenblicks zu zerstören. Er verzehrte Jennifer mit seinen Blicken, einem Menschen gleich, der völlig ausgehungert ist oder lange keine Wärme gekannt hat oder sich danach sehnt, ein Zuhause zu finden, ohne den Weg dorthin zu wissen.

Jetzt erst wurde John auf die Stille im Zimmer aufmerksam und drehte sich herum. »Was denn?« rief er. »Keine Fanfaren? Warum so ernst? Das ist doch ein freudiger Anlaß. Der verlorene Sohn ist heimgekehrt.«

Ich hörte Bitterkeit unter der gezwungenen Fröhlichkeit und hätte gern gewußt, ob auch die anderen sie wahrnahmen.

»Ach, Victor!« rief Harriet jetzt, lief zu ihm hin und warf ihm die

Arme um den Hals. »Du bist wieder da! Du bist nach Hause gekommen. Ich fürchtete schon, es wäre nur ein Traum.«
Er schüttelte den Kopf und sah sie an, als wäre er aus tiefem Schlaf erwacht. »Ja, Harriet, ich bin wieder da.«
»Und bleibst du? Bitte, sag, daß du bleibst.«
Harriet drückte ihren Kopf an seine Brust, und Victor sah über sie hinweg zu Jennifer, als er sagte: »Ja, ich bleibe.«
»Ach, wie schön!« rief Harriet. »Als Vater es mir sagte, habe ich ihm nicht geglaubt.« Sie trat einen Schritt zurück und wischte sich die Tränen von den Wangen. »Er zeigte mir deinen Brief, in dem du schriebst, du hättest den Posten in Edinburgh aufgegeben, um hierher zurückzukommen, und trotzdem glaubte ich es nicht. Ich habe so darum gebetet, daß du wieder heimkommen würdest, und nun sind meine Gebete erhört worden.«
Sie drehte sich herum. »John, wo ist der Sherry, den du versprochen hast?«
»Ach ja!« Er schnalzte mit den Fingern. »Im Salon.«
»Und Gläser. Ich hole die Gläser. Heute abend feiern wir.«
Schon eilte Harriet, von Lavendeldüften umhüllt, zur Tür hinaus, und John folgte ihr. Eine kleine Weile waren Victor und Jennifer allein.
Immer noch sahen sie einander stumm an, als genüge jedem fürs erste der Anblick des anderen, um die Sehnsucht zu stillen. Dann sagte Jennifer zaghaft: »Ich war so überrascht, Mr. Townsend, als Harriet mir die Neuigkeit erzählte. Es kam so plötzlich und unerwartet, daß ich nicht wußte, was ich denken sollte.«
Victor lächelte ein wenig unbehaglich. »Und ich wußte nicht, was ich tun sollte. Denn nachdem ich Ihnen das erstemal begegnet war, kamen mir an meinem Entschluß, nach Schottland zu gehen, die ersten Zweifel.«
Sie griff sich ans Herz. »Wieso? Was habe ich –«
»Seit dem Abend unserer ersten Begegnung vor fünf Monaten spüre ich eine Unruhe in mir, die sich nicht zurückdrängen läßt, und ich weiß jetzt, daß ich in Schottland unglücklich geworden

wäre. Jennifer, wenn Sie wüßten, wie groß meine Angst war, daß Sie nicht mehr hier sein könnten, wenn ich zurückkomme. Dann wäre alles umsonst gewesen.«

Jennifer wurde sehr bleich, Qual und Erschrecken spiegelten sich in ihrem Gesicht. Doch ehe sie etwas sagen konnte, erschienen John und Harriet wieder im Zimmer. Sie hatten ein Tablett mit Gläsern und eine Flasche Sherry mitgebracht, und nachdem John eingeschenkt und die Gläser herumgereicht hatte, brachte er einen Toast aus.

»Auf unseren Bruder, Dr. Victor Townsend, auf sein Glück und seinen Erfolg hier bei uns.«

Alle vier leerten ihre Gläser und John schenkte neu ein. Die Augen leicht zusammengekniffen gegen den Feuerschein und den Blick auf ihr Glas gerichtet, fragte Jennifer: »Wo werden Sie Ihre Praxis eröffnen, Mr. Townsend?«

Victor trat von der Tür weg und ging durch das Zimmer, um sich zu den drei anderen zu gesellen. »Warum nennen Sie mich immer noch beim Nachnamen, Jennifer? Wir sind doch Freunde. Da können wir uns ruhig bei den Vornamen nennen.«

»Wie recht du hast, Victor«, stimmte John zu und hob wiederum sein Glas zum Toast. »Schließlich gehört Jennifer ja jetzt zur Familie, da sie deine Schwägerin ist.«

Zum erstenmal seit seinem Eintreten sah Victor seinen Bruder an. »Pardon?«

»Aber du mußt doch meinen Brief bekommen haben! Soll das heißen, daß du es nicht weißt?« John legte seinem Bruder die Hand auf die Schulter. »Und ich habe mich schon gewundert, warum du mir am Bahnhof nicht gratuliert hast. Jennifer und ich haben vor zwei Monaten geheiratet.«

Es war, als steckte ich in Victors Haut. Die Nachricht traf mich mit ungeheurer Wucht, das Zimmer schien zu schwanken, die Stimmen der anderen hörte ich wie aus weiter Ferne. Ich sah das Blitzen der Gläser im roten Licht des Feuers und glaubte wie er, unter dem grausamen Schlag zusammenbrechen zu müssen. Niemals

hätte ich es für möglich gehalten, daß ein Mensch so tiefen Schmerz und so bittere Enttäuschung empfinden konnte.
Ich erinnerte mich an die Verzweiflung und Hoffnungslosigkeit in den Sälen der Krankenhäuser, an Blut und Krankheit, an sinnloses Leiden, an die unterernährten Kinder und die notleidenden Mütter, an die, welche sich in die Krankenhäuser schleppten und auf ihren Stufen starben, weil sie nicht wußten, wohin, und weil die Ärzte drinnen sie nicht heilen konnten. Ich dachte an die einsamen Abende in dem schäbigen kleinen Zimmer, in dem ich bis spät in die Nacht hinein aufgesessen und an Jennifer gedacht hatte. Wie ist es möglich, fragte ich mich, eine Frau mit solcher Leidenschaft zu lieben, ohne sie überhaupt zu kennen. Ich dachte an die inneren Kämpfe, das qualvolle Ringen um die Entscheidung zwischen der wissenschaftlichen Karriere mit ihrer Verlockung beruflichen Erfolgs und dem brennenden Verlangen, Jennifer Adams wiederzusehen und sie zu lieben...
Ein eisiger Hauch wehte durch meine Seele, in der nun nichts war als Finsternis und Schmerz, Bitterkeit und Niedergeschlagenheit.
»Ach, Victor«, hörten wir Harriets hohe, erschreckte Stimme, »du hast den Brief nicht bekommen? Wir haben ihn vor zwei Monaten abgesandt. Hast du wirklich keine Ahnung gehabt?«
Wir sahen Harriet an und versuchten, uns zu erinnern, wie man sich in einer solchen Situation verhält, was sich schickt, und Victor schaffte es zu sagen: »Nein, ich habe keinen Brief bekommen... Ich hatte keine Ahnung.«
Er brachte es fertig, den Blick zu heben und Jennifer anzusehen. Er brachte es fertig, ruhig und gefaßt zu sagen: »Verzeiht mir also bitte, daß meine Glückwünsche so spät kommen.«
Ein trostloses Bild stieg vor uns auf und ließ sich nicht vertreiben: das Bild eines Mannes, der sich lächerlich gemacht hat, indem er der Frau, die soeben seinen Bruder geheiratet hat, seine Liebe erklärte. Und im Hintergrund, fern und grau, die Mauern des Königlichen Krankenhauses von Edinburgh, dessen Tore nun für immer verschlossen bleiben würden...

»Ich habe den Brief nie erhalten«, wiederholte er mit mühsam beherrschter Stimme. »Die Postverteilung hat am College nie besonders gut geklappt. Aber verzeiht, ich habe nicht mit euch auf euer Glück getrunken.«
Victor hob sein Glas, neigte den Kopf in den Nacken und leerte das Glas mit einem Zug. Dann sah er wieder Jennifer an. Noch härter wirkte jetzt sein Gesicht, als hätte er eine neue Mauer hochgezogen, um seine Gefühle in Schach halten zu können.
Er tat mir in der Seele leid. Victor stand in der Mitte des Zimmers, größer als die drei anderen, und doch schien er an Statur verloren zu haben. Seine Schultern waren gekrümmt, seine Arme hingen schlaff zu seinen beiden Seiten herunter. Nur er und ich wußten, was in diesem Augenblick in seiner Seele vorging; nur er und ich spürten die Bitterkeit und den Groll. Seinen Geschwistern zeigte er die Maske, die diese sehen wollten, und verbarg sich hinter ihr.
»Nochmals – meinen Glückwunsch«, sagte er. »Das scheint mir ein sehr schneller Entschluß gewesen zu sein. Denn vor fünf Monaten, als ich das letzte Mal hier war, wart ihr doch noch nicht einmal verlobt, nicht wahr?« Sein Ton war leicht und ungezwungen.
»Richtig, Victor, damals waren wir noch nicht verlobt. Aber wir haben es kurz danach nachgeholt.« John hielt Victor, der zur Sherryflasche gegriffen hatte, sein Glas hin. »Mach es doch gleich ganz voll, ja? – Danke. Du siehst also, Victor, du bist nicht der einzige Überraschungskünstler in der Familie.«
Johns Lächeln, als er das sagte, gefiel mir nicht. Seine Stimme hatte einen metallischen Unterton. Es war klar, daß er auf Victor eifersüchtig war und glaubte, einen Sieg über ihn davongetragen zu haben.
»Victor«, sagte Jennifer, mit kräftigerer Stimme jetzt, »wir glaubten, Sie würden nie zurückkehren. Wir hatten keine Ahnung.«
Seine Augen verrieten nichts von seinen Gefühlen, als er sie ansah. »Ich wußte es ja bis vor vierzehn Tagen selbst nicht. Ich habe mich ganz impulsiv entschieden.«
»Das sieht dir gar nicht ähnlich, Victor«, warf John ein.

»Ach, wenn wir es nur gewußt hätten«, sagte Jennifer und versuchte, ihm mit Blicken mitzuteilen, was sie nicht in Worte zu fassen wagte.
»Was wäre dann gewesen?« Victor leerte sein Glas. »Hättet ihr dann die Trauung bis zu meiner Ankunft aufgeschoben? Wie aufmerksam von euch. Und wie rücksichtslos von mir, daß ich euch nicht viel früher von meinen Plänen Mitteilung gemacht habe. Aber das konnte ich eben nicht.«
»Aber Victor, laß doch! Hauptsache, du bist zurück!« Harriet faßte seine Hand und drückte sie. Das Strahlen ihrer Augen verriet mir, wie sehr sie ihren großen Bruder vergötterte. Doch von seinen Gefühlen schien sie nichts zu ahnen. »Vater hat sich so gefreut, als dein Brief kam. Du hättest ihn sehen sollen. Er hat richtig gelächelt, Victor. Und er ist jetzt so stolz auf dich. Dein hervorragendes Examen –«
»Danke, Schwesterchen«, sagte er trotz aller Bitterkeit mit Wärme in der Stimme. »Es tut gut zu wissen, daß ich willkommen bin.«
»Und Mutter hat die ganze Nacht geweint, nachdem sie deinen Brief gelesen hatte. Sie konnte sich gar nicht fassen. Sie ist fortgegangen, um eine Gans zu besorgen, Victor. Heute abend gibt es dir zu Ehren ein richtiges Festessen.«
Während Harriet in einem fort plapperte und John sich mit einem frischen Glas Sherry ans Feuer setzte, tauschten Victor und Jennifer einen letzten Blick.

10

Der Abend wird mir ewig als ein Alptraum im Gedächtnis bleiben. Victor war in der Erwartung heimgekehrt, Jennifer ungebunden vorzufinden, und hatte die Träume mitgebracht, die er um seine Liebe zu ihr gesponnen hatte. Nachdem er von ihrer Heirat mit John erfahren hatte, war es ihm nicht möglich, auch nur eine Nacht in dem Haus zu verbringen, in das er sie als seine Frau zu holen gehofft hatte. Er erklärte darum seinen Geschwistern, er hätte ein Zimmer im Gasthaus *Horse's Head* gemietet. John, Harriet und Jennifer, die von der brennenden Scham über seine Torheit, von seiner Enttäuschung und seiner Bitterkeit nichts ahnten, glaubten ihm, als er sagte, er müsse gehen und dafür sorgen, daß sein Gepäck vom Bahnhof zum Gasthaus gebracht werde. Sie baten ihn alle drei, damit bis nach dem Abendessen zu warten, doch Victor ließ sich nicht erweichen. Er wolle das letzte Tageslicht nutzen, erklärte er, und die Tatsache, daß es im Moment gerade nicht so stark regne.

Ich allein wußte, daß Victor, der energischen Schritts in den Flur hinausging und sich seinen Umhang über die Schultern warf, in den strömenden Regen hinaus mußte, um sich eine Unterkunft zu besorgen, daß er keine Bleibe hatte, daß kein warmes Zimmer mit einem freundlichen Feuer am Ende eines kurzen Wegs auf ihn wartete. Ich allein wußte, warum er gerade jetzt in den peitschenden Regen hinausstürmen und sich den tobenden Elementen preisgeben mußte. Er war zu zornig und zu aufgewühlt, um noch eine Minute länger in diesem kleinen Zimmer zu sitzen und gute Miene zum bösen Spiel zu machen.

John erbot sich, ihm einen Wagen zu rufen, aber Victor lehnte ab. Harriet ermahnte ihn, rechtzeitig zum Abendessen zurückzukommen. Jennifer tat gar nichts, stand nur stumm, wie benommen am Kamin, während Victor seinen Hut aufsetzte und zur Haustür ging. Die Hand schon auf dem Knauf, warf er einen letzten Blick zurück, bei dem mir eiskalt wurde. Er war wie eine finstere Vorahnung dessen, was kommen würde.

Im Lauf von vier Jahren hatte Victor Townsend Pessimismus und Mißtrauen gelernt. Seine Erfahrungen hatten ihn zu einem Mann geformt, dem es längst nicht mehr einfiel, den Silberstreif am Horizont zu suchen, und an diesem Abend hatte er den letzten Schlag empfangen. Um einer Frau willen, die er kaum kannte, hatte er in blinder Leidenschaft alles aufgegeben, was ihm wichtig gewesen war. Und nun stand er mit leeren Händen da. Nichts war ihm geblieben als bitterer Selbstvorwurf.

Nachdem Victor gegangen war, verließen mich auch die anderen, und ich war wieder allein in dem kalten, dunklen Haus. Tausend Gedanken bestürmten mich, während ich über das tragische Schicksal meines Urgroßvaters nachdachte. Am meisten jedoch beschäftigte mich die Frage, wie es kam, daß Victor eine so starke Wirkung auf mich ausübte und daß ich innerlich so verbunden mit ihm war.

Während ich Victor nach seinem Eintritt ins Zimmer betrachtet, ihn mit den Augen verzehrt hatte wie er Jennifer, hatte ich gespürt, wie in mir sich etwas regte, und ich meine das nicht im übertragenen Sinn. Ich spürte tatsächlich eine Bewegung in meinem Körper, tief unten in der reichen, geheimen Gegend, in der, nehme ich an, wahre Leidenschaft geboren wird. Dort und nicht in meinem Herzen wurde ich zuerst von diesem rätselhaften, unerreichbaren Mann ergriffen; dort erwachte zum erstenmal etwas, das wohl immer schon dort geschlummert hatte, dessen Existenz ich nur bisher nicht wahrgenommen hatte. Erst nachdem dieser Urfunke entzündet worden war, sprach auch mein Herz wie in zärtlicher, gefühlvoller Antwort.

Ich hatte dort gestanden und Victor angesehen, der mir so nahe gewesen war, daß ich nur die Hand hätte zu heben brauchen, um ihn zu berühren, und hatte begonnen, ihn zu lieben.

Es war ein Phänomen, das ich nicht begreifen konnte. Ich mochte

fragen und forschen soviel ich wollte, ich kam der Erklärung nicht näher. Wie konnte ich körperliche, sinnliche Liebe zu einem Mann empfinden, der nahezu hundert Jahre tot war? Kam es daher, daß er für mich in jenen Momenten, da das Zeitfenster sich auftat, ein lebender, atmender Mensch war, so real wie Edouard oder William?
Wieso war ich so tief ergriffen von ihm und fühlte mich mit solcher Macht zu ihm hingezogen? Lag es daran, daß ich auf eine nicht zu erklärende Weise gezwungen wurde, alles zu fühlen, was er fühlte, seine geheimsten Freuden und Leiden mit ihm zu teilen?
Es konnte keine Antworten geben, denn diese Fragen selbst entsprangen ja einer Situation, die außerhalb der Bereiche von Logik und Verstand lagen. So wenig sich diese Blicke in die Vergangenheit mit den Mitteln menschlicher Vernunft erklären ließen, so wenig erklärbar war meine gefühlsmäßige Verschmelzung mit Victor. Ich hatte die Ausflüge in die Vergangenheit akzeptiert und eingesehen, daß ich sie weder verstehen noch verhindern konnte. Ebenso würde ich jetzt diese Liebe akzeptieren müssen.
Aber das fiel mir schwer. Diese starke Gemütsbewegung machte mir angst. Ich hatte keine Ahnung, wie ich damit umgehen sollte. Ich versuchte, mich zu erinnern, ob ich je Ähnliches empfunden hatte, und fand nichts.
Zum ersten Mal in meinem Leben sah ich in dieser kalten, stillen Stunde kurz vor Morgengrauen der erschreckenden Wahrheit ins Gesicht: Ich hatte nie geliebt. Nicht einmal Doug hatte ich geliebt.
Ich lag im dunklen Wohnzimmer im Haus meiner Großmutter, allein mit mir selbst und der Erinnerung an das, was sich hier vor fast einem Jahrhundert zugetragen hatte, und blickte zum ersten Mal in mich hinein. Einfach war es nicht, da ich den Blick nach innen bisher stets mit Erfolg vermieden hatte. Ich hatte mich in einem Leben bequemer Freundschaften, seichter Zerstreuungen und oberflächlicher Gefühle eingerichtet. Ich hatte viele Freunde und Liebhaber gehabt, aber nur einer dieser Männer hatte einen

Eindruck hinterlassen – Doug, dem ich so unrecht getan hatte. Die anderen verschmolzen in meiner Erinnerung zu einer grauen gesichtslosen Masse. Immer war ich vor den tiefen Gefühlen davongelaufen und hatte die Verantwortung einer verbindlichen Beziehung gescheut, und jetzt sah ich mich mit Ereignissen und Gefühlen konfrontiert, über die ich keine Kontrolle hatte.

Das war das Schlüsselwort! Kontrolle. In der Vergangenheit hatte ich stets alles unter Kontrolle gehabt. Ich hatte die Regeln aufgestellt, nach denen gespielt wurde. Sie dienten der Abwehr und dem Schutz vor Schmerz und Verletzung. Aber sie hatten auch keine himmelhochjauchzende Freude oder Begeisterung zugelassen. In dem Bemühen, mir Schmerz zu ersparen, hatte ich mich auch der Freuden beraubt. Aber ich hatte diesen Preis angemessen gefunden.

Diesmal jedoch war ich nicht in Kontrolle. Ich war dem Taumel meiner Gefühle ausgesetzt, ohne etwas dagegen tun zu können. Wie glatt und ruhig mein Leben gewesen war, wie vorhersehbar und leicht zu überblicken. Und wie leer!

Ich fing wieder an zu weinen. Ich weinte um Victor und ich weinte um mich selbst und das, was ich versäumt hatte. Ein Leben auf Sparflamme. Ungefährlich und unendlich langweilig.

Welch eine Ironie, dachte ich unter Tränen, daß es Toter bedurft hatte, mich zum Leben zu erwecken. Was ist denn ein Mensch ohne Gefühle? Was bleibt denn nach Abzug von Liebe und Haß und Eifersucht und dem ganzen Reichtum der Emotionen, die die Lebendigkeit eines Menschen ausmachen? Eine leere Hülle. Und genau das war ich gewesen, als ich zum ersten Mal das Haus meiner Großmutter betreten hatte – eine leere Hülle. Ich hatte einzig für mich gelebt, in einer so eng abgesteckten Welt, daß für andere kaum Raum darin gewesen war. Selbst jene Freundschaften, die ich gepflegt und so hoch geschätzt hatte, hatten mir nichts abverlangt.

Während draußen ein grauer Tag heraufdämmerte, wandten meine Gedanken sich meinem Bruder Richard zu, der, in der Kindheit mein engster Freund und Vertrauter, mir heute ein Fremder war. Ich hatte zugelassen, daß Zeit und räumliche Entfernung eine tiefe Kluft zwischen uns aufgerissen hatten. Hin und wieder ein flüchtiger Gedanke, zu Weihnachten eine Karte, einmal im Jahr vielleicht ein Brief – das war alles, was von der innigen Beziehung zwischen meinem Bruder und mir geblieben war. Wie anders waren wir als Victor und Harriet!

Ich sah Harriet vor mir, wie sie über Victors Umzug nach London geweint, mit welchem Jubel sie seine Rückkehr begrüßt hatte, und Erinnerungen überfluteten mich plötzlich, als wäre ein Damm gebrochen. Richard und ich als Kinder: Stets hatte er mich beschützt und verteidigt, mich Neues gelehrt, mich stundenlang mit abenteuerlichen und geheimnisvollen Geschichten unterhalten. Ich lag da und ließ mich von den lange verschütteten Erinnerungen, die Wehmut und Bedauern mitbrachten, in die Welt meiner Kindheit zurücktragen.

Der Weihnachtsmorgen, wenn wir unsere Geschenke geöffnet hatten. Richard, der Unerschrockene, der eine Spinne tötete, die sich in mein Bett verirrt hatte; der mir bei meinen Hausaufgaben half; der sein letzten Stück Schokolade mit mir teilte. Er war mein Held gewesen. Ich war so stolz auf ihn gewesen wie Harriet auf ihren Bruder Victor. Und was war davon geblieben? Wieso hatte ich diese alltäglichen kleinen Begebenheiten vergessen, an die ich mich nun plötzlich mit soviel Liebe und Wehmut erinnerte?

Es verlangte mich danach, mit ihm zu sprechen so wie damals, als ich im vorletzten Jahr der Highschool gewesen war und Richard zur Luftwaffe eingezogen worden war. Wir hatten den ganzen Abend in meinem Zimmer auf meinem Bett gesessen und geredet. Richard hatte mir erklärt, daß er fort müsse und ich von nun an ohne ihn zurechtkommen müsse. Er hatte damals sehr erwachsen auf mich gewirkt. Er hatte versucht, mir eine Vorstellung davon zu geben, was mich in der Zukunft erwartete, und mich vor den Stolpersteinen gewarnt. Er hatte Worte gebraucht,

die mir fremd waren, Bilder gezeichnet, die ich nicht recht verstand. Später, als ich erwachsen geworden und Richard nach Australien gegangen war, hatte ich erkannt, daß er mir in allem die Wahrheit gesagt hatte und seine Ratschläge und Hinweise wohlüberlegt gewesen waren.
Mir wurde klar, daß Richard mich niemals verlassen hatte, sondern immer an meiner Seite gestanden hatte, selbst in jenen Zeiten, als ich mich völlig alleingelassen gefühlt hatte. Seine Liebe hatte mich immer begleitet, geradeso wie die Worte, die er mir mitgegeben hatte. Ich jedoch hatte ihm die Schuld an meiner Einsamkeit gegeben, hatte es ihm übelgenommen, daß er fortgegangen war, und hatte mich innerlich von ihm distanziert. Ich hatte es ihm zum Vorwurf gemacht, daß er nicht bei mir geblieben war und mein Leben für mich gelebt hatte. Wie unfair!

Ich ließ es mir von Großmutter nicht ausreden, mit Elsie und Ed ins Krankenhaus zu fahren. Ich spürte, daß das Haus mich nicht zurückhalten würde. Ich wollte meinen Großvater unbedingt sehen und versuchen, eine Möglichkeit zu finden, ihm mitzuteilen, was ich über seinen Vater wußte. Ich konnte meinen Großvater nicht sterben lassen, ohne ihn darüber aufzuklären, daß er seinen Vater völlig falsch gesehen hatte, sein Leben lang einer schrecklichen Lüge aufgesessen war. Er mußte wissen, daß Victor Townsend ein nobler und charaktervoller Mann gewesen war, der unsere Liebe verdiente.
So sah ich es am Nachmittag meines siebten Tages im Haus meiner Großmutter, als ich noch unter der Wirkung des letzten ›Besuchs‹ stand. Später erst wurde ich Zeugin von Ereignissen, die die Schauergeschichten, mit denen mein Großvater gelebt hatte, zu bestätigen schienen, mein Vertrauen erschütterten und quälende Zweifel in mir weckten. Ich sollte bald erfahren, daß der Victor Townsend, den ich bisher kennengelernt hatte, nicht derselbe Mann war, dem ich später begegnete. Bald sollte sich alles verändern.

Bald sollte das Grauen, das in dem Haus in der George Street wohnte, sich zeigen.

Mein Großvater schlief während unseres ganzen Besuchs. Während Elsie und Ed wie immer auf ihn einredeten und so taten, als könne er sie hören und jeden Moment reagieren, überlegte ich, wie ich mich ihm mitteilen sollte. Vielleicht war es ja doch so, daß er hörte und verstand. Zumindest konnte ich versuchen, mit ihm zu sprechen. Aber nicht im Beisein von Elsie und Ed. Was ich meinem Großvater zu sagen hatte, mußte ich ihm allein sagen. Die Frage war nur, wie ich meine Verwandten loswerden sollte.
Durchsichtig und ausgezehrt lag er in den Kissen, Victors Sohn, der sich sein Leben lang seines Vaters geschämt, ihn gehaßt und sein Erbe gefürchtet hatte.
Das mußte ich ändern.
Aber es ergab sich keine Gelegenheit. Als die Besuchszeit um war, klappte Ed die Stühle wieder zusammen und stellte sie zu dem Stapel in der Ecke, während Elsie schon an der Tür stand und sich mit einer Schwester unterhielt. Ich blickte auf meinen Großvater hinunter und überlegte verzweifelt, wie ich einen Moment des Alleinseins mit ihm herbeiführen könnte.
Als wir ein paar Minuten später durch den langen Korridor gingen, blieb ich plötzlich stehen. »Ich habe meine Handschuhe liegenlassen«, rief ich. »Ich lauf nur schnell zurück und hol sie.« Und schon machte ich kehrt.
»Ed kann sie dir doch holen, Kind. Komm, wir setzen uns schon in den Wagen.«
»Ach wo! Geht ihr nur voraus und heizt das Auto für mich an.«
Ich rannte los, ehe sie weiteren Protest erheben konnte. Im Saal zurück, ging ich zuerst zum Fenster. Elsie stieg gerade in den Wagen und schlug die Tür hinter sich zu. Ich kehrte zum Bett meines Großvaters zurück. Es war ungewöhnlich ruhig im Saal. Die meisten Besucher waren gegangen, Schwestern und Pfleger gönnten sich eine Pause, ehe sie mit der Essensverteilung begannen.

Ich setzte mich auf die Bettkante und suchte nach den richtigen Worten. Unsicher neigte ich mich zu meinem Großvater hinunter und flüsterte, den Mund dicht an seinem Ohr: »Großvater, ich bin's, Andrea. Kannst du mich hören? Ich bin extra aus Los Angeles zu dir gekommen. Großvater, kannst du mich hören?«

Ich blickte auf seine Brust. Der Rhythmus seines Atems änderte sich nicht. In seinem Gesicht regte sich nichts, die Lider lagen wie leblos über seinen Augen. Dennoch fuhr ich zu sprechen fort.

»Großvater, du hast dich in deinem Vater getäuscht. Er war nicht der schlechte Mensch, für den du ihn dein Leben lang gehalten hast. Das waren Lügen. Victor Townsend war ein guter Mensch. Großvater...«

Ich konnte nicht weitersprechen. Hastig sah ich mich im Saal um und ging nochmals zum Fenster. Elsie stieg gerade aus dem Wagen.

Ich lief zu meinem Großvater zurück. »Großvater, hoffentlich kannst du mich hören. Ich sage dir die Wahrheit. Ich weiß die Wahrheit über deinen Vater. Er war kein Mensch, dessen man sich schämen muß. Bitte, Großvater, hör mich! Victor Townsend war ein guter, liebevoller Mensch, der anderen helfen wollte. Großvater –«

Als ich draußen im Korridor die kräftige Stimme meiner Tante hörte, rutschte ich hastig vom Bett auf den Boden und tat so, als suchte ich eifrig meine Handschuhe.

»Andrea«, sagte Elsie und kam um das Bett herum.

»Ach, hier sind sie endlich!« rief ich und hielt die Handschuhe hoch, die ich aus meiner Tasche genommen hatte. »Sie sind mir wahrscheinlich vom Schoß gerutscht und unters Bett gefallen. Na, wenigstens sind sie wieder da.«

»Vielleicht sollte ich sie dir an eine lange Schnur nähen, die du um den Hals tragen kannst. Dann verlierst du sie nicht so leicht.«

Lachend hakte ich mich bei ihr ein. »Wenn mein Kopf nicht festgewachsen wäre...«, sagte ich, und wir gingen hinaus.
Ich wollte noch einen letzten Blick auf meinen Großvater werfen, aber die zufallende Tür versperrte mir die Sicht.

»Was macht dein Bauch heute?« fragte Großmutter, als wir später beim Abendessen saßen.
Es gab dicke Schinkenbrötchen und warme Milch, und wir sahen beide in den Garten hinaus, wo die ersten Regentropfen fielen. Ich fieberte schon meiner nächsten Begegnung mit den Townsends entgegen und hatte Mühe, mich auf ein Gespräch mit Großmutter zu konzentrieren. Mein Verlangen, in die Vergangenheit zu schauen und am Leben der Townsends teilzuhaben, wurde immer stärker, während die reale Welt zunehmend an Wichtigkeit verlor. Ich wollte John und Harriet, Victor und Jennifer sehen. Selbst wenn ich niemals zu ihnen gehören konnte, selbst wenn ich immer an der Peripherie ihrer Welt bleiben mußte – das war es, was ich wollte, nicht das reale Leben. Meine lebenden Verwandten waren mir nur ein Hemmnis. Solange sie da waren, erschienen die Toten nicht. Erst wenn Großmutter zu Bett ging oder in ihrem Sessel einnickte, würde ich die Townsends wiedersehen, und ich wünschte, ich könnte mich irgendwie von Großmutters lästiger Anwesenheit befreien.
»Was macht dein Bauch?« fragte Großmutter wieder.
»Hm?« Ich trank den letzten Schluck Milch und wandte den Blick vom Fenster. »Oh, alles in Ordnung, Großmutter.«
»Möchtest du noch einen Löffel von der Medizin?«
»Nein! Oh – nein, danke. Sie hat schon gewirkt.«
Medizin – Medizin – dieses klebrige weiße Zeug. Wann hatte ich es genommen? War das erst gestern abend gewesen? Waren erst vierundzwanzig Stunden vergangen, seit ich mich aus einer leeren Hülle in ein lebendiges Wesen verwandelt hatte? Eine Frau, die fühlte und liebte. Ja, ich liebte Victor Townsend. Und ich begehrte ihn.

Dieser Gedanke, der mich ganz plötzlich ansprang, erstaunte mich. Aber ja, es war wahr. Ich liebte diesen Mann nicht nur, ich begehrte ihn auch. Ich brauchte nur an ihn zu denken, seine Nähe, sein Gesicht, seinen Körper, und ich hatte das Gefühl, dahinzuschmelzen. Aber ich würde ihn niemals berühren können. Obwohl er mir in Fleisch und Blut erschien, konnte ich ihn so, wie ich ihn kennen wollte, nur in Träumen und Phantasien kennen.

Ich ertappte mich bei der Vorstellung, wie es wäre, von ihm geküßt zu werden...

Einen Moment stockte mir der Atem. Ich setzte die Teetasse, die ich eben zum Mund führen wollte, wieder ab und starrte meine Großmutter an, als wäre sie es, die diese Vorstellung geäußert hätte.

Ich liebte meinen eigenen Urgroßvater! Verrückt! Er war seit mindestens achtzig Jahren tot. Er existierte nicht. Der Mann, den ich sah, wenn ich Victor Townsend anzusehen glaubte, war ein Trugbild, hervorgerufen durch einen unerklärlichen Zusammenprall der Zeiten. Im Grund liebte ich eine Fotografie oder einen Mann, den meine Phantasie mir vorgaukelte.

Und an Phantasien fehlte es mir nicht. Den ganzen Tag hatte ich an Victor gedacht. Vielerlei Gedanken hatte ich mir über ihn gemacht, aber am brennendsten beschäftigte mich immer wieder die Frage, wie es sein mußte, von einem so feurigen Mann geliebt zu werden.

Ich führte die Tasse zum Mund und trank den süßen Tee. Warum nur gab Großmutter immer soviel Zucker in den Tee? Er verdarb das ganze Aroma.

Ich konnte der Wahrheit nicht ausweichen. Ich liebte meinen eigenen Urgroßvater. Und es war eine Liebe, die nie Erfüllung finden würde. Ich konnte nicht hoffen, daß er mich je sehen oder berühren würde. Der Victor Townswend, den ich sah, und der, welcher mich in meiner Phantasie in den Armen hielt, hatten nur eines gemeinsam: Sie waren beide tot.

»Sind deine Beine jetzt ein bißchen besser? Soll ich sie dir noch mal einreiben? Mit Creme.«
Ich starrte meine Großmutter an. Sie hatte keine Ahnung, was mich so intensiv beschäftigte, warum ich den ganzen Tag so schweigsam gewesen war. Am liebsten hätte ich ihr in diesem Moment alles erzählt; was ich meinem Großvater gesagt hatte, daß Victor Townsend ein guter Mensch gewesen war, daß ich ihn gesehen hatte, daß er in irgendeiner Form noch immer unter diesem Dach existierte. Aber ich konnte es nicht. Großmutter hätte mich nicht verstanden. Und vielleicht hätte ich Victor auf immer verloren, wenn ich ihr von ihm gesprochen hätte.
Daran wollte ich am liebsten gar nicht denken. An das Ende. Das letzte Kapitel der Geschichte. Ich wünschte mir, die Begegnungen mit Victor würden ewig weitergehen, geradeso wie er und Jennifer nun ewig lebten und fort und fort jene Abende des Jahres 1890 erlebten. Niemals wollte ich dieses Haus verlassen, niemals nach Los Angeles zurückkehren, weil ich dann den Schatz verlieren würde, den ich hier gefunden hatte.
Zum ersten Mal in meinem Leben fühlte ich mich lebendig.
»Sie tun noch ziemlich weh, Großmutter.«
»Dann komm, Kind, ich creme sie dir ein.«
Wir gingen zu unseren Sesseln vor dem Kamin, und ich wünschte, ich könnte das Gasfeuer herunterdrehen. Aus irgendeinem Grund wurde mein Körper immer empfindlicher gegen Wärme und schien der Kälte zu bedürfen, die mich anfangs so abgeschreckt hatte. Als Großmutter am Morgen ins Zimmer gekommen war und mich angekleidet auf dem Sofa hatte liegen sehen, hatte sie ärgerlich gerufen: »Das Gas ist ja schon wieder aus! Es ist eiskalt hier. Andrea, frierst du denn nicht?«
Ich hatte tatsächlich nicht gefroren, obwohl ich nur mit Jeans und T-Shirt bekleidet gewesen und die Temperatur im Haus nicht über zehn Grad gewesen war. Später, als sie den Gasofen voll aufgedreht hatte, war ich vor Hitze fast umgekommen.
Während ich jetzt vor den niedrigen Flammen saß und mit hoch-

geschobenen Hosenbeinen darauf wartete, von Großmutter eingesalbt zu werden, fühlte ich mich wie erstickt von der Wärme und wünschte nur, ich könnte den verflixten Heizofen ausmachen.
Während Großmutter vorsichtig und behutsam die Creme auf meine roten Beine auftrug, sah ich zum Fenster hinaus. Der Himmel hatte sich verdunkelt. Ein Gewitter war aufgezogen. Regen prasselte an die Fenster, Blitze erhellten flüchtig die Finsternis mit geisterhaftem Licht, Donnerschläge krachten wie Böllerschüsse.
Ich genoß die Stimmung und starrte fasziniert zum Fenster hinaus. Als meine Großmutter eine Weile später erklärte, sie wolle hinaufgehen und sich hinlegen, weil ihr die Arthritis bei diesem feuchten Wetter so sehr zu schaffen mache, konnte ich kaum meine Erleichterung und freudige Erregung verbergen.
Bald würde ich Victor wiedersehen.

11

Ich saß auf dem Sofa und lauschte dem gleichmäßigen Rauschen des Regens, als mir plötzlich bewußt wurde, daß die Uhr auf dem Kaminsims nicht mehr tickte. Es war gerade Mitternacht. Und schon begann das Zimmer um mich herum, sich zu verändern. Es ging sachte und allmählich vor sich, wie die Überblendung von einer Filmszene in eine andere, und es wurde kühler im Raum. Das bunte Blumenmuster der beiden Sessel begann sich zu verwischen, dann zeigte sich der warme Schimmer grünen Samts, und ich hatte die Sessel vor mir, die im Jahr 1890 genau an diesem Platz gestanden hatten – fast neu, die Bezüge kaum abgenutzt, die Polsterung noch fest und stabil.

In einem der Sessel saß Harriet. Sie schien wieder einen ihrer geheimen Briefe zu schreiben. Die Feder flog schnell über das Papier, das sie auf ihrem Schoß hielt. Wie beim letzten Mal, als ich sie gesehen hatte, blickte sie immer wieder zur Uhr, hob ab und zu lauschend den Kopf, als hätte sie draußen etwas gehört, und schrieb dann hastig weiter.

Ich hätte gern gewußt, wer der Empfänger dieser Briefe war, warum Harriet sie in solcher Hast schrieb, warum sie Angst hatte, beim Schreiben ertappt zu werden. Am liebsten wäre ich aufgestanden und hätte ihr über die Schulter geblickt, aber das wagte ich nicht. Ich fürchtete, eine Bewegung von mir könnte diesen zerbrechlichen Moment auslöschen. Darum blieb ich reglos auf dem Sofa sitzen und begnügte mich damit, Harriet zu betrachten.

Es war still im Zimmer, nur das Kratzen der Feder auf dem Papier war zu hören und von draußen, jenseits der geschlossenen Vorhänge, das Rauschen des Regens. Im offenen Kamin verglühten die letzten Reste des abendlichen Feuers. Ein Blick auf die viktorianische Uhr auf dem Kaminsims zeigte mir, daß es auch in Harriets Zeit Mitternacht war. Es war anzunehmen, daß der Rest der Fami-

lie bereits zu Bett gegangen war. Harriets Eltern schliefen wahrscheinlich im hinteren Schlafzimmer, John und seine junge Frau hatten vermutlich das Vorderzimmer bezogen. Das hieß, daß Harriet sich mit einem Provisorium entweder in diesem Zimmer oder im Salon begnügen mußte, bis das junge Paar in sein eigenes Heim umzog. Es würde, dachte ich, gewiß nicht mehr lang dauern, bis John und Jennifer ihren eigenen Hausstand gründeten.
Als mir einfiel, daß zu dieser Vermutung eigentlich kein Anlaß bestand, da John und Jennifer ja noch hier lebten, wurde mir klar, daß ich irgendwie Harriets Gedanken empfangen mußte. Vielleicht schrieb sie darüber gerade in ihrem Brief, beschwerte sich vielleicht über diesen Zustand – so jedenfalls war der Eindruck, den ich erhielt. Ich konnte zwar nicht gerade ihre Gedanken lesen, doch ihre Stimmung teilte sich mir deutlich mit. Genauso war es mir ja schon mit Victor und seinem Vater und später auch mit Jennifer ergangen.
Ich beobachtete Harriet gespannt, und während ihre Feder noch wie gejagt über das Papier flog, begann sie langsam vor meinen Augen zu verblassen, bis sie und die grünen Samtsessel verschwunden waren und wieder die alten ausgesessenen Sessel mit den geblümten Schonbezügen vor mir standen.
Ich war enttäuscht über die Kürze der Szene und noch enttäuschter, Victor nicht gesehen zu haben. Aber er lebte ja nun nicht mehr in diesem Haus und besuchte es vermutlich nur selten.
Aber wo war er? Hatte er sich irgendwo eine Wohnung genommen oder ein Zimmer, oder lebte er immer noch im Gasthaus *Horse's Head*? Nichts an Harriets kurzem Auftritt hatte mir einen Hinweis darauf gegeben, wieviel Zeit seit Victors Heimkehr verstrichen war. Ich hatte keine Ahnung, was sich inzwischen ereignet hatte, ob er sich überhaupt noch in Warrington aufhielt.
Noch eine andere Frage beschäftigte mich. Wozu war Harriet mir soeben gezeigt worden? Welchen Sinn hatte es, wenn überhaupt einen, mich Zeugin dieser flüchtigen Szene werden zu lassen?
Ich kam nicht dazu, gründlicher über diese Frage nachzudenken;

im nächsten Augenblick hörte ich einen schrecklichen Schrei. Ich sprang auf. Der Schrei hatte mich so überrascht, daß ich nicht wußte, aus welcher Richtung er gekommen war.
Dann polterte es laut, als wäre ein Möbelstück umgestürzt. Ich sah zur Zimmerdecke hinauf. Die Geräusche kamen von oben. Ich hörte Füßescharren und Stampfen, als würde da oben ein Kampf ausgetragen. Es krachte und polterte, und wieder schallte ein Schrei durch das Haus. Der Schrei einer Frau.
Ohne weitere Überlegung stürzte ich aus dem Wohnzimmer in den Flur. Ich blickte in die Schwärze des Treppenschachts hinauf und horchte angespannt.
Wieder drangen von oben die Geräusche eines Handgemenges zu mir herunter. Ich hörte das gedämpfte Klatschen eines Schlags, danach wieder ein Krachen. Und wieder schrie die Frau auf, mit einer Stimme, die schrill war vor Angst.
Ich verlor keine Zeit. Obwohl ich nicht die Hand vor den Augen sehen konnte, rannte ich stolpernd die Treppe hinauf. Zweimal fiel ich, die letzten paar Stufen kroch ich auf allen vieren hinauf. Oben angekommen, richtete ich mich auf und lehnte mich keuchend an die Wand.
Die Finsternis und die Stille waren bedrohlich.
Ich tastete an der Wand nach dem Lichtschalter, fand ihn und drückte ihn herunter. Aber es geschah nichts. Es blieb stockfinster. Wie eine Besessene fummelte ich am Schalter herum und suchte gleichzeitig mit fassungslosem Blick an der dunklen Decke nach der Lampe. Ich sah nichts, und das Licht ging nicht an. Ich war von undurchdringlicher Schwärze umgeben, die mir angst machte, so daß ich mich schutzsuchend an die Wand drückte.
Während ich so stand, zu geängstigt, um einen Schritt vorwärts zu wagen, hörte ich wieder die Geräusche eines Kampfes, lauter jetzt. Irgendwo am Ende des Flurs, vielleicht im vorderen Schlafzimmer, rangen ein Mann und eine Frau miteinander – dumpfe Schläge, Poltern, eine wütende Männerstimme, und immer wieder die Schreie und das Wimmern der Frau.

Die Finsternis war so dicht, daß ich das Gefühl hatte, am Eingang einer unermeßlich großen Höhle zu stehen. Obwohl mir vor Angst eiskalt war, trieb es mich jetzt vorwärts. Ich mußte sehen, was sich dort hinten abspielte. Ein fremder Wille ergriff Besitz von mir und lenkte meine Schritte. Wie eine Schlafwandlerin tappte ich durch den finsteren Flur, den schrecklichen Geräuschen entgegen.
Dicht vor der Tür zum Vorderzimmer blieb ich stehen und hob den Arm. Meine Hand berührte das harte, kalte Holz der Tür. Die Stimmen aus dem Zimmer waren jetzt deutlich vernehmbar.
»Nein, bitte nicht«, wimmerte Harriet. »Bitte, es tut mir leid... tu's nicht...«
Ich drückte die Augen zu und preßte beide Hände auf die Ohren, aber sie konnten mich vor der erregten Stimme des Mannes nicht schützen. »Du heiratest keinen Papisten!« donnerte er. »Du wirst es nicht wagen, gegen meinen Willen zu handeln.«
Angstvoll und verwirrt sah ich mich in der Dunkelheit um und versuchte zu begreifen, was vorging. Harriets Stimme konnte ich klar erkennen, doch die Männerstimme konnte ich nicht identifizieren. Sie konnte Harriets Vater gehören. Oder John. Oder – Victor.
»Aber ich liebe ihn«, stieß Harriet weinend hervor.
Wieder klatschte ein Schlag, wieder schrie Harriet auf. Die Spannung war kaum zu ertragen, und dennoch konnte ich mich nicht vom Fleck rühren. Es war, als wäre ich dazu verdammt, ihren Streit mitanzuhören, ohne eingreifen zu können.
»Du wirst diesen Sean O'Hanrahan nicht wiedersehen, und damit Schluß. Wir haben dir den Umgang mit diesen Leuten verboten. Wehe, ich erwische dich noch einmal dabei, daß du diesem Burschen Briefe schreibst! Bei Gott, du wirst wünschen, du wärst tot!«
Ich hörte ein Geräusch, als würde etwas über den Boden geschleift. Ich hörte schwere Schritte und das Keuchen heftiger Anstrengung. Harriet wimmerte und weinte zum Gotterbarmen. Aber ich hörte keine Schläge mehr, kein Poltern, keine Schreie. Dann

wurde es einen Moment ganz still. Danach klappte eine Tür zu, ein Schlüssel drehte sich knirschend im Schloß.
Plötzlich öffnete sich die Tür zum Vorderzimmer unter meiner Hand, und kalter Wind blies mir ins Gesicht. Das Zimmer war wie damals, als ich Harriet schluchzend auf dem Bett hatte liegen sehen, von einem gespenstischen Licht erfüllt. Diesmal jedoch strahlte das Licht nicht auf das Bett, sondern auf den Kleiderschrank, einem Leitlicht in dunkler Nacht gleich.
Ich blickte mit weit aufgerissenen Augen in das Licht, von einem Grauen erfaßt, das ich nun schon kannte. Ich wollte nicht in das Zimmer hineingehen. Ich wollte nur kehrtmachen und davonlaufen, die Treppe hinunterstürzen und schreiend in die Nacht fliehen. Die lauernden Schatten im Zimmer, der grabeskühle Luftzug – das alles hatte etwas Unirdisches. Auf der anderen Seite der Tür wartete das Grauen, und ich wurde hineingezogen.
Wie in einer Trance und dennoch hellwach ging ich Schritt für Schritt zum Kleiderschrank, und als ich vor ihm stehenblieb, sah ich, wie neu er war, wie glänzend poliert das Holz, wie klar erkennbar seine Maserung. Es war der Kleiderschrank einer längst vergangenen Zeit, und in ihm hingen nicht, das wußte ich, meine alten Blue Jeans und T-Shirts, sondern das grausige Werk eines Tyrannen, der lang unter der Erde lag.
Ich hatte keine Macht über meine Hand, als diese sich zur Schranktür bewegte. Mein ganzer Körper war in Schweiß gebadet, der mir eiskalt über die Haut rann. Mein Atem war flach und hechelnd; ich spürte das Flattern meines Herzens. Solches Grauen hatte ich nie erlebt.
In diesem Kleiderschrank wartete etwas auf mich.
Aus irgendeinem Grund senkte ich den Blick zu meinen Füßen und gewahrte auf dem leuchtenden Teppich des Jahres 1891 einige hellrote Tropfen frischen Bluts. In einem dünnen Rinnsal führten sie zum Schrank, und der letzte Tropfen haftete an seinem Sockel, wie im letzten Moment gefallen, bevor die Tür zugeschlagen worden war.

Hatte man Harriet in diesen Schrank eingesperrt? Oder war es nicht Harriet, die in diesem Schrank saß, sondern jemand anderer? Oder – etwas anderes?

Der unheimliche Sog des Schranks, den ich schon in meiner ersten Nacht in diesem Zimmer gespürt hatte, ließ nicht nach. Ich zitterte am ganzen Körper, ich hatte völlig die Herrschaft über mich selbst verloren. Ich mußte den Arm heben und die Schranktür öffnen. Ich mußte sehen, was sich darin verbarg.

Und während meine Hand sich gegen meinen Willen hob – als stünde ich unter dem Zwang einer fremden Macht –, während Übelkeit in mir aufstieg und mich fast erstickte, dachte ich gleichzeitig, ich werde gezwungen, dieses Ding zu befreien.

Obwohl meine Hand unkontrollierbar zitterte, gelang es mir, den Schlüssel zu umfassen, der in dem kleinen Messingschloß steckte, und ich sah, wie weiß meine Finger waren, die ihn fest umspannten. Dann drehte meine Hand, so sehr ich mich dagegen zu wehren versuchte, langsam den Schlüssel nach rechts, bis ich ein metallisches Knacken hörte.

Langsam schwang die Schranktür auf.

Mir war so schwach und übel, daß ich mich kaum noch auf den Beinen halten konnte. Eine kalte, feuchte Hand berührte mein Gesicht und spürte dort den kalten Schweiß. Meine Hand, die jemand anderem zu gehören, die völlig körperlos zu sein schien, strich mir über Stirn und Nacken. Der Schrank mit der sich Zentimeter um Zentimeter öffnenden Tür begann vor meinem Blicken zu schwanken und drohte zu kippen; der Boden unter meinen Füßen hob und senkte sich in Wellenbewegungen, und das geisterhafte Licht begann jetzt zu verblassen.

Noch während die fransigen Ränder der Dunkelheit näherrückten, um mich einzuhüllen, gewahrte ich hinter der Schranktür etwas Weißes, dann fiel die Finsternis wie ein schwarzer Sack über meine Augen.

Als ich zu mir kam, lag ich im Vorderzimmer auf dem Boden. Am Kopf hatte ich eine schmerzende Beule. Benommen öffnete ich die Augen und sah, daß die Lampe im Flur brannte. Sie verströmte genug Licht, um das Zimmer aus dem Dunkel zu heben. Seitlich von mir stand groß und massig der alte Kleiderschrank. Eine Tür war offen. Ich konnte meine Jeans und T-Shirts erkennen, die auf den Bügeln hingen. Der Teppich unter mir war alt und fadenscheinig und roch muffig.

Ich wußte nicht, wie lange ich hier gelegen hatte, aber als ich mich aufrichtete, merkte ich, daß meine Glieder völlig steif waren. Mit schmerzendem Kopf und schmerzendem Rücken schleppte ich mich aus dem Zimmer in den Flur. An der Treppe blieb ich stehen und lauschte. Aus Großmutters Zimmer kam kein Laut. Ich war froh, daß ich sie nicht geweckt hatte. Ich ließ das obere Licht brennen und kroch langsam die Treppe hinunter. Mit großer Erleichterung rettete ich mich in die helle Vertrautheit des Wohnzimmers.

Ich wußte, wo im Buffet Großmutter ihre Kopfschmerztabletten aufbewahrte, und holte mir drei heraus. In der Küche ließ ich mir ein Glas Wasser einlaufen, nahm die Tabletten und kehrte ins Wohnzimmer zurück. Ich sperrte die Küchentür wieder ab, schob die Polsterrolle vor die Ritze und setzte mich auf die Couch.

Der Uhr zufolge hatte mein nächtliches Abenteuer drei Stunden gedauert. Das hieß, daß ich mindestens zwei davon bewußtlos gewesen war.

Und was war eigentlich geschehen? Ich versuchte, mich des Dialogs zu erinnern, wenn man es als solchen bezeichnen konnte, den ich im Vorderzimmer gehört hatte. Einer der Männer der Townsend-Familie hatte Harriet auf brutale Weise terrorisiert. Und warum? Weil sie einen Mann liebte, der der Familie nicht paßte?

Ich neigte mich vornüber und legte meinen Kopf in meine Hände. Wie grausam, einen Menschen zu lieben, dessen Liebe einem für immer verwehrt bleiben mußte! Sie tat mir entsetzlich

leid. Sachte wiegte ich mich hin und her, während draußen der Regen gegen die Scheiben trommelte, und beklagte Harriets Schicksal. So ein unschuldiges Ding, dachte ich, so kindlich und naiv. Was würde aus ihr werden? Was wartete noch an Schmerz und Unglück auf sie? Erst Victor und jetzt Harriet. War es möglich, daß in der Tat Schreckliches sich in diesem Haus zugetragen hatte, daß Großmutter recht hatte? War dies vielleicht der Beginn des Schreckens, ein Vorgeschmack gewissermaßen auf das, was noch kommen würde?
Ich streckte mich vorsichtig auf dem Sofa aus, den Kopf auf die Seite gelagert und starrte in die Dunkelheit. Es war genau wie in der vergangenen Nacht: Gedankenströme stürzten auf mich ein, und Schlaf blieb mir verwehrt. Das Haus in der George Street hatte mich in seiner Gewalt und würde mich erst loslassen, wenn es mit mir fertig war. Ihm hilflos ausgeliefert, lag ich auf dem Sofa in qualvoller Erwartung der nächsten Erscheinung aus der Vergangenheit.

Irgendwann mußte ich dennoch eingeschlafen sein. Am Morgen weckte mich meine Großmutter, die ins Zimmer kam, die Vorhänge aufzog und sich laut über den strömenden Regen aufregte. Wie am vergangenen Morgen war ich im Nachthemd, und meine Sachen lagen ordentlich gefaltet auf einem Stuhl.
»Du scheinst sehr gut geschlafen zu haben, Kind«, bemerkte Großmutter mit müder Stimme. »Ich hab jedenfalls die ganze Nacht keinen Mucks von dir gehört, obwohl ich vor Schmerzen kaum ein Auge zugetan hab. Bei diesem verflixten Regen setzt mir die Arthritis immer teuflisch zu.«
Ich setzte mich langsam auf. Die Beule an meinem Hinterkopf pochte schmerzhaft.
»Sind deine Beine ein bißchen besser?« Großmutter ging im Zimmer umher, als wollte sie es für den Tag wecken. Sie zog die Vorhänge auf, öffnete die Küchentür, legte die Sets auf den kleinen Eßtisch und sah schließlich nach dem Heizofen.
»Er ist ja schon wieder aus!« rief sie entrüstet. »Was ist denn nur

los mit dem verdammten Ding? Ich muß den Gasmann holen, der soll sich den Ofen mal ansehen. Das ist noch nie passiert, daß er immer wieder ausgeht.«
Ohne etwas zu sagen, nahm ich meine Sachen und ging zur Tür. Als ich sie aufzog, um hinauszugehen, hörte ich meine Großmutter sagen: »Der Besuch im Krankenhaus fällt heute aus. Der Regen spült einen ja von der Straße.«
Zu benommen, um etwas zu entgegnen, trat ich in den Flur und stieg die Treppe hinauf. Im Badezimmer, wo es so kalt war, daß meine Lippen, wie ich im Spiegel sah, sich blau verfärbten, wusch ich mich von oben bis unten mit eisigem Wasser und frottierte mich langsam trocken. Die Kälte machte mir überhaupt nichts mehr aus. Ich hatte mich an sie gewöhnt.
Als ich im Bad fertig war, blieb ich draußen vor der Tür stehen und blickte durch den dämmrigen Flur zur Tür des vorderen Schlafzimmers. Erinnerungen an das Grauen der Nacht überfielen mich, und ich schlang fröstelnd beide Arme fest um meinen Oberkörper.
Auf bleiernen Füßen tappte ich durch den Korridor nach hinten. Von unten, wie aus unerreichbarer Ferne, hörte ich Großmutter vergnügt vor sich hin trällern. Sie lebte in einer anderen Zeit. Vor der Tür des Schlafzimmers angekommen, blieb ich stehen. Das Herz schlug mir bis zum Hals, und mein Mund war trocken. Den Blick auf die Tür gerichtet, lauschte ich angespannt. Auf der anderen Seite war alles still. Schließlich drehte ich entschlossen den Türknauf und stieß die Tür auf.
Das Zimmer zeigte sich mir in beruhigender Alltäglichkeit.
Trotz des starken Regens fiel durch das Fenster hinter den halbgeöffneten Vorhängen genug graues Morgenlicht herein, um es in nüchterner Klarheit auszuleuchten. Da lag mein Koffer, da standen das Bett und der kleine Nachttisch, unter meinen Füßen lag der fadenscheinige Teppich, und da war der schäbige alte Kleiderschrank. Zu ihm ging ich hin und blieb vor der offenen Tür stehen.

Meine Blue Jeans hingen da und meine T-Shirts. Auf dem Boden lagen ein paar Flusen, Zeugnis dafür, daß der Schrank jahrelang leergestanden hatte. Und das war alles. Kein Hinweis darauf, was eines späten Abends im Jahr 1891 in diesen Schrank eingesperrt worden war und wie lange es dort eingeschlossen geblieben war.
Ich hatte es plötzlich eilig, aus dem Zimmer hinauszukommen, die Gesellschaft meiner Großmutter zu suchen. Ich warf meine Sachen kurzerhand aufs Bett, lief hinaus und schlug krachend die Tür hinter mir zu.
Als ich unten ankam, sah ich, daß die Tür zum alten Salon offenstand. Wie angewurzelt blieb ich stehen und starrte auf die offene Tür. Meine Nerven waren zum Zerreißen gespannt. Und in welchem Jahr befinden wir uns jetzt? fragte ich mich in angstvoller Verwirrung.
Unschlüssigkeit lähmte mich. Ich sehnte mich nach der vertrauten, schäbigen Gemütlichkeit des Wohnzimmers, aber ich wußte, wenn im Salon die Vergangenheit wieder zum Leben erwacht war, mußte ich mich ihr stellen. Ich hörte ein Geräusch und erschrak fast zu Tode. Dann aber holte ich tief Atem und ging zögernd ein paar Schritte in den dunklen Salon hinein. Irgend jemand – oder etwas – bewegte sich hier drinnen. Wieder blieb ich stehen, versuchte, die Dunkelheit mit den Augen zu durchdringen, und sah, vage und undeutlich, eine Gestalt. Alle meine Sinne aufs äußerste angespannt, versuchte ich, die Atmosphäre um mich herum aufzunehmen, um erkennen zu können, in welcher Zeit ich mich befand.
Ein weißes Gesicht tauchte plötzlich vor mir auf. Ich schrie unterdrückt auf und wich einen Schritt zurück.
»Viel zu kalt hier drinnen für dich, Kind«, sagte meine Großmutter, schob mich vor sich her aus dem Zimmer und machte die Tür zu. »Geh lieber ins Wohnzimmer, wo es warm ist. Komm.«
»Was hast du da drinnen getan, Großmutter?«
Gekrümmt humpelte sie vor mir her. »Ach, ich hab nur ein bißchen aufgeräumt. Komm, der Tee ist fertig.«

Während Großmutter in der Küche verschwand, setzte ich mich auf meinen gewohnten Platz am kleinen Eßtisch, den sie schon für uns gedeckt hatte. Da standen eine große Kanne mit dampfendem Tee, eine Schale Butter, mehrere Gläser Marmelade, die Zuckerdose und ein Krug warme Milch. Schon beim Anblick all dieser Dinge wurde mir übel. Hastig drehte ich den Kopf zum Fenster.

Der kleine Hintergarten war im strömenden Regen kaum zu erkennen. Die Backsteinmauer mit der verrosteten Pforte war nur eine verschwommene Kulisse vor den Gießbächen, die an den Fensterscheiben herunterrannen. Nur undeutlich konnte ich die dürren Rosenbüsche sehen, die sich im peitschenden Wind neigten. Eine abschreckende, kalte Welt war das dort draußen.

»So, Kind, hier sind die Brötchen. Noch richtig schön warm.«

Der schwere Geruch der Buttermilchbrötchen war mir widerlich. Hastig wandte ich mich wieder ab. Ich konnte an diesem Morgen nichts essen. Selbst der Tee lockte mich nicht.

»Was ist los, Kind? Fühlst du dich nicht wohl?«

»Du hast wahrscheinlich doch recht gehabt, Großmutter, ich habe anscheinend die Grippe erwischt. Ich fühle mich ziemlich flau.« Ich stützte die Ellbogen auf den Tisch und blickte, das Kinn auf die gefalteten Hände gelegt, wieder in den Regen hinaus.

Was um alles in der Welt, war gestern nacht in dem Schrank gewesen?

»Ja, du bist auch sehr blaß. Trink wenigstens deinen Tee, Kind. Der tut dir bestimmt gut.« Sie drückte mir die Tasse in die Hand. »Komm, Kind, trink.«

Ich trank ihr zuliebe ein wenig Tee, aber es kostete mich Anstrengung, ihn hinunterzuwürgen. Mein Magen rebellierte bei dem Gedanken an Essen oder Trinken. Und während ich zum Fenster hinausstarrte in den Regen, dachte ich, so regnet es auch in meiner Seele.

Schweigend saßen wir uns gegenüber. Großmutter bestrich sich ein Brötchen mit Butter und aß es bedächtig. Ich lauschte dem

Ticken der Uhr und dem unerträglich langsamen Verstreichen der Zeit.
Ein Klopfen an der Haustür schreckte mich auf. Großmutter stand mühsam auf und humpelte aus dem Zimmer. Ich hörte die Stimmen Elsies und Eds.
»Mistwetter!« schimpfte Elsie, als sie hereinkam und sich schüttelte wie ein Hund. Nachdem sie sich aus ihren dicken Sachen geschält und die Gummistiefel ausgezogen hatte, stellte sie sich mit dem Rücken vor den Kamin und lupfte ihren Rock.
»Hallo, Andrea«, sagte sie zu mir. »Wie geht's dir denn heute morgen?«
»Hallo, Elsie –«
»Herrgott noch mal, bist du blaß! Hast du nicht gut geschlafen? Ist es dir hier nachts zu kalt? Schau dich doch an, du hast ja kaum was auf dem Leib.«
Ich blickte auf mein T-Shirt hinunter, dann zu Elsie hinüber, die über ihrem Rolli noch einen dicken Wollpullover trug. Dennoch fror sie und rieb sich fröstelnd die Hände.
»Nein, mir ist nicht kalt.«
»Der Heizofen geht dauernd aus«, bemerkte Großmutter, die hinter Ed ins Zimmer kam. »Ich muß den Gasmann kommen lassen. Hier, trinkt eine Tasse Tee. Ich hab genug da. Ach, Andrea, du hast deinen ja kaum angerührt.«
»Das ist schon die zweite Tasse, Großmutter«, log ich. »Ich hab mir noch mal eingeschenkt, als du rausgegangen bist.«
Sie tätschelte mir die Hand. »Das ist gut.«
»Sie sieht wirklich nicht gut aus, Mama«, bemerkte Elsie, als sie sich zu uns an den Tisch setzte, während Ed, nachdem er sich Tee eingeschenkt hatte, zum Kamin hinüberging. Ich beobachtete ihn verstohlen. Ich hatte Angst, er würde das Gas höher drehen.
»Ach, aber mir geht's wirklich ganz gut. Kann ich heute mit euch ins Krankenhaus fahren?«
»Bestimmt nicht. Wir wissen selbst noch nicht, ob wir überhaupt hinfahren. Dieser Regen ist schrecklich! – Kann ich ein Brötchen

haben, Mama? Danke. Die Straßen sind wie leergefegt. Der Regen prasselt nur so. Schaut doch.«
Großmutter und ich wandten uns zum Fenster. »Ich komm mir vor wie in einem Goldfischglas«, erklärte Großmutter. »Wie sieht's denn mit morgen aus? Glaubst du, wir können fahren?«
»Wenn das so weitergeht, wird's vielleicht nichts werden.«
Ich hob fragend den Kopf. »Fahren? Wohin denn?«
»Na, zu Albert. Du weißt doch.«
»Ist morgen Sonntag?«
»Logischerweise, da heute Samstag ist.«
Das hieß, daß ich schon eine volle Woche hier war. Eine ganze Woche war vergangen, und mir war es kaum bewußt geworden. Einerseits kam es mir vor, als wäre ich gerade erst angekommen, andererseits, als wäre ich schon seit Jahren hier.
»Ann kommt extra aus Amsterdam. Sie möchte Andrea so gern kennenlernen.«
Großmutter stand auf und ging zum Buffet, um das gerahmte Foto ihrer drei anderen Enkel zu holen – Albert, Christine und Ann. Sie setzte sich wieder zu uns und hielt mir die Aufnahme hin. »Das war vor zwei Jahren«, sagte sie, »als...«
Ich blendete ihre Stimme aus, und das Bild verschwamm vor meinem Blick. Diese Menschen interessierten mich nicht. Ich hatte nichts mit ihnen gemeinsam, verspürte keinerlei Verlangen, sie kennenzulernen. Die anderen waren es, meine Vorfahren, zu denen ich mir Kontakt wünschte.
Abgerissene Worte drangen zu mir durch, während Großmutter und Elsie auf mich einredeten. Etwas von einem Häuschen an der Irischen See; von breiten Stränden; von Piers mit Restaurants und Tanzlokalen; von abendlicher Festbeleuchtung.
Ich sah die beiden an und fragte mich, wie ich einen ganzen Tag in ihrer Gesellschaft aushalten sollte, wie ich es fertigbringen sollte, dieses Haus zu verlassen, an die Westküste zu fahren, um einen Haufen Leute kennenzulernen, die mich nicht interessier-

ten, wie ich mit ihnen schwatzen und essen und so tun sollte, als amüsiere ich mich blendend.

»Ach, übrigens, Mama, ich hab dir ein paar Sachen mitgebracht. Ein schönes Stück Fisch, Kartoffeln und einen Kopf Kohl. Damit du was im Haus hast. – Hm, sonst noch was? Ach, du lieber Gott, beinahe hätte ich's vergessen!« rief Elsie und schlug sich mit der Hand auf die Stirn. »Ruth hat heute morgen angerufen.«

Ich drehte mich herum. »Meine Mutter?«

»Ja. Ganz überraschend. Es war in aller Herrgottsfrühe. Ihr Fuß verheilt gut, und sie möchte wissen, wie es Andrea geht und –«

»Und?« fragte Großmutter.

»Na ja, sie wollte wissen, wann Andrea wieder nach Hause kommt.«

»Nach Hause?« wiederholte ich schwach.

»Aber so was!« rief meine Großmutter. »Sie hat ja noch nicht mal die ganze Familie kennengelernt. Und ihr Großvater hat auch kaum was von ihr mitbekommen. Und jetzt geht's ihr gerade gar nicht gut.« Sie wandte sich mir zu. »Was meinst du denn, Kind?«

Ich schüttelte den Kopf. »Ich kann noch nicht abreisen, Großmutter.«

»Natürlich nicht«, stimmte sie liebevoll zu. »Da bist du über den ganzen Ozean geflogen und sollst schon nach einer Woche wieder heim? Unsinn. Das wäre ja gar kein richtiger Besuch. Du hast ja noch nicht mal das Haus gesehen, wo du nach deiner Geburt gewohnt und die ersten zwei Jahre deines Lebens verbracht hast. Und deinen Großvater hast du auch noch gar nicht richtig kennengelernt, hm? Nein, du mußt schon noch ein Weilchen bleiben, Kind.«

Es wurde plötzlich sehr heiß im Zimmer, und ich hatte Mühe zu atmen. Auf dem Flug von Los Angeles hierher hatte ich kaum an etwas anderes gedacht als an meine baldige Heimkehr in die Staaten. Und in den ersten Tagen meines Aufenthalts in dem entsetzlich kalten Haus hatte ich beinahe unablässig den Tag herbeige-

sehnt, an dem ich nach Los Angeles zurückkehren würde. Aber jetzt... jetzt war alles anders. Ich wollte nicht weg. Ich konnte nicht weg.
»Was hast du meiner Mutter gesagt?« fragte ich Elsie.
»Ich hab ihr erzählt, daß wir morgen zu Albert fahren wollen, damit du alle kennenlernen kannst. Das fand sie natürlich schön. Und dann hab ich ihr Vaters Zustand beschrieben, und daß er dich immer mit deiner Mutter verwechselt. Aber die Schwester hat gesagt, daß er bald wieder zu Bewußtsein kommen wird. Er wacht schon jetzt oft auf, aber meistens erst spät am Abend. Und wenn er wieder ganz da ist, dann kannst du richtig mit ihm reden. Ach, ich weiß noch, wie er dich immer auf seinem Knie hat reiten lassen, Andrea, aber daran kannst du dich natürlich nicht mehr erinnern...«
Meine Gedanken schweiften ab, und ich war froh, als Ed aufstand und sagte: »Ich glaube, wir sollten jetzt fahren, Elsie. Aus dem Besuch im Krankenhaus wird heute leider nichts werden. Der Regen und der Sturm würden uns in unserem kleinen Auto von der Straße fegen. Wir können wahrscheinlich froh sein, wenn wir gut nach Hause kommen.«
»Recht hast du. Ich hab deine Mutter von dir gegrüßt, Andrea, und ihr gesagt, daß es dir gutgeht.« Elsie schlüpfte in ihre Gummistiefel und packte sich in ihre warmen Sachen. »Bleib sitzen, Mama. Andrea kann hinter uns absperren.«
Ich brachte Elsie und Ed hinaus. An der Tür warf Elsie einen Blick über die Schulter, um sich zu vergewissern, daß Großmutter sie nicht hören konnte, und sagte mit gesenkter Stimme: »Es ist dieses verdammte Haus, nicht?«
»Was?« sagte ich erschrocken.
»Es ist so widerlich kalt. Der läppische kleine Gasofen reicht dir doch bestimmt nicht, hm? Du kannst nachts wahrscheinlich vor Kälte nicht schlafen. Man braucht dich ja nur anzusehen. Du bist weiß wie die Wand. Willst du nicht für den Rest deines Besuchs zu uns ziehen?«

Ich wich unwillkürlich einen Schritt zurück. »Nein! Nein, Elsie, ich kann Großmutter doch nicht einfach allein lassen. Sie hat ja keinen Menschen.« Wie verlogen ich war! Vor ein paar Tagen noch hätte ich das Angebot ohne Überlegung angenommen. Zentralheizung, Farbfernsehen, helle Lichter und überall dicke Teppiche. Jetzt entsetzte mich der Gedanke, das Haus verlassen zu müssen. Aber nicht meiner Großmutter wegen.
»Andrea hat recht«, pflichtete Ed mir bei. »Deine Mutter fühlt sich einsam ohne ihren Mann. Andrea tut ihr gut.«
»Ja, sicher, aber schau dir das Kind doch an. *Ihr* tut es hier offensichtlich gar nicht gut.«
»Vielen Dank, Elsie, aber ich möchte wirklich lieber bleiben.«
»Na gut. Aber wenn du's dir anders überlegst, dann brauchst du es uns nur zu sagen. Du bist jederzeit willkommen. Und wenn der Regen bis heute abend nachläßt, kommen wir vorbei und nehmen dich mit ins Krankenhaus. In Ordnung?«
»Ja, danke.«
Als Ed die Tür öffnete und der regennasse Wind ins Haus fuhr, sagte Elsie hastig: »Ob wir morgen zu Albert fahren, müssen wir noch sehen. Bis dann.«
Ich hatte Mühe, die Tür hinter ihnen zu schließen. Sobald ich sie abgesperrt hatte, schob ich die Polsterrolle wieder an ihren Platz und kehrte ins Wohnzimmer zurück.
Einige Zeit später, ich war in meinem Sessel eingeschlafen, hatte ich den ersten erotischen Traum.

12

Der Traum war schon seiner Natur nach sehr aufwühlend. Die einzelnen Szenen folgten keiner festen Ordnung und erzählten keine Geschichte. Ihr ganzer Sinn lag in ihrer sexuellen Symbolik. Ich spürte Victors Wärme, die Zärtlichkeit seines Mundes, ich nahm seinen Geruch wahr und erlebte die Verschmelzung mit seinem Körper. Einmal kam er aus einer Wolke zu mir, die Arme ausgestreckt, um mich zu umschlingen; oder er winkte mir vom Ende einer langen dunklen Straße. Manchmal streckten wir sehnend die Arme nacheinander aus, und unsere Fingerspitzen berührten sich, oder wir lagen in einer Wiese im hohen Gras und liebten uns unter blauem Himmel und warmem Sonnenschein. Nichts ergab einen Sinn. Ich versuchte vergebens, ihn zu fragen, was das alles zu bedeuten hatte – er sprach kein Wort. Wir kamen zusammen, und wir trennten uns wieder, wir spürten, und wir fühlten, aber zu einem Verstehen kam es nicht.

Die Bilder flogen an mir vorüber wie von einem Wirbelwind getrieben, und sie waren voller Lust und Begierde. Es war, als wäre meine Seele ein im Käfig eingesperrter Vogel, der in dem verzweifelten Bemühen, die Freiheit zu gewinnen, wie rasend herumflatterte. Mein Schlaf brachte mir keine Ruhe und keinen Frieden, sondern lieferte mich einzig dem ungestümen Freiheitsdrang meiner angeketteten Leidenschaften aus.

Ich war schweißgebadet, als ich erwachte. Solche Begierde hatte ich nie gekannt, hatte nie erlebt, daß ein Mann solche Macht über mich hatte. Das brennende Verlangen, mich Victor Townsend hinzugeben, raubte mir alle Selbstkontrolle, raubte mir die Identität.

Ich stöhnte und erschrak. Mit einem raschen Blick auf meine Großmutter, die zum Glück noch fest schlief, stand ich unsicher auf und ging schwankend zum Fenster. Der Regen draußen war

noch stärker geworden. Er kam in wahren Sturzbächen herab und erfüllte die Luft mit seinem Tosen. Ich drückte die Stirn an die kalte Fensterscheibe und versuchte, zu mir zu kommen.
Wieso fühlte ich plötzlich auf eine Weise, wie ich nie gefühlt hatte? Was für einen Zauber übte Victor Townsend über mich aus?
»Ist er weg?« sagte jemand hinter mir.
Ich fuhr herum.
Harriet trat gerade ins Zimmer und schloß leise die Tür. John, der gespannt am Kamin stand, fragte noch einmal: »Ist er weg?«
»Ja, er ist weg.«
»Du hast ihm nicht gesagt, daß ich hier bin?«
»Nein, John.«
Harriet ging durch das Zimmer zu ihrem Bruder, und ich sah mit Bestürzung, wie sehr sie sich verändert hatte. Der Schmelz der Jugend und die Kindlichkeit, die ihrem reizlosen Gesicht eine gewisse Ausstrahlung verliehen hatten, waren wie ausgelöscht. Geblieben waren die plumpen Gesichtszüge in ihrer ganzen Nacktheit. Sie wirkte gedämpft und bedrückt, und die unsichtbare Last, die sie trug, schien sie stumpf und teilnahmslos gemacht zu haben. Und doch schien kaum Zeit vergangen zu sein, seit ich sie zuletzt gesehen hatte; sie trug die gleiche Kleidung wie damals.
John hatte sich nicht verändert, er war derselbe geblieben – ein etwas wäßriger Abklatsch Victors, mit hellerem Haar und helleren Augen und Gesichtszügen, die weicher und weniger scharf umrissen waren. Er schien mir sehr erregt.
»Wann kommt Vater nach Hause?«
»Frühestens in einer Stunde.«
»Gut, gut.« In Gedanken versunken rieb er sich die Hände.
»John? Was hat das alles zu bedeuten? Wer war dieser Mann?«
»Hm? Wie? Oh –« John wedelte wegwerfend mit der Hand. »Ach, niemand. Ein Mann eben.«
»Aber er war schon einmal hier. Als du nicht zu Hause warst. Wer ist er? Er gefällt mir nicht.«

»Das geht dich gar nichts an«, fuhr John sie plötzlich an, so daß sie erschrocken zurückfuhr. Augenblicklich zerknirscht, zwang sich John zu einem Lächeln und sagte beschwichtigend: »Sagen wir einfach, er ist ein Geschäftsfreund.«
Harriet nickte nur und wandte sich von ihrem Bruder ab. Die Hände ineinander gekrampft, tiefe Unruhe auf dem Gesicht, ging sie um den moosgrünen Sessel herum. Aber nicht der Fremde an der Tür, sondern etwas anderes quälte Johns Schwester. Mit großer Sorgfalt, das sah ich von meinem Platz aus, wählte sie ihre nächsten Worte.
»John, ich habe Victor heute getroffen.«
John blickte nicht auf. Er starrte ins Feuer und war mit seinen Gedanken ganz woanders.
»Ich habe ihn auf dem Anger getroffen. Er sagte, er hätte sehr viel zu tun. Er hat eine Menge Patienten. Deshalb kommt er nie her. Ich habe ihn zum Abendessen eingeladen. Ich habe ihm gesagt, wie sehr Vater sich freuen würde, wenn er käme. Aber ich glaube, er wird nicht kommen. Willst du ihn nicht einmal auffordern?«
John hob den Kopf. »Wie? Was sagst du? – Ach so, Victor. Ich war in seiner Praxis. Gar nicht übel. Sie schicken viele aus dem Krankenhaus zu ihm. Er steht sich gut mit den Ärzten dort. Ich hab ihn schon eingeladen, Harriet, aber er scheint keinen großen Wert darauf zu legen, uns zu besuchen. Wegen Vater ist es nicht, das weiß ich. Sie haben sich ausgesöhnt.«
»Was ist es dann?«
John zuckte die Achseln. »Keine Ahnung.«
»John, ich finde, Victor sollte nach Hause kommen. Für immer, meine ich.«
»Ja...« Er kehrte ihr den Rücken und versank wieder in Nachdenklichkeit.
»Ich finde es nicht richtig«, fuhr Harriet fort, »daß er in einem Zimmer im *Horse's Head* wohnt. Er braucht ein richtiges Zuhause. Du und Jenny wohnt jetzt schon ein Jahr hier. Findest du nicht, es ist Zeit, daß ihr auszieht? Wenn ihr ein eigenes Haus

habt, kann ich das obere Zimmer haben, und Victor kann nach Hause kommen.«
Mit raschelndem Rock schritt sie im Zimmer auf und ab.
»John, ich möchte etwas mit dir besprechen –«
»Ich weiß schon, worum es geht«, sagte er gereizt und drehte sich ärgerlich um. »Du möchtest wissen, was aus meinem Geld geworden ist. Na schön, wenn du es unbedingt wissen mußt, der Mann, der eben hier war, ist ein Buchmacher. Mein Buchmacher, und er war hier, weil ich ein paar Schulden bei ihm habe. Bist du nun zufrieden?«
»Ach, John ...«
»Ja, ja, ach John! Ich hätte bestens dagestanden, wenn ich nicht das Pech gehabt hätte, auf ein paar richtige Nieten zu setzen. Ich hätte schon letzte Woche ein Haus kaufen können. Und sag Vater ja nichts, der würde mir höchstens die Hölle heiß machen.«
»Ach, John, das ist mir doch gleich. Bleib hier wohnen, wenn du willst. Bleib meinetwegen für immer hier. Es ist mir gleich, daß du spielst.«
»Ich setz hin und wieder mal auf ein paar Pferde – das kann man doch nicht Spielen nennen.«
»Ich wollte über etwas anderes mit dir sprechen, John.« Sie lief zu ihm und legte ihm die Hand auf den Arm. »Ich brauche deine Hilfe –«
Aber John schüttelte den Kopf. »Es geht natürlich wieder um diesen Kartoffelfresser Sean O'Hanrahan, stimmt's?« sagte er mit finsterer Miene. »Ich will nichts davon hören. Wenn man mit solchen Leuten verkehrt, kommt man nur in Teufels Küche. Ich hab dir gesagt, du sollst dich von ihm fernhalten, und das ist mein letztes Wort.«
»Aber ich liebe ihn!«
»Du bist ja von allen guten Geistern verlassen! Das Thema ist längst erledigt, Harriet, und ich möchte diesen Namen nicht mehr in diesem Haus hören. Wenn ich dich noch einmal dabei ertappen sollte, daß du mit diesem Kerl sprichst, werde ich –«

»Du bist nicht besser als Vater!« rief sie. »Ihr seid alle gegen mich. Mit Victor kann ich auch nicht sprechen. Er ist ganz anders als früher. Er ist richtig launisch geworden, und wenn ich mit ihm reden will, merke ich genau, daß er an was ganz andres denkt. Es ist ein Jahr her, John, ein ganzes Jahr, daß Victor das letzte Mal in diesem Haus war. Und dir scheint das völlig gleichgültig zu sein. Und ich bin dir auch gleichgültig.«

John wandte sich nur schweigend von ihr ab.

»Und du!« fuhr sie fort, in einem Ton, der an ein verwirrtes Kind erinnerte. »Seit du verheiratet bist, kenne ich dich nicht mehr. Wenn du nicht mit Jenny zusammen bist, dann bist du auf der Rennbahn. Du hast überhaupt keine Zeit mehr für mich – genau wie Victor und Vater und Mutter. Siehst du denn nicht, daß ich deine Hilfe brauche, John?«

Merkwürdigerweise löste sich die Szene an dieser Stelle auf, noch während Harriet mit Kinderstimme um Hilfe flehte. Aber ich war froh, daß es ein Ende hatte. Mir war so schwach geworden, meine Beine so zittrig, daß ich gefürchtet hatte, ich würde zusammenbrechen, noch ehe John und Harriet miteinander fertig waren. Nur mit Mühe schaffte ich es zu dem Stuhl am Eßtisch, ließ mich darauf niederfallen und hielt mir mit beiden Händen den Kopf.

Einige Minuten später regte sich meine Großmutter in ihrem Sessel und öffnete die Augen. »Ach, du lieber Gott«, murmelte sie. »Bin ich schon wieder eingenickt! Ach, tun mir meine Gelenke weh. Das ist der Regen. Ich schaff's nie die Treppe hinauf.«

Ächzend beugte sie sich im Sessel vor, ergriff ihren Stock und stand schwerfällig auf. Während sie langsam zu mir herüberhumpelte, sah ich wieder, wie alt sie war; wie schrecklich alt.

»Ich kann heute abend nicht kochen, Kind. Ich hab solche Schmerzen in den Gelenken. Kannst du dir selbst was machen?«

»Aber natürlich. Möchtest du denn gar nichts essen, Großmutter?«

»Ich hab keinen Appetit. Der Regen macht mich ganz fertig. Ich geh jetzt nach oben und lese noch ein bißchen, ehe ich schlafe. An solchen Abenden, wenn das Wetter so schlimm ist, leg ich mich immer oben hin, da gibt die Arthritis am ehesten Ruhe. Es macht dir doch nichts aus, wenn ich jetzt raufgehe, Kind?«

»Großmutter –«

»Ja, Schatz?« Sie war schon auf dem Weg zur Tür.

Ich hatte mich ihr anvertrauen wollen, aber nun war der Impuls schon vorbei. So gern ich meiner Großmutter alles erzählt hätte, was ich in diesem Haus gesehen hatte, die Furcht, es für immer zu verlieren, hielt mich davon ab.

»Ach, nichts«, sagte ich deshalb. »Hoffentlich schläfst du gut, Großmutter. Und gute Besserung.«

»Danke, Kind. Gute Nacht. Brot und Marmelade stehen in der Küche. Und Tee kochen kannst du ja.«

Sie ging zur Tür hinaus, und wenig später hörte ich ihre schweren Schritte auf der Treppe. Als sich die Tür kaum eine Minute später wieder öffnete, glaubte ich, meine Großmutter wäre umgekehrt. Aber dann sah ich, daß es Jennifer war, die ins Zimmer trat.

Und als ich Victor erblickte, der ihr folgte, hätte ich beinahe aufgeschrien.

»Es ist lieb von dir, daß du gekommen bist, Victor«, sagte sie, während sie durch das Zimmer zum Kamin ging.

»Ich wäre schon viel früher gekommen, wenn du mich darum gebeten hättest.«

»Wir haben alle gehofft, daß du uns besuchen würdest. Warrington ist so klein, aber du hättest ebensogut in einem anderen Land leben können, so selten haben wir dich zu Gesicht bekommen.«

Victor Townsend blieb an der Tür stehen, als hätte er Angst, näherzukommen. Er hatte sich in diesem einen Jahr ein wenig verändert: Sein Haar war länger, und sein eleganter Anzug verriet Wohlhabenheit. Doch das Gesicht war dasselbe geblieben: still und unergründlich.

Jennifer drehte sich um. Das Licht der Flammen umriß ihren anmutigen, schlanken Körper. »Wir haben dich vermißt.«

»Wirklich?«

Sie senkte einen Moment die Lider und hob den Blick dann wieder. »Ja, ich jedenfalls. Ich habe lange gehofft, du würdest uns besuchen, aber du bist nie gekommen.«
»Ich hatte viel zu tun. Es mangelt mir nicht an Patienten, und sie sind bereit, gut zu zahlen.«
»Du bist für deine niedrigen Honorare bekannt, Victor, und jeder in der Stadt weiß, daß du die Armen auch kostenlos behandelst. Du bist sehr beliebt in Warrington, und mit deinen neuen Methoden und Ideen hast du den schwerfälligen alten Ärzten hier Anregung zum Nachdenken gegeben. Wir sind alle sehr stolz auf dich.«
»Ja, die Praxis geht gut, und die Arbeit hält sich im Rahmen, würde ich sagen. Knochenbrüche, Mandelentzündungen und alte Damen mit den Vapeurs.«
Jennifer lächelte. »So wie du das sagst, klingt es schrecklich langweilig.«
Victor erwiderte ihr Lächeln, aber es war ein Lächeln, das nicht von innen kam. »Das Leben eines Arztes hat mit Romantik wenig zu tun. Es ist zwar nicht unbedingt langweilig, aber so aufregend, wie die Leute es sich im allgemeinen vorstellen, ist es nicht.«
»Und – sonst, Victor? Geht es dir gut?«
Er sah sie einen Moment schweigend an. »Ja, es geht mir gut«, antwortete er dann. »Und dir, Jenny?«
»O ja, es geht mir gut.« Es klang sehr kontrolliert.
Jetzt endlich kam Victor durch das Zimmer und blieb erst dicht vor Jennifer stehen. Mit seinen dunklen Augen sah er sie aufmerksam an. »Wirklich, Jenny?«
»Aber natürlich...«
»Du brauchst mir nichts vorzumachen«, sagte er leise. »Ich bin sein Bruder. Ich kenne ihn sein Leben lang. John und ich haben keine Geheimnisse. Er spielt immer noch, nicht wahr?«
Jennifer senkte den Kopf, ohne zu antworten. Victor schob ihr leicht die Hand unter das Kinn und hob ihren Kopf, bis sie ihm wieder in die Augen sah. »Er spielt immer noch, nicht wahr?«

»Ja.«

Victor senkte den Arm und ging zur anderen Seite des Kamins hinüber. Den Ellbogen auf den Sims gestützt, sagte er: »Und es ist schlimmer geworden, stimmt's? – Oh, ich weiß. Ich kann dir die peinliche Antwort ersparen. Harriet war mehrmals bei mir und hat es mir erzählt. Und jetzt kommen die Gläubiger schon ins Haus, wie ich höre.«

»Kannst du ihm nicht helfen, Victor?«

Wieder blickte Victor sie einen Moment schweigend an, und er mußte das gleiche sehen wie ich – die großen, weichen Rehaugen, die bebenden Lippen, die feingeschwungenen Augenbrauen, die klare Schönheit Jennifers. Ich spürte es, er liebte sie immer noch.

»Hast du mich deshalb hergebeten?«

»Nein!« Bestürzt trat sie einen Schritt näher zu ihm. »Nein, Victor, das darfst du nicht glauben. Ich hätte die Sache niemals angesprochen. Ich habe dich eingeladen, weil ich dich sehen wollte und weil ich fürchtete, du würdest nie wieder zurückkommen. Es ist soviel Zeit vergangen...« Sie vollendete ihren Gedanken nicht.

»Du allein konntest mich in dieses Haus zurückholen, Jenny. Harriet hat es viele Male versucht. John hat mich eingeladen, selbst mein Vater hat seinem Herzen einen Stoß gegeben und mich gebeten, nach Hause zu kommen. Aber ich habe immer nur auf ein Wort von dir gewartet, denn deinetwegen bin ich dem Haus ferngeblieben.«

Die Schwermut, die mir auf ihrer Fotografie aufgefallen war, verdunkelte jetzt flüchtig Jennifers Gesicht, ein Ausdruck offener Verletzlichkeit, der, das fühlte ich, Victor so stark ergriff wie mich. Ich spürte, daß er in diesem Moment gegen den Impuls kämpfte, Jennifer einfach in die Arme zu nehmen.

»Ich helfe John, wenn du es wünschst.«

»Ach, Victor –«

»Aber nur um deinetwillen. John ist zu stolz, um mich um Hilfe zu bitten. Und ich bin auch gar nicht sicher, ob ich ihm helfen würde, wenn er zu mir käme. Aber du, Jenny, du solltest längst in deinem eigenen Heim leben und daran denken, eine Familie zu gründen. Nur um deinetwillen werde ich meinem Bruder helfen.«

Jennifer schüttelte den Kopf. »Du darfst es nicht für mich tun, Victor. Du mußt es tun, weil du es willst. Weil er dein Bruder ist –«

Er lachte kurz auf. »Ja, das ist er. Und damit bist du meine Schwester, richtig? Oder genauer gesagt, meine Schwägerin. Aber das ist praktisch das gleiche«, schloß er bitter.

»Nein, das ist nicht das gleiche.«

Zu meiner Überraschung stürzte Victor plötzlich auf Jennifer zu und faßte sie bei den Armen. Er hielt sie so fest, als wollte er sie schütteln. Schwarzer Sturm verdunkelte sein Gesicht, und seine Augen blitzten vor Zorn, so daß Jennifer erschrocken vor ihm zurückwich.

»Was ist es dann?« sagte er heiser, seiner Stimme kaum mächtig. »Was sind wir, wenn nicht Schwester und Bruder?«

»Victor! Ich –«

»O Gott!« rief er und ließ sie so plötzlich los, wie er sie gepackt hatte. »Was ist nur über mich gekommen? Die Frau meines eigenen Bruders! Bin ich denn wahnsinnig geworden?«

»Du kannst es nicht ändern«, sagte sie hastig. Ihre Wangen waren blutrot. »So wenig wie ich.«

Victor starrte sie immer noch zornig an, aber ich wußte, daß sein Zorn nicht ihr galt, sondern sich selbst. Für sie empfand er nur tiefe Liebe und Zärtlichkeit.

»Was soll ich tun?« sagte er schließlich leise und verzweifelt. »Ein Jahr lang habe ich mit diesem Augenblick gelebt. Ich habe gewußt, daß er eines Tages kommen würde, daß die Stunde kommen würde, in der wir uns endlich von Angesicht zu Angesicht gegenüberstehen würden. Und oft habe ich mich gefragt, ob ich es fertigbringen würde, standzuhalten und mein Geheimnis für mich zu behalten. Aber ich sehe jetzt, daß ich es nicht kann. Ich bin ja nur

ein Mensch. Zwölf Monate haben meine Liebe zu dir nicht auslöschen können, Jennifer. Zwölf Monate harter Arbeit haben mein Verlangen nach dir nicht mindern können. Bin ich denn zu lebenslanger schrecklicher Strafe verurteilt für ein Verbrechen, das begangen zu haben ich mich nicht erinnern kann?«
»Wenn es so ist«, sagte sie ruhig, »dann ist mir das gleiche Urteil gesprochen worden.«
Victor stand so still, so reglos, daß ich mich schon fragte, ob die Zeit stehengeblieben sei. Aber dann sah ich, daß er atmete, und hörte das schwache Ticken der Uhr auf dem Kaminsims. Und schließlich hörte ich ihn mit tonloser Stimme sagen: »Ich glaubte, nur geträumt zu haben, daß du mich liebst. Ich war niemals sicher. Und als ich es zu ahnen begann, fürchtete ich, meine wilden Hoffnungen verleiteten mich dazu, die Botschaft deiner Blicke falsch zu deuten. Ich war wie der sprichwörtliche Ertrinkende, der nach dem Strohhalm greift. Aber jetzt sehe ich, daß ich mich doch nicht getäuscht habe. Daß du mich liebst. Und jetzt frage ich mich, ob dies nicht härtere Strafe ist, als wenn du mich nicht liebtest.«
»Es ist keine Strafe, Victor –«
»Was dann?« rief er. »Allein das Wissen, daß wir dazu verurteilt sind, so durchs Leben zu gehen – uns zu sehen, vielleicht hin und wieder flüchtig zu berühren, aber niemals lieben zu dürfen ...«
Als Victor sah, daß Jenny weinte, ging er zu ihr und wischte ihr zärtlich die Tränen vom Gesicht.
»Ich hätte nach Schottland gehen sollen. Noch an dem Abend, als ich mit meinen törichten Hoffnungen auf eine gemeinsame Zukunft mit dir hierhergekommen war und erfuhr, daß du John geheiratet hattest, hätte ich Warrington wieder verlassen und mich anderswo niederlassen sollen, an irgendeinem fernen Ort. Dann wäre uns diese Qual erspart geblieben.«
»Ist es denn eine solche Qual, Victor?«
»Zu wissen, daß ich dich niemals werde küssen können, daß du das Bett mit meinem Bruder teilst? Ja, das ist die reine Qual.«
»Und was ist mit den Augenblicken, die wir für uns haben, wie

eben diesen? Können denn nicht ein Wort oder ein Lächeln genügen? Ist das nicht besser als gar nichts? Denk an die Einsamkeit, Victor, wenn wir getrennt wären. Denk an die langen leeren Jahre in einem fremden Land, die dir bestimmt wären, und denk an meine einsamen Nächte mit einem Mann, den ich einmal zu lieben glaubte, um dann erkennen zu müssen, daß es eine Täuschung war. Wäre es wirklich besser für uns, wenn unsere Wege sich trennen würden und wir dennoch in Gedanken immer beim anderen wären? Oder ist es besser, wenn wir uns nehmen, was wir können, und das Beste daraus machen?«

Mit einer heftigen Bewegung wandte er sich ab. »Darauf kann ich nicht antworten. Jetzt, in diesem Moment, möchte ich bei dir sein und niemals fortgehen. Aber wenn ich in meiner Praxis bin und mir die schreckliche Realität unserer Situation vor Augen halte, dann denke ich, wie leicht es wäre, meine Sachen zu packen und zu verschwinden.«

»Leicht?«

»Nein, nicht leicht. Aber besser, bei Gott!«

Der ganze Raum erschien erfüllt von den heftigen Gefühlen der beiden. Ich wurde in diesen Sturm hineingerissen wie in einen Strudel. Ich fühlte das Feuer ihrer Leidenschaft und litt ihren Schmerz. Er zerriß mir fast das Herz. Ich konnte nicht mehr standhalten.

»Victor!« schrie ich.

Erschrocken drehte er sich um.

Und dann waren sie verschwunden.

Die Nacht wurde zur Tortur. Entkräftet vom Schlafmangel, ausgelaugt vom Wechselbad der Gefühle, fiel ich in einen unruhigen Schlaf, der mir keine Erholung brachte. Wieder wurde ich von erotischen Träumen heimgesucht: Bildern von Victor, lockenden Visionen seiner Zärtlichkeit und seines Feuers. Im Traum war seine Liebe wie ein süßer Dunst, der sich über mich senkte und mich einhüllte. Ich zitterte vor lustvoller Spannung. Aber niemals

kam es zur letzten Erfüllung meiner Begierde. Meine Träume täuschten mich, spielten mit mir und ließen mich schließlich in einem Zustand elender Enttäuschung zurück.
In meinen wachen Momenten betrachtete ich staunend die Wandlung, die sich in mir vollzog. Es war, als erwache eine Vielzahl neuer Persönlichkeiten in mir, jede mit einem anderen Verlangen, das nach Stillung verlangte. Solche Begierde und Leidenschaft hatte ich nie gekannt. Es war, als wäre jeder einzelne Nerv in meinem Körper mit Elektrizität aufgeladen. Ich stand in hellen Flammen, und es schien, daß einzig Victor Townsend den Brand löschen konnte.
Dann wieder, wenn ich am Fenster stand und meine fieberheiße Stirn an das kühle Glas drückte, dachte ich über diese seltsamen Träume nach und fragte mich, was sie bedeuten mochten. Es lag auf der Hand, daß ich Victor Townsend liebte und begehrte, doch ich verstand nicht, wieso ich so besessen war von diesem Mann, da doch nie zuvor ein Mann ähnliche Gefühle und Wünsche bei mir hervorgerufen hatte. Ich suchte nach Erklärungen und fand keine.

Um Mitternacht weckten mich Jennifer und Harriet aus leichtem Schlaf. Ich war im Sessel eingenickt und fuhr hoch, als ich das Klappen der Tür hörte. Ich sah Harriet an mir vorüberhuschen und am Kamin stehenbleiben. Auf der Uhr war es elf.
Es schien kaum Zeit vergangen zu sein seit der Szene zwischen Jennifer und Victor. Jennifer jedenfalls war unverändert.
Harriet war sichtlich erregt. Zitternd, beide Hände auf den Magen gedrückt, stand sie da und warf immer wieder mit nervöser Bewegung den Kopf in den Nacken.
»Was ist denn?« flüsterte Jennifer besorgt.
»Sind sie alle schlafen gegangen? Bist du sicher? Wo ist John?«
»Er ist noch aus. Aber wir hören es ja, wenn er kommt. Niemand kann uns hören, Harriet. Sag mir doch bitte, was du hast.«
»Ach, Jenny...« Harriet begann plötzlich zu weinen. »Ich habe

solche Angst. Ich weiß nicht, was ich tun soll. O Gott, was soll ich nur tun!«

»Harriet«, sagte Jennifer ruhig und klar. Sie nahm Harriets zukkende Hände und hielt sie in den ihren. »Komm, jetzt sag mir, was dich quält. So schlimm kann es doch gar nicht sein.«

»Doch, doch. Ich – ach, Jenny...«, wimmerte sie. »Versprich mir, daß du keinem Menschen etwas sagst. Du bist die einzige Freundin, die ich habe.«

»Ich verspreche es dir, Harriet. Ich sage nichts.«

»Auch Victor nicht. Vor allem nicht Victor.«

Jennifer zog die Brauen hoch. »Gut. Ich sage es keinem Menschen. Also, was ist mit dir?«

Harriet entriß Jennifer ihre Hände, wandte sich ab und ging ein paar Schritte. »Ich – ich muß dich etwas fragen. Du mußt mir etwas sagen.«

»Natürlich, wenn ich kann.«

Harriet zögerte unschlüssig. Sie schien nicht zu wissen, wie sie anfangen sollte, suchte nach Worten, setzte zum Sprechen an und brachte doch keinen Ton über die Lippen. Schließlich drehte sie sich heftig herum und starrte Jennifer ängstlich ins Gesicht.

»Jenny«, sagte sie zitternd. Sie senkte den Blick. »Ich muß unbedingt etwas wissen, aber ich – ich glaube, ich kann gar nicht darüber sprechen. Bitte hilf mir.«

Jennifer war zwar nicht älter als Harriet, aber sie war eine verheiratete Frau und reifer als die Freundin. Sie sah, daß Harriet in tiefer Not war und legte ihr tröstend die Hand auf den Arm. »Es gibt nichts auf der Welt«, sagte sie beruhigend, »worüber wir beide nicht miteinander sprechen können, Harriet.«

Harriet sah auf. Ihre Wangen waren erhitzt, ihre Augen glänzten wie im Fieber. »Meine Tage...«, flüsterte sie. »Jenny, meine Tage sind nicht gekommen.«

Jennifer brauchte einen Moment, um sich die Bedeutung der Worte klarzumachen, dann hauchte sie: »Ach Gott, Harriet...«

»Es fällt mir so schwer, darüber zu sprechen«, sagte Harriet mit gepreßter Stimme. »Du weißt doch, wie es ist. Und besonders mit Mama. Als es das erste Mal passierte, als ich zwölf war –« Harriets Stimme war nur noch ein Flüstern – »war ich zu Tode erschrokken. Ich dachte, ich müßte sterben! Ich hatte keine Ahnung, was mir geschah. Und Mama hat mir überhaupt nicht geholfen. Sie sagte nur, jetzt wäre ich eine Frau, ich sollte aufhören zu weinen, und das würde jetzt regelmäßig jeden Monat kommen. Erklärt hat sie mir überhaupt nichts, Jenny. Sie hat nur gesagt, daß ich in dieser Zeit oft die Unterwäsche wechseln soll und immer Eau de Cologne nehmen soll und daß vor den Männern auf keinen Fall darüber gesprochen werden darf. Jenny, du kennst das ja alles. Mama hat gesagt, ich dürfte mich nie darüber beklagen, ich müßte einfach so tun, als gäbe es das gar nicht. Ach, Jenny, es ist verrückt!«

Harriet umfaßte verzweifelt Jennifers Arm.

»Als es das erste Mal kam, erschrak ich zu Tode. Und jetzt hab ich Todesangst, weil es nicht kommt.«

Jennifer sagte nichts, aber ihr Blick war voller Mitleid und Sorge.

»Sag mir, was das bedeutet, Jenny. Ich glaube, ich weiß es, aber ich muß sicher sein. Du kannst es mir sagen.«

»Wie lange sind deine Tage schon ausgeblieben, Harriet?«

»Ich – ich weiß nicht genau.«

»Bist du sehr spät dran?«

»Jenny, sie sind zweimal nicht gekommen.«

»Ah ja...« Jennifer blieb völlig ruhig. Ihre Hand lag immer noch auf Harriets Arm, und ihr Gesicht war so unbewegt, als besprächen sie den Speiseplan für den kommenden Tag. »Harriet, sag mir eines – hast du etwas getan, das dieses – Ausbleiben bewirkt haben könnte?«

»Ich glaube, ja«, antwortete Harriet kaum hörbar.

Jennifer schloß einen Moment die Augen.

»Jenny, ich wußte es nicht. Niemand hat es mir je gesagt«, stieß

Harriet hastig hervor. Ihr Gesicht war verwirrt und bestürzt. Und es war kreidebleich. »Sean hat gesagt, es wäre nichts dabei. Und ich hatte keine Ahnung, was wir taten. Ich dachte immer, Kinder könnte man nur bekommen, wenn man verheiratet ist, aber doch nicht vorher. Wir waren draußen bei der Ruine von der alten Abtei. Zuerst war ich erschrocken. Aber dann fand ich es schön. Und dann –«, sie senkte wieder den Blick und murmelte scheu, »dann war ich selig.«

In Jennifer blitzte etwas auf. Neid? Flüchtig nur und ohne Mißgunst. Ein feiner Stich des Bedauerns, daß sie es mit John niemals so erlebt hatte, sondern immer nur enttäuschend. Er war nie zärtlich, immer ungeduldig, nahm nie Rücksicht auf ihre Wünsche. Und sogleich meldete sich das schlechte Gewissen, als sie sich erinnerte, wie sie die Augen geschlossen und sich vorgestellt hatte, sie läge mit Victor zusammen und nicht ihrem Mann. Ein so kleiner Betrug nur, der ihr half, die seltenen Angriffe ihres Mannes auf ihren Körper zu ertragen. Zu denken, es wäre Victor, sich vorzustellen, wie es mit ihm wäre: liebevoll, zärtlich und genießerisch...

»Wie lange ist das her, Harriet, das mit Sean O'Hanrahan?« fragte sie.

»Ich – äh – es war...« Harriet geriet ins Stocken. »Es war mehr als einmal, Jenny. Aber er hat gesagt, es wäre nichts dabei, wirklich. O Gott, Jenny, was habe ich getan?«

»Du solltest lieber fragen, was er getan hat, Harriet.«

»Nein! Sprich nicht so von ihm. Ich liebe ihn, und wir werden heiraten. Aber heimlich, damit Vater uns nicht daran hindern kann. Versprich mir, Jenny, daß du Vater nichts sagst.«

»Du kannst dich darauf verlassen, Harriet, aber du solltest mit Victor sprechen.«

»Nein!«

»Er ist Arzt, Harriet. Er kann dir sagen, was du tun sollst. Vielleicht täuschst du dich. Aber wenn es nicht so ist, dann kann er dir sagen, was zu tun ist.«

»Ich kann mit Victor nicht darüber sprechen. Er würde mich verachten!« Harriet begann wieder zu weinen.
Jennifer nahm sie in die Arme und hielt sie fest, ohne ein Wort zu sagen. Harriet weinte und schluchzte, und erst als sie sich wieder einigermaßen gefaßt hatte, löste sie sich aus Jennifers Armen, wischte sich die Augen und sagte stockend: »Du glaubst also, daß es passiert ist? Daß ich ein Kind in mir habe?«
»Wenn du etwas mit Sean O'Hanrahan getan hast. Wenn du genau weißt, was du mit ihm getan hast.«
»Verheiratete täten es, hat er gesagt. Er wollte mir zeigen, wie es ist.«
Jennifer nickte ernst und trauerte im stillen um Harriet, der ihre kindliche Unschuld genommen worden war.
»Ich hätte nie gedacht, daß es möglich ist. Wirklich nicht. Ich habe fest geglaubt, Kinder bekommt man nur, wenn man verheiratet ist. Aber jetzt ist es geschehen, und jetzt muß ich damit fertigwerden.«
»Harriet!« Jennifer bot ihr beide Hände. »Bitte sprich mit Victor.«
»Niemals!« Harriet wich einen Schritt zurück. »Er würde mich umbringen.«
»Aber nein –«
»Doch, er würde!« schrie Harriet. »Victor würde mich umbringen. Du kennst ihn nicht so gut wie ich. Er ist genau wie Vater.«
»Was willst du denn dann tun?«
»Sean und ich haben vor, nach London zu gehen und uns dort trauen zu lassen.«
»Ach, Harriet.« Jetzt weinte auch Jennifer.
Harriet stand noch einen Moment unschlüssig, starrte Jennifer mit einem Blick an, bei dem uns beiden eiskalt wurde, dann machte sie auf dem Absatz kehrt und rannte aus dem Zimmer.
Ich blickte ihr nach, sah die Tür hinter ihr zufallen und war überrascht, Jennifer noch im Zimmer zu sehen, als ich mich wieder umdrehte. Ich hatte geglaubt, hier würde die Szene enden. Aber es

schien, daß noch mehr kommen sollte. Ich blieb in meinem Sessel sitzen und wartete.
Wie unglaublich, daß die junge Frau, die vor mir stand, seit so vielen Jahren tot sein sollte. Konnte ich nicht das Rascheln ihrer Röcke hören? Sah ich nicht den Glanz der Tränen in ihren Augen? Roch ich nicht den zarten Rosenduft, der sie umgab? Fühlte ich nicht ihre Anwesenheit in diesem Zimmer?
Während ich sie betrachtete und dabei diese Überlegungen anstellte, kam mir plötzlich ein verrückter Gedanke in den Kopf und elektrisierte mich förmlich. Mir fiel ein, wie ich bei der letzten Begegnung mit Victor und Jennifer von den Gefühlen der beiden überwältigt Victors Namen gerufen und er sich umgedreht hatte.
War es möglich, daß er mich gehört hatte? Ich hatte den kleinen Zwischenfall bisher völlig vergessen, aber jetzt erinnerte ich mich genau. Ich war nicht fähig gewesen, mich länger zurückzuhalten, und hatte laut Victors Namen gerufen. Und er hatte sich erschrokken umgedreht.
Konnte das bedeuten ...?
Unverwandt sah ich Jennifer an. Sie blieb viel länger als sonst. Oder vielleicht war auch ich es, die länger blieb. Ganz gleich, mein Rendezvous mit der Vergangenheit dauerte länger an, als ich erwartet hatte, und ich fragte mich, ob das einen besonderen Grund hatte.
Warum konnte ich Jennifer immer noch sehen? Hatte das einen bestimmten Sinn? Sie stand hier ganz allein in diesem Zimmer, so wirklich und leibhaftig wie meine Großmutter hier zu stehen pflegte, und sie trocknete sich die Augen mit einem Taschentuch, das sie aus dem Ärmel ihres Kleides hervorgezogen hatte. Sie und ich waren allein hier im Zimmer und doch durch Jahre getrennt. Sie lebte im Jahre 1892. Ich lebte in der Gegenwart.
Wieso waren wir immer noch zusammen?
Eine Ahnung kam mir, die ich zunächst als absurd verwarf. Doch sie drängte sich mir von neuem auf und ließ mich nicht mehr los.

Ich konnte Jennifers Parfüm riechen, das Knistern ihrer Röcke hören, ich konnte sie sehen und ihre Nähe spüren, und ich fragte mich, ob das, was ich gehofft und gefürchtet hatte, nun vielleicht endlich geschehen würde; daß nun der Weg zur Verständigung über die Sprache sich öffnen würde und ich so ganz in das Geschehen einbezogen werden würde. Da alles so real war, sollte es da nicht möglich werden, miteinander zu sprechen? Hatte sich nicht Victor umgedreht, als ich seinen Namen gerufen hatte?
Aber sie konnte mich ja nicht einmal sehen. Sie stand nur Zentimeter von mir entfernt und nahm mich nicht wahr. Was würde geschehen, wenn ich sie ansprach? Würde dann eine echte Verbindung, eine beiderseitige Verbindung hergestellt werden?
Ich beschloß, es zu riskieren. Das einzige, was geschehen konnte, war, daß sie verschwand. Und da Harriet schon fort war und nichts weiter sich ereignete, würde sie bald sowieso verschwinden. Ich wollte es versuchen. Ich wollte sie ansprechen.
Ich nahm meinen ganzen Mut zusammen, schluckte alle Befürchtungen hinunter, räusperte mich und sagte laut und klar: »Jennifer!«

13

Meine Großmutter mußte lautlos ins Zimmer gekommen sein. Erst als sie die Vorhänge aufzog, erwachte ich.
»Schau dir nur diesen gräßlichen Regen an!« sagte sie mit ärgerlichem Kopfschütteln.
Ich wälzte mich auf die Seite und blinzelte in die von Regenschleiern verhangene Welt vor dem Fenster. Dann drehte ich mich wieder auf den Rücken und blickte zur Zimmerdecke hinauf. Mein Kopf dröhnte.
»Du hast aber lange geschlafen«, stellte meine Großmutter fest, während sie im Zimmer umherhumpelte. »Das ist ein gutes Zeichen. Da hast du wenigstens mal richtig Ruhe bekommen.«
Beinahe hätte ich gelächelt. Großmutter hatte keine Ahnung, daß ich erst bei Sonnenaufgang eingeschlafen war, nachdem ich praktisch die ganze Nacht aufgesessen hatte.
»Der Tee ist gleich fertig. Möchtest du heute mal Sirup auf deinen Toast, Kind? Der gibt dir vielleicht ein bißchen Energie.« Obwohl Großmutter sich bemühte, resolut und kraftvoll zu sprechen, fiel mir auf, wie müde ihre Stimme klang. »Dein Großvater hat immer gern Sirup auf sein Brot gegessen. Hm, und zum Essen mach ich uns den Fisch, den Elsie gestern mitgebracht hat. Nach Morecambe Bay können wir bei diesem Wetter auf keinen Fall fahren.«
Ich sah wieder in die graue Düsternis hinaus und fragte mich, wie lange wir in diesem Haus gefangen sein würden.
»Großmutter«, sagte ich und setzte mich auf. »Gestern hat kein Mensch Großvater besucht. Wie soll das denn heute werden?«
»Also, wir fahren bestimmt nicht ins Krankenhaus. Vielleicht fährt dein Onkel William allein hin. Ich kann jedenfalls bei diesem Wetter keinen Fuß vor die Tür setzen. So, und jetzt geh ins Bad und mach dich fertig, damit wir frühstücken können.«
Ich rannte die Treppe hinauf, wusch mich in aller Eile und ging ins

Vorderzimmer, um mir frische Sachen zu holen. Eine Viertelstunde später saß ich schon wieder unten am Tisch.
»Man spürt den verdammten Wind durch sämtliche Fensterritzen, nicht wahr?« sagte Großmutter, während sie ihren Toast mit Butter bestrich.
Ich betrachtete ihr Gesicht im kalten Morgenlicht, sah die blauen Lippen, die fahle Haut, die geschwollenen Augen. »Du hast nicht gut geschlafen, nicht wahr, Großmutter?«
»Nein, Kind, weiß Gott nicht. Ich sag dir ja, bei solchem Wetter tun mir sämtliche Gelenke weh. Und dann finde ich einfach keine Ruhe. Heute abend nehme ich mir aber gleich drei Wärmflaschen mit nach oben.«
»Warum schläfst du nicht hier unten, wo es warm ist?«
»Kommt nicht in Frage. Du hast die Wärme nötiger als ich. Im übrigen schlafe ich am liebsten in meinem eigenen Bett. Wenn ich mir eine zweite Jacke anziehe und noch eine Wärmflasche mitnehme, wird es schon gehen.«
»Dein Schlafzimmer muß wirklich eiskalt sein, Großmutter.«
»Elsie sagt immer, im ganzen Haus wär's kalt wie in einer Gruft. Also spielt es gar keine Rolle, wo ich schlafe. Aber ich bin's gewöhnt und fühl mich wohl hier, und keine zehn Pferde bringen mich in so eine Sozialwohnung...«
Sie schwatzte weiter, und ich dachte, wenn du wüßtest, wie zutreffend der Vergleich mit einer Gruft ist.
Niemand kam uns besuchen. Regen und Sturm tobten mit solcher Heftigkeit, daß es unmöglich war, auch nur die Haustür zu öffnen. Vom oberen Schlafzimmer aus blickte ich zur Straße hinunter und sah, wie gefährlich bei diesem Unwetter schon eine kurze Autofahrt sein mußte. Mir war klar, daß niemand vorbeikommen würde, solange es anhielt.
Großmutter und ich setzten uns also ins Wohnzimmer an den Kamin, sie mit ihrem Strickzeug, ich mit einem Buch. Aber ich nahm nichts von dem auf, was ich las, meine Gedanken waren mit ganz anderen Dingen beschäftigt.

Am späten Nachmittag hatte Großmutter so starke Schmerzen in Hüften und Knien, daß sie nicht fähig war, sich in die Küche zu stellen und das versprochene Abendessen zu kochen. Ich machte uns statt dessen eine Dosensuppe heiß, und dazu aßen wir Butterbrot. Mir reichte das vollkommen, da ich noch immer keinen rechten Appetit hatte, aber ich sah, wie enttäuscht Großmutter war, daß sie nicht imstande war, mir etwas Besonderes zu kochen.
Nach unserem bescheidenen Abendessen saßen wir noch ein Stündchen beieinander, ohne viel zu sprechen, dann sagte Großmutter: »Ich glaube, ich gehe jetzt zu Bett, Andrea. Wenn ich noch länger hier sitze, komm ich überhaupt nicht mehr hoch. Bringst du mir die Flaschen, wenn das Wasser warm ist, Kind?«
»Aber was willst du denn den ganzen Nachmittag tun, Großmutter?«
»Ach, ich mach mir das Radio an und les ein bißchen. Das entspannt mich immer so. Tut mir leid, daß ich dich ganz allein lasse, Kind, aber ich bin in dem Zustand sowieso keine gute Gesellschaft. Ich bin nur froh, daß es dein Großvater schön warm hat und gute Pflege bekommt. Das ist mir ein großer Trost.«
Ausnahmsweise mußte ich Großmutter die Treppe hinaufhelfen. Ich schob von hinten, während sie wie ein Hund auf allen vieren Stufe um Stufe hinaufkroch. Wir kamen nur langsam voran, aber als wir oben waren, sah ich, wie beschwerlich es für sie gewesen wäre, das allein zu schaffen. Sie war aschfahl und konnte kaum atmen.
»Ich bin dreiundachtzig Jahre alt, Kind«, sagte sie, nach Luft schnappend. »Ich habe bessere Tage gesehen.«
Beim Auskleiden ließ sie sich nicht von mir helfen, sondern bestand darauf, daß ich ins warme Wohnzimmer hinunterging und wartete, bis das Wasser kochte. Nachdem ich die drei Wärmflaschen gefüllt hatte, trug ich sie in ihr Zimmer hinauf und half ihr ins Bett. Sie schob sich mehrere dicke Kissen in den Rücken, zog zwei Strickjacken an, legte sich einen gehäkelten Schal um die Schultern und drapierte die Wärmflaschen um ihre Beine. Dann

zog sie das Radio, das auf dem Nachttisch stand, näher zu sich heran.

»So, jetzt hab ich's gemütlich, Kind. Geh du ruhig wieder runter.«

»Wenn du etwas brauchst, Großmutter, dann klopf einfach mit dem Stock auf den Boden. Ich komm dann sofort. Du wirst später sicher Hunger bekommen, und die Wärmflaschen müssen auch frisch gefüllt werden.«

»Ja, Kind. Du bist wirklich ein Segen. Ich bin so froh, daß du hier bist.« Sie legte mir einen Arm um den Hals und zog mich kurz an sich. Als sie sich wieder in die Kissen sinken ließ, sah ich, daß sie Tränen in den Augen hatte. »Was bin ich doch für eine Heulsuse!« rief sie. »Aber du bist deiner Mutter so ähnlich. So, und jetzt ab mit dir, runter, wo's warm ist.«

Ich eilte ins Wohnzimmer hinunter, aber nicht der Wärme wegen, denn die Kälte machte mir schon lang nichts mehr aus, sondern in der Hoffnung, bald wieder in die Vergangenheit entführt zu werden.

Und tatsächlich, als ich die Tür öffnete, sah ich vor mir das Wohnzimmer der Familie Townsend mit seiner bunten Tapete und den grünen Sesseln. In einem der Sessel, vom warm glühenden Feuerschein eingehüllt, saß Jennifer. Sie war allein.

Sehr langsam und behutsam trat ich ein und schloß leise die Tür hinter mir, um das feine Gespinst des friedlichen Bildes nicht zu zerstören. Ich trat ein paar Schritte von der Tür weg und blieb an die Wand gelehnt stehen.

Jennifer war mit einer Handarbeit beschäftigt. Ich sah den Stickrahmen in ihrer Hand, die feine rote Seide des Garns, das Blitzen der Nadel, die auf und ab stichelte. Jennifer trug ihr Haar hochgekämmt und mit dünnen Bändern durchflochten. Ihr lavendelfarbenes Kleid war hochgeschlossen und reichte fast bis zu ihren Fußspitzen. Sie wirkte sehr gelassen und sehr weiblich, wie sie am Kamin saß, das zarte Gesicht leicht gerötet von der Glut, und sich konzentriert ihrer Arbeit widmete.

Ich dachte wieder an die Begegnung der vergangenen Nacht und meine wilde Hoffnung, mit ihr Kontakt aufnehmen zu können, indem ich sie ansprach. Aber das war eine Illusion gewesen. Sobald ich ihren Namen gerufen hatte, war sie verschwunden.
Aber nun war sie wieder hier, und obwohl ich auf der anderen Seite des Zimmers stand, spürte ich, daß sie an Victor dachte.
Aus dem Flur drang das Geräusch fester männlicher Schritte herein, und ich hielt den Atem an. Wir würden ihn wiedersehen!
Die Tür wurde aufgestoßen, ein kalter Luftzug blies ins Zimmer, und dann sah ich zu meiner Enttäuschung John Townsend hereinkommen. Nachdem er die Tür hinter sich geschlossen hatte, blieb er einen Moment lang stehen. Er schwankte ein wenig und blickte Jennifer, die von ihrer Arbeit aufsah, schweigend an.
»Du bist ja völlig durchnäßt«, sagte sie und wollte aufstehen.
»Kümmre dich nicht um mich«, brummte John ungeduldig und fuhr sich mit einer Hand über die blutunterlaufenen Augen. Ich konnte den Alkoholdunst in seinem Atem riechen, als er sprach. »Kümmre dich lieber um dich selbst.«
»Was soll das heißen?«
»Du!« brüllte er sie plötzlich an und streckte den Arm aus, als wollte er sie mit wackligem Zeigefinger durchbohren. »Du hast mich verraten! Mich, deinen Mann.«
»John!« Jennifer sprang auf. Die Handarbeit fiel unbeachtet zu Boden.
»Du warst bei Victor, habe ich recht? Du hast ihm gesagt, daß ich Schulden habe und die Buchmacher hinter mir her sind. Und du hast ihm gesagt, daß ich das Spielen nicht lassen kann.«
»Aber John!«
Er machte einen Schritt auf sie zu, und ich sah, wie sich die Besorgnis in Jennifers Augen in Furcht verwandelte. Sie drückte beide Hände auf die Brust, als er auf sie zukam, aber sie wich nicht vor ihm zurück.
»Das ist nicht wahr, John«, entgegnete sie ruhig. »Ich war nicht bei Victor.«

»Woher weiß er dann so genau Bescheid? Er weiß sogar den Betrag, den ich schulde. Bis auf den letzten verdammten Penny. Und er wollte ihn bezahlen, Jenny. Er hat mir Geld angeboten!«

»Was ist daran so –«

»Gottverdammich, hast du denn überhaupt keinen Stolz?« brüllte er sie an. Zitternd vor Wut kam er noch näher an sie heran. »Mußtest du ausgerechnet meinem Bruder über unsere privaten Sorgen dein Herz ausschütten? Wo bleibt eigentlich dein Schamgefühl?«

»Es war Harriet, John. Sie war bei ihm, nicht ich.«

»Das ist eine gemeine Lüge. Harriet würde niemals mit Victor über Dinge sprechen, die sie nichts angehen. So dumm ist sie nun auch wieder nicht. Du warst es, Jenny, und ich weiß es, weil ich genau beobachtet habe, wie ihr beide euch anseht. Du kriegst ja richtige Kuhaugen, wenn du meinen Bruder siehst. Du brauchst gar nicht zu versuchen, es zu leugnen. Und er kann aus seinem Herzen auch keine Mördergrube machen. Ihm läuft förmlich das Wasser im Mund zusammen, wenn er dich anschaut.«

»O mein Gott!« flüsterte Jennifer und wandte sich ab.

»Warum mußtest du gerade zu ihm gehen, Jenny?«

John stand ziemlich wacklig auf den Beinen. Seine Augen waren glasig, und sein Blick war verschwommen. Es erschreckte mich, ihn so zu sehen, angetrunken und nachlässig. Sein Umhang war voller Schmutzspritzer, und den Hut hatte er auf den Hinterkopf geschoben.

»Du hast wohl geglaubt, ich hätte keine Ahnung, was vorgeht, Jenny?« fragte er jetzt in ruhigerem Ton. »Du hast wohl geglaubt, ich wüßte nicht, warum Victor jeden Sonntag zum Essen herkommt? Da kann ich nur lachen, Jenny. Erst läßt mein Bruder sich ein ganzes Jahr lang nicht blicken, obwohl er praktisch nebenan wohnte, und dann schreibst du ihm ein einziges nettes Briefchen, und schon steht er hechelnd wie ein Hund vor unserer Tür. Und seitdem erscheint er regelmäßig jeden Sonntag. Hältst du mich für blind?«

Jennifer antwortete nicht. Sie hatte die Hände vor das Gesicht geschlagen und weinte lautlos. Ich sah es am Beben ihrer Schultern.
John streckte zaghaft einen Arm nach ihr aus, hielt dann jedoch schwankend inne. Ich sah in seinem Gesicht das Erschrecken plötzlicher Erkenntnis und gleich darauf die Bitterkeit der Gewißheit. Er hatte nur einen Verdacht geäußert, aber nun hatte er die Antwort. Und sie tat weh.
Er zwinkerte ein paarmal mit den Augen, wie um die Alkoholnebel zu durchdringen, und ließ den Arm schlaff herabfallen. »Er wird dich nie bekommen«, murmelte er. »Ich lasse es nicht zu. Ich weiß, du hast mich nie geliebt, aber mein Bruder wird niemals –«
Jennifer drehte sich mit einer heftigen Bewegung um. Ihr Gesicht war entsetzt. »John! Das ist nicht wahr! Ich habe dich geliebt, und ich liebe dich immer noch. Wie kannst du hier vor mir stehen und mich der Lüge und des Betrugs beschuldigen, wenn nichts davon wahr ist? Harriet ist wegen deiner Wettschulden zu Victor gegangen, John, nicht ich. Und ich liebe dich immer noch.«
Er dachte einen Moment über ihre Worte nach und sagte dann: »Genauso wie an dem Tag, an dem wir geheiratet haben?«
Sie zögerte zu lange.
Abrupt machte John Townsend kehrt, stürmte zur Tür zurück und riß sie zornig auf. »Wir brauchen keine Almosen von meinem Bruder«, schrie er wütend. »Victor hat jetzt wirklich alles, nicht wahr? Er hat Geld, er hat einen Ruf wie ein Heiliger, und er hat meine Frau. Aber ich sage dir eines, Jennifer, weit wird er damit nicht kommen.«
Ich spürte das Zittern der Wände, als er krachend die Tür hinter sich zuschlug. Als ich mich wieder Jennifer zuwenden wollte, war sie verschwunden.
Ich stand wieder im schäbigen Wohnzimmer meiner Großmutter. Statt des grünen Samts lagen auf den Sesseln die geblümten Schonbezüge. Der Teppich war alt und abgenützt, im Kamin stand der Gasofen. Ich war zurück in der Gegenwart.

Dieses episodenhafte Leben in der Vergangenheit erschöpfte mich. Das plötzliche Erscheinen und Verschwinden der Townsends war jedes Mal ein Schock. Meine Nerven waren angegriffen, meine Hände zitterten, ich hatte keinen Appetit, der Schlaf mied mich, und mein Gehirn lief ständig auf Hochtouren.
Eine Frage beschäftigte und quälte mich beinahe unablässig. Wie kam es, daß Victor von seinen Nachfahren der Stempel des Bösen und Nichtswürdigen aufgedrückt worden war, wenn doch, soweit ich erlebt hatte, John derjenige mit dem schwachen, um nicht zu sagen schlechten Charakter gewesen war? Victor Townsend war ein guter und ehrenhafter Mensch gewesen, voll Mitgefühl mit den Leidenden und treu in seiner Liebe zu einer einzigen Frau. Wieso wurde er von seinen Nachfahren so verleumdet?
Ich fand die Hitze im Zimmer plötzlich erdrückend. Gereizt stand ich auf und schaltete den Gasofen aus. Während ich noch über das Gerät gebeugt stand, hörte ich plötzlich fern und traumhaft die Klänge eines Klaviers. Abrupt richtete ich mich auf.
›Für Elise‹ wieder, süß und schwermütig. Von allen Seiten zugleich schienen die sanften Töne durch den Raum zu schwingen. Die Uhr auf dem Kaminsims war stehengeblieben. Die Vergangenheit hatte mich wieder eingeholt.
Langsam und gespannt bewegte ich mich durch das Zimmer und versuchte, die Quelle der Musik ausfindig zu machen. Als ich die Sessel umrundete und der Wand näherkam, die mich vom Salon trennte, hörte ich das Klavierspiel deutlicher. Versuchsweise schlich ich mich zur Tür und zog sie geräuschlos auf.
Die Musik kam aus dem Salon.
Ich ließ die Helligkeit des Wohnzimmers hinter mir und tauchte in die Finsternis des Flurs. An der Wand tastete ich mich bis zur Salontür, die angelehnt war. Von drinnen schimmerte schwacher Lichtschein heraus.
Mit klopfendem Herzen stieß ich die Tür ein Stück weiter auf und streckte den Kopf durch den Spalt. Ein Zimmer lag vor mir, das ich nie gesehen hatte.

Die Flammen eines prasselnden Feuers beleuchteten farbig bezogene Sessel, kleine Tischchen, ein großes Sofa, Nippes und Glaskästen, großblättrige Pflanzen in Messingtöpfen, helle Wände, die dicht mit gerahmten Fotografien behängt waren. In der Mitte der Zimmerdecke brannte zu meiner Überraschung eine Lampe mit elektrischem Licht.
Einen Moment lang blickte ich zu ihr hinauf, während die zarten Töne von ›Für Elise‹ mich umspielten, dann erst wandte ich mich nach rechts, dem kleinen Spinett an der Wand zu.
Auf dem Schemel vor dem Instrument saß elegant gekleidet in rostbraunem Gehrock und schwarzer Hose Victor Townsend. Das lange, lockige Haar war ihm über die Schulter nach vorn gefallen und verdeckte halb das ernste Gesicht, das tiefe Versunkenheit ausdrückte.
Jennifer, die in einem langen Satinkleid am Feuer saß, war ihm zugewandt, und ihr Blick hing voller Liebe und Bewunderung an ihm.
Ich glaube, mein Gesicht drückte ähnliche Gefühle aus, denn auch ich erlag augenblicklich dem Zauber von Victors Spiel. Die schlichte kleine Weise verwandelte sich unter seinen Fingern zu einem behexenden Lockruf. Ich blieb reglos an der Tür stehen, hin und her gerissen zwischen zwei Sehnsüchten; daß die Musik niemals aufhören möge und daß er im Spiel innehalten möge, um mit uns zu sprechen.
Als er dann tatsächlich zu spielen aufhörte, blieb er lange Zeit schweigend sitzen, den Blick auf die Tasten gesenkt, als brauche er Zeit, um in die Gegenwart zurückzufinden. Mit den Klängen von ›Für Elise‹ hatte Victor seine Seele freigesetzt, und jetzt mußte er sie zurückholen und wieder in ihren Käfig sperren.
Auch Jennifer sprach nicht, auch sie war noch in einer anderen Welt, aus der sie nicht zurückkehren wollte. Sie wünschte sich, dieser Moment würde ewig dauern.
»Kannst du es noch einmal spielen?« fragte sie schließlich.
Victor drehte sich auf dem Klavierschemel herum und legte die

Hände auf die Knie. »Ich habe nicht viel Zeit. Die anderen werden bald nach Hause kommen.«

»Sie würden sich freuen, dich spielen zu hören.«

Victor schüttelte den Kopf. »Sie dürfen uns niemals allein hier vorfinden, Jenny, sonst werden sie glauben, was sie tief drinnen befürchten, und in unser Verhalten etwas hineinlesen, was niemals stattgefunden hat.« Sein Gesicht verdunkelte sich. »Und niemals stattfinden wird.«

»Ach, komm doch bitte und setz dich zu mir.«

Er stand auf, beeindruckend in seiner Größe und seinem markanten Aussehen, ging zu dem Sessel an Jennifers Seite und setzte sich. Das feine Leder seiner Stiefel glänzte im Feuerschein, als er die Beine ausstreckte.

»Meine Mutter hat mir Indiskretion vorgeworfen«, sagte er. »Wie ironisch, da nicht einmal ein Händedruck zwischen uns getauscht wurde.«

»Bitte, Victor, sei nicht bitter.«

»Und warum nicht? Jeden Sonntag hierherzukommen, im selben Raum mit dir zu sitzen und so zu tun, als dächte ich nicht, was ich denke! Du scheinst zufrieden, Jenny, bereit, dich mit dem zu begnügen, was uns gegönnt ist. Aber ich bin es nicht. Ich verfluche mein Schicksal.« Er lachte kurz und trocken. »Es hat uns wahrhaft übel mitgespielt. Hätte ich dir nur viel früher schon gesagt, daß ich nach Warrington zurückkehren werde, dann hättest du John nicht geheiratet und wärst jetzt meine Frau. Du könntest ein großes Haus führen und brauchtest dir keine Sorgen zu machen. Statt dessen bist du mit einem Mann verheiratet, der seine Tage auf der Rennbahn zubringt und seine Abende im Gasthaus.«

»Bitte, Victor«, sagte sie leise.

»Ich finde, John sollte sich seinen Schwächen endlich stellen und versuchen, sein Leben zu ordnen. Er ist ständig auf der Flucht vor seinen Gläubigern, und es ist nur eine Frage der Zeit, bis sie ihm keinen Ausweg mehr lassen werden. Gestern lieh er sich Geld, um heute Cyril Passwater zu bezahlen, von dem er sich letzte Woche

Geld geborgt hatte, um Alfred Grey zu bezahlen. Was glaubst du, wie lange er so weitermachen kann? Er will kein Geld von mir nehmen, obwohl ich weiß Gott genug habe. Lieber spielt er weiter dieses riskante Versteckspiel. Es ist an der Zeit, daß John seinen Verpflichtungen ins Auge sieht und sich auf anständige Weise mit seinen Gläubigern einigt. Und daß er endlich aufhört zu spielen.«

»Das ist leicht gesagt, Victor, aber John sieht es nicht so. Jeden Tag glaubt er, daß er endlich den großen Gewinn einstreichen wird, mit dem er alle Schulden bezahlen und ein Haus für uns kaufen kann.«

»Und jeden Tag gerät er tiefer in Schulden. Jennifer, man kann nicht ein Loch aufreißen, um ein anderes zu füllen. Wenn es nach mir ginge –«

»Es geht aber nicht nach dir. John ist sein eigener Herr, und wenn er vielleicht auch sonst nicht viel vorweisen kann, so hat er doch seinen Stolz. Du darfst dich da nicht einmischen, Victor.«

»Wenn er nicht mit dir verheiratet wäre, würde mich das alles überhaupt nicht kümmern. Aber er ist dein Mann, und er macht dich unglücklich. Nur deinetwegen, Jenny, möchte ich, daß John endlich reinen Tisch macht.«

»Dann laß ihn um meinetwillen auch in Frieden. John muß selbst seinen Weg finden.«

»Er braucht einen Schock, er muß gezwungen werden –«

»Victor!«

Sein Gesicht mit der scharfen Einkerbung zwischen den dunklen Brauen war zornig, als er Jennifer ansah. Er hatte Mühe, seine Bitterkeit in Schach zu halten, ließ sich von ihr allzu oft zu Worten von schneidender Schärfe hinreißen.

»Versprich mir«, sagte Jennifer ruhig, »daß du John in Ruhe läßt.«

Er starrte grimmig ins Feuer. »Wenn du es so wünschst, dann verspreche ich es.«

Ich beobachtete sein Gesicht und erhielt dabei eine Ahnung von seinen Gedanken. Er dachte an den Erfolg, den er sich in diesen anderthalb Jahren seit seiner Rückkehr aus London in Warrington erarbeitet hatte, an die Verbesserungen, die er am hiesigen Krankenhaus hatte bewirken können, an das Ansehen, das er in dieser Stadt genoß. Er war der Leibarzt des Bischofs in Warrington und der Hausarzt der Familie des Bürgermeisters. Er hatte Ehrungen eingeheimst und großen Einfluß gewonnen.

Aber an alledem lag ihm wenig.

Sein Forscherdrang hatte sich nicht gelegt, immer noch beherrschte ihn der starke Wunsch, durch streng wissenschaftliche Arbeit den Weg für den medizinischen Fortschritt zu ebnen. Ich spürte seine Enttäuschung über seine Hilflosigkeit, den Opfern von Gehirntumoren oder schweren Herzkrankheiten zu helfen. Es quälte ihn, daß er sich nicht am Kampf gegen die zahllosen Leiden und Krankheiten beteiligen konnte, die immer noch Tausende und Abertausende dahinrafften, weil kein Mittel gegen sie gefunden war. Dies war der Platz, an dem er gebraucht wurde, hier auf dem dunklen Kontinent der Medizin, Victor Townsend wollte Lichter anzünden.

»Woran denkst du?« fragte Jennifer leise.

»An einen Mann namens Edward Jenner. Weißt du, wer er war?« Victor wandte sich ihr wieder zu. Die Düsternis seines Gesichts hatte sich aufgehellt, seine Züge wirkten lebhaft. »Edward Jenner war ein Mann, der sich eines Tages fragte, wieso Melkerinnen eigentlich nie die Pocken bekamen. Ihm fiel außerdem auf, daß Melkerinnen fast immer irgendwann einmal an den Kuhpocken erkrankten. Er überlegte, ob da vielleicht ein Zusammenhang bestünde und was geschehen würde, wenn man Gesunde mit dem Erreger der Kuhpocken impfte; ob man sie nicht damit vielleicht vor den tödlichen Schwarzen Blattern bewahren könnte. Alle Welt lachte ihn aus, Jenny, aber dank Edward Jenners Pockenimpfstoff können wir alle ohne Furcht vor dieser schrecklichen Krankheit leben, die früher einmal ganze Städte ausgelöscht hat. Was aber ist mit den anderen tödlichen Krankheiten? Mit der

Lungenentzündung, der Cholera, dem Typhus, der Kinderlähmung?«
Er beugte sich vor und nahm ihre Hände. »Sieh mal, was tue ich denn hier? Verschreibe Rezepte für Hustensaft und Migränepulver. Täglich stoße ich an die Grenzen meines Wissens. Soviel gibt es in der Medizin noch zu tun. Verstehst du, was ich sagen will?«
»Ja«, antwortete sie mit kleiner Stimme. »Du hättest nach Schottland gehen sollen.«
Er ließ ihre Hände los. »Das wollte ich damit nicht sagen. Das Labor, das in Edinburgh auf mich wartete, läßt sich genausogut hier in Warrington aufbauen.«
»Was willst du damit sagen?«
»Daß ich im Kreis herumlaufe. Ich habe mich von meiner Bitterkeit und meiner Enttäuschung lähmen lassen. Weshalb sollte ich forschen und kämpfen, wenn das eine, das einzige, das ich mir wirklich auf dieser Welt ersehne, mir auf immer verwehrt sein wird?«
Jennifer legte ihm leicht die Hand auf den Arm. »Soll ich auch an deinem Irrweg die Schuld tragen?«
Victor sah sie an, als hätte sie ihm einen Schlag versetzt. Schreck und Entsetzen huschten über sein Gesicht. Tief betroffen von der Bedeutung ihrer Worte riß er Jennifer in seine Arme.
Sie wehrte sich nicht, protestierte nicht. Sie legte ihren Kopf an seine Schulter und schloß die Augen, um diesen verbotenen Moment auszukosten. Ich sah, daß sie mit den Tränen kämpfte.
»Was habe ich da gesagt?« murmelte Victor, den Mund in ihr Haar gedrückt. »Wie kann ich nur so egoistisch sein und dich mit solchen Verrücktheiten kränken. Nichts ist mir wichtiger als dein Glück und dein Wohlbefinden, Jenny, ach Jenny...« Victor zog sie fester an sich, als könnte das die Qual lindern. »Wie kann ich so gedankenlos sein, so etwas zu sagen, wenn ich weiß, daß dein Leben so unglücklich sein muß wie meines! Aber du leidest stumm, während ich mich lauthals dem Selbstmitleid ergebe. Ach, ich verdiene dich nicht...«

So standen sie eine Weile, eng umschlungen im flackernden Licht des Feuers, bis Jenny sich schließlich widerstrebend von ihm löste und zu ihm aufsah.
»Deine Berührung zu spüren«, flüsterte sie. »Deine Arme um mich zu fühlen ... das ist ...« Victor neigte den Kopf, als wolle er sie küssen, aber dann hielt er inne.
»Du mußt jetzt gehen, Liebster«, sagte sie. »Sie werden bald hier sein. Solche Zärtlichkeiten sind uns verboten, Victor, denn John ist immer noch mein Mann, und ich habe ihm Treue geschworen.«
Jennifer löste sich ganz aus seiner Umarmung, trat einen Schritt zurück und sah ihn ernst an. »Wir dürfen uns nicht mehr allein sehen, Victor, denn ich weiß, daß ich nicht die Kraft habe, auf Dauer zu widerstehen. Und dann würden wir zu allem Unglück auch noch Schuld auf uns häufen.«
Victor stand mit hängenden Armen und starrem Gesicht, während Jennifer mit feucht glänzenden Augen unverwandt zu ihm aufblickte. Und so verschwanden sie vor meinen Blicken und ließen mich allein zurück.
Ich brauchte einen Moment, um mir bewußt zu werden, daß aus dem eleganten Salon lang vergangener Zeiten wieder der muffig riechende, verstaubte Abstellraum meiner Großmutter geworden war. Ich sah die Leintücher auf den Möbeln, den aufgerollten Teppich, das staubbedeckte Rollpult, die nachgedunkelten Wände. Ich hatte für die Rückreise aus dem Jahr 1892 nur Sekunden gebraucht, aber ich fühlte mich so matt und erschöpft, als wäre ich den ganzen langen Weg zu Fuß gegangen.
Ich schloß die Salontür hinter mir und wankte in den kalten Flur hinaus, froh über die Dunkelheit, die mich wie ein tröstender Schleier umhüllte.
Wie glücklich konnte Jennifer sich preisen, von so einem Mann geliebt worden zu sein. Ich hatte das nie erlebt. Oder – doch? War es das vielleicht, was Doug mir hatte geben wollen und was ich in meiner Verbohrtheit zurückgewiesen hatte?

Dröhnendes Klopfen von oben riß mich aus meinen Gedanken. Das konnte nur Großmutter sein. Rasch eilte ich die Treppe hinauf. Nachdem ich das Flurlicht angeknipst hatte, ging ich zu ihrem Zimmer, öffnete leise die Tür und blickte hinein.
Großmutter lag fest schlafend in den Kissen.
Wieder klopfte es laut. Hastig zog ich mich aus Großmutters Zimmer zurück und schloß die Tür. Natürlich! Das war nicht die Gegenwart, die mich rief, sondern die Vergangenheit. Das Geräusch kam aus dem vorderen Schlafzimmer.
Die Tür stand weit offen. Drinnen war alles neu und hell, und im offenen Kamin brannte ein Feuer. Ich stellte mit Interesse fest, daß hier, genau wie im Salon, elektrisches Licht die Gaslampen verdrängt hatte.
Ich ging hinein und sah mich um. Am Kamin stand ein Ohrensessel, mit burgunderrotem Samt bezogen und weißen Spitzendeckchen auf den Armlehnen. Dort saß Jennifer, die Füße auf einem dunkelroten Fußbänkchen, den Blick zur Tür gerichtet.
Während ich sie noch betrachtete und wieder überlegte, ob ich versuchen sollte, sie anzusprechen, spürte ich einen kalten Luftzug im Rücken und hörte, wie jemand ins Zimmer trat.
Es war Harriet.
»Jenny!« sagte sie nur.
Jennifer drehte sich ein klein wenig in ihrem Sessel herum und lächelte. »Hallo, Harriet. Komm doch herein.«
Harriet, die beinahe direkt neben mir stand, zögerte. Ihr Gesicht war grau wie Asche, ihre Lippen waren völlig blutleer.
»Jenny«, sagte sie wieder.
Jennifer, die jetzt ebenfalls bemerkte, daß mit ihrer Schwägerin etwas nicht in Ordnung war, stand auf und ging ein paar Schritte auf sie zu. »Was ist denn, Harriet?«
»Ich –« Sie machte einen Schritt, stockte und schwankte, als drohe sie ohnmächtig zu werden.
»Harriet!« Jennifer lief zu ihr und legte ihr fest den Arm um die Schultern, um sie zum Sessel zu führen. Harriet hing wie ein leb-

loses Bündel an Jennifer, ließ sich willenlos in den Sessel drücken und Umhang und Hut abnehmen. Ihre Augen waren seltsam leer, sie sah aus wie jemand, der einen schweren Schock erlitten hatte. Ungleich jünger wirkte sie jetzt als Jennifer, klein und zusammengesunken in dem schweren Sessel, das Gesicht kreidebleich, die Augen wie erloschen. Sie bewegte die Lippen, aber es drang kein Laut aus ihrem Mund.
Jennifer holte sich den anderen Sessel und zog ihn so dicht an Harriet heran, daß die Knie der beiden Frauen sich berührten, als sie sich setzte. Sie nahm Harriets Hände zwischen die ihren und rieb sie behutsam. »Du bist ganz durchgefroren. Und wie blaß du bist! Wo warst du denn bei diesem Wetter, Harriet?«
Harriets Versteinerung löste sich ein wenig. »Wo sind die anderen, Jenny?« fragte sie mit tonloser Stimme. »Wo sind Mutter und Vater?«
»Vater ist noch im Werk, und Mutter ist bei einem Krankenbesuch bei Mrs. Pemberton. Und John – ich weiß nicht genau, wo John im Augenblick ist. Sag mir doch, was mit dir ist.«
Harriet drehte den Kopf zum Feuer und starrte in die Flammen. Wieder bewegten sich ihre weißen Lippen, und wieder versagte ihr die Stimme.
Jennifer musterte sie tief besorgt. Während ich die Szene beobachtete, gewann sie etwas Traumhaftes, Unwirkliches, das teilweise auf der Stille beruhte und den tanzenden Schatten an den Wänden, vor allem aber auf Harriets befremdlichem Verhalten.
»Ich war bei ihm«, flüsterte sie schließlich.
»Was hast du getan, Harriet?«
»Ich bin zu ihm gegangen. Genau wie du gesagt hast.«
Harriet drehte den Kopf und richtete den seltsam leeren Blick auf Jennifer. Dann sagte sie ein wenig lauter: »Ich bin zu Sean gegangen und habe ihm gesagt, was mit mir los ist.«
»Und was hat er gesagt?«
»Er sagte, es wäre meine eigene Schuld.« Harriets Gesicht war so

ausdruckslos wie ihre Stimme. »Er hätte damit nichts zu tun. Und er sagte, daß er fortgeht.«
»Er geht fort?« Jennifer ließ sich in ihrem Sessel zurückfallen. »Sean O'Hanrahan geht fort? Wohin denn?«
»Ich weiß es nicht. Aber sogar während ich bei ihm war, hat er gepackt. Er sagte etwas davon, daß er nach Belfast zurück will.«
»Aber – aber du hast ihm doch gesagt, was mit dir –«
»Daß ich ein Kind bekomme? O ja, das habe ich ihm gesagt. Und er ist wütend geworden. Als hätte ich es ganz allein getan. Ich habe ihn daran erinnert, daß er immer vom Heiraten gesprochen hat, wenn wir draußen bei der alten Abtei waren, und daß er immer sagte, er wolle mich so bald wie möglich heiraten. Aber das war damals, Jenny, und jetzt will er mich ganz offensichtlich nicht mehr heiraten.«
»Ach, Harriet!« Jennifer begann wieder, Harriets Hände zu reiben, als könnte sie die Freundin so zum Leben erwecken. Nicht einmal die glühenden Farben des Feuerscheins konnten Harriets Gesicht einen Anschein von Lebendigkeit verleihen.
»Harriet«, sagte Jennifer wieder voller Mitgefühl.
Obwohl wie Jennifer fast zwanzig Jahre alt, war Harriet immer noch sehr kindlich. Doch das Leben war im Begriff, ihr eine grausame Lektion zu erteilen, und die ernüchternde Wirkung begann schon, sich auf ihrem Gesicht zu zeigen.
»Und dann bin ich zu ihm gegangen«, sagte sie, den Blick wieder ins Feuer gerichtet.
»Zu Sean, meinst du?«
»Zu *ihm*, genau wie du mir geraten hast. Ich wußte nicht, wohin. Vater könnte ich es niemals sagen, er würde mich schrecklich bestrafen. Du hast ja keine Ahnung, wie er mich behandelt hat, als er entdeckte, daß Sean und ich uns Briefe schrieben. Diesmal würde er mich bestimmt nicht bloß in den Kleiderschrank sperren. Diesmal würde er etwas viel, viel Schlimmeres tun.«
»Er hat dich in den Kleiderschrank –«
»Ja, das hat er immer getan, weißt du«, fuhr sie fort, ohne eine

Gefühlsregung zu zeigen. »Immer, wenn er mich strafen wollte, hat er mich in den Schrank gesperrt. Am Ende habe ich nie mehr aus Respekt oder aus Liebe gehorcht, sondern nur noch weil ich so eine grauenhafte Angst davor hatte, wieder in den Schrank gesperrt zu werden. Ich konnte es nicht aushalten, Jenny. Es war furchtbar. Ich hockte in dem dunklen Schrank, in den nirgends auch nur der kleinste Lichtschimmer hereinfiel, und hörte, wie er den Schlüssel umdrehte. Und dann wartete ich verzweifelt darauf, daß er endlich wiederkommen und mich herauslassen würde. Immer hatte ich Angst, er würde mich vergessen, und ich würde da drinnen sterben. Anfangs habe ich geschrien, dann hab ich nur noch gewimmert und gebettelt und wie eine Wahnsinnige an der Tür gekratzt. Es war ein Gefühl, als würde ich lebendig begraben. Aber er kam immer zurück und holte mich heraus. Einmal – da schrie und heulte ich so laut, daß er zurückkam und mich herausholte. Er schlug mich fast bewußtlos, und dann sperrte er mich wieder ein und ließ mich die ganze Nacht drinnen. Ich dachte, ich würde den Verstand verlieren. Und das gleiche würde er jetzt mit mir tun, Jenny, oder noch was viel Schlimmeres. Vater ist sehr korrekt und sehr streng. Wenn er von dieser Sache erführe, würde er sagen, ich hätte es ihm zur Schande getan. Du kennst ihn doch selbst, Jenny. Du weißt, wie er ist. Du weißt, wie sehr Mutter ihn fürchtet und wie John sich vor ihm duckt. John wollte nie in Warrington bleiben und Verwaltungsangestellter werden. Aber er mußte es, weil Vater es befahl. Victor war der einzige, der sich gegen ihn auflehnte ...«

Harriet schien vergessen zu haben, was sie hatte sagen wollen. Als sie schwieg, fragte Jennifer sanft drängend: »Und zu wem bist du nun gegangen, Harriet?«

»Zu meinem Bruder. Ich dachte, er könnte mir vielleicht helfen. Und – er hat's ja auch getan ...«

Wie ein Automat streckte Harriet ihren rechten Arm aus, rollte den Ärmel hoch und zeigte Jennifer ihren weißen Unterarm. In der Ellbogenbeuge war ein großer roter Fleck, von dem blaurote Streifen wegführten.

»Harriet, was ist das?«
»Das ist von einer Spritze. Wie nennt man es gleich – von einer Injektion.«
»Wo hast du die bekommen?« Jenny beugte sich über Harriets Arm. »Das sieht aus, als wäre es entzündet.«
»Ist es auch. Aber es vergeht wieder, hat er gesagt.«
»Harriet, ich begreife nicht. Was ist geschehen? Wer hat das getan?«
Sie faßte Harriet bei den Schultern und schüttelte sie ein wenig. Harriet sah sie an, aber ihr Blick war so leer wie zuvor.
»Ich bin keine Schönheit, nicht wahr?« sagte sie leise. »Ich bin eine graue Maus, nach der kein Mann sich umdreht. Ich werde niemals heiraten. Jetzt nicht mehr. Ich habe Sean O'Hanrahan geliebt. Ich wollte nur ihn. Aber jetzt werde ich eine alte Jungfer werden und bis zu meinem Tod eine bleiben.«
»Harriet, was war das mit der Spritze?«
Harriet holte tief Atem. Ihr Gesicht wurde noch einen Schein blasser. Jennifer dachte flüchtig, Harriet sähe aus wie jemand, der eben mit dem Tod in Berührung gekommen war.
»Er hat gesagt, sie wäre, um mich einzuschläfern. Er wollte mich betäuben. Aber irgendwie hat es nicht gewirkt – vielleicht weil ich zuviel Angst hatte. Oder vielleicht hat er mir nicht genug von dem Mittel gegeben. Dann mußte ich mich auf den Tisch legen. Ich wollte aufstehen, aber ich war angeschnallt. Ich sagte ihm, ich wolle einschlafen. Ich hab gebettelt und gebeten. Aber er war zornig und ärgerlich. Wahrscheinlich hat er es darum getan. Er sagte, ich hätte die Familie in Schande gestürzt.«
»Harriet, wovon –«
»Er hatte ein Instrument. Ich habe gesehen, wie es im Licht funkelte. Er hielt es in der Hand und befahl mir, ganz still zu liegen. Mein eigener Bruder...«
»O Gott«, stöhnte Jennifer.
»Er sagte, das wäre die einzige Möglichkeit. Er sagte, damit erspare er mir Leid und Kummer in der Zukunft. Ich würde gar

nichts spüren, sagte er, und – oh, Jenny!« Harriet fiel plötzlich nach vorn und vergrub ihr Gesicht in den Händen. Ihr Weinen klang wie das Wimmern eines Kätzchens. Zitternd versuchte sie, durch ihre Hände hindurch zu sprechen. »Ich war die ganze Zeit bei Bewußtsein. Ich habe alles gespürt. Dieser Schmerz! O Gott, Jenny, der Schmerz war grauenhaft. Du hast keine Ahnung! Es war wie eine Folter. Ich spürte genau, wie dieses scharfe, grobe Instrument das Leben aus mir herauskratzte. Erst als ich den Schmerz nicht mehr ertragen konnte, wurde ich endlich bewußtlos.«

»Ach, Harriet, Harriet«, murmelte Jennifer und neigte sich vor, um Harriet über das Haar zu streichen. »Du armes, armes Kind. Du tust mir so entsetzlich leid.«

Sie weinten beide. Jennifer streichelte Harriet und versuchte mit sanfter, liebevoller Stimme, sie zu trösten. Doch schon nach ein paar Sekunden hob Harriet den Kopf und sah Jennifer mit dem verständnislosen Blick eines verletzten Tieres an.

»Was soll ich jetzt tun?« flüsterte sie.

Jennifer konnte ihr keine Antwort geben.

Harriet streifte Jennifers Hände ab und stand auf. Am ganzen Körper zitternd, blieb sie schwankend vor dem Feuer stehen. Die Blässe ihres Gesichts war erschreckend, und als ich sah, daß sie gehen wollte, stürzte ich vorwärts, weil ich fürchtete, sie würde stürzen. Aber Jennifer war schon auf den Beinen und stützte sie auf dem Weg zum Bett.

»Ich möchte sterben«, sagte Harriet. »Mein eigener Bruder. Wie konnte er mir das antun. Ach, lieber Gott, laß mich doch sterben...«

Nach den ersten stockenden Schritten zum Bettt blieb Harriet stehen und blickte zu Boden. Mit zitternder Hand hob sie langsam ihren langen Rock. Auf dem Teppich leuchtete eine rote Blutlache, die sich rasch vergrößerte.

14

Mir war an diesem Abend keine Atempause gegönnt. Obwohl ich mich vor Erschöpfung kaum auf den Beinen halten konnte, als ich mich schwankend durch den Flur zur Treppe tastete, sollte ich schon sehr bald wieder in den Strudel der Ereignisse des Jahres 1892 hineingezogen werden.
Das schreckliche Verbrechen, das an Harriet begangen worden war, hatte mich in gleichem Maß entsetzt wie Jennifer. Aber obwohl alles darauf hinwies, daß Victor der Täter war, konnte ich nicht glauben, daß er einer solchen Scheußlichkeit fähig sein sollte. Doch auch John konnte ich nicht verdächtigen. Er mochte schwach und labil sein, skrupellos und schlecht war er nicht.
Mir blieb keine Zeit, mich von meinem Entsetzen zu erholen oder länger an dieser Unglücksgeschichte herumzurätseln; ich hätte noch nicht einmal die Treppe erreicht, als ich aus dem Vorderzimmer erneut Geräusche hörte.
Die Ereignisse überstürzten sich jetzt.
Ich kehrte zur Tür des Vorderzimmers zurück, lehnte mich an den Pfosten und beobachtete John, der ruhelos im Zimmer hin und her lief. Jennifer, die wieder in dem roten Samtsessel saß, verfolgte sein Hin und Her mit unglücklichem Blick. Sie hatte ein anderes Kleid an, daran erkannte ich, daß es ein neuer Tag sein mußte.
»Muß es denn wirklich sein?« fragte sie mit gequälter Stimme, während John unablässig hin und her lief wie ein wildes Tier im Käfig. Sein Gesicht war finster und hart. Er sah in diesem Moment seinem Bruder Victor ähnlicher denn je.
»Ich habe keine Wahl«, erklärte er. »Es gibt keinen anderen Ausweg.«
»Könntest du dich ihnen nicht einfach stellen? Ließe sich denn nicht irgendeine Einigung erreichen? Mußt du wirklich fliehen wie ein Dieb?«

Er wirbelte wütend herum. »Was soll ich denn tun? Was schlägst du vor? Soll ich vielleicht flennend zu diesen Kerlen laufen und um Gnade betteln? Ach, Jenny, das ist eine geldgierige und erbarmungslose Bande. Denen ist mein Leben völlig gleichgültig. Sie wollen nur ihr Geld.«
»Dann laß Victor –«
»Nein!« donnerte er so aufgebracht, daß es uns beide erschreckte. »Ich nehme keine Almosen von meinem Bruder. Und gerade jetzt möchte ich überhaupt nichts mit ihm zu tun haben.«
»John, du glaubst doch nicht im Ernst –«
»Laß diesen Schurken aus dem Spiel. Nach dem, was er Harriet angetan hat, will ich nie wieder etwas mit ihm zu tun haben. Und was mich angeht, so werde ich verschwinden, weil das für mich die einzige Möglichkeit ist, meine Haut zu retten.«
»Dann gehe ich mit dir.«
»Nein, das wirst du nicht tun, Jenny«, entgegnete er in sanfterem Ton. »Du mußt hierbleiben und auf mich warten. Ich werde in einigen Tagen fort sein, aber ich kann nicht sagen, wohin ich gehen werde. Und ich kann dir auch nicht sagen, wann ich zurückkehren werde. Ich muß mich eine Weile versteckt halten, bis die Wellen sich glätten und ich ein paar Pfund zusammenkratzen kann. Dann komme ich zurück. Du wirst doch auf mich warten, Jenny, Liebste?«
Sie sah ratlos zu ihm auf.
John fiel plötzlich vor ihr auf die Knie und umfaßte ihre Hände. »Ich liebe dich, Jenny, auch wenn du mich nicht liebst. Nein, sag nichts, laß mich weitersprechen. Ich habe über manches nachgedacht, und ich weiß jetzt, daß ich an vielem die Schuld trage, weil ich dich so sehr vernachlässigt habe. Und meine Schwester auch. Wenn sie zu mir gekommen wäre, anstatt zu Victor zu gehen...« John schüttelte den Kopf. »Ich will jetzt nicht daran denken. Es ist geschehen und nicht mehr zu ändern. Aber wir, Jenny, wir haben noch eine Chance. Ich werde verreisen, und ich weiß nicht, wie lange ich fortbleiben werde. Aber du wirst sehen, wenn ich zu-

rückkomme, wird alles anders werden zwischen uns. Ich werde als ein andrer zurückkommen, ganz bestimmt. Ich werde diese gemeinen Kredithaie bezahlen und für immer die Finger vom Glücksspiel lassen. Du wirst es sehen, Jenny, meine Liebste.«
»Ach, John«, murmelte sie traurig. »Ich wollte, du müßtest nicht fort.«
»Aber ich muß, es ist nicht zu ändern. Aber mir wird nichts geschehen, weil niemand von meinen Plänen weiß. Ich werde einfach verschwinden. Denk daran, Jenny, es ist ein Geheimnis. Sie dürfen nichts davon erfahren, denn wenn sie etwas ahnen, ist mein Leben in Gefahr. Du verstehst doch, nicht wahr? Im Augenblick bin ich ihnen eine Nasenlänge voraus. Aber wenn diese Leute erfahren sollten, daß ich vorhabe zu verschwinden... ach, ich möchte gar nicht daran denken. Also, es bleibt unter uns, hm?«
Ihre Schultern erschlafften. Jennifer schien in sich zusammenzusinken. »Ja, John, es bleibt unter uns.«

Als ich endlich wieder zu mir kam, saß ich unten im Wohnzimmer am Fenster. Durch den Regen zeigte sich das erste schwache Licht des Morgens, doch meine Augen nahmen es kaum auf. Das verstärkte Prasseln des Regens an den Fensterscheiben war es, das mich aus meiner Gedankenverlorenheit riß, und es wunderte mich nicht festzustellen, daß ich schon eine ganze Weile so gesessen haben mußte. Düster erinnerte ich mich, nach unten gegangen und völlig erschöpft auf diesen Stuhl gesunken zu sein.
Ich blickte mich um. Nichts Warmes oder Behagliches war jetzt in diesem Zimmer. Es war kalt und grau wie der regnerische Morgen draußen, und ich fühlte mich eins mit ihm. In meiner Seele war kein Licht, nur kalte, graue Asche. Diese Nacht war zu schlimm gewesen. Nicht nur hatte ich das ganze Unglück mitansehen und hören müssen, ich hatte es auch noch fühlen müssen. Alle Gefühle meiner toten Vorfahren, gleich, welcher Natur, schienen sich ohne Abschwächung auf mich zu übertragen. Ich war nicht mehr als ein hilfloses Opfer, Leidenschaften preisgegeben, die längst

erloschen waren und doch im Rahmen dieser unerklärlichen Zeitsprünge weiterbrannten. Wie kam es, fragte ich mich, daß ich mich vor der Annäherung der Lebenden sehr wohl abschirmen konnte, daß die Toten jedoch ohne Mühe in mein Innerstes vordringen konnten? Was alles sollte ich noch leiden, ehe ich frei davon wurde? Wenn ich überhaupt je frei davon werden sollte. Und wollte ich denn überhaupt frei sein?

Todmüde stand ich auf und schleppte mich zum Kamin hinüber. Großmutter würde bald herunterkommen und sich wieder aufregen, wenn sie sah, daß der Gasofen nicht ging. Ich stellte ihn an, schaltete ihn auf die niedrigste Stufe und tappte zum Sofa hinüber.

Wollte ich denn überhaupt dieses Haus jemals verlassen und wieder in mein früheres Leben zurückkehren, fragte ich mich. Würde ich es fertigbringen, Jennifers aufopfernder Liebe, der Erregung von Victors Nähe den Rücken zu kehren? Selbst Johns ausweglose Verzweiflung und Harriets Angst und Kummer hatten mich lebendig gemacht, so daß ich mich, zeitweise wenigstens, ganz gefühlt hatte. Bestand darin ihre zauberische Kraft, in ihrer Fähigkeit, mich zum Leben zu erwecken, Gefühle in mir zutage zu fördern, die ich niemals zuvor gekannt hatte?

Ich fieberte jetzt den kurzen Episoden aus der Vergangenheit entgegen wie ein Drogensüchtiger seiner Spritze. Solange ich in der Zeit meiner Vorfahren lebte, war ich, was auch immer für Qualen ausgesetzt, wahrhaft lebendig. In den Perioden dazwischen, die mir endlos erschienen, war ich hingegen wie abgestorben.

Die Stunden krochen dahin. Ich sah immer wieder auf die Uhr und konnte es nicht glauben, daß mir fünf Minuten so lang wie eine Stunde schienen. Großmutter kam nicht herunter.

Als sie um acht Uhr noch immer nicht erschienen war und ich von oben keinerlei Geräusche hörte, beschloß ich, hinaufzugehen und nach ihr zu sehen.

Ich bewegte mich träge und schwerfällig. Ich sah, daß meine Fingernägel blau unterlaufen waren. Es mußte eiskalt sein in diesem

Haus, doch ich fühlte es nicht. Am oberen Ende der Treppe blieb ich stehen und lauschte. Aus dem Zimmer meiner Großmutter war kein Laut zu hören.
Jetzt wurde ich unruhig. Von Besorgnis aus meinem Zustand völliger Gleichgültigkeit gerissen, erinnerte ich mich endlich daran, wer ich war und wo, und mir fiel ein, daß Großmutter am vergangenen Tag schlecht ausgesehen hatte.
Ich klopfte bei ihr.
Nichts rührte sich.
»Großmutter?«
Keine Antwort.
Ich öffnete die Tür und schaute ins Zimmer. Es war ganz dunkel. Ich blieb einen Moment lauschend stehen und hörte immer noch nichts. Mit wachsender Besorgnis lief ich durch das Zimmer, schlug mich dabei an diversen Möbelstücken an und erreichte schließlich das Fenster. Mit einem Ruck zog ich die Vorhänge auf.
Das Bett war leer.
»Was ist denn, Kind?«
Ich fuhr zurück. »Großmutter!«
»Ich war im Bad, Andrea, hast du mich nicht gehört?«
Ihr plötzliches Erscheinen hatte mich erschreckt. »Nein«, sagte ich. »Ich habe dich nicht gehört. Ich habe dich auch nicht aufstehen hören.«
»Ja, ich war aber auch ganz leise. Ich dachte, du schläfst vielleicht noch, und wollte dich nicht wecken. Wie fühlst du dich denn? Ich sehe, du bist schon angezogen.«
»Ja... Ich – mir geht's gut. Gott, hast du mich eben erschreckt.«
»Du bist schrecklich nervös, Kind. Das gefällt mir gar nicht. Komm, gehen wir runter und machen uns einen heißen Tee.«
Als ich wieder unten am Fenster saß und in den Regen hinausstarrte, gestand ich mir ein, wie recht meine Großmutter hatte. Ich war wirklich nervös. Mehr als das – meine Nerven waren aufs Höchste angespannt. Aber was hätte ich anderes erwarten kön-

nen. Ich aß nicht, ich schlief kaum und war Nacht für Nacht der Spielball heftiger Gefühle.

»Wirklich, Kind, ich möchte wissen, was dir fehlt. Du machst mir Sorgen. Und dazu dieser schreckliche Regen, wie sollen wir da einen Arzt ins Haus holen?«

»Ich brauche keinen Arzt, Großmutter. Nur ein bißchen – eine Tasse Tee wird mir guttun.« Ich zwang mich, das süße Gebräu zu schlucken. Aber von meinem Toast brachte keinen Bissen herunter.

»Ist es wieder die Verdauung?«

»Nein!« Lieber Gott, niemals würde ich dieses gräßliche weiße Zeug hinunterbringen. »Meine – Verdauung ist in Ordnung, Großmutter. Es ist nur – es ist nur ...«

»Weißt du was, ich geb dir ein Glas Kirschlikör, und dann pack ich dich richtig ein, und du setzt dich ans Feuer. Du brauchst Wärme. Du frierst dich ja zu Tode. Schau dich doch nur an.«

Sie neigte sich zu mir und berührte meinen Arm. »Um Gottes willen!« rief sie entsetzt. »Du bist ja so kalt wie eine Leiche!«

Ich sah auf meine Arme hinunter.

»Es ist ein Wunder, daß du dir noch keine Lungenentzündung geholt hast. Wie kannst du diese Kälte nur aushalten? Im Radio haben sie gesagt, daß die Temperaturen noch weiter fallen. Hier drinnen hat's keine zehn Grad. Ich hab drei Strickjacken an und friere immer noch. Und du – halbnackt. Ich frag mich wirklich, wie du das aushältst.«

Es ist dieses Haus, dachte ich. Es will mich langsam umbringen.

Wir setzten uns ans Feuer, und obwohl ich unter der Hitze litt, blieb ich Großmutter zuliebe brav sitzen. Sie sollte sich keine Sorgen um mich machen.

Und so saßen wir fast den ganzen Tag.

Am frühen Abend fühlte sich Großmutter so weit durchgewärmt, daß sie keine allzu starken Schmerzen mehr hatte, wenn sie sich bewegte. Sie ging in die Küche und machte uns ein kleines Abendessen. Wie ich es hinunterbrachte, weiß ich selbst nicht. Ich kaute

und schluckte ganz automatisch, ohne etwas zu schmecken, und behielt es sogar bei mir.
Danach wurde ich schläfrig. Ich hatte schon lange nicht mehr soviel gegessen. Trotz meiner gereizten Nerven und der unablässigen Gedanken, die in meinem Kopf wirbelten, erlag ich schließlich der Hitze.

Als ich erwachte, sah ich als erstes auf die Uhr. Es war neun. Dann sah ich nach Großmutter. Sie schlummerte friedlich in ihrem Sessel. Draußen tobte immer noch der Sturm. Im Zimmer brannte nur eine Stehlampe in der Ecke. Ein diffuses Licht erfüllte den Raum, und es zeigte mir John, der am Kamin stand.
Er war nervös, trommelte mit den Fingern auf den Kaminsims, sah immer wieder auf die Uhr. Seine ganze Haltung drückte ungeduldige Erregung aus, und sein Gesicht war angespannt.
Als Jennifer fast lautlos ins Zimmer schlüpfte und leise die Tür hinter sich schloß, atmete er erleichtert auf. Sie hatte eine gepackte Reisetasche mitgebracht.
»Danke, Liebes«, sagte John, als er sie ihr abnahm. »Hat dich jemand gehört?«
»Nein. Sie schlafen alle. Vater und Mutter haben sich vor ungefähr einer Stunde zurückgezogen, und Harriet schläft in unserem Bett. Ich lege mich heute nacht aufs Sofa im Salon.«
»Jenny –«
»Ich habe dir meine Granatohrringe eingepackt«, fuhr sie steif fort. »Sie haben fünf Pfund gekostet, da müßtest du eigentlich noch ein oder zwei Guineen für sie bekommen. Du wirst das Geld brauchen.«
»Jennifer.« Zaghaft und unsicher legte er die Arme um sie. »Es schmerzt mich tief, daß ich so plötzlich fort muß. Ich hatte gehofft, ich hätte noch ein paar Tage Zeit und wir könnten auf würdigere Weise voneinander Abschied nehmen. Aber nun hat mein ehrenwerter Bruder mir die Hunde auf den Hals gehetzt, und ich muß gleich fort, wenn ich mit dem Leben davonkommen will.«

Jennifers Gesicht war unbewegt, als ich ihre Wange küßte.
»Du wirst mir schrecklich fehlen, Jenny, mehr als ich dir sagen kann. Ich werde oft an dich denken.«
Sie sah ihn an wie versteinert.
»Hast du keine Tränen für mich?«
»Ich werde auf dich warten, John.«
»Ja, das weiß ich. Jetzt brauche ich nicht mehr zu fürchten, daß du mit Victor, diesem Schurken, auf und davongehen wirst. Jetzt, da er den Namen der Familie in den Schmutz gezogen hat, erkennst du ihn wohl endlich als den, der er wirklich ist.«
Jennifer stand kerzengerade da und sah ihren Mann mit steinerner Miene an. Ich spürte die starre Kälte ihres Herzens. Sie durchdrang mich, wie Harriets Jammer mich durchdrungen hatte, und Fetzen trüber Gedanken erzählten mir vom Schmerz und Entsetzen über Victors vernichtenden Sturz. Der Name Megan O'Hanrahan wehte bitter und schmerzhaft durch unsere Gedanken. Sie war es, die das Gerücht von Harriets Abtreibung ausgestreut und den Ruf Victors, der sie angeblich vorgenommen hatte, ruiniert hatte. Ich erinnerte mich mit Jennifer ihrer flehentlichen Bitten an ihn, die Behauptung zurückzuweisen, und ich erinnerte mich mit Jennifer seines beharrlichen Schweigens. Nicht ein einziges Wort hatte Victor zu seiner Verteidigung vorgebracht, während sich das Gerücht von der Abtreibung wie die Schwarze Pest in Warrington verbreitet hatte. In sehr kurzer Zeit war vom Ansehen Victor Townsends nichts mehr übrig gewesen.
Bilder von Mrs. Townsend stiegen auf, die vor Scham und Demütigung schwer krank geworden war und nun von ihrem Leiden an ihr Bett gefesselt war; Bilder von Mr. Townsend, der jeden Morgen stolz und hocherhobenen Hauptes den Weg zur Arbeit antrat und jeden Abend niedergedrückt wie ein geprügelter Hund heimkehrte.
Er hatte gehört, was hinter seinem Rücken getuschelt wurde, absichtlich so laut, daß er es nicht überhören konnte. Da, seht ihn euch an. Seine Tochter ist nicht mehr als eine gemeine Hure. Sein

ältester Sohn ist ein Engelmacher. Sein jüngster ist ein Trinker und Spieler.
»Du glaubst mir nicht, stimmt's?«
»Nein, ich glaube dir nicht.«
»Aber es ist wahr. Victor ging schnurstracks zu den Buchmachern und sagte ihnen, daß ich vorhabe, aus der Stadt zu verschwinden. Da sind sie natürlich prompt zu mir gekommen, haben mich bedroht und ihr Geld verlangt. Ich mußte sie mit einer Lüge abspeisen. Ich versprach ihnen, sie würden es gleich morgen bekommen. O ja, du kannst es mir glauben, das habe ich Victor zu verdanken. Er wollte mich für seinen eigenen Ruin büßen lassen. Er konnte die Vorstellung nicht ertragen, daß ich davonkommen sollte. Er allein kann es gewesen sein, denn niemand sonst wußte von meinen Plänen. Nur dir und ihm habe ich davon erzählt, und ich glaube doch nicht, daß meine eigene Frau mir die Meute auf den Hals hetzen würde – oder?«
Jennifer antwortete nicht. Sie hörte in diesem Moment eine andere Stimme, Victors Stimme. Sie sah sich mit ihm im Salon. Er hatte eben die Hände von den Tasten des Klaviers genommen und sagte: »Er braucht einen Schock. Er muß gezwungen werden–«
Und sie erinnerte sich ihrer eigenen Worte – »Versprich mir, daß du John in Ruhe läßt« – Victors Antwort: »Wenn es dein Wunsch ist, verspreche ich es.«
John lächelte so siegessicher wie ein Kartenspieler, der weiß, daß er die Partie gewinnen wird. »Deine Augen sagen etwas anderes als dein Mund. Ich sehe es in deinem Gesicht, Jenny, daß von deiner Liebe zu Victor nichts übriggeblieben ist.«
Doch was er in Wirklichkeit sah, war die tiefe Abscheu, die sie dieser Familie und dieser Stadt entgegenbrachte für das, was sie Victor angetan hatten. Sie hatten ihn verurteilt und verdammt, ohne ihm überhaupt eine Chance zur Verteidigung zu geben. Wenn du jemandem die Schuld an all diesem Unglück geben willst, sagten ihre Augen, dann gib sie Harriet, die sich in diese

Situation gebracht hat und dann alles noch Megan O'Hanrahan erzählen mußte. Was John Townsend im Gesicht seiner Frau sah, war bittere Ernüchterung.
»Du solltest jetzt besser gehen, John.«
»Ja, Liebes, ich gehe. Aber glaub mir, ich komme zurück. Bald schon. Und mit Geld in der Tasche. Du wirst sehen.«
Ich entdeckte einen Unterton beinahe freudiger Erregung in seiner Stimme und ein Blitzen von Abenteuerlust in seinen Augen. John Townsend hatte es endlich geschafft, der Fuchtel seines Vaters zu entkommen. Er riskierte dabei vielleicht Kopf und Kragen, und er ging in Schande, aber er tat endlich das, worum er Victor immer beneidet hatte: Er ging fort aus diesem Haus.
»Dann wird es uns gutgehen, und wir werden in unserem eigenen Haus leben. Ich engagiere dir ein Dienstmädchen und lasse ein Telefon installieren. Was sagst du dazu, Jenny, Liebes, ein Telefon!«
»Es ist spät John.«
Ohne ein weiteres Wort nahm er die Reisetasche, küßte Jennifer kurz und heftig und eilte aus dem Zimmer. Sie blieb reglos stehen, und wir hörten, wie er leise die Zimmertür hinter sich zuzog und wenig später die Haustür. Als sie gewiß war, daß er fort war, als im Haus Grabesstille eingekehrt und nur noch das feine Ticken der Uhr zu hören war, stieß Jennifer ein herzzerreißendes Schluchzen aus und stürzte zu Boden.
Als ihre Hand meinen Fuß berührte, verschwand sie.

Gegen halb zehn erwachte Großmutter aus ihrem Schlummer. Mit Hilfe ihres Stocks stemmte sie sich aus dem Sessel und humpelte hinaus, um nach oben in ihr Zimmer zu gehen. Ich hörte, wie sie im Bad heißes Wasser in die Wärmflaschen laufen ließ und dann in ihr Zimmer tappte. Ich hörte das Quietschen der Sprungfedern, als sie sich in ihr Bett sinken ließ. Danach strich ein wispernder Wind durch das Haus, und es war, als seufzten die Wände. Ich wartete ungeduldig auf meine nächste Begegnung.

Sie erfolgte wenige Minuten später.
Während ich noch über das Unglück nachdachte, das die Familie Townsend damals heimgesucht hatte, hörte ich im Salon Geräusche. Langsam, unsicher ging ich hinüber. Noch vor wenigen Tagen hatte ich nur heitere Szenen miterlebt, ganz normale Familienszenen, in denen sich die Townsends wie jede andere Familie gezeigt hatten. Aber dann war eine Wendung erfolgt. Die Episoden, deren Zeugin ich wurde, waren immer beängstigender geworden. Sie hatten jetzt etwas Makabres, Untertöne von Blut und Schande und Vernichtung. Was würde ich diesmal erleben? Wie weit würde diese Familie in ihrem Hang zur Selbstzerstörung noch gehen?
Harriet war im Salon. Sie lag auf dem großen Sofa, den Kopf in die Arme gedrückt, und schluchzte. Ich blieb an der Tür stehen, nicht ohne Mitgefühl mit diesem Kind, das so ahnungslos in die Welt der Erwachsenen hineingestolpert war. Ich hätte gern gewußt, was für einen Tag man schrieb, in welchem Jahr wir uns befanden. Wieviel Zeit war seit der Abtreibung vergangen? Was war in der Zwischenzeit geschehen? Wo war Victor? Was war nach seinem Sturz aus ihm geworden? Und war Sean O'Hanrahan verschwunden? War John schon zurück, die Taschen voller Geld vielleicht? Oder hatte sich etwas Neues ereignet, das mir jetzt offenbart werden sollte?
»O Gott, o Gott, o Gott«, schluchzte Harriet unaufhörlich. »Es ist alles meine Schuld. Ich hab's ihm gesagt. Ich hab's ihm selbst gesagt. Ich hätte den Mund halten sollen. Ich brauchte es ihm nicht zu sagen.«
Sie marterte sich mit Selbstvorwürfen.
Das Feuer im Kamin war fast ganz heruntergebrannt, und das Zimmer wirkte düster. Harriet lag da, als hätte sie sich in einem heftigen Anfall von Verzweiflung niedergeworfen.
»Natürlich ist er jetzt böse und bitter. Ich hätte es ihm nicht sagen sollen. Er ist böse, und darum hat er es getan. Ich kann's ihm nicht einmal übelnehmen. Ich kann nur mir selbst die Schuld geben. Ja,

ich bin selbst schuld daran, weil ich so dumm war. So unglaublich dumm.«
Den Rest verstand ich nicht. Sie schluchzte in ihre Arme und brabbelte immer weiter. Nur ab und zu, wenn sie sich besonders heftig erregte und laut wurde, konnte ich verstehen, was sie sagte.
»Ach, hätte ich doch nur den Mund gehalten. Dann hätte er das nicht getan. Jetzt kann ich nie wieder unter Menschen gehen.«
Sprach sie immer noch von Sean? Oder meinte sie Victor?
Als Harriet sich schließlich aufsetzte und sich die Augen wischte, wich ich entsetzt und erschrocken zurück.
Sie sah aus, als hätte man ihr den Kopf geschoren.
Sie stand auf und ging zu dem goldgerahmten Spiegel, der über dem Kamin hing. Voller Abscheu musterte sie sich darin.
»Du kannst es ihm nicht übelnehmen«, murmelte sie wieder, während sie ihr verschwollenes Gesicht unter dem kurzgeschnittenen Haar betrachtete. »Er ist böse auf dich, und das ist kein Wunder. Er wußte nicht, wie er seinen Zorn und seine Wut sonst an dir auslassen sollte. Du hättest dich gleich umbringen sollen, dann wären jetzt alle froh und glücklich. Ihm wäre die Schande erspart geblieben. Mutter wäre nicht krank geworden, und John wäre nicht davongelaufen. Ja, ja, schau dich nur an! Wer kann ihm einen Vorwurf machen?«
Es war kaum Bitterkeit in ihrer Stimme. Sie sprach eher in einem kindlich flehenden Ton, wie das Opfer, das seinen Folterknecht anbettelt, es zu verschonen.
Sie sah schrecklich aus. Von dem schönen kastanienbraunen Haar, das voll und lockig ihr Gesicht umrahmt hatte und das einzig wirklich Reizvolle an ihr gewesen war, waren nur noch millimeterkurze, ungleichmäßig geschnittene Büschel übrig, die stachlig von ihrem Kopf abstanden. An manchen Stellen war das Haar so kurz, daß die nackte Kopfhaut durchschimmerte. Mit dem verschwollenen Gesicht, den rotgeränderten Augen und dem borstig wirkenden Haar sah Harriet beinahe aus wie der kleine Affe eines Drehorgelmanns.

Ich bedauerte den Vergleich augenblicklich. Ich sah ja, wie gequält und unglücklich sie war, und sie tat mir in der Seele leid. Ich fragte mich, wer sie so grausam zugerichtet hatte und warum.
»Ich hab's verdient«, flüstert sie weinend vor dem Spiegel. »Ich hab's verdient. Er hatte alles Recht dazu, nach dem, was ich ihm angetan habe. O Gott – er hatte das Recht dazu.«
Nicht fähig, den eigenen Anblick länger zu ertragen, rannte Harriet vom Spiegel zum Sofa zurück, warf sich erneut darauf nieder und begann wieder zu schluchzen.
Ich dachte an das unschuldige und sensible Kind, das sie gewesen war, und hatte nur den Wunsch, sie zu trösten, ihr irgendwie zu helfen. Ohne Überlegung sagte ich: »Harriet, was ist denn geschehen?«
Und sie riß den Kopf in die Höhe und starrte mich an.

15

Nun war es also endlich soweit! Das, was ich gehofft und gefürchtet hatte, war eingetreten: Die Verbindung zur Vergangenheit war hergestellt.
War dies der Grund, weshalb ich in diesen Ablauf der Ereignisse hineingezogen worden war? War dies der Zweck, den ich zu erfüllen hatte? Es war, als hätten sich plötzlich die Wolken gelichtet und die Sonne träte hervor.
Bei meinen Worten hatte Harriet zu weinen aufgehört und aufgeblickt. Ihr Gesicht war erschrocken gewesen, als hätte sie sich ertappt gefühlt. Und doch hatte sie mich anscheinend nicht wirklich gesehen. Sie hatte mit zusammengekniffenen Augen in meine Richtung geblickt, als versuchte sie, etwas zu erkennen, und dann hatte ihr Gesicht sich entspannt. Was war ich in diesem Moment für sie gewesen? Eine optische Täuschung, durch einen Lichtreflex hervorgerufen? Ein Schatten an der Wand? Was hatte Harriet gesehen, als sie den Kopf gehoben und zu mir herübergeblickt hatte?
Viel konnte es nicht gewesen sein. Nachdem sie einen Moment lang wie fragend den Kopf zur Seite geneigt hatte, hatte sie ihn wieder auf ihre Arme gesenkt und weitergeweint. Doch es blieb die Tatsache bestehen, daß sie mich gehört hatte.
Ich hatte ihren Namen gerufen, und sie hatte mich gehört. Und dann hatte sie etwas gesehen – drüben, an der offenen Tür.
Meiner Meinung nach konnte das nur eines bedeuten: daß das Zeitfenster größer wurde; daß nun auch der letzte der Sinne – der Tastsinn – miteinbezogen wurde und die Möglichkeit der Berührung gegeben war.
Ich kehrte ins Wohnzimmer zurück und ließ die Ereignisse der anderthalb Wochen, die ich nun in Großmutters Haus lebte, in mir Revue passieren. Ich erinnerte mich meiner ersten ›Begeg-

nungen‹. ›Für Elise‹ vor dem Hintergrund der Dudelsäcke. Victor am Fenster. Es ergab eindeutig ein Muster. Erst das Gehör. Dann das Gesicht. Dann der Geruch. Dann vage körperliche Empfindungen wie zum Beispiel Kälte oder ein Gefühl der Nähe, wenn einer von ihnen an mir vorüberging. Und heute abend schließlich hatte Jennifers Hand meinen Fuß berührt.
Wir kamen in Kontakt.
Und mit dem Kontakt würde die Verbindung kommen. Hatte nicht Victor sich einmal umgedreht, als ich ihn beim Namen gerufen hatte? Und jetzt Harriet. Harriet hatte augenblicklich reagiert, als ich sie angesprochen hatte.
Es war also soweit. Für mich gab es jetzt keinen Zweifel mehr daran, daß ich bald in der Lage sein würde, mit ihnen zu sprechen, mich ihnen bemerkbar zu machen, ihnen sichtbar zu werden. Darauf also hatte alles hingeführt, auf diesen letzten Moment, da ich wirklich zu ihnen gehören würde.
Aber wozu? Aus welchem Grund? Sollte ich in diesem Drama der Vergangenheit eine aktive Rolle spielen? War ich dazu bestimmt, irgendwie einzugreifen?
Das mußte es sein. Eine andere Erklärung fiel mir nicht ein. Aus irgendeinem Grund war ich auserkoren worden, im Familiendrama der Townsends eine Rolle zu übernehmen.
Während ich mich mit Fragen herumschlug, auf die ich bei mir keine Antworten finden konnte, rannte ich im Wohnzimmer umher wie in Raserei. Ich war enttäuscht über meinen Mangel an Wissen und Verständnis, zornig, daß ich nicht klar und deutlich erkennen konnte, worauf alles hinauslief.
Ich ging in die Küche, schenkte mir ein großes Glas von Großmutters Kirschlikör ein und kippte es hinunter. Es war nur ein leichter Likör, der mir nicht die erwünschte Entspannung brachte, aber es war immerhin etwas.
Als ich die Küchentür hinter mir schloß und die Polsterrolle wieder an ihren Platz schob, schoß mir plötzlich ein Gedanke durch den Kopf, bei dem mir glühend heiß wurde. Wenn es mir soeben

gelungen war, die Kluft zu Harriet zu überbrücken, und wenn diese Kluft, wie ich fest glaubte, mit der Zeit schrumpfen würde, bedeutete das dann nicht, daß ich bald auch mit Victor Townsend würde Kontakt aufnehmen können?

Ich ließ mich erregt aufs Sofa fallen. Mich Victor zeigen! Mit ihm sprechen! Unvorstellbar!

Aber wieso unvorstellbar, da ich doch genau diese Vorstellung im Fall von Harriet und Jennifer ohne Schwierigkeiten akzeptieren konnte? Wieso war da eine Verbindung zu ihm für mich undenkbar?

Weil es nicht sein darf, kam die angsterfüllte Antwort aus meinem Innern. Du darfst dich ihm nicht zeigen.

Ich verstand mich selbst nicht mehr. Ich hatte die Berührung von Jennifers Hand an meinem Fuß gespürt. Ich hatte Harriet angesprochen und war gehört worden. Wie würde der nächste Schritt aussehen? Würde ich plötzlich mitten unter ihnen sichtbare Gestalt annehmen, mit Victor sprechen, seine Berührung fühlen –

»Es ist jetzt schon zwei Monate her«, sagte jemand ganz in meiner Nähe.

Ich hob mit einem Ruck den Kopf. Jennifer und Harriet saßen in den Sesseln vor dem Feuer.

»Wir hätten doch wenigstens einen Brief bekommen müssen oder irgendein anderes Lebenszeichen«, sagte Harriet. »John ist jetzt genau zwei Monate fort.«

Jennifer war so verändert, daß ich erschrak. Ihre strahlende Schönheit war von einer tiefen Schwermut überschattet, die ihr Gesicht bleich machte und zu beiden Seiten ihres Mundes tiefe Linien eingegraben hatte. Ihre Schultern waren gebeugt, als trüge sie eine schwere Last, und ihr Haar war nachlässig frisiert. Sie wirkte um Jahre gealtert, und doch waren seit Johns Flucht erst zwei Monate vergangen.

Harriet, die an einem Taschentuch stickte, trug ein Spitzenhäubchen auf dem Kopf, das ihr kurz geschnittenes Haar ganz ver-

barg. Die beiden jungen Frauen wirkten niedergeschlagen und unfroh.
»Vielleicht«, meinte Jennifer, deren schmale Hände untätig auf den Sessellehnen lagen, »ist er an einem Ort, von wo er keine Briefe absenden kann. Oder vielleicht ist er auch sehr weit weg, und die Briefe, die er geschrieben hat, sind verlorengegangen.«
»Er hätte telegrafieren können.«
»Wer weiß, wo er ist, Harriet. Vielleicht befindet er sich schon auf der Rückreise und möchte uns überraschen.«
Harriet schüttelte den Kopf. »Ich verstehe nicht, wie Victor das tun konnte. Wie er seinem eigenen Bruder so etwas antun konnte.«
»Keiner von uns ist ganz ohne Tadel, Harriet.«
Ich versuchte, mich ihren Gedanken und Gefühlen zu öffnen, um das Unausgesprochene zu erfahren. Aber das einzige, was ich empfing, war eine einfache Botschaft von Jennifer: Ich habe Victor seit fast drei Monaten nicht mehr gesehen.
Das also war der Grund für ihre Veränderung, für den apathischen Blick, mit dem sie ins Feuer starrte. Es war so still im Zimmer, daß jeder Nadelstich Harriets in dem straff gespannten Leinen des Taschentuchs zu hören war.
Ich wünschte mir, ich hätte in diesem Augenblick mit Jennifer sprechen können, mit ihr allein, ohne Harriet. Ich hätte ihr so gern gesagt, daß Victor zurückkommen würde, daß ihre gemeinsame Zeit noch nicht um war.
Im Geist hörte ich Großmutters Worte: Victor kam eines Abends betrunken nach Hause und zwang sie.
Ja, dachte ich traurig, deine Zeit mit Victor ist noch nicht um.
»Ich glaube, Victor ist völlig verbittert, seit er den Posten in Edinburgh ausgeschlagen hat«, bemerkte Harriet. »Er war ja wie verwandelt, als er nach Hause kam, nicht wahr? Und er ist nie mehr der alte geworden. Das ist jetzt zwei Jahre her, aber ich erinnere mich an den Abend, als wäre es gestern gewesen. Wie schockiert er war, als er von deiner Heirat mit John hörte! Und wie er Hals über

Kopf hinausstürmte und sich im *Horse's Head* einmietete. Ich habe nie verstanden, warum er Vater nachgegeben hat und hierher zurückgekommen ist. Es war doch abgemacht, daß er den Posten in Schottland übernehmen würde. Und dann tauchte er plötzlich hier auf.«

»Manchmal ändert man eben seine Pläne.«

»Ja, das ist wahr. Und vielleicht hat John auch seine Pläne geändert. Was ist, wenn er nicht mehr nach Hause kommt? Was wirst du dann tun?«

Jennifer zuckte die Achseln. Es war unwichtig. Ohne Victor war alles unwichtig.

Der ätzende Unterton in Harriets Stimme beunruhigte mich. In den drei Monaten, seit sie ihr Kind verloren hatte, schien Harriet bitter und hart geworden zu sein. Die abwertende Art, wie sie von Victor gesprochen hatte, gab mir Anlaß zu der Frage, ob nicht er derjenige gewesen war, der ihr zur Strafe das schöne Haar abgeschnitten hatte. Ich hatte noch die Worte im Ohr, die sie im Salon zu sich selbst gesprochen hatte. »Er hat dich bestraft, weil du es gesagt hast. Sein gutes Ansehen ist ruiniert. Er wußte nicht, wie er sonst seinen Zorn und seine Wut an dir auslassen sollte.«

Ich schüttelte die Erinnerung ab. Mochten die anderen ihn verdammen, ich konnte nicht glauben, daß Victor der schlechte und gemeine Mensch war, als den seine Nachkommen ihn hinstellten. Wie Großmutter ihn beschimpft hatte! Ihm allein hatte sie die Schuld an der Tragädie dieser Familie gegeben. Aber Victor war so sehr Opfer wie die anderen und gewiß nicht der allein Verantwortliche.

Mein Kopf begann zu schmerzen. Ich rieb mir die Augen und kämpfte gegen das Gefühl, daß an dem, was alle behaupteten, vielleicht doch etwas Wahres sein könnte. Großmutter hatte ihre Geschichten nur aus zweiter und dritter Hand, aber hier sprachen die, welche ihm am nächsten gewesen waren. Was war in diesen letzten drei Monaten wirklich geschehen?

Als ich meine Hände von den Augen nahm, sah ich, daß Jennifer und Harriet mich verlassen hatten. Ich war wieder allein in dem tristen kleinen Wohnzimmer, mein Kopf schmerzte zum Zerspringen, und mein ganzer Körper schrie nach Schlaf.
Ich blickte trostlos auf das regenasse Fenster. Wie lange würde ich noch die Gefangene dieses Hauses und seiner Vergangenheit bleiben?

Zuerst glaubte ich, das Dröhnen sei in meinem Kopf, aber als ich die Augen öffnete und das wäßrig graue Morgenlicht durch die Scheiben sickern sah, erkannte ich, daß es von Großmutter kam, die oben mit ihrem Stock auf den Boden klopfte.
Ich stand aus dem Sofa auf und versuchte, mich aus den Nebeln des Schlafs zu befreien. Als ich auf die Uhr sah, stellte ich fest, daß es fast acht war. Ich hatte anscheinend den größten Teil der Nacht geschlafen, aber ich fühlte mich wie gerädert.
Ich war so schlapp und kraftlos, daß ich die Treppe hinaufkeuchte wie eine uralte Frau. Wie schaffte Großmutter das nur? Als ich in ihr Zimmer kam, saß sie schon aufrecht in ihren Kissen, und sie war es, nicht ich, die rief: »O mein Gott, du siehst ja schrecklich aus!«
»Wie fühlst du dich heute morgen, Großmutter?«
»Die Arthritis hat mich immer noch in ihren Fängen, Kind. Aber der Regen kann ja nicht ewig anhalten. Im Radio haben sie wenigstens gesagt, daß es heute abend besser wird. Dann bekommen wir vielleicht ein bißchen Sonne. Elsie und William werden sicher vorbeikommen, wenn der Regen nachläßt. Dein Großvater hat ja jetzt schon ein paar Tage keinen Besuch mehr gehabt. Wir dürfen ihn nicht beunruhigen.«
»Kannst du nicht aufstehen, Großmutter?«
»Andrea, was ist mit deinen Augen?«
»Ich weiß nicht. Warum?«
»Schau dich doch nur mal an.«
Ich ging zum Toilettentisch und warf einen scharfen Blick in den

Spiegel. Meine Augen waren so rot und verschwollen, als hätte ich einen Boxkampf hinter mir.
»Und wie blaß du bist. Du siehst richtig ausgelaugt aus. Ja, völlig ausgelaugt. Als hätte dir jemand das ganze Blut aus den Adern gesogen. Wie fühlst du dich denn?«
»Ach, ganz gut. Nur müde bin ich.«
»Ich glaube, für dich ist es das Beste, wenn du bald wieder nach Hause fliegst. Wenn dieses schlechte Wetter vorbei ist, gehst du ins Reisebüro und buchst einen Flug.«
Ich zwang mich zu einem Lächeln. »Das klingt, als wolltest du mich loswerden.«
»Unsinn! Aber ich mache mir Sorgen um dich, Kind.«
Meine Großmutter sah mich so ernst und durchdringend an, daß ich mich abwenden mußte. Tief im Innern spürte ich die Veränderung, die sich vollzog. Ich wußte, daß mir etwas fehlte, aber ich hatte zu große Angst, es mir einzugestehen. Wenn ich es einfach ignorieren, darüber hinweggehen, so tun konnte, als wäre es nicht da... Doch Großmutters tiefe Besorgnis machte mir auf unangenehme Weise bewußt, daß mit mir etwas nicht in Ordnung war.
»Ich mache dir eine Tasse Tee, Großmutter. Und Toast dazu?«
»Ach, das ist lieb von dir. Obwohl es mir weiß Gott nicht recht ist, mich von dir bedienen zu lassen. Aber wer hätte gedacht, daß solches Regenwetter kommt, hm? Laß dir Zeit, Kind, und sag's mir, wenn das Wetter besser wird. Du weißt, sobald es ein bißchen heller wird, werden Elsie und William kommen.«
Ich spürte ihren scharfen Blick im Rücken, als ich zur Tür hinausging. Im Flur, wo sie mich nicht mehr sehen konnte, lehnte ich mich an die Wand und holte mehrmals tief Atem. Ich fühlte mich so schwach wie kurz vor einem Zusammenbruch.
Es war eine Kleinigkeit, den Tee zu kochen und den Toast zu machen, solange ich nur durch den Mund atmete und darauf achtete, daß der Geruch nicht in meine Nase drang. Wenn das doch geschah, bekam ich sofort heftigen Brechreiz und mußte schleunigst aus der Küche stürzen. Als ich schließlich mit einem einigerma-

ßen appetitlich gerichteten Tablett zu meiner Großmutter ins Zimmer trat, sah sie sich ihr Frühstück erfreut an und fragte: »Wo ist denn deins?«
»Unten, Großmutter. Ich esse gleich unten, wenn du nichts dagegen hast.«
»Natürlich. Sieh zu, daß du runterkommst und setz dich an die Heizung. Dreh sie ruhig ganz auf. Ach, warum ziehst du nicht eine Wolljacke von mir über.«
»Im Wohnzimmer ist es ja warm.«
»Weißt du, du bist furchtbar mager geworden. Was soll denn deine Mutter sagen, wenn sie dich sieht? Sie wird sich fragen, was wir hier mit dir angestellt haben. Ehrlich, du bist so klapprig wie ein Skelett.«
Ich nickte nur und dachte, gestern hast du mich mit einer Leiche verglichen. Vielleicht werde ich wirklich langsam eine.
Als ich wieder unten im Wohnzimmer war, ließ ich mich in einen der beiden Sessel fallen und rührte mich nicht mehr von der Stelle. Ich war wirklich wie tot. Ich konnte nur auf die Entfaltung der nächsten Episode warten, meine kostbaren Momente mit der Vergangenheit. So unglücklich und tragisch sie waren, ich sehnte mich nur nach ihnen. Sie waren meine Wirklichkeit.
Aber warum raubten sie mir Schlaf und Appetit? War das notwendig? Wie lange konnte ich das durchhalten, ohne tatsächlich zusammenzubrechen? Wenn Elsie heute abend oder morgen vorbeikam, würde sie bestimmt erschrecken – ich war ja selbst erschrocken, als ich mich im Spiegel gesehen hatte – und versuchen, mich zu sich nach Hause zu holen.
Würde ich gehen dürfen? Oder hielten sie mich hier fest, um mich langsam zu töten, damit ich eine der Ihren werden würde?

Am Nachmittag war ich wieder in der Vergangenheit.
Ich war eingeschlafen, aber ich fand weder Frieden noch Ruhe in diesem Schlaf. Schreckliche Träume quälten mich, und eine tödliche Kälte hüllte mich langsam ein, drang durch meine Haut und

meine Knochen bis ins Mark. Zitternd vor Kälte hatte ich mich den ganzen Nachmittag herumgewälzt und war, als ich erwachte und Jennifer allein am Kamin sitzen sah, noch matter und erschöpfter als zuvor.

Sie war dabei, einen Brief zu schreiben. Ich rutschte bis an die äußerste Kante des Sofas und beugte mich, die Ellbogen auf die Knie gestützt, so weit vor, wie ich konnte. Nun konnte ich lesen, was sie schrieb.

»Juli 1894

Liebster Victor,

ich schreibe diesen Brief in der Hoffnung, daß er von einem hilfreichen Menschen befördert wird, der weiß, wo Du Dich aufhältst, und daß er Dich so über kurz oder lang erreicht. Ich habe Dir mittlerweile drei Briefe geschrieben, die alle ohne Antwort geblieben sind. Vielleicht hast Du sie nicht erhalten. Vielleicht möchtest Du mir nicht antworten. Ich werde dennoch versuchen, an der Hoffnung festzuhalten, daß Du am Leben und bei guter Gesundheit bist und mir antworten könntest, wenn Du nur wolltest.

Vier Monate sind vergangen, seit ich Dich das letzte Mal gesehen habe. Wie gut ich mich an den Tag erinnere. Ich sehe noch Mr. Johnson vor mir, wie er dich von der Kanzel herab verdammte, während Du stolz und aufrecht in der Kirche saßest und mit keiner Miene verrietst, wie sehr die Verletzungen schmerzten. Und als ich Dich später am selben Nachmittag beschwor, Dein Schweigen zu brechen und Dich zu verteidigen, sagtest du nicht ein einziges Wort zu mir, sondern gingst daran, deine Koffer zu packen. Ich werde niemals verstehen, warum Du es schweigend hinnahmst, daß diese Stadt Dich an den Pranger stellte, obwohl doch Menschen dawaren, die an Dich glaubten. Ich weiß nicht, ob Du getan hast, was man Dir vorwirft, und ich würde mir niemals anmaßen, ein Urteil über Dich zu fällen. Aber ich weiß eines – an dem Tag, an dem Du aus Warrington fortgingst, ist etwas in mir gestorben.

Ich möchte, daß Du zurückkommst, Victor. Oder daß Du mich zu Dir kommen läßt, ganz gleich, wo Du bist. Warum willst Du nicht begreifen, daß es Menschen gibt, die Dich lieben und Deine Abwesenheit nicht ertragen können?
John ist nicht zurückgekehrt und hat auch niemals geschrieben. Ich fürchte, ich werde nie wieder von ihm hören. Wo immer Dein Bruder auch sein mag, vielleicht ist er dort glücklicher. Ich frage mich, ob Du es auch bist.«
Jennifer hörte plötzlich zu schreiben auf, packte das Blatt mit einer raschen, zornigen Bewegung, zerknüllte es in ihrer Hand und warf es ins Feuer. Dann schlug sie beide Hände vor ihr Gesicht und begann zu weinen.
Ich war ihr so nahe, daß ich den Duft ihres Rosenwassers riechen konnte. Ihre schmalen Schultern zitterten. Sie dauerte mich so sehr, daß ich sie am liebsten in den Arm genommen hätte. Ich besaß das Wissen, das sie trösten konnte; ich wußte, daß Victor zurückkehren würde. Aber wie konnte ich ihr das mitteilen?
Ich versuchte es wieder.
Ich holte tief Atem, um mir Mut zu machen, und sagte dann in ruhigem Ton: »Jennifer.«
Mit einem Ruck hob sie den Kopf und kniff die Augen zusammen, als versuche sie, mich zu sehen.
»Jenny«, sagte ich, ohne mich von der Stelle zu rühren. Mein Herz klopfte wie rasend. Jetzt war es soweit! Das war der Moment des Durchbruchs. »Jenny, du brauchst nicht zu weinen. Er wird zurückkommen. Victor wird zurückkommen.«
Sie hielt einen Moment den Atem an. »Wer – wer bist du?«
Ich glaubte, ich würde ohnmächtig werden vor Anstrengung und Spannung. »Eine Freundin.«
»Du kommst mir bekannt vor...«
»Er kommt zurück, Jenny...« Doch noch während ich mit Jennifer sprach, verschwand sie mir aus den Augen.
Ich glitt von der Couch und blieb wie betäubt auf dem Boden

liegen. Das Zimmer drehte sich in schwankenden Kreisen um mich, der Boden hob sich, und die Zimmerdecke senkte sich herab. Die Wände kamen mir entgegen und wichen wieder zurück. Ich krallte meine Finger in den dünnen Teppich, um nicht ins Leere zu stürzen. Ich spürte, wie der Boden unter mir sich öffnete, und ein Gefühl überkam mich, als treibe ich im freien Raum.

Als das Zimmer wieder ruhig wurde und ich wieder festen Boden unter mir fühlte, stand ich stöhnend auf. Ich war so matt, daß diese einfache Handlung meine ganze Kraft und Konzentration in Anspruch nahm, und als ich mich endlich hochgerappelt hatte, schaffte ich es nicht, aufrecht stehenzubleiben. Ich taumelte so stark, daß ich mich sofort wieder in das Sofa fallen ließ.

Mein ganzer Körper war schweißgebadet. Das T-Shirt lag naß auf meiner Haut, mein feuchtes Haar klebte mir im Nacken. Und ich fühlte mich am ganzen Körper krank und elend.

Ich hatte, wenn auch nur einen flüchtigen Moment lang, die Zeitbrücke überschritten.

Jennifer hatte mich gesehen, hatte zu mir gesprochen. Sie mußte mich einen Augenblick lang in aller Deutlichkeit wahrgenommen haben, denn sie hatte ja geglaubt, mich zu kennen. Lag es an der Familienähnlichkeit? Oder hatte es einen anderen Grund?

Langsam wurde mir die Tragweite dessen, was geschehen war, voll bewußt. Ich hatte die Kluft zwischen den Zeiten überwunden. Einen Herzschlag lang war ich in der Welt des Jahres 1894 gewesen.

Ich wußte jetzt mit Gewißheit, daß meine nächste Begegnung länger dauern, intensiver sein würde. Ich würde mit ihnen sprechen, sie berühren – und was noch? Und mit wem? Victor?

Wäre ich nicht körperlich so geschwächt gewesen, so wäre ich vielleicht auf den Gedanken gekommen, mich zu fürchten. So aber, erschöpft und ausgelaugt wie ich war, konnte ich nur immer über das Phänomen nachdenken, dem ich mich jetzt gegenübersah. Es

gab jetzt für mich keinen Zweifel mehr daran, daß meine Reisen in die Vergangenheit einen ganz bestimmten Sinn hatten.
Es hatte seinen guten Grund, daß ich in die Vergangenheit geholt wurde.
Aber was für ein Grund war das?
Ich streckte mich auf der Couch aus und ließ in der linden Wärme des Zimmern meine Haut und meine Kleider trocknen. Nebelhaft noch begann sich eine Vorstellung in meinem Hirn zu bilden.
Es hatte etwas mit Veränderung zu tun.
Schon einmal hatte ich die Zeitkluft überwunden und hatte den Ablauf der Ereignisse im Jahr 1894 unterbrochen. Ich hatte Jennifer aus ihrer Traurigkeit gerissen und ihr gesagt, daß Victor zurückkehren würde.
Was würde ich das nächste Mal tun? Was würde ich zu dem nächsten toten Townsend sagen, mit dem ich zusammentreffen würde?
Natürlich. Das war es. Das war der Sinn. Das war der Zweck, den ich zu erfüllen hatte.
Ich konnte zurückgehen in der Zeit und die Geschichte verändern.
Schon hatte ich den ersten kleinen Schritt in dieser Richtung getan. Ich hatte Jennifer getröstet und ihr gesagt, daß sie Victor wiedersehen würde. Hätte ich es nicht getan, so hätte sie weiter getrauert und geweint, wäre todunglücklich gewesen, bis zu dem Tag seiner Rückkehr. So aber, dessen war ich sicher, saß sie jetzt, in diesem Moment, an einem Juliabend des Jahres 1894 in ihrem Wohnzimmer und machte sich Gedanken über die Prophezeiung, die sie aus dem Mund einer geisterhaften Erscheinung gehört hatte. Und zweifellos hatte sie jetzt wieder einen Funken Hoffnung, der ihr versagt geblieben war, hätte ich nicht eingegriffen.
Was also würde dann als Nächstes kommen? Was würde ich bei der nächsten Begegnung mit einem Mitglied der Familie Townsend sagen oder tun?

Eines fiel mir auf und irritierte mich: Ich hatte keine Entscheidungsfreiheit darüber, ob und wann ich rückwärts reisen wollte; ich konnte nicht einmal aus eigener freier Wahl dieses Haus verlassen. Dennoch war es mir überlassen, mit meinen Vorfahren Verbindung aufzunehmen oder nicht. Ich war nicht gezwungen worden, jene Worte zu Jennifer zu sprechen. Ich hatte sie aus freiem Willen gesprochen. Die Entscheidung, einzugreifen oder nicht, lag offenbar ganz bei mir.
Aber welchen Zweck, welche Aufgabe sollte ich dann erfüllen? Warum war ich auserkoren worden, in die Vergangenheit zurückzukehren, wenn es dann ganz mir überlassen blieb, ob ich in die Ereignisse eintrat oder an ihrer Peripherie verharrte? Und wozu eingreifen? Warum sollte mir überhaupt der Gedanke kommen einzugreifen?
Das hatte doch nur einen Sinn, wenn es einem guten Zweck diente.
Plötzlich hatte ich die Antwort.
Ich hob den Kopf und blickte zum Fenster gegenüber, ich sah den Regen, der immer noch in Bächen an den Scheiben herabströmte, und ich dachte, es liegt in meiner Macht, das Schicksal dieser Familie zu ändern.
Plötzlich erschien mir alles ganz einfach, gar nicht mehr rätselhaft. Das Geheimnis war endlich gelüftet. Ich wußte, wozu ich in das Haus in der George Street gekommen war. Ich wußte, wozu ich auserwählt worden war und worin meine Bestimmung lag.
»Solange Victor Townsend lebte, machte er den Menschen in diesem Haus das Leben zur Hölle.«
Das hatte meine Großmutter an meinem zweiten Tag in diesem Haus zu mir gesagt. Sie hatte von »unsäglichen Scheußlichkeiten« gesprochen, Victor als einen Teufel bezeichnet, der mit dem Satan in Verbindung stand.
Mir war jetzt alles klar.
Von seinem Bruder und den Bürgern des Städtchens zu Unrecht

verdächtigt und verdammt, war Victor Townsend in Zorn und Bitterkeit fortgegangen. Sein Leben war verpfuscht. Er hatte seine berufliche Karriere aufgegeben, er hatte Jennifer verloren, er war aufs Schlimmste verleumdet und aus seiner Heimat vertrieben worden.
Während ich auf dem Sofa saß und ins Leere starrte, sah ich ihn vor mir, wie er nach Hause zurückkehrte, ein völlig anderer. Ich sah ihn getrieben von finsterer Rachgier, die einen grausamen, brutalen Menschen aus ihn gemacht hatte, für den nur noch eines zählte – es denen heimzuzahlen, die ihn mit Füßen getreten oder tödlich verletzt hatten.
War es so gewesen? War Victor nach Monaten des Alleinseins und der Einsamkeit, in denen der Gedanke an Rache allmählich sein Herz vergiftet hatte, mit dem Ziel zurückgekehrt, die zu vernichten, die er einst geliebt hatte?
War an Großmutters Geschichten vielleicht doch etwas Wahres?

Die Stunden verrannen träge. Ich saß in unveränderter Haltung auf dem Sofa, gelähmt von meiner körperlichen Schwäche und niedergedrückt von meinen Gedanken, die unablässig um dasselbe kreisten.
Es lag, sagte ich mir, in meiner Macht, wenn nicht Harriet, so doch wenigstens Jennifer vor der Rache des außer sich geratenen Victor Townsend zu bewahren. Wenn er wirklich so zurückkehren sollte, wie ich es mir vorstellte, würde es mir dann möglich sein, einzugreifen und Jennifer vor dem Schicksal zu retten, das ihr zugedacht war?
Konnte ich die Geschichte verändern?
Und wenn ich es tat, was würde dann aus mir werden? Jennifer war meine Urgroßmutter. Sie war von Victor vergewaltigt worden, und aus diesem Akt der Gewalt war Robert hervorgegangen, ihr Sohn, mein Großvater. Was aber würde geschehen, wenn es mir tatsächlich gegeben war, einzugreifen und die Gewalttat zu

verhindern? Das würde doch heißen, daß mein Großvater nie geboren werden würde.
Und würde das nicht in letzter Konsequenz bedeuten, daß auch ich aufhören würde zu existieren?
Es konnte nur so sein, daß die Wahl, die mir gewährt wurde, mit Selbstaufgabe verbunden war. Ich mußte entscheiden, was ich tun wollte: Untätig zusehen, wie Victor sich an seiner Familie und der Frau, die er geliebt hatte, rächte, oder eingreifen und das verhindern.
Und wenn ich es verhinderte, kam das für mich einem Selbstmord gleich.
Mir war, als befände ich mich in einem Labyrinth, aus dem es kein Entkommen gab. Immer tiefer trieben mich mein Denken und Forschen in mich selbst hinein, ich stieß auf Winkel meiner Seele, in die noch nie Licht gekommen war, ich begegnete Seiten von mir, die ich nie kennengelernt hatte.
Und dazwischen fragte ich mich immer wieder: Ist es möglich, daß ich mich in Victor täusche?
Was wird geschehen, wenn ich mich täusche und einen nicht wiedergutzumachenden Fehler begehe, indem ich die Vereinigung von Jennifer und Victor verhindere, zwei guten und reinen Menschen, und so in meiner Tölpelhaftigkeit meinen eigenen Tod herbeiführe? Mein Großvater, meine Mutter, Elsie und William, meine Cousinen und mein Vetter, mein Bruder und ich selbst – alle in einem Wimpernschlag ausgelöscht. Ich brauchte nur einzugreifen und Victors Verbrechen zu verhindern.
Aber kann man die Geschichte wirklich verändern? Oder waren alle meine Überlegungen nur die Wahnvorstellungen eines Menschen, der seit Tagen nicht gegessen und geschlafen hat und sich am Rande des nervlichen und körperlichen Zusammenbruchs befindet? Woher sollte ich das mit Sicherheit wissen?

Das Klopfen von oben weckte mich. Ich lag auf dem Boden in der Mitte des Wohnzimmers. Ich brauchte einen Moment, um die

Orientierung zu finden, und als ich mich aus meiner Benommenheit befreit hatte und das Klopfen aus dem oberen Stockwerk hörte, fragte ich mich, ob es von Großmutter kam, die mich brauchte, oder von einem Besucher aus der Vergangenheit. Mit Mühe stand ich auf und torkelte zur Tür.
Im Flur war es dunkel. Die Treppe schwang sich in eine Finsternis hinauf, die mir schwärzer und undurchdringlicher erschien als je zuvor. Die Stille war beinahe greifbar. Sie beengte mich und machte mir das Atmen schwer. Bei jedem Schritt aufwärts mußte ich keuchend um Atem ringen; mein Körper rebellierte gegen die Kraft, die ihn vorwärts trieb. Und bei jedem Schritt dachte ich, wenn ich recht habe und Victor nur zurückkommt, um grausame Rache zu nehmen, werde ich dann dabeistehen und zusehen können, wie er die Menschen quält, die ich lieben gelernt habe, oder werde ich den Mut haben, einzugreifen und das Unglück abzuwenden und damit mich selbst auszulöschen?
Als ich das Ende der Treppe erreicht hatte, lehnte ich mich schwer atmend an die Wand. Die Luft erschien mir dünn und eisig hier oben, als wäre ich in polare Zonen hinaufgeklettert, und während ich dastand und meine Kräfte sammelte, dachte ich weiter: Und wenn ich es schaffe einzugreifen, wie wird es vor sich gehen? Ich habe erfahren, daß ich nun feste Form für diese Menschen angenommen habe und mit ihnen sprechen kann. Bei der nächsten Begegnung werde ich ihnen noch realer erscheinen. Wie also werde ich die Wahnsinnstaten Victors verhindern? Wird allein schon mein Anblick, wenn ich ihm plötzlich erscheine, ihn abschrecken? Werde ich ihn lange genug zurückhalten können, um Jennifer Gelegenheit zu lassen, sich zu retten? Wie werde ich es anstellen?
Ich drehte mich um und spähte durch den dunklen Korridor. Das Klopfen kam natürlich aus dem Vorderzimmer. Im Schlafzimmer meiner Großmutter war alles still.
Ehe ich den unvermeidlichen Weg antrat, dachte ich, und was ist, wenn ich mich täusche? Was ist, wenn Victor als Geschlagener

nach Hause kommt, der nichts sucht als Trost und Liebe? Was ist, wenn ich einen Akt der Liebe verhindere? Wenn ich die falsche Entscheidung treffen sollte?
Tausend Fragen und keine Antwort. Ich konnte nur den Flur hinuntergehen, in das Schlafzimmer treten und dem Schicksal fürs erste seinen Lauf lassen.

16

Wieder war das Zimmer erfüllt von dem gespenstischen dunstigen Licht, das eine unsichtbare Quelle verströmte und das kalt wirkte. Als ich über die Schwelle trat, spürte ich jemanden neben mir. Es war Jennifer. Sie war mit mir eingetreten, schien jedoch meine Anwesenheit nicht zu bemerken. Ihr Blick war auf den Kleiderschrank gerichtet, und genau wie ich blieb sie einen Moment zögernd stehen.

Die Szene war mir schrecklich vertraut. Ich war schon früher hier gewesen. Das Zimmer umfing mich mit der gleichen Aura lauernder Schrecknisse und höllischer Bilder. Vielleicht war es nur Einbildung, aber diesmal hingen die Schatten in seltsamen Winkeln in dem Raum, so daß er verzerrt wirkte, wie gekippt. Ich hatte den flüchtigen Eindruck, ein Gespensterkabinett zu betreten. Ein kalter Luftzug traf mich – uns –, der von allen Seiten zu kommen schien und mich bis ins Innerste auskühlte. Das geisterhafte Licht schluckte alle Farben im Raum; was blieb, waren Kontraste in Schwarz, Weiß und Grau. Bedrückend wie in einem Alptraum.

Jennifer und ich setzten uns in Bewegung. Ihr Gesicht war ungewohnt starr, während sie zuerst hierhin und dann dorthin blickte, um schließlich den Blick wieder auf den Kleiderschrank zu richten. Sie schien hierhergekommen zu sein, um etwas zu suchen, aber ich fühlte, daß sie schon ahnte, schon fürchtete, daß sie es im Kleiderschrank finden würde.

Wir wurden beide wie magisch zu ihm hingezogen, während unsere Blicke auf dem polierten Holz ruhten, auf der geschwungenen Maserung, den glänzenden Messingbeschlägen. Es kann sein, daß Jennifer sich im Zimmer umsah, während sie vorwärtsschritt; ich tat es nicht. Ich hatte eine Todesangst vor dem, was ich in den Schatten erblicken könnte. Ein solches Grauen packte mich, daß

ich am liebsten laut geschrien hätte. Doch meine Füße bewegten sich unerbittlich vorwärts, im Gleichschritt mit Jennifers.
Dann standen wir vor dem Schrank. Wir standen da und starrten ihn an und spürten, wie sich uns die Haare im Nacken sträubten. Wir hatten beide das heftige Verlangen, kehrtzumachen und zu fliehen, aber wir konnten es nicht. Wir mußten wissen, was in dem Schrank war.
Ich sah, wie unsere Hände sich hoben und zum Schrank griffen. Jennifers, lang und bleich, berührte den kleinen Messingknopf. Meine eigene Hand hing nur ausgestreckt in der Luft, bloße Nachahmung ihres Handelns. Wir zögerten immer noch, bedrängt von der unheimlichen Aura des Zimmers, schaudernd vor böser Vorahnung.
Dann ergriff Jennifer den kleinen Messingknauf und begann, ihn zu drehen.
Ich glaubte, ich würde ohnmächtig werden.
Auf dem Boden zu unseren Füßen war eine Spur von Blutstropfen, die zum Schrank führte, und dort, an seinem Sockel, glänzte dunkel ein frischer Fleck, aus dem Inneren hervorgequollen.
Starr vor Angst und dennoch unfähig einzuhalten, zog Jennifer langsam die Schranktür auf.
Wir schrien beide. Wir schrien gleichzeitig, beinahe im Gleichklang. Wir schlugen die Hände auf unsere Münder, um die Schreie zu ersticken. Ich spürte, daß Jennifers Herz so rasend hämmerte wie meines, daß plötzliche Schwäche sie überwältigte, und sie glaubte, sie würde zuammenbrechen.
Aber das verging. Wir faßten uns, wenn auch zu Tode erschrocken von dem, was wir sahen.
Es war Harriet.
Sie lag zusammengekrümmt in der Ecke des Kleiderschranks und starrte aus blicklosen Augen zu uns auf. Ihr Gesicht trug einen Ausdruck, der eine Mischung aus Scham, hilflosem Erstaunen und Hinnahme war.
Mit Jennifer zusammen kniete ich nieder, aber obwohl wir uns

über Harriet neigten, brachten wir es nicht über uns, sie zu berühren. Wir wußten schon, daß Harriet tot war. Wir blickten sie an, zu entsetzt und verwirrt, um eine Bewegung zu machen, und wurden starr und kalt unter der Wirkung des Schocks.
In Harriets Brust steckte ein Messer, ein langes Brotmesser, das ihrem Körper grausame und unnötige Verletzungen beigebracht hatte. Das Blut floß nicht mehr, es begann schon in kleinen Lachen um ihre Hände und Füße und in ihrem Schoß zu gerinnen.
Mit der linken Hand umklammerte sie einen Brief: »Für Jenny«, stand auf dem Umschlag.
Eine unendlich lange Zeit blieben wir so, über den verstümmelten Körper Harriets geneigt, und sahen ganz ohne Gefühl die vielen Wunden und Verletzungen und dachten, es hätte nicht schlimmer sein können, wenn ein Schlächter sie unter dem Messer gehabt hätte. Harriet schien noch eine ganze Weile mit ihren Wunden gelebt zu haben, ehe sie endlich hatte sterben dürfen.
Als Gefühl und Empfinden langsam wiederkehrten, griff Jennifer nach Harriets Hand. Nicht vorsichtig oder zaghaft, sondern mit Traurigkeit und Liebe. Sie umfaßte den Brief und zog ihn Harriet aus den Fingern. Mit einem Gefühl tiefer Resignation schob sie ihn in ihre Rocktasche und stand auf.
Auch ich stand auf, aber als Jennifer sich abwandte und ging, blieb ich stehen und starrte in den Schrank, bis er leer war und ich nichts weiter sah als ein paar Staubflusen.

Als ich irgendwann später erwachte, ohne die geringste Ahnung, wie spät es war, lag ich auf dem Bett. Ich war voll bekleidet und lag auf den Decken und konnte mich nicht erinnern, wie ich hierhergekommen war. Langsam richtete ich mich auf und sah mich im Zimmer um.
Es war wieder 1894.
Die Türen des Kleiderschranks standen offen, einige von Jennifers Kleidern hingen darin. Im Kamin brannte ein Feuer, und davor saß Jennifer, still und allein, in dem burgunderroten Samtsessel.

Muß ich jetzt für immer hierbleiben? fragte ich mich beunruhigt. Hat sich das Zeitfenster hinter mir geschlossen, als ich die Kluft überwand? Werde ich niemals wieder in meine eigene Zeit zurückkehren?

Auf den Ellbogen gestützt, blieb ich auf dem Bett liegen und beobachtete Jennifer. Ihr Gesicht war gezeichnet von den Nachwirkungen ihres grausigen Funds. Es war bleich und schmal, die Augen von dunklen Ringen umschattet. Jennifer sah aus wie eine Frau, die alle Hoffnung aufgegeben hat. In ihrem Blick, der in die Flammen gerichtet war, blitzte kaum noch ein Lebensfunke. Sie hatte kapituliert und sich in sich selbst zurückgezogen.

Ich hörte die Schritte draußen erst, als Jennifer sich plötzlich lauschend aufrichtete und das Gesicht der Tür zuwandte. Aber dann horchte ich so gespannt wie sie. Die Schritte schallten dumpf durch den Korridor und wurden merklich lauter. Wie gebannt starrte ich zur Tür.

Und dann kam Victor Townsend herein.

Jennifer und ich schrien gleichzeitig auf. Doch während sie aus ihrem Sessel sprang, rührte ich mich nicht von der Stelle. Victor Townsend sah wieder aus wie damals, als er aus London zurückgekehrt war, das Gesicht eine strenge, unbewegte Maske, die kein Geheimnis preisgab, die Augen Spiegel von Enttäuschung und grausamer Ernüchterung. Reglos blieb er an der Tür stehen, den Blick mit einem Ausdruck von Schmerz und Resignation auf Jennifer gerichtet, die vor ihrem Sessel stehengeblieben war.

Sie sah ihn so ungläubig an, als hielte sie ihn für ein Gespenst.

Schließlich sagte Victor: »Ich habe unten geklopft, und als niemand aufmachte, bin ich einfach hereingekommen. Ich hatte von der Straße das Licht hier im Zimmer gesehen und nahm an, es sei jemand da. Jennifer...«

Sie konnte nicht sprechen. Ihr Körper neigte sich ihm ein wenig zu, sie hob die Hände, aber noch immer konnte sie kein Wort sagen. Es war, als stünde sie jemandem gegenüber, der aus dem Reich der Toten zurückgekehrt war.

»Ich habe deine Briefe bekommen«, sagte er zögernd, als suchte er nach den richtigen Worten. »Aber ich konnte sie nicht beantworten, Jennifer. – Ich habe die Beerdigung verpaßt, nicht wahr?«
»Ja«, antwortete sie, immer noch wie in einem Traum.
»Und John...« Victor schien unsicher. »Hast du von ihm gehört?«
Sie schüttelte den Kopf.
»Sie haben ihn gefunden, Jenny«, sagte Victor mit tonloser Stimme. »Im Mersey. Er konnte den Buchmachern nicht entkommen. Es tut mir leid.«
Ihr Gesicht blieb ausdruckslos. »Es mußte wohl so kommen«, sagte sie leise. »Im Grunde habe ich es wahrscheinlich nicht anders erwartet.«
»Jenny«, sagte er stockend. »Ich bin gekommen, um dir Lebewohl zu sagen.«
Jennifer begann zu zittern. »Lebewohl?« Ihre Stimme war nur ein Hauch.
»Ach Gott, Jenny, wie mich das quält. Du siehst krank aus. Du bist zu dünn. Geh fort aus diesem Haus, Jenny. Geh fort von dieser Familie, ehe du umkommst.«
»Warum bist du gekommen, wenn du mir nur Lebewohl sagen willst?«
»Jennifer, ich habe mich dir ferngehalten, um dich vor meinem schlimmen Ruf zu schützen. Du bist so unschuldig in das alles hineingerissen worden. Und sieh dich an, was es aus dir gemacht hat. Ich hoffte, du würdest mich mit der Zeit vergessen, wie an einen Toten an mich denken.«
»Niemals, Victor!« Sie trat einen Schritt auf ihn zu.
»Aber es muß so sein. Ich bin sofort gekommen, als ich von Harriet hörte. Ich wollte bei der Beerdigung dabeisein. Aber ich bin zu spät gekommen. Wo sind meine Eltern, Jenny?«
Sie befeuchtete ihre spröden Lippen. »Sie sind nach Wales gereist. Deine Mutter hat den schrecklichen Schock nicht ertragen können. Sie hatte einen Zusammenbruch, Victor. Sie kann nicht

mehr gehen. Und dein Vater gibt sich die Schuld an Harriets Tod... Sie mußten einfach eine Weile weg von hier, weißt du.«
»Und du hast sie nicht begleitet?«
»Ich – konnte nicht. Ich habe –«
»Du hast auf Johns Rückkehr gewartet.«
»Nein, Victor. Ich habe auf dich gewartet.« Ihre Stimme gewann jetzt an Kraft. »Die Hoffnung, daß John zurückkehren würde, hatte ich längst aufgegeben. Ich hoffe, er hat da, wo er jetzt ist, seinen Frieden gefunden. Aber dich habe ich nie verloren gegeben, Victor. Ich habe nur von der Hoffnung gelebt, daß du zurückkehren würdest. Wie hätte ich nach Wales reisen können, da du ja jederzeit zurückkommen konntest? Wie es nun auch geschehen ist...«
Sie schwiegen beide und sahen sich nur an. Und beide konnten sie nicht genug voneinander bekommen.
Ich stand langsam vom Bett auf. Ich schwang die Beine zu Boden und stellte mich vorsichtig auf die Füße. Ohne zu überlegen, ging ich zu Jennifer und blieb an ihrer Seite.
Jetzt sahen wir beide den Mann an, den wir liebten.
»Du hast gesagt, du seist gekommen, um mir Lebewohl zu sagen«, bemerkte Jennifer leise.
»Ja, ich werde jetzt für immer von hier fortgehen. England kann nicht mehr meine Heimat sein. Ich bin ein Mann ohne Ehre. Ich habe kein Recht darauf, unter anständigen Menschen zu leben. Vielleicht werde ich in Frankreich –«
»Bleib, Victor.« Nicht leidenschaftlich und nicht flehend. Einfach: »Bleib.«
Und ich sah, wie es ihn ergriff.
Er schien schwankend zu werden in seinem Entschluß und sagte unsicher: »Ich bin nicht gekommen, um mit dir allein zu sein. Ich wollte meine Mutter besuchen, um ihr, wenn möglich, ein wenig Trost zu spenden.« Jetzt, da sie zwei ihrer Kinder verloren hat, dachte er bitter. »Ich hatte gehofft, dich nur in ihrem Beisein zu sehen. Aber nicht – nicht so.«

»Und warum nicht so?«
»Weil ich dich nur unglücklich machen kann.«
»Wie alle anderen?«
Er nickte.
»Dann...« Jennifer griff in ihre Rocktasche und zog einen Brief heraus. Am Umschlag erkannte ich, daß es das Schreiben war, das Harriet ihr hinterlassen hatte. Und ich sah mit Trauer, daß es das gleiche etwas kitschige Briefpapier war, auf dem sie ihre heimlichen Briefe an Sean O'Hanrahan geschrieben hatte.
»Lies das«, sagte sie und hielt ihm den Brief hin.
Victor betrachtete den Umschlag. »Was ist das?«
»Bitte lies es.«
Er überlegte einen Moment, dann kam er langsam zu uns. So weit wie möglich von uns entfernt blieb er stehen und nahm den Brief. Als er den Bogen aus dem Umschlag zog und entfaltete, sah ich Harriets feine Handschrift mit eigenen Augen. Ich las den Brief mit ihm.
»Liebste Jennifer,
ich weiß, wenn Du diesen Brief liest, Du, meine einzige wahre Freundin, wirst Du sehr traurig und bekümmert sein, und ich weiß auch, daß ich Dir großen Kummer bereitet habe. Aber es mußte so geschehen. Ich muß Dir sagen, warum. Ich weiß schon seit einiger Zeit, daß ich mein Leben auf diese Weise beenden muß, so, wie Du mich nun gefunden hast, denn ich habe immer geglaubt, daß Vater es so gewollt hätte.
Meine Zeit ist knapp, ich werde Dein Elend nicht verlängern. Als mein Vater mir das Recht verweigerte, Sean O'Hanrahan zu heiraten, ihn einen Papisten und anderes schimpfte, gehorchte ich ihm nicht, sondern ging mit Sean zur alten Abtei hinaus. Du weißt davon. Und als ich guter Hoffnung war, selbst dann glaubte ich immer noch, daß mein geliebter Sean mich heiraten würde. Bis er mir die grausame Wahrheit sagte. Ich war entehrt. Aber schlimmer noch, ich war zurückgewiesen worden.
Ich glaube, das war der Moment, liebste Jenny, als alles in mir

umschlug. Es war, als hätte eine andere Person von mir Besitz ergriffen und täte mit mir, was sie wollte. Ich sage das nicht, um mich von den Handlungen freizusprechen, die ich begangen habe, sondern um Dir wenigstens eine kleine Erklärung dafür zu geben, warum ich getan habe, was ich tat.

Victor hat keine Abtreibung an mir vorgenommen. Ich habe es mit eigener Hand getan. Ich wollte ihn verletzen. Ich wollte Euch alle verletzen, weil ich glaubte, das würde meinen Schmerz lindern. Ich wollte auch John ruinieren, darum ging ich zu den Buchmachern und erzählte ihnen von seinem Plan, aus Warrington fortzugehen. Ich will jetzt nicht behaupten, daß ich an dem Unglück, das ich herbeiführte, nicht eine gewisse grausame Freude hatte, so schändlich das ist. Ich hatte in meinem Schmerz und meiner Bitterkeit nur einen Gedanken: anderen gleich Schlimmes zuzufügen, wie mir angetan worden war.

Aber als mir in einem klaren Moment bewußt wurde, was ich Victor tatsächlich angetan hatte, gerade dem Menschen, den ich immer mehr als alle anderen geliebt und verehrt habe, traf mich das wie ein Schlag. Ich hatte ihn nicht vernichten wollen, ich hatte ihn nur in Deinen Augen ein wenig schlechtmachen wollen. Ja, Jennifer, auch Dich wollte ich unglücklich machen. Weil Dir Schönheit und Anmut gegeben waren und so vieles, was ich niemals haben würde. Auch Victor, ja. Denn da er mein Bruder ist, ist er mir verwehrt.

Aber als ich sah, was ich angerichtet hatte, daß ich erst ihn und dann John fortgetrieben hatte, daß Mutter meinetwegen den Rest ihres Lebens leidend sein würde, da konnte ich es nicht mehr ertragen. In meinen rachsüchtigen Momenten freute ich mich an dem Werk der Zerstörung, das ich vollbracht hatte. Aber in meinen klaren Momenten quälten mich Schuld und Reue. Und als Vater mir zur Strafe für das, was ich mit Sean getan hatte, das Haar abschnitt, da wußte ich, daß es keinen anderen Ausweg gab, als Euch alle von mir zu befreien, die Euch soviel Kummer und Schmerz bereitet hat.

Verzeih mir, liebste Jennifer, ich habe Dich immer wahrhaft gern gehabt, und es war nur eine dunkle Seite von mir, die eifersüchtig war auf Deine Schönheit und Victors Liebe zu Dir.
Verzeih mir, daß Du mich so finden mußtest. Es ging nicht anders. Vater hätte es so gewollt.
Gott verzeih mir. Harriet.«
»Du hast das alles gewußt, nicht wahr?« sagte Jennifer, die jetzt sehr nahe bei mir stand.
Victor sah noch lange auf den Brief. Mit einem kaum merklichen Nicken beantwortete er ihre Frage.
»Warum hast du dann nichts gesagt? Dir ist schreckliches Unrecht geschehen, Victor.«
Darauf antwortete er nicht. Er hob nur den Kopf, und ich sah sein Gesicht und die tiefe Traurigkeit in seinem Blick und hätte am liebsten geweint.
Noch einmal las er den Brief durch, dann hielt er ihn mir hin. Als Jennifer die Hand hob, um ihn entgegenzunehmen, hob auch ich den Arm. Und als Victor den Brief in meine Hand legte, war ich nicht erstaunt.
»Niemand sonst hat diesen Brief gelesen«, hörte ich Jennifer sehr nahe an meinem Ohr sagen. Obwohl ich mich nicht vom Fleck bewegt hatte, berührten wir uns beinahe. »Ich fand ihn bei Harriet, als ich sie im Kleiderschrank entdeckte. Ich habe ihn aufgehoben, weil ich hoffte, ihn dir eines Tages zeigen zu können. Es bestand kein Zweifel daran, daß Harriet freiwillig aus dem Leben gegangen war. Es war der Art ihrer Verletzungen zu entnehmen und der Tatsache, daß sie nicht von fremder Hand in den Schrank gebracht worden war, sondern sich diesen Platz selbst gewählt hatte. Das – das sagte jedenfalls die Polizei. Und Dr. Pendergast bestätigte es. Aber kein Mensch weiß von diesem Brief und seinem Inhalt.«
»Verbrenn ihn«, sagte er kurz.
»Aber warum? Er spricht dich frei, Victor«, entgegnete Jennifer, und ich fügte hinzu: »Durch ihn wird dein guter Ruf wiederherge-

stellt. Du kannst frei und stolz nach Warrington zurückkehren. Ich werde ihn nicht verbrennen, Victor.«
Er sah mich mit einer Intensität an, die keiner Worte bedurfte. Als er mir die Hand hinstreckte, übergab ich ihm wortlos den Brief und war nicht überrascht, als er ihn zusammenknüllte und ins Feuer warf. Ich sah, wie er in Flammen aufging und verbrannte.
»Das alles weiß ich, aber meine Unschuld beweisen, hieße meine Schwester verdammen, und das kann ich nicht. Sie kam an jenem Tag zu mir in die Praxis und sagte mir, daß sie guter Hoffnung sei. Ich schlug ihr vor, das Kind auszutragen und zur Welt zu bringen. Ich dachte, du und John würdet es vielleicht nehmen und ihm einen Namen geben. Später merkte ich, daß das Instrument fehlte, und ich wußte instinktiv...«
»Du hast deine einzige Chance der Rehabilitierung verbrannt.«
Victor schüttelte den Kopf. »Was kann Gutes davon kommen, wenn ich der Welt jetzt offenlege, was aus meiner Schwester geworden war? Was kann Gutes davon kommen, wenn ich meinen Vater diese letzten Worte lesen lasse, die ihm sagen, daß er an ihrem Tod Schuld trägt? Ich kann aushalten, was mir angetan wurde. Ich kann ins Ausland gehen und einen neuen Anfang machen. Mit der Zeit wird alles in Vergessenheit geraten. Zukünftige Townsends werden nichts davon wissen, was in diesem Haus vorging.«
Eine Stimme, die merkwürdige Ähnlichkeit mit meiner eigenen hatte und doch mit Jennifers vermischt war, fragte:
»Und wirst du nach England zurückkommen?«
»Das glaube ich nicht. Mein Leben hier ist beendet. Alle meine Hoffnungen sind zerstört, ich habe nichts von dem erreicht, was ich wollte. Es wäre sinnlos, einen neuen Versuch zu machen. Aber in Frankreich oder Deutschland...«
Seine Simme verklang. Ich sah den Konflikt in seinen Augen, die Bitterkeit und die Trauer. Ich streckte ihm meine Hand entgegen. Und als er ebenfalls die Hand hob, und unsere Finger sich berührten, war es ganz natürlich.
Jennifer war nicht mehr bei uns. Ich stand allein vor dem offenen

Kamin. Der Saum meines langen Kleides berührte raschelnd meine Fesseln. Ich spürte die Hitze der Flammen auf meinem bloßen Nacken unter dem hochgekämmten Haar.

Über die Jahre hinweg, losgelöst von Zeit und Raum berührten sich unsere Finger.

»Niemand sonst hat den Brief gelesen, Victor, Liebster –«, wie gut es tat, seinen Namen auszusprechen! – »niemand weiß von ihm, nur du und ich. Die Monate ohne dich waren eine Qual. Ich war in deiner Praxis und dann im *Horse's Head,* aber niemand konnte mir etwas über deinen Verbleib sagen. Nacht für Nacht habe ich wachgelegen und fürchtete, du wärst tot, stellte mir vor, du wärst allein und elend, suchtest Trost im Gin oder bei anderen Zerstreuungen. Aber jetzt – dich hier vor mir zu sehen! Es ist wie ein Traum!«

»Jenny«, murmelte er und umschloß meine Hand mit seinen Fingern.

Ja, ich bin Jenny, dachte ich. Ich bin Jennifer. Und ich liebe dich schon so lange, begehre dich so leidenschaftlich, daß ich glaubte, sterben zu müssen, wenn diese Gefühle unerfüllt blieben.

»Eine Zeitlang dachte ich, ich würde den Verstand verlieren vor Angst und Besorgnis. Es ging alles so schnell. Die schlaflosen Nächte. Ich konnte nichts mehr essen.«

»Du bist zu dünn, Jenny. Und so blaß.«

»Ich hatte die merkwürdigsten Vorstellungen. Ich bildete mir ein, es spuke in diesem Haus, Victor. Ich habe eine junge Frau gesehen...«

»Ach, Jennifer«, sagte er und trat ganz nahe an mich heran. Seine tiefe Stimme erregte mich, als er sagte: »Ich sollte jetzt gehen, Jennifer.«

Ich hörte, wie ich – nein, wie wir beide zu ihm sagten: »Bitte bleib.«

Und wenn ich in diesem Zeitabschnitt gefangen und die Tür zur Zukunft mir für immer verschlossen sein sollte, wäre das so schlimm?

»Ich werde ewig dir gehören, Victor«, flüsterte ich.
Als er mich in seine Arme nahm, und ich seinen Körper an meinem fühlte, durchschossen mich heiße Blitze. Im ersten Moment erstarrte ich, dann aber schmiegte ich mich an ihn, vertraute mich ihm an, als sei dies der Ort, an dem ich zu Hause war.
Ja, bei ihm war ich zu Hause. Während Victor mich küßte und ich spürte, wie meine Beine nachzugeben drohten, so daß ich ihn ganz fest halten mußte, erkannte ich, daß dies der Ort war, an den ich immer gehört hatte.
Die strenge Zurückhaltung und Selbstbeherrschung langer Jahre fiel unter seinem leidenschaftlichen Kuß in Trümmer. Er hielt mich so fest, daß ich meinte, wir würden zu einem einzigen Wesen werden.
Alle meine erotischen Träume wurden wahr. Ich hatte die ganze Zeit gewußt, daß es so sein würde mit Victor, daß die Verschmelzung unserer Körper mir die Erfüllung bringen würde, die ich ein Leben lang gesucht hatte. Der Gedanke schoß mir durch den Kopf, daß ich mich zum erstenmal einem Mann hingab, den ich wahrhaft liebte.
Und später, nach unserem Flug in die Ekstase und der Vereinigung unserer Seelen auf ewige Zeiten, wußte ich auch, wozu ich hier war. Es war alles so klar jetzt.
Alles hatte zu diesem einen Moment hingeführt.
Die Episoden der vergangenen Tage, das Erleben von Momenten aus der Vergangenheit, das Fragen und Forschen, alles hatte nur dazu gedient, mich auf diesen einen Moment vorzubereiten. Damit ich begreifen würde.
Damit ich begreifen würde.
Ich hatte mich getäuscht. Meine Theorien waren weit von der Wahrheit entfernt gewesen. Ich war nicht hierhergeholt und in die Vergangenheit gezwungen worden, um eine imaginäre Tragödie abzuwenden. Ich war auserwählt worden, an diesem Ereignis teilzuhaben, nicht, es zu verhindern. Und der Grund war mir jetzt klar.

Während ich in Victors Armen lag und seinen warmen Atem an meinem Hals spürte, während ich sein Gesicht betrachtete, das ruhig und entspannt war, dachte ich an einen anderen Mann, der in einem Krankenhaus auf der anderen Seite der Stadt im Sterben lag und der die Wahrheit erfahren mußte.

Was auf unsere leidenschaftliche Umarmung folgte, ist mir nur in sehr unklarer Erinnerung. Es schien, als hätten wir die ganze Nacht beieinandergelegen, aber als ich erwachte, sah ich, daß es erst Mitternacht war. Und ich erinnere mich, daß ich wie in Trance die Treppe hinunterstieg und ins Wohnzimmer zurückkehrte, erfüllt einzig von der Euphorie unserer Liebe. Aufruhr und Unruhe, die mich während all dieser Tage im Haus meiner Großmutter umgetrieben hatten, waren verflogen, alle Fragen und Geheimnisse, die mich gequält hatten, waren gelöst. Ich befand mich stattdessen in einem wunderbaren Zustand, da ich wußte, daß ich diese eine Nacht mit dem einzigen Mann verbracht hatte, der mir wahrhaft etwas bedeutete.

Ich vermute, daß ich mich dann auf dem Sofa niedergelegt habe, denn ich scheine geschlafen zu haben, tief und fest wie jemand, dessen Geist von aller Unruhe befreit ist und dessen Körper gewaltige Höhen erklommen hat. Während dieser Stunden des Schlafs hatte ich meinen letzten bemerkenswerten Traum.

Victor kam zu mir und blieb bei mir am Sofa stehen, nicht der Mann aus Fleisch und Blut, der er oben im Schlafzimmer für mich gewesen war, eher ein geisterhaftes Wesen, eine Erscheinung. Lächelnd sah er zu mir herunter, und in seinen Augen war Verwunderung. Ich erwiderte seinen Blick ohne Furcht und ohne Überraschung, nur voll Wärme und Dankbarkeit dafür, daß es mir vergönnt worden war, diesen Mann zu kennen.

Und in meinem Traum sagte die Erscheinung Victors zu mir: »Wer bist du?«

Ich antwortete: »Deine Urenkelin.«

Das schien ihn zu überraschen. »Wie kann das sein?«

Ich erwiderte: »Wie kann es sein, daß du jetzt mit mir sprichst. Träume ich?«
Aber er sagte nur: »Wie kannst du meine Urenkelin sein, wenn ich niemals geheiratet habe und auch keine Kinder hatte?«
Ich lachte ein wenig und sagte dann: »Aus deiner einen Nacht mit Jennifer ist ein Sohn hervorgegangen. Sie taufte ihn Robert. Und als er erwachsen wurde, bekam er eine Tochter, meine Mutter. So kommt es, daß du mein Urgroßvater bist.«
Sein Gesicht hellte sich ein wenig auf, und während ich ihn noch anblickte, hatte ich den Eindruck, daß in seinen Augen etwas aufleuchtete, als hätte sich dort ein Funke der Hoffnung entzündet, der die Schleier von Bitterkeit und Enttäuschung durchdrang. Sein Gesicht schien mir ruhiger zu werden, entspannter und jünger. Er sah wieder so aus wie damals, ehe die Erfahrungen an den Krankenhäusern Londons ihn hatten altern lassen. »Ich hatte einen Sohn«, murmelte er.
»Was ist aus dir geworden?« fragte ich ihn.
»Ich ging nach dieser Nacht nach Frankreich. Ich versprach Jennifer, daß ich zu ihr zurückkommen würde. Ich ging nach Frankreich, um ein neues Leben aufzubauen und mich Jennifers würdig zu erweisen, wenn ich sie bat, meine Frau zu werden.«
»Und was geschah?«
»Ich starb ein Jahr später auf einem Schiff bei der Überfahrt über den Kanal. Sie wußte nicht, daß ich auf der Rückreise war. Ich hatte ihr nicht geschrieben, weil ich sie überraschen wollte. Sie muß ihr Leben lang geglaubt haben, ich hätte sie vergessen.«
»Sie starb nicht lange nach dir, Victor. Wahrscheinlich vor Kummer.«
»Und ich erfuhr nie, daß sie ein Kind hatte.«
»Dein Kind«, sagte ich.
»Aber warum bist du hier? Warum sind wir beide hier? Dort, wo ich war, war es grau und häßlich...«
»Ich weiß es nicht. Vielleicht um die Dinge geradezurücken.«
»Wie hieß mein Sohn?«

»Robert.«
»Robert«, wiederholte er.
»Aber er liegt jetzt im Sterben.«
»Wir müssen alle sterben«, sagte Victor.
»Sag mir was. Sag mir, wie das mit der Zeit ist. Wie ist es geschehen? Bist du irgendwo noch am Leben...«
Aber mein Urgroßvater hörte mir nicht zu. Er drehte den Kopf und blickte über seine Schulter. Ich sah, wie helles Sonnenlicht sein Gesicht überflutete und ein strahlendes Lächeln es von innen erleuchtete. »Sie ist hier«, murmelte er.
»Wir sind wohl alle hier.«
Aber er hörte mich nicht mehr. Victor Townsend wandte sich für immer von mir ab und verschwand in den Dunstschleiern, die das Sofa umgaben.
Das letzte Wort, das ich von ihm hörte, war, »Jennifer...«

17

Als ich zu mir kam und die Augen aufschlug, sah ich ein Wohnzimmer, das ich nie zuvor gesehen hatte. Und in meinem verwirrten Zustand fragte ich mich, wo bin ich jetzt? Aber als ich den Kopf zur Seite drehte und das Sonnenlicht sah, das zum Fenster hereinströmte, wußte ich es.

»Es hat aufgehört zu regnen«, rief meine Großmutter aus der Küche.

Ich setzte mich auf. Der Duft von bruzzelndem Schinken und frisch geröstetem Brot wehte mir in die Nase. Ich hatte einen Bärenhunger.

»Was ist heute für ein Tag, Großmutter?« rief ich.

»Mittwoch, Kind.«

Mittwoch! Ich war seit zwölf Tagen hier in diesem Haus.

»Mann, hab ich einen Hunger«, sagte ich und sprang auf. Ich fühlte mich herrlich. Mein ganzer Körper war entspannt und frisch.

Großmutter streckte den grauen Kopf ins Wohnzimmer. »Ach, endlich siehst du wieder besser aus, Kind. Das schlechte Wetter ist vorbei. Heute kannst du ins Krankenhaus fahren. Und danach ab ins Reisebüro mit dir, damit du deinen Flug buchen kannst.«

»Tut mir leid, Großmutter«, entgegnete ich, während ich Decken und Kissen und meine Kleider aufsammelte. »So schnell wirst du mich nicht los. Geh doch selbst ins Reisebüro, wenn du willst, aber ich hab noch einige Besuche zu machen.«

Sie sagte noch etwas, aber ich hörte es nicht mehr. Ich rannte schon die Treppe hinauf und ins Bad. Dusche gab es keine in diesem Haus, aber die Wanne tat es auch. Ich ließ sie mit heißem Wasser vollaufen, schrubbte mich gründlich ab, hielt den Kopf unter den Wasserhahn und wusch alle Überreste der vergangenen achtzig Jahre von mir ab.

Ich fühlte mich wie neugeboren.
Nachdem ich mich in der schneidenden Kälte des Vorderzimmers, die ich jetzt unangenehm deutlich spürte, angekleidet hatte, blieb ich noch einen Moment vor dem alten Kleiderschrank stehen. Ich sah hinunter auf seinen staubigen Boden und erinnerte mich, was Jennifer und ich dort in der Düsternis gefunden hatten. Dann schüttelte ich mir die Nässe aus dem Haar, sah zum Bett hinüber und lächelte.
Beim Frühstück aß ich für drei.
»Na, dein Appetit ist wieder da, wie ich sehe.«
»Ich fühle mich prächtig, Großmutter.«
»Und Farbe hast du auch wieder. Aha, jetzt hast du dir doch eine von meinen Strickjacken übergezogen, das beruhigt mich.«
»Blieb mir ja nichts anderes übrig. Es ist ganz schön kalt hier drinnen.« Ich lachte sie an und spülte meinen Tee hinunter.
Draußen war ein wunderschöner Tag, sonnig, ein leuchtend blauer Himmel, an dem kleine weiße Wölkchen dahintrieben, und sogar Vogelgezwitscher hörte ich. Ich hätte am liebsten gejauchzt vor Wonne.
Wir waren alle neu geboren worden.
»Du hast eben doch eine richtige Grippe gehabt«, sagte Großmutter. »Und jetzt ist sie vorbei. Siehst du, Ärzte sind ganz überflüssig. Der Körper weiß schon, was gut für ihn ist.«
»O ja, Großmutter.« Ich lächelte und dachte an Dr. Victor Townsend und seine wunderbar heilenden Hände. »Deine Arthritis ist auch weg, wie ich sehe.«
»Weg nicht, Kind, nur eingeschlafen bis zum nächsten Regenguß.«
Wir lachten ein wenig und schwatzten viel und waren uns einig, daß die britische Wirtschaft zum Teufel ging. Als kurz nach Mittag Elsie und William an die Tür klopften, ließ ich sie herein und begrüßte beide mit Umarmungen. Sie waren Victors Enkel, und wenn ich mir William genau ansah, konnte ich sogar eine gewisse Ähnlichkeit entdecken.

Nachdem ich mich warm eingepackt hatte, gingen wir in den beißend kalten Tag hinaus. Es mochte hell und sonnig sein, es war dennoch Winter in Warrington, und ich genoß es, zur Abwechslung einmal wieder ein wenig zu frösteln.
Der Zustand meines Großvaters war unverändert. Er lag fast bewegungslos auf dem Rücken und starrte mit leerem Blick zur Zimmerdecke hinauf. Elsie ging sogleich zum gewohnten Ritual über, öffnete Kekspackungen und Saftflaschen, die sie ihm mitgebracht hatte, und erzählte dabei die ganze Zeit von dem fürchterlichen Wetter, dem Regen und dem Sturm, der uns daran gehindert hatte, ins Krankenhaus zu kommen.
Ich saß derweilen stumm auf meinem Stuhl und sah ihn nur an. Er war Victors Sohn. Er war in jener einen Nacht im Vorderzimmer gezeugt worden, in einer Nacht, in dem nicht nur ihm das Leben geschenkt worden war, sondern auch mir. Ich wußte, mein Leben lang würde ich zurückblicken und wissen, daß ich, ganz gleich, was in den kommenden Jahren geschehen sollte, erfahren hatte, wie es ist, von einem Mann wahrhaft geliebt zu werden.
Wir blieben eine Stunde bei meinem Großvater. Ich sprach kaum, dafür schwatzten Elsie und William nach gewohnter Art und taten so, als könnte er sie verstehen.
Und während ich auf meinen Großvater hinuntersah, dachte ich, ich bin froh, daß es vorbei ist. Es hatte eine Zeit gegeben, da hatte ich gewünscht, es würde ewig weitergehen, da hatte ich gefürchtet, Victor zu verlieren und mich wieder der Gegenwart stellen zu müssen. Aber das alles hat sich jetzt geändert. Ich bin ein Kind der Gegenwart und nicht der Vergangenheit, und Victor gehört dorthin, wo er geboren wurde – in die Vergangenheit. Wir können niemals wieder zusammenkommen.
Und dennoch bin ich froh und würde diese Erfahrung gegen nichts auf der Welt eintauschen. Ich trauere nicht, daß sie vorüber ist. Ich freue mich daran. Denn sie hat mich lebendiger gemacht.
Nur eines hatte ich noch zu tun.
Als Elsie meinte, es sei Zeit zu gehen, und anfing, ihre Sieben-

sachen einzupacken, sagte ich: »Ich würde gern noch einen Moment bleiben, Elsie. Ich möchte Großvater etwas sagen.«
Sie sah mich erstaunt an.
»Würdet ihr mich mit ihm allein lassen? Ja, bitte? Ich muß bald wieder abreisen, und ich glaube nicht, daß ich so schnell wieder nach England komme – weißt du, ich möchte einfach noch ein bißchen mit ihm reden, ehe ich gehe.«
Elsie sah William an. »Du meinst, wir sollen rausgehen?«
»Wenn es euch nichts ausmacht.«
»Aber er kann dich doch gar nicht hören –« Sie unterbrach sich und schüttelte den Kopf. »Natürlich kannst du mit ihm reden, Kind, es wird ihm bestimmt guttun. William und ich warten im Auto. Laß dir ruhig Zeit.«
»Danke, Elsie.«
Sie klappten ihre Stühle zusammen, stellten sie in die Ecke und gingen durch die Schwingtür hinaus. Ich wartete am Fenster, bis ich sie aus dem Gebäude kommen und über den Parkplatz zum Auto gehen sah, dann kehrte ich an das Bett meines Großvaters zurück, kniete nieder, so daß mein Kopf mit seinem auf gleicher Höhe war, und sagte dicht an seinem Ohr: »Großvater? Kannst du mich hören? Ich bin's, Andrea.«
Sein Blick blieb weiter an die Zimmerdecke gerichtet, sein Gesicht zeigte keine Regung.
»Großvater«, sagte ich wieder leise und eindringlich. »Ich bin's, Andrea, deine Enkelin. Kannst du mich hören? Ja, ich glaube, du hörst mich. Aber du bist eingesperrt. Eingesperrt in einem Körper, der sich nicht bewegen kann. Aber du kannst mich hören, nicht wahr?«
Wieder beobachtete ich ihn, das ruhige Gesicht, die blicklosen Augen. Es gab kein Anzeichen dafür, daß er mich gehört hatte.
Dennoch fuhr ich zu sprechen fort: »Ich muß dir etwas sagen, Großvater, ehe ich wieder nach Amerika fliege. Es geht um deinen Vater – Victor. Bitte hör mir genau zu.«
Ich weiß nicht, wie lange ich an dem weißen Krankenbett kniete

und zu dem alten Mann sprach. Ich erzählte langsam und genau und berichtete ihm alles, was mir in seinem Haus in der George Street widerfahren war. Ich ließ nichts aus, sondern begann bei meinem ersten Abend, als ich ›Für Elise‹ gehört hatte, und endete bei meinem Traum der vergangenen Nacht und meinem letzten Gespräch mit Victor. Ich beschrieb ihm jede einzelne Episode, jedes Detail, und ließ mir viel Zeit, um sicher zu sein, daß er alles verstand.

Am Ende sagte ich: »Nun weißt du es, Großvater. Deine Mutter hat dich nicht verachtet und gehaßt. Sie hat dich geliebt. Sie hat dich sehr geliebt. Du warst die einzige Freude in ihrem Leben. Sie ist nicht gestorben, weil sie die Erinnerung an die Nacht deiner Zeugung nicht ertragen konnte, wie man dir das erzählt hat; sie ist an gebrochenem Herzen gestorben. Sie glaubte, Victor hätte sie vergessen. Du hast immer geglaubt, sie müsse dich gehaßt haben, Großvater, sie müsse schon deinen Anblick gehaßt haben, weil du sie an einen grauenvollen Moment in ihrem Leben erinnert hast. Aber so war es nicht. Es war genau umgekehrt. Du hast sie an den einzigen Moment überwältigenden Glücks in ihrem Leben erinnert. Großvater, du warst ein Kind der Liebe!«

Ich hing an seinem Bettrand und hätte nicht sagen können, ob das, was ich ihm erzählt hatte, irgendeine Wirkung auf ihn hatte. Ich sah immer nur das Gesicht eines gequälten kleinen Jungen vor mir, der bei seiner invaliden Großmutter lebte, die ihn mit Schauergeschichten über seinen Vater großgezogen hatte, weil sie selbst es nicht anders gewußt hatte.

Noch einmal neigte ich mich zu ihm, um ihm noch ein Letztes zu sagen. Ich sagte ihm, seine Mutter und sein Vater seien in jenem anderen Reich, das wir nicht begreifen können und in das er selbst bald eintreten würde, wieder vereint. Und ich sagte ihm, daß sie dort auf ihn warteten.

Danach richtete ich mich auf und wartete, unsicher, ob er irgend etwas von dem, was ich gesagt hatte, aufgenommen hatte. Sein Gesicht blieb unbewegt, seine Augen waren stumpf und leer. Aber

dann sah ich, wie sich seine Lippen bewegten. Es sah aus, als wollte er etwas sagen.
Ich beugte mich vor und fragte: »Was ist, Großvater?«
Immer noch bewegte er die Lippen und versuchte unter großer Anstrengung ein Wort zu bilden. Während er kämpfte, sah ich, wie eine Träne sich aus seinem Augenwinkel löste und auf das Kopfkissen rollte.
Plötzlich leuchtete in seinen Augen, die auf einen Punkt zwischen dem Bett und der Zimmerdecke gerichtet waren, ein seltsames Licht auf. Ich hatte den Eindruck, daß er etwas sah.
Seine Lippen zuckten und sein Kinn bebte, aber das Wort wollte sich nicht formen.
»Was willst du sagen, Großvater?«
Er versuchte den Kopf zu heben, den Blick jetzt auf etwas gerichtet, das über seinem Bett zu schweben schien. Dann zuckte etwas wie ein Lächeln über seine Lippen, und er sagte mit ganz normaler Stimme: »Vater!« Da wußte ich, was mein Großvater sah.
Er starb im selben Moment. Er starb mit diesem Lächeln auf dem Gesicht.

Meinen Verwandten habe ich nie erzählt, was ich in dem Haus in der George Street erlebt habe. Es war ihnen nicht bestimmt, davon zu wissen. Doch eben diese Erlebnisse brachten mich ihnen näher, ließen mich erkennen, daß meine Tante und mein Onkel, meine Cousinen und mein Vetter genau wie meine Mutter und ich Victor Townsends Erbe in sich trugen. Ich konnte diese Menschen lieben, die für mich zu Beginn meines Aufenthalts nichts weiter gewesen waren als Fremde mit einer merkwürdigen Sprache und seltsamen Gebräuchen.
Am folgenden Sonntag fuhren wir nach Morecambe Bay, und ich lernte meine anderen Verwandten kennen, die jüngere Generation. Ich habe selten einen so schönen vergnügten Tag erlebt. Ich fand es interessant und aufregend, diese Menschen kennenzulernen, Victors Nachkommen wie ich, und es fiel mir nicht schwer,

sie liebzugewinnen. Wir hatten ja etwas gemeinsam, das stärker war als rein zufällige Freundschaft und Sympathie.
Am Tag meiner Abreise sagte meine Großmutter zu mir: »Du mußt meinetwegen nicht traurig sein, Kind, jetzt, wo dein Großvater tot ist. Wir haben zweiundsechzig wunderbare Jahre miteinander verbracht, er und ich, und um nichts in der Welt würde ich sie hergeben. Ich hätte mir keinen besseren Mann wünschen können. Soll ich dir mal etwas sagen: Es ist gar nicht schwer, alt zu werden, wenn man an Gott und ein Weiterleben nach dem Tod glaubt. Weißt du, Kind, ich glaube, daß meine dreiundachtzig Jahre auf dieser Erde nur eine Art Anfang von dem waren, was noch vor mir liegt. Ein modernes junges Ding wie du wird das vielleicht für albern halten, aber ich bin fest überzeugt, daß ich deinen Großvater wiedersehen werde, wenn ich gestorben bin. Wir werden wieder zusammenkommen, denn etwas so Einfaches wie der Tod kann uns nicht trennen. Dazu waren wir hier auf Erden viel zu lange zusammen. Wir werden weiter zusammenbleiben, dein Großvater und ich, und ich gehe ohne Angst dem Tod entgegen.«
Bevor ich ging, machte sie mir noch ein Geschenk. Es war die in Leder gebundene Ausgabe des Buches *She*, die ich mir Wochen zuvor angesehen hatte. Während ich es in der Hand hielt, erinnerte ich mich der pessimistischen Weltanschauung, über die ich nachgedacht hatte, nachdem ich eine bestimmte Passage gelesen hatte – daß die einzige Zukunft, die uns erwartet, Staub und Verfall ist. Da war ich inzwischen ganz anderer Meinung. Ich wußte, daß in diesem Moment Victor und Jennifer irgendwo weiterlebten, und daß meine Großmutter in der Tat nach einer gewissen Zeit wieder mit meinem Großvater vereint werden würde. Ich wußte, daß wir alle am Ende unsere eigene Ewigkeit finden würden.
Und ich wußte jetzt auch, was mir bestimmt war. Geradeso, wie mir gestattet worden war, die Vergangenheit zu ändern, wurde mir jetzt die Möglichkeit gewährt, meine Zukunft zu ändern. Auf

keinen Fall wollte ich die Chance vertun, das zu bekommen, was Jennifer und Victor sich ersehnt hatten, aber niemals hatten haben können. Diese Chance wurde mir geboten; ich wollte sie ergreifen, ehe es zu spät war. Ich konnte nur hoffen, daß Doug noch da sein würde, wenn ich zurückkehrte, denn ich hatte ihm soviel zu sagen. Ich hatte gelernt, »ich liebe dich« zu sagen.

Erklärungen habe ich keine. Wie das alles geschehen ist, darüber kann man nur Mutmaßungen anstellen. Und warum es geschah... Nun, auch darüber läßt sich mit Gewißheit nichts sagen, wenn ich auch sicher bin, daß alles lange vorbestimmt war. Mein Großvater lag im Sterben, er mußte die Wahrheit erfahren. Und Victor existierte an einem Ort, der »grau und häßlich« war, wußte nichts darüber, was nach seinem Tod geschehen war. Und auch Jennifer war gestorben, ohne die Wahrheit zu wissen. Ich war die Mittlerin gewesen. Ich möchte gern glauben, daß ich dazu beigetragen habe, die Dinge zurechtzurücken und alles gutzumachen.

Als ich das Haus in der George Street betreten hatte, war ich ein Mensch ohne Vergangenheit und ohne Zukunft gewesen. Als ich ging, war ich mit den Schätzen einer reichen Vergangenheit beladen und trug in mir die Gewißheit, daß eine helle, lebendige Zukunft auf mich wartete.

Ehe ich draußen in Edouards kleinen Renault stieg, drehte ich mich noch einmal um und warf einen letzten Blick auf das Haus. Mein Blick wanderte zum Vorderzimmer hinauf, wo im Fenster der vertraute weiße Spitzenvorhang hing.

Er flatterte leise im Luftzug, als wollte er mir Lebewohl sagen.